U0032668

他浪漫淒美的生涯和詩歌

細說──李商隱

施逢雨──著

目　錄

前言

　　本書是一本深入淺出的李商隱詩歌選注。在深入方面，本書撰寫之際盡力針對各詩牽涉到的疑難問題做了精要的考察。在淺出方面，本書講解詩作時，不像大多數古注那樣簡略，而盡力從現代讀者的角度出發，把讀者閱讀時可能不易充分理解的字、詞、詩句和全篇意旨，都一一精審尋索，然後明白條暢地敘述出結論來。遇到較艱深的詩作，甚至附上白話串講，以利理解。

　　對於詩作的藝術手法，則本書大多只點到為止，原因是李商隱詩一般上比較費解，為了避免全書篇幅過度膨脹，對審美問題只好多少割愛。不過，審美經驗是可以旁通的。也就是說，一個人讀甲詩人時的審美經驗，可以作為讀乙詩人時審美活動的借鏡。如是，本書讀者必要時可以從審美討論較多的其他著作，如拙作《細細讀杜甫》之中汲取經驗，套用在閱讀李商隱詩上。

　　本書選詩以能平衡地呈現李商隱傑出詩歌的整體面貌為目標，因此不因個別詩作艱深或怪異而予以排除。又由於商隱詩和其他大多數中國古典詩人的詩作一樣，都有很強的自傳性，因此本書選詩自以編年選錄為主，書中除無法編年的作品外，都依年代前後編號排序，俾使讀者能順著詩人生平閱讀詩作。

　　另有一些詩，雖然在藝術成就上略微遜色，但仍然算是很不錯的作品，而且能幫助讀者更好地了解商隱的個性、生活與風格特色，別有它們值得一讀的地方，這類作品我也斟酌選入。

　　本書寫作過程中，臺北市立大學的楊文惠教授針對個別詩作

的詮釋提供了很多卓越的見解，這些見解往往帶給我靈感，讓我克服思路的枯澀而做出較成熟、恰當的論斷。除外，楊教授針對本書體例的確定和撰寫也提供了不少寶貴的意見。謹在本書出版之際，向她致以最誠摯的謝意。友人江建俊教授抱病閱讀了全書原稿，並針對部分詩作的詮釋以及全書的行文、措辭提供了中肯的建言，除了在此向他深致謝忱外，並祝他早日康復。另外，友人張彬村教授、張元教授幫忙讀了部分原稿，並分別就關於唐代史以及體例訂定及措辭的部分提供了很好的改進意見，也謹在此向他們衷心致謝。

　　本書的電腦輸入工作，在初稿完成後，照例又經過無數次的校改。這份既繁雜又枯燥的工作，全由內人呂秀玲教授在百忙之中負責完成。我對她的感激不是語言能表達的。另外，負責初稿前段打字的禹之小姐在全書的寫作和打字都在混沌狀態的情況下，極有耐性地打好了全書前段中最繁重冗長的幾首詩，使我的寫作也能順利進入狀況，謹特別在此向她說聲謝謝。

　　最後，感謝直接、間接幫助我取得所需參考書籍的洪若蘭、楊文惠、夏長樸、沈婉霖、蘇虹菱、尹華、施慶瑜等先生女士。

綜述

　　談起唐代最傑出的詩人，人們往往不假思索就會提起李白、杜甫二人。但其實唐代還有成就足以與李、杜並駕齊驅，詩作讀了令人難以忘懷的一位大家，那就是李商隱。李商隱詩最突出的特點，可以簡單歸納為三個字：好而難。而其「好」與其「難」可說是一體的兩面。

　　我們先來看難的一面。商隱詩多半感情很深、很濃、很重，而負載這些深而濃而重的感情的，又是組織很嚴密、邏輯（或說理路）很曲折、意象很新異、句法又往往多變化的形式。這樣的感情與形式本來就不易掌握，再加上直到不久之前，商隱的生平事跡始終宛如一團迷霧，讀者拿起一首詩來，不知它作於何時、作於何地、因何人而作、因何事而作，要了解其意蘊自然就更難上加難了。但是當理解商隱詩的這些障礙被一一清除，甚或由障礙化為助力的時候（例如不困於其嚴密組織，轉而欣賞其結構之美），商隱詩的特別的「好」就逐漸「脫穎而出」了。

　　本書的目標就在於選出商隱寫得較成功、較有代表性的作品，掃除包圍這些作品的障礙，讓讀者順利地欣賞到它們好的地方。但由於本書基本上是詩歌選注，不是專題研究論文，所以我在顯示商隱詩組織之嚴密、邏輯（理路）之曲折等特色時，大概都只在解說某些詩作時順便點出。例如：我在講解〈別薛巖賓〉和〈獨居有懷〉時會指出前者的「曙爽行將拂，晨清坐欲凌」和後者的「蠟花長遞淚，箏柱鎮移心」句法結構很特異。但是我不

會在同一個地方搜集書中所有結構特異的句子加以討論。那樣的工作就留待寫專題論文的人去做了。

為了掃除讀商隱詩傳統上最大的障礙，本書在有必要且資料許可的範圍內，每首詩都作繫年考證，然後依年代排列先後。為了避免繫年考證部分對某些讀者構成負擔，書前又剪裁那些考證的內容，撰成〈李商隱傳略〉一種，指出商隱生平大要及其與商隱詩歌創作的關聯，以便讀者可以隨時輕易查到商隱各個詩作的創作年代和背景。

李商隱的生平在馮浩、張采田、劉學鍇等人的努力下，已有了一個相對清晰的輪廓。只有他的生年以及自837年進士及第後至842年為祕書省正字前的行蹤至今仍有較多模糊的地方。為了釐清這些模糊點，我寫了兩篇考證文章，附於書末。其結論要點大多已吸收於書中詩作繫年及詩歌講解之中。因此，讀者如果對閱讀考證文章會感到困擾，也可以略過不看。

李商隱的詩因為好而難，實際上被傳誦的程度顯然不及其名氣。先來看看一般廣為世人傳誦的其他詩人的佳句。這種詩句泰半是直白曉暢的警句，如「欲窮千里目，更上一層樓。」（王之渙〈登鸛雀樓〉），又如「春眠不覺曉，處處聞啼鳥。夜來風雨聲，花落知多少。」（孟浩然〈春曉〉）。李商隱的絕句其實也有許多出類拔萃的警句。如「八駿日行三萬里，穆王何事不重來？」（〈瑤池〉）；「晉陽已陷休迴顧，更請君王獵一圍。」（〈北齊〉其二）；「灞水橋邊倚華表，平時二月有東巡。」（〈灞岸〉）；「夕陽無限好，只是近黃昏。」（〈樂遊原〉）。但是由於它們所表達的體悟比較曲折，表達的方式又比較間接，多半

還用上典故，遂使得它們乏人問津。除了「夕陽無限好」二句外，莫說乏人傳誦，可能連讀過的人都很少了。

其次，來看看唐人很擅長的五言律詩。李商隱桂林時期的五律量多而且質精，雖說不能凌駕出名的杜甫成都時期的律詩（包括五、七律），要說與之比肩，應也當之無愧了。但是由於前面說過的李詩感情深而濃而重，不像杜甫那樣雖有深情，卻往往表達得平淡、輕靈，讀起來就較有沉重的感覺。如名詩〈北樓〉：

> 春物豈相干，人生只強歡。
> 花猶曾斂夕，酒竟不知寒。
> 異域東風溼，中華上象寬。
> 此樓堪北望，輕命倚危闌。

和比較不那麼出名但其實一樣傑出的〈九月於東逢雪〉：

> 舉家忻共報，秋雪墮前峯。
> 嶺外他年憶，於東此日逢。
> 粒輕還自亂，花薄未成重。
> 豈是驚離鬢，應來洗病容。

再加上難，這些詩同樣沒有獲得應有的珍視。

不過商隱詩往往有一種感傷淒美的情調，一種一往情深的情懷。這是很少其他詩人可以比擬的。很多人喜歡上商隱詩就為了這點。所以儘管再難，商隱詩自有其歷久不減的仰慕者。只要掃

除了欣賞這些詩的障礙，相信商隱詩會更大放異彩。總而言之，好而難的商隱詩是專門留待有緣之人的。

以上講的是商隱在內容和體式上比較傳統的詩。商隱比較創新、比較前衛的詩作所獲得的回應就與此很不一樣。在這些創新前衛的詩中有一部分是具有李賀詩特色的，如〈海上謠〉、〈茂陵〉、〈碧城〉。另一部分是商隱獨創的，如為數眾多的無題詩，出名的例子如〈無題〉（颯颯東風）。這些詩獲得意外熱烈的反應，彷彿要變成商隱詩的招牌似地。

再有一小部分可說是商隱嘔心瀝血、苦心孤詣的詩作。如〈燈〉、〈腸〉、〈獨居有懷〉，還有一向很少人留心到的〈詠懷寄祕閣舊僚二十六韻〉等。這幾首詩或牽涉到詩人與某一宦途得意的舊識的尷尬關係，或牽涉到詩人在官場的狼狽處境，大概由於詩人內心鬱積的話不能明白講出來，所以他選擇用極特殊的章法、極怪異的句法來寫，讓讀者無法輕易探其底蘊。如此一來，一則他不必擔心寫出後會招來負面的反應，二則讀者得用心琢磨詩人的意旨，而不會把詩輕鬆隨意地看過去，可謂一舉兩得。所以我認為這幾首詩是詩人嘔心瀝血之作。但令人意外地這些詩即使專攻商隱詩的學者也不太注意。其實它們也自有它們細密、新奇、優異之處。不被注意，主要在難而已。所以，所有這些創新、前衛之作都應該有機會能展現其特點，給後人作參考、借鏡。

若要從生平的角度來看商隱的詩歌創作，則大致可依循下面的線索。早年的商隱積極尋求仕進，這方面的好詩就很豐富。如〈初食筍呈座中〉、〈無題〉（何處哀箏）等。二十七歲進士及第為祕書省校書郎後，在官場上拚搏，面對國家政治亂象不忌發

出直率批判,即使遭遇挫折,也再接再厲,鬥志昂揚,這些顯現於詩中的有〈無題〉(照梁初有情)、〈行次西郊作一百韻〉、〈荊山〉、〈華州周大夫宴席〉等。直到他結婚以後,母死守喪,官職暫停,緊接著岳父又薨於前線,使他依傍盡失。他在永樂躬耕數年,身體衰弱,經濟拮据,而換得的只是回朝繼續當他卑微的祕書省正字,連養家活口都有困難,他的銳氣似乎才開始銷磨。

決定入鄭亞幕是他生命的轉折點。這表示他為了經濟所逼,終於放棄了在京城致身通顯的想望。從此以後,除了短暫的、痛苦的太學博士生涯外,他輾轉於不同幕府,薄宦謀生,顯達只成一個無從實現的夢。這時期,他的詩主要就以懷念京城長安和家鄉親人為主,很少再見到早年的鬥志了。

世人常說,詩窮而後工。這於商隱似乎不盡適合。前面說過,他早年入仕前、入仕後在官場拚搏時,都鬥志昂揚,詩如其人。後期在幕府裡遠離京城,升遷無望,可算是窮了。但他的詩只是工於寫懷念京城舊鄉之情。可以說,不同處境給了他不同刺激,讓他寫出不同主題、不同氣氛的好詩。他的詩並不隨處境和歲月而進步,而是隨處境和歲月而變化。

總而言之,商隱詩的成就面相當廣。讀者在能排除讀懂它們的障礙之後,應該廣泛欣賞或學習這些作品。不要自我設限,只挑少數合脾性的詩作閱讀,以免入寶山而空手回。還有,書中有些詩作的注釋部分較繁重或冗長,乍看令人生畏,可能導致讀者決定乾脆略過不讀。但是複雜縝密的知識的洗禮有助於人們必較深入地理解、掌握表面上疏散平淡的話語。因此,我十分期待讀者能咬緊牙關,透過這些注釋去了解詩句本身。

李商隱傳略

段落標題旁之編號，對應目次所列的各詩編號，讀者可對應傳略與詩，一窺李商隱在詩文中的生命軌跡。

家世

　　唐代繼魏晉南北朝之後，仍舊很注重士人的家世。看一個人往往先看他是否出身於顯赫家族。這些家族通常以一個地名後接一個姓氏為人所知。舉例說，唐代有博陵崔氏、太原王氏，都是源遠流長、十分顯赫的家族。唐皇室自稱源自隴西李氏；李商隱則自稱與皇室同系。據此，商隱似乎也應該出身顯達。這件事要證明很難，要否定也不容易。不過，依據商隱自己講的話和我們重建出的商隱生平，商隱家在他父親和他本人的時代，實在都孤寒無所依傍。由於這個緣故，在商隱的科考之路上，那些原本素昧平生的達官貴人的知賞與提攜，就變得特別重要。而商隱對於提攜過他的達官貴人也特別感恩。

早年生活

　　李商隱字義山，號玉谿生，生於唐憲宗元和六（811）年。

依商隱年長後回憶，商隱幼年，父親仕宦於今浙江一帶，大概做使府掌書記一類的職務。商隱隨父親在浙江（江名）東西各地飄泊六年左右。到了十歲左右，父親逝世，便侍奉母親攜父親靈柩北歸。此時他一家「四海無可歸之地，九族無可倚之親」。（〈祭裴氏姊文〉）在把父親安葬於李家在滎陽壇山的祖墳後，一家便生活得好像逃亡流散者一般，「生人窮困，聞見所無」。（同上）等到父喪除後，他急於奉養母親，便在鄭州占籍為民，安頓下來，靠受雇為人抄書以及買進穀物舂成米出售（傭書販舂）過日子。所謂占籍，就是納入一個地方的戶籍，成為固定居民，一方面有納稅的義務，但是另一方面則有參加貢舉和置產的權利。他生活一天天有所改善，有所成就，終於漸漸建立自己的家門，沒有辜負先人清白、廉潔的教訓。

大概在奉養母親和家人的本分暫時有了著落之後，在年紀還很小時（虛歲十五到十七之間，在入令狐楚天平幕之前，詳下），他可能為了見見世面，與族中一些同輩少年跟隨一位叔祖跑到玉陽山去隱居了一陣。玉陽山在今河南懷州附近，是先前唐睿宗的女兒玉真公主學道的地方。

令狐楚的提拔 003

不久之後，商隱便受到一位名叫令狐楚的高官的提拔。商隱之受知於令狐楚，始於文宗大和三（829）年。該年十一月（《舊唐書・本紀》作十二月）令狐楚進檢校右僕射、鄆州刺史、天平軍節度、鄆曹濮觀察等使。商隱從令狐楚於天平幕（天平軍節度使幕府的簡稱；天平即今山東省東平縣，節度使治所在鄆城縣），

那時他虛歲只有十九。他單獨穿著庶民穿的白衣，與眾人陪在令狐楚身邊。令狐楚因他年少俊秀，讓他與兒子們一齊交遊。除外，他還被賦與「敕定奏記」的任務。商隱本來是學「古文」的，大概由於要敕定奏記，從這時起特別從令狐楚學作「今體文」（駢文、四六）。商隱文集中，因大多為應用文，所以幾乎都是今體文。世間所謂機緣，大概就是這樣吧。

其後，商隱往來長安、洛陽間求貢舉。文宗大和六（832）年二月，令狐楚檢校右僕射兼太原尹、北都留守、河東節度使。剛開始時，商隱未能前往太原幕，只能寫信問候。（〈上令狐相公狀一〉）不過，有某一跡象顯示，商隱稍後似亦曾入太原幕（見〈喜聞太原同院崔侍御臺拜，兼寄在臺三二同年之什〉；詩題及內容均極難解，可參看葉蔥奇疏注。詩之年代尚不易確定）。大概由於貢舉不利，所以暫往太原。大和七（833）年六月，令狐楚內調朝廷為吏部尚書。商隱當即離開太原。

蕭澣的知遇 008

在此之前，大和七（833）年三月間，給事中（門下省重要官員，掌駁正政令之違失，正五品上）蕭澣出為鄭州刺史。後不知何時又內調刑部侍郎。（葉蔥奇，頁799）商隱由太原回鄭州後，曾謁見並受知於澣。大和九（835）年，蕭澣先由刑部侍郎貶遂州刺史，再由遂州刺史貶遂州司馬（《通鑑》；司馬為刺史的屬官），隔年，澣死於遂州。（葉蔥奇，頁801、588、799）商隱作了〈哭遂州蕭侍郎二十四韻〉（蕭係由刑部侍郎貶遂州）以哀悼他。蕭澣任鄭州刺史不知任到何時。馮浩在〈哭遂州蕭侍

郎二十四韻〉詩注中說：「文集祭文云：『纚易炎涼，遂分今昔。』蕭不久即卒也。」馮氏所提「文集祭文」不見今本商隱文集；「纚易」二句確切意義也不知道。大概只能揣測商隱與蕭澣在鄭州相處不久。相處不久而特地為蕭之死作長詩紀念，還寫祭文，是有深意的。

崔戎的賞識與資助 005

　　蕭澣在鄭州不知待到何時。在另一方面，大和七（833）年閏七月以給事中崔戎為華州刺史（《舊唐書・文宗紀》）。商隱似乎不久就投到崔戎門下。他的文集裡留有不只一篇此時為崔戎擬的奏章。（〈代安平公華州賀聖躬痊復表〉、〈為安平公謝除充海觀察使表〉）但他是否此時就正式擔任掌章奏的職務，則尚有爭議。〔馮譜如此認定。張采田《會箋》則認為商隱先歸鄭州，後又習業京師，後雖在華州崔門下，蓋直到隔（834）年三月以崔戎為充海觀察使後才正式受遣草奏。張的論證是比較可靠的〕至於商隱與崔戎的私人情誼，商隱都寫在〈安平公詩〉（戎封安平縣公）裡面了。商隱說崔戎賞愛他年紀輕輕就有才名，在華州見到他時就留他談心由曉至暮，早晚兩次升堂辦公都免了。隔天早上就騎著馬出到城外，送他前往長安終南山下（這是唐代士子進京考試時常待的地方），去讀書準備應舉。這麼好的一位長官，可惜壽命不長。崔戎大和八（834）年五月到達兗州，六月十一日就因感染霍亂不治，與世長辭了。（依〈安平公詩〉）隔（835）年，商隱徒步前往長安，可能前往應舉，同時到崔戎舊宅哀悼。宅子已經破敗，兒子哀毀不禁，西風衝著門吹颭，捲起素帳；從

枝葉間隙射出的光線（或說，牆隙斜射之陽光）斜照著破舊的燕巢。面對這破落蕭條的景象，商隱不禁想到，自古以來人們常嘆知己少，更何況己身落魄不幸多，更是難覓像安平公這樣的知音。像安平公這種人，美德真是世間難得一二，想起他的種種，眼淚豈得不像黃河那樣奔流不停！

遭逢甘露之變 006 、007

在商隱生活的時代，唐朝有三大禍患，一是安史之亂以來形成的藩鎮割據局面繼續為患；二是宦官專權，掌握禁軍，操縱皇帝的廢立；三是朝官黨爭熾烈。這三大禍患商隱一生都親身經歷過。這裡先得說到宦官專權的事。前面已提及，大和九（835）年七月起，商隱的恩人蕭澣因朝廷政治鬥爭一再受到貶謫，最終於836年死於遂州貶所。而這些鬥爭只是稍後所謂「甘露之變」的前奏而已。文宗大和九（835）年十一月二十一日，唐朝廷發生了慘絕人寰的「甘露事變」。文宗與朝臣李訓、鄭注等圖謀誅除宦官失敗，朝臣被宦官殺戮殆盡。商隱那時尚在民間，風聞了這個事件，於隔年作了〈有感〉二首，表達憤慨、遺憾與哀悼。

與柳枝的戀情 009 － 013

開成元（836）年春，商隱在洛陽和一位叫做柳枝的藝文少女認識，不久便產生戀情。這是他有資料可查的第一次戀愛。這次戀情並無結果。836年秋冬之際，商隱離洛陽往長安準備進士科考試。年底他就由族兄讓山處得知柳枝已被某高官娶去了。隔（837）年正月禮部放榜，商隱進士擢第。他大概再沒有機會好

好處理與柳枝的事了，只寫了〈柳枝五首有序〉以抒發他對此事的感慨、不甘與自解。關於這段戀情的隱微的過程，〈柳枝〉詩與序中有詳細的敘述。

步入仕途 014 - 018

文宗開成二（837）年正月二十四日進士科考試禮部放榜，商隱進士及第，並於二月七日通過關試。「關試」即吏部試，通過此試，即屬吏部守選，也就是等待選授官職。但是商隱沒有很快獲得官職，大概在這一年的秋天，他才被授為祕書省校書郎。不過祕書省校書郎（皇家圖書館編校，正九品上階），是一個清要職位，是進士剛及第的舉子任官的美選。商隱後來跟人提過，他自己能進士及第，是令狐楚之子令狐綯在主考官高鍇之前美言的結果。授祕書省校書郎是否也藉令狐綯之力，就不可得知了。無論如何他對這個職位應感滿意才對。

令狐楚在開成二年秋冬間在興元（今陝西漢中）尹任上病篤，十一月卒於任所。死前一日，召昔日僚屬商隱請代擬遺表。商隱當在秋冬之間由長安趕往興元探視令狐楚。楚死後，他即於十二月間由興元返回長安，沿途見長安西郊（鳳翔一帶）民生凋敝，即將所見所聞寫成著名的長詩〈行次西郊作一百韻〉。

與王茂元之女的愛情 019 - 021

唐代進士科放榜後，新科進士會在長安遊覽勝地曲江宴飲。公卿家多競相參與宴會，在宴會上物色東床快婿。與商隱相熟並同年及第的韓瞻（字畏之），在商隱及第後尚未離開長安時（商

隱在暮春離開長安東歸），就已在京與王茂元的一個女兒成婚。
王茂元在大和九（835）年十月以前原本任廣州刺史、嶺南節度
使；835 年十月才改授為涇原節度使。廣州離京城很遠，茂元大
概沒有攜眷赴任。涇原節度使治涇州，即今甘肅省涇川縣，在長
安西北不遠。開成二（837）年春曲江宴時，茂元家究竟是剛好
在長安，還是特地由涇州來長安物色女婿，已不得而知。在這次
曲江宴上，茂元不僅得了韓畏之這個東床快婿，又讓商隱有機會
認識並喜歡上他的另一個女兒。但是可能由於家境清寒，又不像
韓畏之那樣很快得官，商隱沒能像韓畏之那樣立刻與茂元家結
親，而是到開成三（838）年春才在長安與王茂元的這個女兒有
了戀情。商隱有一些寫愛情的無題詩大概就作於此時。但是，不
久之後，也許由於王茂元把家眷都接回涇州，商隱與茂元這個女
兒的愛情就暫時中斷了。

　　至於商隱在長安與王氏談戀愛的場所，我認為最可能是韓畏
之的宅第。畏之與茂元女兒結婚後，茂元為畏之在長安建構的新
居完成，畏之才往涇州迎接家室前來長安。商隱與畏之素來熟
稔，畏之又知商隱心儀王氏，這件事相信他會樂於幫忙的。

仕途上的一大挫折 022

　　據商隱的〈與陶進士書〉，他有一年，當是開成三（838）
年，應博學宏詞科考試，名字已被吏部上於中書省，結果「有中
書長者曰：『此人不堪』，抹去之。」博學宏詞科是一種「制舉」，
也就是皇帝親自下令舉行的特考。考上後往往有在政治上更上一
層樓的功效。所謂「此人不堪」，原因看來不只一端。我所能想

到的有：（1）身為朝官，公然寫詩批評朝政（指〈行次西郊作一百韻〉）；（2）陷於熱戀，未能兢兢業業於祕書省官職；（3）多作艷詩，如〈燕臺〉、〈無題〉（昨夜星辰）；（4）其他我們所不知的官場上的過失。

不管原因是哪一條或哪幾條，商隱的仕途顯然因此大受影響。隔（839）年商隱即被貶為弘農尉。弘農為虢州州治，在今河南靈寶縣，離京畿不遠。然而，畢竟是貶出了京畿之外。而且，弘農縣尉係從九品上階，不僅品階不如祕書省校書郎，且為州縣雜官，不像祕書省校書郎那樣係中央清要之職。商隱這一跌，真不可謂不重了。

歷來多認為，這個中書長者「必令狐綯輩相厚之人」。而排擠商隱的原因是商隱「婚於王氏，致觸朋黨之忌」。我很懷疑這個說法的可靠性，將會在〈考證〉一章裡詳細提出我的辨駁。

貶弘農尉 023 – 025

唐代的「縣」依地理位置與繁榮程度等條件，分為「赤、畿、望、緊、上、中、下」七等。弘農是「緊縣」。其官員編制大概是縣令一人，縣丞一人，主簿一人，尉二人。「尉」是縣裡最小的官員；如果縣裡有兩個尉的話，就由二人分擔全縣捕盜、催租等雜事。商隱的職務可能與捕盜有關。催租、捕盜這種差事是唐代很多有志氣的士人難以承受的職務。他們往往中途就放棄好不容易獲得的縣尉缺，另謀他就。稍後我們將會發現，商隱的結局與此類似。《新唐書》記載說：商隱「調弘農尉，以活獄（將死囚判活）忤觀察使孫簡（觀察使是刺史的上司），將罷去。會姚

合代簡，論使還官。」按：姚合到弘農大約在開成四（839）年八、九月間。商隱可能於同年年底向州刺史請假經長安往涇州向王茂元提親。他最終辭去弘農尉是在開成五（840）年九月。（〈與陶進士書〉）這可能是他在涇州提親有成回來後的事了。

涇州求親 026－028

商隱大約於開成五（840）年春天前往涇州拜訪王茂元。剛開始時，他在涇州客舍中純粹是個陌生人。在一番贈詩、呈詩（〈回中牡丹為雨所敗二首〉）的過程之後，他展現了才華，受到王茂元的賞識，並漸漸成了與茂元無所不談的晚輩。商隱後來在〈祭外舅贈司徒公文〉〔外舅即岳父；王茂元卒於會昌三（843）年，贈司徒〕講了許多自己因家境清寒、官歷不佳，一直愧於向王茂元提親的話。這些阻礙現在在兩人的交心中都克服了，王茂元答應把女兒嫁給商隱。這年商隱已三十歲了。茂元的這個女兒才、色、德兼備，後來成了商隱的荊釵布裙之妻，沒有辜負商隱為她所付出的重大代價。

王茂元為陳許觀察使 029、031

這（840）年八月之後，茂元自涇原入朝為司農卿。商隱隨之入長安。同年九月三日，商隱辭弘農尉。後為了兩家親族友人相依共處，即著手移家長安，於十月十日到達長安，參加「常調」。常調即依常規遷選官吏。唐時內外官從調，始於孟冬，終於季春。十月正是參選人期集之時。

會昌元（841）年十月間，茂元出為陳許觀察使（陳州即淮

陽郡，在今河南淮陽；許州即潁川郡，在今河南許昌）。說到茂元之為陳許觀察使，有個故事必須提一下。《舊唐書》說：「南中多異貨，茂元積聚家財鉅萬計。（茂元曾為廣州刺史、嶺南節度使）李訓之敗，中官利其財，掎摭其事，言茂元因王涯、鄭注見用。茂元懼，罄家財以賂兩軍（禁軍），以是授忠武軍節度、陳許觀察使。」可見茂元接受這個任命是無可奈何的事。或許由於這件事，茂元無法達成移家長安，以便親族團聚的心願。

茂元送資費書信召商隱前往陳許。商隱乃於深秋前往陳州，該地先前歷經藩鎮割據，戰亂頻仍，所以處處一片衰颯荒亂景象。商隱作了〈淮陽路〉一詩。這更可讓我們看到，王茂元被派到陳許當觀察使有多無奈。

入周墀門下 030

周墀大概始自開成五（840）年八月來到華州當刺史。商隱則似在辭去弘農尉之前即曾致書周墀求汲引。到了會昌（841）初，他應已在周墀門下待了一陣子，但沒有受到重用，因而作了〈華州周大夫宴席〉一詩表示不滿。事實上，開成三（838）年商隱參加博學宏詞科考試，本已錄取，後姓名被中書長者抹去，才未及第。當時錄取他的考官就是周墀與李回。所以商隱與周墀可以算是有點淵源的。商隱之投到周墀門下，顯示他為了有個職位養家活口，幾乎試盡所有門路。但是，〈華州周大夫宴席〉一詩又顯示他的傲氣仍沒磨掉。

重入祕書省為正字 `034`

會昌二（842）年商隱由於「書判拔萃」（應該也是一個制舉）授祕書省正字（正九品下階）。這是祕書省最小的官，在祕書省校書郎之下。但是商隱彷彿再次燃起在宮中致身通顯的夢想。從他在此時期寫的作品〈贈子直花下〉（子直是令狐綯的字），可以重新見到他初入祕書省為校書郎時的躊躇滿志的心態。這大概與他此前多年落魄於地方有關吧。可惜隔（843）年八、九月間商隱母親過世，商隱必須停職守喪二十七個月，於是他又必須奔波於各地方尋找養家活口的憑藉了。再者，會昌三（843）年九月，王茂元薨於屯兵的萬善（近懷州）前線。如是，商隱可能在一、兩個月之內連續失去母親和岳父，真可算是屋漏偏逢連夜雨了。

加入討伐劉稹行列 `035`

會昌三（843）年四月，昭義軍節度使劉從諫卒，子劉稹拒受朝廷詔令，五月，朝廷命成德、魏博、河陽等各路軍合討劉稹。其時王茂元恰為河陽節度使，乃召商隱往其幕中，為茂元擬了一篇勸誡劉稹歸順的書信，可惜沒有效果。商隱在出發往前線時，經過灞橋，感嘆寫了一首〈灞岸〉詩。附帶一提：王茂元可能在河陽節度使任上營建了洛陽崇讓宅。（據朱鶴齡引《西谿叢語》）

永樂躬耕 `036` ─ `042`

在劉稹之亂中，唐朝廷於會昌三（843）年十月派李石出鎮

太原。商隱似曾試圖投效於李石幕下，後以太原局勢混亂，乃輾轉逃到現今山西、河南交界處的永樂，在永樂住了下來，這是會昌四（844）年暮春的事。這段過程可在〈大鹵平後移家到永樂縣居……〉看到。商隱在永樂與妻子躬耕維生，一邊好像在隱居，一邊則在等待服喪期滿（845年末），朝廷徵召他回朝任官。（服喪的人在禮法上生活不能太招搖。）但是到會昌六（846）年春，他仍在永樂等不到回朝的消息。這中間他曾因工作過度，積勞成疾，前往洛陽養病一陣子。其時，令狐綯曾致書問訊。商隱作了出名的〈寄令狐郎中〉和〈獨居有懷〉作為答覆。這大概是會昌五（845）年秋天的事。

入鄭亞幕赴桂林 044－056

當後來商隱奉召還朝時，他仍然官居祕書省正字。這個蕞爾小官的俸祿微薄得不足以養家活口。加上可能由於母喪花費了部分貲財，以及王茂元死後往昔來自岳家的資助驟然中斷，商隱在長安簡直貧無立錐之地。大中元（847）年新皇帝宣宗即位，進行了一連串朝官人事調動。二月，「以給事中鄭亞為桂州刺史、御史中丞、桂管防禦、〔觀察〕等使」。鄭亞辟商隱為「支使」兼「掌書記」（觀察使之下依次有副使、支使、判官、掌書記等官員）。雖然「桂管」在今廣西桂林，遠處南方邊陲，商隱在複雜、躊躇的心情下依然接受了辟召，並於晚春出發前往桂林，開始了他後半生幾乎一任接一任的幕府僚屬生涯。

大中二（848）年二月，由於新一波的人事傾軋，鄭亞被貶循州（今廣東惠州市）刺史，桂林罷府。這期間，商隱除了於大

中元（847）年初冬遠到江陵一趟去出使外，大部分時間都待在桂林。他在這邊陲之地的生活和心情，當時所作諸詩有充分的顯現。基本上，他先是不能適應新環境，再來就是想家。代表作有〈桂林道中作〉、〈北樓〉等。

從桂林罷府到失業歸長安 057 － 066

大中二（848）年二月桂林罷府後，商隱一面狼狽尋找新職，一面大致上循湘江北上，到荊南（荊南節度使，鎮江陵）後再改採陸路，西北行經商山大道返長安。回到長安時已是冬天，剛好趕得及參加常調。

桂林剛罷府後，商隱的辛酸處境似敘說於無法繫年的怪詩〈燈〉裡。北上求職的詩有〈潭州〉、〈搖落〉等。自荊南以後則多半為想念家鄉、一心趕路的作品，其中有不少是商隱集中最能從小情境中現深情，最誠摯動人的詩。如〈九月於東逢雪〉、〈歸墅〉等。

回長安到王氏過世，再到入東川柳仲郢幕 067 － 069

商隱回長安後，於大中三（849）年二月選上盩屋尉。不久之後，他被京兆尹奏請代理僚屬職務，因此又在長安居住。但他這個代理職位大概遲遲沒有真除，因此，當大中三（849）年十月盧弘正鎮徐州，辟商隱入幕為判官，並帶侍御史衛（從六品下）時，商隱就接受了。他大概於四（850）年春間到達徐州。盧弘正於五（851）年春卒於鎮，於是商隱以徐州府罷入朝，於暮春

返抵長安。商隱妻王氏似於他抵家前不久不幸過世。仍在暮春，商隱以文章干令狐綯，可能因此得以補太學博士。851年六月，柳仲郢出鎮東川，辟商隱為節度書記，商隱接受了。

至此，讀者可能已經看得眼花撩亂，對於商隱頻頻求這個官、換那個官，感到十分不解，甚至根本不在乎這一回事了。其實，商隱的出發點相當單純：第一他得有個工作以養家活口；第二他希望這個工作俸祿高一點，不要根本不足以餬口；第三他希望工作地點能在長安，以便就近照顧家人。雖然希望有三個，他其實只要滿足部分就夠了。但是，儘管如此，他人在官場，身不由己。他仍然就像一顆皮球似地被人在官場上，在這個國家裡踢來踢去。讀者可以不去管他求了、當了些什麼官，但是一定要深深了解他求這些官、當這官背後的無奈與悲哀。不然的話，恐怕會不太容易讀懂後期的商隱詩的。

王氏的過世 073、075－077

雖然至今為止仍有一些爭議，我們大致可以確定王氏在大中五（851）年春過世。過世的原因沒有任何記載，但是我懷疑多半與積勞成疾有關。商隱寫了一首〈房中曲〉來悼念王氏，這首詩情調由平靜、不捨、愧疚、而終至沉痛激昂，十分動人。自然，商隱悼念亡妻的作品不會只有這一首。在他於851年秋冬之際出發前往東川之前，他還分別在長安、洛陽兩地作了〈辛未七夕〉、〈昨夜〉等眾多懷念王氏的詩。除此之外，大中六（852）年秋商隱在東川又作了一組題為〈李夫人〉的思念王氏的詩。更有進者，依這組詩所敘，商隱似乎鑄了王氏的金（銅？）像，置於她

的壽宮中，日日膜拜。如果我們把〈錦瑟〉也算進來的話，那麼可說商隱直到暮年還深深思念著這位他曾感嘆「結愛曾傷晚，端憂復至今」〔見〈搖落〉，作於大中二（848）年商隱三十八歲時〕的愛妻。

在柳仲郢東川幕 [078] – [091]

商隱於大中五（851）年七月接受了柳仲郢赴東川幕（鎮梓州）的辟召，十月在梓州見到了仲郢。同年十二月十八日他被派往西川節度使治所成都協助推劾刑獄案件，隔年初事畢返回梓州。在成都離席上他作了出名的〈杜工部蜀中離席〉一詩。此後，他在梓州直待到大中九（855）年罷府為止。我們如果可以從他這幾年間在梓州寫的詩來判斷他的心情的話，那麼可以說：他先是想家，對新環境，尤其是梓州的自然環境不適應，感到苦惱；然後自己努力調適，到了偶或可以從幕中日常生活得到樂趣的程度；等到時間一久，則懷疑自己是否將長久待在梓州，再也回不了長安了。讀者在讀這些詩的時候，可以留心一下哪一首屬於哪一種心情，或哪幾種心情的混合、交戰。不管屬於怎樣的心情，背後總有一個支配的基調，那就是對回歸家鄉長安的渴望。

隨柳仲郢還京，為鹽鐵推官，後卒於洛陽

[092] 、 [093] – [095] 、 [096] – [097] 、 [098] – [100]

柳仲郢的東川幕府在大中九（855）年罷府，同年年底，商隱隨柳仲郢奉召入朝，隔年春天回到長安。一路上，他經過了一些有紀念價值的地方，為之吟詠賦詩。較出名的有〈籌筆驛〉和

〈重過聖女祠〉。回到長安後，他回憶起大中五（851）年深秋要赴東川時，韓畏之的兒子韓偓（小名冬郎）曾即席賦詩相送，一座盡驚，於是特別寫了兩首七言絕句酬答韓偓，「兼呈畏之員外」。

柳仲郢在東川因「美績流聞」，朝廷原徵召他回京為吏部侍郎。回朝後改授兵部侍郎，同（856）年十月，以本官兼御史大夫充諸道鹽鐵轉運使。不久，仲郢奏請朝廷以商隱為鹽鐵推官（轉運使下位於中、下級間的僚屬）。大中十二（858）年二月，以柳仲郢為刑部尚書，改以夏侯孜充諸道鹽鐵轉運使。照理商隱也該在此時罷鹽鐵推官。但我懷疑商隱在此之前不久即已因病辭官，或暫時請假，前往洛陽。〈正月崇讓宅〉一詩當即作於大中十二（858）年正月夜宿崇讓宅時。而〈井泥四十韻〉及〈錦瑟〉則作於其後。大概在晚春三月間，商隱即卒於洛陽。

001 無題（八歲偷照鏡）

八歲偷照鏡，長眉已能畫。
十歲去踏青，芙蓉作裙衩。
十二學彈箏，銀甲不曾卸。
十四藏六親，懸知猶未嫁。
十五泣春風，背面鞦韆下。

這首詩描寫少女早慧，勤於習藝，嚮往愛情，而幽閨深藏，青春虛耗，無法掌握自身命運，託寓痕跡很明顯。因為早慧，所以才只八歲就會偷偷照鏡子畫長眉。古人以長眉為美。唐代天寶年間，長眉仍為入時妝扮。如白居易〈上陽白髮人〉就描寫其時婦女時妝說：「青黛點眉眉細長。」十歲的時候，春天三月三日去郊遊踏青，穿著荷花花樣的亮麗裙子。唐人踏青是在「上巳節」（農曆三月三日）。「衩」：（音詫〔chà〕）衫裙兩旁開口的地方，就是現在俗語所謂的開衩。「裙衩」即指裙子。「學彈箏」是為了增加才藝，充實自己的內涵。「銀甲」指套在手指上的銀製甲爪，用以撥弦。「不曾卸」表示學藝勤奮。十四歲的時候，年紀

稍大了，所以男女有別，深藏在家裡，連關係最密切的親戚也不給見。人們只能揣測知道她還未出嫁。到了十五歲，她有一天盪秋千盪到一半，不盪了；背對著秋千，在春風中哭泣了起來。為什麼會這樣呢？《詩經・豳風・七月》有幾句說：「春日遲遲……女心傷悲，殆及公子同歸。」意思是，春天裡陽光和暖……女孩子思春了，內心感傷，想找個公子嫁給他。這種女子在春光明媚的日子裡，動起思慕異性之心，期待愛情降臨的說法，在古代是很平常的。但是本詩中的女主角「幽閨深藏，青春虛耗」，難怪她會獨自在秋千架前向著春風哭泣了。

上面這些講少女的話有什麼寓託呢？屈復說：「『十五（泣春風）』二句寫聰明女郎省事太早，而幽怨隨之；才士之少年不遇，亦可嘆也。」（《集解》引）實際上，不單「十五泣春風」二句，整首詩寫的就是這層意思。也就是說，我們開頭講的少女早慧等等話，不但對一位懂事太早以至於幽怨隨之而來的少女而言很合適，對一位有才而不遇的少年而言也很合適。詩人講這些話是用以自況嗎？有可能。不過詩人既不明講，讀者也就不需強作解人。我們只想指出，這首詩雖然無法確切繫年，但說它應作於商隱進士及第之前，大致是不會錯的。

002 初食筍呈座中

嫩籜香苞初出林，於陵論價重如金。
皇都陸海應無數，忍剪凌雲一寸心？

這首詩也無法確切繫年，但卻可以推定係作於商隱進士及第
前。詩題的意思是「初次吃筍，特別作這首詩呈給座上的各位。」
詩句說：鮮嫩的竹殼和芳香如花苞的竹筍是剛剛從竹林子裡挖出
來的。若在於陵那地方，這竹筍論起價格來，要貴重得跟黃金差
不多。京城這地方陸上產的、海上產的山珍海味應該不計其數，
人們怎麼忍心將這未來會長得高聳入雲的徑寸竹心也剪來吃掉
呢？

你有沒有發現，詩人不僅像一般評論家講的那樣，將竹筍的
「凌雲一寸心」視如自己，他其實整首詩都在藉竹子寫自己？在
討論這點之前，我們也許先該討論一下這首詩的寫作場合。依我
的推斷，這首詩極可能是商隱某次上京應考，在考前或考後放榜
前，在某位顯要官員府上從事行卷、溫卷一類活動時作的。晚唐
士人上京應舉，往往將自己的詩文謄一部分，在考前呈獻給京中

有影響力的官員，冀求汲引，這叫行卷。如果行卷一陣子沒有下文，他們會再謄一些詩文呈獻，以喚起官員的記憶，這叫溫卷。由於舉子可以公開向有影響力的官員干謁，官員也不忌諱協助他們欣賞的舉子，所以有時試還沒考，或考了還沒放榜，及第者就呼之欲出了。有人說本詩的末句藉剪食竹笋的「凌雲一寸心」來比喻抹殺詩人的少年壯志。這說法是相當適切的。果真如此，詩人在食笋的筵席上應該已經有考試失利的預感了。

回到我們原來的問題。詩首句喻指詩人自己是從外地州府前來長安參加考試，企圖發揮雄心壯志的新鮮人。次句藉竹笋在於陵那地方之價比黃金，喻自己在家鄉地方上之有崇高價值與地位。第三句說在長安，各地所產山珍海味不計其數，彷彿在說長安人才薈萃，各方有才分、地位的年輕人都聚到一起。末句比喻說，以長安之包容四海，在位者何須計較詩人的競逐，而忍心抹殺他出頭的機會，和一片雄心壯志呢？

談完本詩託寓的性質，我們要討論詩中一些特殊字詞的意義。首先，「香苞」指笋殼包裹的嫩笋，因形狀如花苞，所以稱之香苞。（《集解》補注）

其次，於（音屋〔wū〕）陵是漢代縣名，有學者查考出它的治所在今山東鄒平東南，並指出那一帶竹林稀少，所以竹笋貴重如金。（《增訂注釋全唐詩》）這資料當然有其價值，不過，我們不能忘了，商隱用於陵這地名應該只是舉它來代表所有竹笋很稀罕、很貴重的地方而已。最後，我們來看「陸海」這個字眼。學者間對這個詞一直有兩個互不相容的解釋。其一依據《漢書‧地理志》的「秦地有鄠、杜竹林，南山檀柘，號稱陸海，為九州

膏腴」。認為詩中「陸海」一語就是指長安附近物產豐饒之地，雖為陸地，但如海之無所不出，因此稱「陸海」。這個解釋放在詩中其實是講不通的。因為《漢書》的「陸海」包括長安附近產「竹林」的鄠、杜兩地，既然此地盛產竹林，人們吃筍乃自然順當的事，商隱應該沒理由抱怨皇都人之「忍剪凌雲一寸心」。另外，何焯說：「陸海，言陸地、海中所產之物也。」意思是說「陸海」指海陸所產種種東西，猶如現在說的山珍海味。我們在前面就採取了這個解釋。（參《集解》，頁 29 及葉蔥奇，頁 374）

⟨003⟩ 隨師東

東征日調萬黃金，幾竭中原買鬥心。
軍令未聞誅馬謖，捷書惟是報孫歆。
但須鸑鷟巢阿閣，豈暇鴟鴞在泮林。
可惜前朝玄菟郡，積骸成莽陣雲深！

隋朝滅陳得天下後，文帝、煬帝相繼攻打高句麗，用兵數次，損失人員、資源不計其數，最後仍以失敗告終。文帝、煬帝之所以對高句麗用兵，或許有其戰略考量，但在後代人眼中，這純粹只是好大喜功，虛耗國力，自速敗亡而已。李商隱就從這種角度來看隋師東征這件事。但是在〈隨師東〉一詩裡，他只是藉由這個觀點，作為評論他當時朝廷大事的引子而已。因此，詩的正文其實與隋朝沒有太大關係。

按：史載，唐敬宗寶曆二（826）年，橫海鎮（治滄州、景州，即今河北省滄縣、景縣）節度使李全略死，其子同捷不肯歸順朝廷。文宗大和元（827）年八月，命各路軍進討，然軍政腐敗，師老無功，至三年四月才初步平定。一般相信，商隱本篇係在暗

詠這件事。讀者讀詩時需有這個背景知識在心中，但似乎不必試圖把詩的各句與史實細節對應起來。

詩題〈隨師東〉的「隨」就是「隋」。詩由隋師東征寫起，同時也影射唐師之東征滄景。首兩句說：為了東征，每天要調度來成千上萬的黃金；一次又一次地竭盡中原的資源來換取士卒的鬥志。接下來直接就唐朝的戰事來發議論。詩說：朝廷的軍隊軍紀渙散，從來沒有聽說有像諸葛亮斬馬謖那樣嚴明的軍令；至於捷報的文書，唯有像晉將王浚謊稱斬得吳國孫歆首級那種貪功邀賞的情形。只要有鳳凰來到我們的阿閣裡築巢，意謂只要人主修德，朝廷能引來賢士，豈得容忍貓頭鷹聚集在我們泮宮（古代學宮）旁的樹林裡？意謂豈得容忍藩鎮割據州郡？最後詩又藉隋喻唐：可惜前朝（指漢朝）設置的玄菟郡，在隋的東征中被踐踏得骸骨堆積，像成叢的草莽一般，而天上則戰雲陣陣、密布深鎖。唐朝的滄景地區，在經過喪亂之後，城空野曠，戶口十口剩下不到三、四口。

接著，我們來討論詩中一些較特別的字詞和典故。先是「買鬥心」的「買」。這個字是「用金錢或其他事物（如爵位）換取得」的意思。「幾竭」句有的注釋引用《通鑑》（文宗大和二年）記載說：「時河南、北諸軍討同捷，久未成功，……朝廷竭力奉之，江淮為之耗弊。」對了解詩意頗有幫助。馬謖（音速〔sù〕）是三國時蜀將。建興六（228）年諸葛亮伐魏，派馬謖為前鋒。謖違反軍事部署，兵敗失去街亭。諸葛亮還軍漢中後，謖下獄死。孫歆是三國時吳國都督。晉伐吳，晉將王浚謊報戰功，說斬得孫歆首級。其後晉將杜預俘獲孫歆，解送洛陽，揭穿了事情真相。

「鸑鷟」（音岳濁〔yuè zhuó〕）是鳳凰的別名。「阿（音婀〔ē〕）閣」：四面有棟梁及檐霤的樓閣。「豈暇」句比較難。「暇」通「假」，借的意思。「鴟鴞在泮林」典出《詩經・魯頌・泮水》的「翩彼飛鴞，集於泮林。」鄭玄《箋》說這景象是比喻「淮夷之歸化」。但這解釋放在商隱詩裡講不通。有學者說應是喻藩鎮之割據州郡。這似乎比較符合本詩的脈絡。而全句可解為豈能容忍藩鎮在那邊割據州郡。

唐朝征李同捷的戰爭在文宗大和三（829）年四月大致平定。所以本詩理應作於大和三年四月之後。該年商隱十九歲（虛歲）。前面說過，該年十一月（《舊唐書・本紀》作十二月）令狐楚為天平軍節度使（治所在今山東鄆城縣），商隱在幕中做「敕定奏記」的工作。詩或許就作於其時。不管是否如此，透過此詩，我們可以看看這時年輕的商隱是怎樣在關心國事，並把自己的見解化成一首通達妥帖的詩歌。

004 無題（何處哀箏）

何處哀箏隨急管，櫻花永巷垂楊岸。
東家老女嫁不售，白日當天三月半。
溧陽公主年十四，清明暖後同牆看。
歸來輾轉到五更，梁間燕子聞長歎。

　　這首詩從「東家老女嫁不售」句到末尾，是在對比一個出身貧寒、沒有良媒的女性在感情、婚姻之路上的坎坷，與一個出身富貴、容貌出眾的女性在同樣一條路上的順利，最後並點出貧寒無媒者內心的煎熬。這一點讀者大概可以沒有什麼異議。但是此詩還有開頭兩句，這兩句究竟在寫什麼呢？與後面究竟有什麼關聯呢？這點就比較費解了。

　　「哀箏」謂彈箏作哀怨之聲；「急管」謂吹管作急促之音。「哀箏隨急管」蓋謂彈奏者內心又苦又急，所以不斷奏出既哀怨又急促的樂音來。為何彈奏者會內心又苦又急呢？第二句就用暗示的方式告訴我們答案。首先，櫻桃樹春末才開花，所以用「櫻花」來表示春暮。（參葉蔥奇）「永巷」就如陶淵明〈歸園田居

一〉說的「狗吠深巷中」，或〈讀山海經一〉的「窮巷隔深轍」，或王維〈渭川田家〉的「窮巷牛羊歸」裡面的「深巷」或「窮巷」，都是指女子住處的巷子是冷僻曲折的長巷，用以顯示她是貧賤女子。選擇用「永巷」（仄仄），而不用「深巷」或「窮巷」（平仄），大概是出於調配聲調的考量。（「櫻花」句聲調是平平仄仄平平仄。本詩雖非一般律詩，但有調平仄的跡象。有人稱它為仄韻律詩。）「垂楊岸」與「櫻花」一樣，也用以表示時節為暮春。（柳條都下垂，顯示不是早春初生。）所以這一句間接透露出：彈奏者是貧賤女子，眼看著春天將盡，春事（婚嫁之事）卻全無消息，所以內心又苦又急。

　　或者，如果容許我馳騁想像力的話，我要假設：「何處」二句是寫這位貧寒無媒的女性在家聽到遠處傳來清明時節富貴人家踏青遊春時樂工演奏的音樂，一路經過長滿櫻花的長巷，去到垂楊岸邊看熱鬧。「哀箏」的「哀」解為「清亮動人」（余恕誠說），「急管」的「急」謂「節奏急速」，都是在形容音樂昂揚的特色。「隨」字表示音樂連續不停，演奏完了箏跟著就又演奏管樂器。第二句除了寫此貧寒女性前往看熱鬧所經的路徑外，又有許多暗示意義。接下來與上段「櫻桃樹春末」至「不是早春初生」一段相同，不再贅述。結尾是：女子因嫁不出去，獨自一人，閒極無聊，一聽到人家遊春隊伍的熱鬧音樂就老遠趕去看。

　　到了第三句，就明白指出女子美麗而貧賤無媒，活到一大把年紀都嫁不出去的窘境來。「東家老女」用了宋玉〈登徒子好色賦〉的「臣里之美者，莫若臣東家之子（謂女子）」。是個虛擬人物。「嫁不售」用了《戰國策・燕策》的典故：「且夫處女

無媒，老且不嫁。舍（捨）媒而自衒（自炫耀），敝而不售（敝，猶敗，不成事；不售，好像商人東西賣不出去，不能成婚）。」東家老女雖然貌美，大概由於貧寒，而找不到好媒妁，所以年紀大了還沒嫁出去。雖然嫁不出去，還是會想嫁，這就是東家老女悲哀的源頭。「白日當天」是說日頭已在中天，猶如成語說的「日上三竿」，意思是不早了，或甚至說很晚了。「三月半」是說春天三個月已到了最後一個月的一半，意思也是不早了，美好的日子所剩無幾了。整句意思是：這位嫁不出去的老姑娘已經到了尋到對象的最後時刻了。古人的注有時過度簡略，看起來好像不知所云。例如何焯注這一句，只說：「懷春而後時也。」馮浩更只說：「言〔女性〕遲暮也。」（《集解》引）不過，他們的話還是滿有啟發性的。

「溧陽公主」一句，《南史・梁簡文帝紀》說：「初，〔侯〕景納帝女溧陽公主。公主有美色，景惑之。」「年十四」三字史文未見，不知何據。詩人引溧陽公主的故事，只是以她作個虛擬代表，顯示世上有一個類型的女性，她們出身高貴，又姿容俊美，所以年紀輕輕就獲得佳偶，正好與東家老女形成強烈對比。清明節這一天，東家老女外出看熱鬧，不知何時恰與「溧陽公主」同在一堵矮牆後面看風景遊人。公主理所當然闔家相陪，左擁右簇，與老女之孤獨一人有天壤之別。老女親自近身體會到自己之不如人，那種內心的震撼是不言而喻的。難怪她回家之後，在床上輾轉反側到五更，依然無法平靜下來。她的悲哀、她的煎熬，沒有一個人理解、關懷，就只有屋樑間的燕子聽到她的長嘆。

這首詩有的評論家也許一看完就會判定它是一首寓託「感士

不遇」之情的作品。的確，在中國文學中有這麼一個傳統在。在商隱本人的作品裡也不乏成例，〈無題〉（八歲偷照鏡）（001）就是著例。中國傳統士大夫在發抒「感士不遇」之情的時候，都自認為有才德而不為世所用，自己的「美」不為世人所知賞與珍惜。在這種情況下，如果詩人（不限李商隱）以「老女嫁不售」來自比，這個「老女」當然也是個美人。其所以嫁不出去，原因在於沒有良媒。而士人之所以「不售」，原因則在於沒有大人物汲引。

雖然本詩可以由「感士不遇」的角度理解，但是我覺得，本詩寫一個出身貧寒、沒有良媒的女性，老而「嫁不售」的悲哀與煎熬，寫得活靈活現，十分動人心弦。而且從《詩經・召南・摽有梅》的例子來看，這種遭遇與感情曾經也是相當普遍的，在文學上的重要性不應該低於「感士不遇」。因此，若要兩全其美，讀本詩時應該字面感情與寓託感情兼顧，不要偏廢。

最後，我想指出，本詩不僅有寓託，而且還有可能是商隱自況。但是，儘管如此，我們沒必要企圖去判定它是為何事件而寫，只能說它應作於商隱進士尚未及第時。

005 宿駱氏亭寄懷崔雍崔袞 835年

竹塢無塵水檻清，相思迢遞隔重城。
秋陰不散霜飛晚，留得枯荷聽雨聲。

　　這首詩是商隱有一天夜裡借宿在駱氏水亭裡，懷念起崔雍、崔袞，因而作來寄給他們的。崔雍、崔袞是商隱的老長官、老恩人崔戎的兒子。〈傳略〉裡提過，崔戎過世於山東任所後，隔年商隱曾往長安崔宅憑弔，也見了崔戎的兒子。這首詩作年無法確考，不過我懷疑或許是商隱憑弔崔家後東歸鄭州途中寫的。詩題中逕稱「崔雍、崔袞」名字，一方面可能因為商隱比他們二人年長，另一方面還可能因為此時二人尚未入仕。

　　這首詩雖然是短小的七言絕句，但不管在結構安排或感情演繹上都十分周全細緻。我們邊來解釋詩句邊來印證這個論點。「竹塢」是種有竹林以蔽蔭的船塢。「水檻」是傍水的有欄杆的亭軒。竹塢是用以登亭軒的，而這亭軒就是駱氏亭。中國古詩凡是有社

交性質的，大都要講究詩句與題目的呼應。「竹塢」句就是在呼應「宿駱氏亭」。第二句說詩人自己與崔氏兄弟隔著重重城池，相去遙遠（「迢遞」），因此非常思念。這就呼應了「懷崔雍崔袞」五字。末句將詩人夜宿駱氏亭所見所聞報告給崔氏兄弟知道，呼應了「寄」字。

接著我們來講感情演繹的一面。首句講駱氏亭又「無塵」、又「清」，顯示了自己宿處的美好，這是寫自己愜意之處。由於住宿愜意，反倒懷想起崔氏兄弟之落魄來。商隱曾講過，他去憑弔崔家時，崔家「宅破子毀（兒子心痛哀毀）」，「西風衝戶捲素帳，隟（即隙）光斜照舊燕窠」，悲慘衰颯之象歷歷在目。（見〈安平公詩〉）而現在相隔重城，地方遙遠，所以相思之情益加強烈。駱氏亭究竟位於何處，實在眾說紛紜，以至於清人程夢星乾脆說：此亭「非當時名勝，無足深考」。（《集解》引）實際上，若能考出結果，對了解詩句是有些幫助的。因為如此一來，我們對詩人與崔氏兄弟之間的距離就可以有具體的認識。目前，我們只能依全詩脈絡對「相思」句作我們較能接受的解釋。（「迢遞」、「重城」等詞語至今都尚有異說。）接下來的「秋陰不散」寫的是令人抑鬱難以舒展的天候。李善注《文選‧江淹‧〈從冠軍建平王登廬山香爐峰〉》「曾陰萬里生」句說：「陰者，密雲也。」深秋天空濃密的雲層始終聚集不散，詩人面對這種天象，就如他面對崔氏兄弟的境遇一樣，應該是哀愁的，但也是無力左右的。可喜的是，聚集不散的濃雲使得結霜變得比較困難。於是，荷葉雖然早已開始枯萎，卻還沒有完全凋落。入夜以後，濃雲下起雨來，打在殘存的枯荷上，那滴答的聲響真是別有一番風味。而聽

著這雨聲的詩人，心中也該有一種難以言喻的紓解、滿足感吧。

　　詩評家喜歡談「詩眼」。「留得枯荷聽雨聲」就可說是本詩的「詩眼」。懷念二崔的商隱是哀愁的；凝聚不散的密雲是令人抑鬱的；枯荷是凋殘的。但「留得」句把三者的哀愁、抑鬱、凋殘鎔鑄轉化成一個完全不同的經驗了。這句詩從某些哀傷、衰颯、殘敗的事物中構成一個特殊情境，傳達出特殊的美感來。在此，讀者或許會想起「春風又綠江南岸」中的「綠」字那種傳達大自然生機之美的「詩眼」來。相對於此，「留得枯荷聽雨聲」的美是截然不同的。它的美可說是「異色」的。它的美是從對衰颯、殘敗之事物的不捨與知賞來的。這是李商隱很擅長於捕捉與傳達的一種美感。讀商隱詩，須習慣於這種特異的美感。

006 007 有感 二首 836年

其一

九服歸元化，三靈叶睿圖。
如何本初輩，自取屈氂誅？
有甚當車泣，因勞下殿趨。
何成奏雲物？直是滅崔苻。
證逮符書密，辭連性命俱。 10
竟緣尊漢相，不早辨胡雛。
鬼籙分朝部，軍烽照上都。
敢云堪慟哭，未必怨洪鑪！

其二

丹陛猶敷奏，彤庭欻戰爭。
臨危對盧植，始悔用龐萌。
御仗收前殿，兇徒劇背城。

原注：乙卯年有感，丙辰年詩成。

045

蒼黃五色棒，掩遏一陽生。
古有清君側，今非乏老成。[10]
素心雖未易，此舉太無名。
誰暝銜冤目，寧吞欲絕聲？
近聞開壽讌，不廢用咸英。

　　這組詩題目叫「有感」，題目下又有詩人原注說「乙卯年有感，丙辰年詩成」。我們自然要先探討乙卯年是哪一年，那一年發生了什麼事情讓詩人感觸深刻，以至於跨年（乙卯接著是丙辰）寫了這兩首詰屈聱牙的詩。這個乙卯年指的是唐文宗大和九（835）年乙卯。那一年的十一月二十一日，大唐京城長安的宮廷裡發生了一件腥風血雨、幾乎使唐朝滅國的動亂，史稱「甘露事件」。商隱的感觸就來自這件事，詩裡反反覆覆講的也是這件事。本來，各種關於唐代的史書記載這件大事，也算詳盡。但由於事涉「謀反」陰謀，各書下筆時似乎稍嫌不夠持平。因此，下面我將比較詳細地敘述此事的來龍去脈，關鍵處更將直接譯述史書記載文字，務使讀者能較客觀地了解、判斷事件的是是非非，以為理解商隱感觸的基礎。

　　事件的主角叫李訓、鄭注。依《舊唐書》訓、注二人列傳以及《通鑑·文宗紀》，二人剛開始能在朝廷立足，以及後來能迅速爬升，主要都是透過結納、逢迎宦官王守澄達成的。王守澄是當時最有權勢的宦官頭子。唐朝自代宗以來，宦官由於統領禁軍，勢力日漸坐大，到了皇帝廢立都受其操縱的地步。文宗「表

面上雖對他們很優遇，內心其實無法忍受。想要從根本上把他們翦除乾淨，一雪胸中仇恨和恥辱。但是身居宮禁深處，也難以和將相明言」。（譯自《舊唐書》）李訓、鄭注二人不只在朝中得權，更日漸得到文宗的信愛。而諷刺的是，靠宦官的提攜在朝中扶搖直上的訓、注二人，接下來要做的是，以誅除宦官為主要目標，尋求文宗的共鳴與支持。他們很快就獲得文宗的支持。大和九年九月李訓遷禮部侍郎、同平章事（宰相）。訓既秉相權，即開始謀誅宦官，先後殺了惡名昭著的陳弘志、王守澄。然後命鄭注為鳳翔節度使，相約作為十一月殺宦官時的外應。另以親信郭行餘為邠寧節度使，王璠為太原（河東）節度使，羅立言代管京兆尹職務，韓約為金吾街使（金吾街為京城衛戍部隊所在地），李孝本掌管御史中丞事。這樣的安排是要讓郭行餘與王璠在未赴節度使鎮所前，在京多方召募豪俠，並讓羅立言等人調度京兆府、金吾街、御使臺的從屬人員，一齊在十一月舉事時就近進入宮中，誅殺宦官。

　　一切安排妥當後，就看十一月二十一日的實際行動如何進行了。以下是我從《舊唐書‧李訓傳》（間參考《通鑑‧文宗紀》）所翻譯的當天事件經過，以及摘錄的事後屠殺情形。「十一月二十一日，文宗前往紫宸殿。朝班就定位後，韓約奏說：『左金吾衛隊部院子裡的石榴樹，夜來降了甘露。臣下已進了表狀。』於是舞蹈再拜，宰相、百官依次道賀。李訓奏說：『天降甘露祥瑞，近在宮禁內。皇上當親自到左隊部看看。』朝班退下之後，皇上乘軟轎出紫宸門，由含元殿東階登殿，宰相和侍臣分站在副階，文武官員兩班排列在殿前。皇上令宰相和中書、門下兩省官

員先去看。他們回來後說：『臣等恐怕不是真的甘露，不敢隨便講。因為一旦講了，天下官民一定都會道賀。』皇上說：『難道韓約撒謊嗎？』於是就命令左右軍中尉仇士良和樞密內臣魚弘志（都是大宦官）率領眾宦官去看。

他們去了以後，李訓召喚王璠、郭行餘說：『來接聖旨！』沒想到王璠恐懼，無法上前；只剩郭行餘單獨跪拜在殿下。那時候，王、郭屬下太原（河東）、邠寧兩個節度府的官兵，都拿著兵器候立在丹鳳門外，李訓先已下令叫他們進宮來接受旨意。結果，只有王璠帶領的部隊進來，邠寧的部隊終究沒有前來。（大宦官）仇士良等人到了左隊部，聽到簾幕下有兵器的聲音，驚恐地跑了出來，看門的人意圖把他們關在裡面，被宦官叱責，持著門閂無法關門。仇士良等回來進奏皇帝，韓約恐懼冒汗，抬不起頭來。宦官告訴他說：『將軍怎麼會這個樣子呢？』又進奏說：『事情很急迫了，請皇上到裡面去。』於是就抬著軟轎來迎接皇帝。李訓在殿上呼叫說：『金吾衛士到殿上來，保護乘轎的那個人，每個人賞十萬文錢。』宦官衝破殿後的屏網（罘罳，音浮思〔fú sī〕），抬著轎子快速趨走。李訓攀著轎子呼叫說：『皇上不能進去。』這時金吾衛士數十人已隨李訓登殿。羅立言率領（京兆）府中從人三百多自東面來，李孝本率領（御史）臺從人二百多自西來，都上殿猛烈攻擊，宦官死傷的有數十人。這時皇上的轎子一路曲曲折折入宣政殿門，李訓攀著轎子，呼叫得更加急迫。皇上瞋目叱喝李訓，宦官郄志榮奮力出拳攻擊李訓胸部，李訓就仆倒在地。皇上進了東上閣門，門隨著立即關上，宦官再三高呼萬歲。不久之後，宦官率領禁兵五百人，露出兵刃出閣門，

遇人即殺，各機構官吏死者六七百人。宦官仇士良等知道皇上參與策畫，心中怨憤，對皇上講出不遜的話。皇上慚愧恐懼，不再講什麼話。」

事後宰相王涯、賈餗、舒元輿還有王璠、羅立言、郭行餘等多人都腰斬梟首，親屬皆死，妻女不死的淪為官婢。鄭注也被斬。

知道了乙卯年甘露事件的始末，應該可以較順利地來讀〈有感〉二首的本文了。

白話串講

其一

九服歸元化，三靈叶睿圖。

全國中央政令所可能到達的地方都歸皇上的德化，天下日、月、星等自然事物的徵兆、感應都吻合皇上的英明謀畫。（在這種情況下，）

如何本初輩，自取屈氂誅？

為何像漢朝袁本初那樣本應捕殺所有宦官的人，反而像劉屈氂那樣，被宦官指控，自招誅殺的下場呢？（在事件中，）

有甚當車泣，因勞下殿趨。

皇上的無奈，比晉成帝被逼遷往石頭城，哀泣登車，還有過之。皇上因此而被宦官挾持，下殿趨走。（事件一開始，）

何成奏雲物？直是滅萑符。

哪裡像是要進奏天降祥瑞的喜事？簡直就如興兵要剿滅鄭國的萑苻大盜一般。（事件失敗後，）

證逮符書密，辭連性命俱。

要逮捕與案情有牽連的人，文書極盡密集；供詞相及的人，性命就都一起賠上了。（皇上的狼狽）

竟緣尊漢相，不早辨胡雛。

竟然源自尊用一個只是看起來有宰相威儀的人，又沒有及早分辨出胡人石勒這種野心家。（事件失敗後）

鬼籙分朝部，軍烽照上都。

登記死者的名冊，把朝廷官員分成存活和死亡兩類。軍隊的烽火照射了整個京城。

敢云堪慟哭，未必怨洪鑪！

敢於說出此事值得慟哭的人們，未必會怨恨天地造化，而會怨恨人謀之不臧吧。

其二

丹陛猶敷奏，彤庭歘戰爭。

皇宮裡的臺階下，大臣還在上奏，宮廷裡忽然就打起仗來了。

臨危對盧植，始悔用龐萌。

臨危的時候，面對盧植那樣真能成功誅殺宦官的大臣，才後悔任用了龐萌那種臨事會謀反的人。

御仗收前殿，兇徒劇背城。

皇上的儀仗剛從前殿進入內宮，兇殘的宦官立刻如背城殊死作戰一

樣厲害地殺戮起來。

蒼黃五色棒，掩遏一陽生。

李訓等人倉卒舉事，像過早懸起曹操用來誅殺犯禁者的五色棒，結果反而阻遏了事變那天冬至日初生的陽氣。

古有清君側，今非乏老成。

古代有清君側的前例，眼前朝廷裡也並不缺乏老成持重的大臣。

素心雖未易，此舉太無名。

那李訓等人效忠皇上的本心雖沒有什麼改變，但他們做的這件事情，實在太師出無名了。

誰暝銜冤目，寧吞欲絕聲？

叫誰來讓那些含冤而死的人能夠瞑目呢？難道要叫朝野所有心中憤恨欲絕的人都忍氣吞聲嗎？

近聞開壽讌，不廢用咸英。

最近聽說皇上又開壽宴，而且仍然沒有停止奏那最盛大的咸英之樂呢。

注釋

其一

- 九服歸元化：九服，古代從王畿（王都所在處的千里地面）以外，由近到遠，把中央政令所及的地方分為九等地區，稱為「九服」。這裡「九服」就指全國。元化，本指大自然的運轉，後借以指帝王的德化。[1]

- 三靈叶睿圖：三靈，《漢書‧揚雄傳》顏師古注引如淳曰：「三靈，日、月、星垂象之應也。」也就是日、月、星（蓋以代表自然界各種重大事物）所顯現的各種徵兆在人事上的感應。叶，同「協」，合也。睿圖，指帝王的英明謀畫。[2]

- 如何本初輩：本初，後漢袁紹的字。《後漢書‧何進傳》說：宦官張讓、段珪等既殺何進，「〔袁〕紹遂閉北宮門，勒兵捕宦者，無少長皆殺之。」[3]

- 自取屈氂誅：屈氂誅，《漢書‧劉屈氂傳》〔氂，音離（lí）〕說：屈氂是漢武帝庶兄中山靖王的兒子。曾在武帝急著處理巫蠱事件的時候，由於宦官告發他與貳師將軍李廣利共同祝禱，欲立武帝第五子、李夫人（廣利妹）所生的昌邑王劉髆為帝，被詔令腰斬、妻子梟首。[4]

- **首四句是二詩綱領，說一國之內自然、人事都和諧順利，符合皇上英明謀畫，何以「天下本無事，庸人自擾之」，無端來個誅殺宦官的計謀，結果本當誅殺宦官的大臣，反被宦官所害，自取敗亡。**

- 有甚當車泣，因勞下殿趨：當車泣，《晉書‧成帝紀》載：「〔蘇〕峻逼遷（年幼的）天子於石頭（城），帝哀泣升車，宮中慟哭。」下殿趨，《南史‧梁武帝本紀》載，有童謠說：「熒惑（火星）入南斗，天子下殿走。」這裡是指文宗被宦官挾持趨走入宮。[5]、[6]

- 何成奏雲物，直是滅萑苻：奏雲物，「雲物」是日旁雲氣的顏色，古代藉以觀測吉凶水旱。這裡「奏雲物」指進奏祥瑞（也就是所謂石榴樹夜降甘露的事）。滅萑苻，《左傳‧昭公二十年》：「鄭國多盜，取（劫）人於萑苻〔音環福（huán fú）〕之澤（蘆葦叢生的湖澤），太叔興徒兵以攻萑苻之盜，盡殺之。」 [7]、[8]

- 證逮符書密，辭連性命俱：證逮，「證」，佐證，即證人。以有證人證明與案情相牽連而加以逮捕。符書，（逮捕的）官文書。密，密集。辭連，供詞牽連到。性命俱，性命共同，俱〔音居（jū）〕。 [9]、[10]

- 竟緣尊漢相：尊漢相，《漢書‧王商傳》記載說，漢成帝時丞相王商身材高大，容貌過人。匈奴單于來朝，見到王商，頗為畏懼。成帝稱嘆說：「此真漢相矣。」這裡以王商比李訓。《舊唐書‧李訓傳》說李訓形貌魁梧，神情灑落。似有王商威儀。 [11]

- 不早辨胡雛：辨胡雛，據《晉書‧石勒載記》，石勒十四歲時在洛陽做生意，靠著上東門撮口而嘯。王衍見了，對左右說：「方才那個胡人小孩，我看他聲音眼神有異志，恐怕將成為天下的禍害。」於是派人收捕，然石勒已經離去。後石勒成為「五胡亂華」時期前趙的君主。這裡蓋以石勒比喻鄭注，因鄭注也是早有異志而終成禍害。 [12]

- 未必怨洪鑪：怨洪鑪，「洪鑪」指天地大化。《莊子‧大宗師》說：「天地為大爐，造化為大冶（大鑄匠）。」 [16]

其二

- 丹陛猶敷奏，彤庭歘戰爭：陛，皇宮裡的臺階，因塗成丹紅色，故稱丹陛。敷，陳、陳述；奏，奏言。敷奏即上奏。彤，朱紅色。彤庭即朝廷。 [1]、[2]

- 臨危對盧植：盧植，《後漢書‧何進傳》記載，何進謀誅宦官，事洩被殺後，宦官張讓、段珪等劫太后、少帝從複道逃往北宮。尚書盧

植執戈於閣道窗下指斥段珪罪惡，珪等畏懼，乃釋太后，然後劫少帝逃向小平津（黃河渡口，在洛陽北）。盧植連夜追至河邊，王允派閔貢追隨在盧植後面，閔貢到了之後，親手斬殺宦官數名，其餘的都投河而死。

這句詩下面有商隱原注說：「是晚獨召故相彭陽公入。」故相指令狐楚。楚於大和九年十月進封彭陽郡公。《新、舊唐書·令狐楚傳》都說事變之夜文宗召鄭覃及令狐楚入禁中議事。《通鑑》則說文宗於事變隔日上朝時召覃、楚議論宰相王涯罪行。文宗於事變當夜即召鄭覃、令狐楚入禁中的事似乎已有點匪夷所思。商隱注說是「獨召故相……入。」這條自注實在令人困惑。難不成那只是一時謠傳，而商隱因與令狐楚關係厚密，傾向於聽信？

可能即由於上述自注，有人認為詩意以盧植比令狐楚。然楚於誅殺宦官一事，毫無緇銖之功，如何與盧植相比？這點有待我們進一步思考。 3

- 始悔用龐萌：龐萌，東漢初人，很得光武帝信愛，後因疑心皇帝不信任他而謀反。光武帝親自率兵討伐他，深悔自己看錯了人。事見《後漢書·龐萌傳》。 4

- 御仗收前殿：前殿，指文宗坐朝的含元殿。 5

- 蒼黃五色棒：五色棒，曹操初為洛陽北部尉，造五色棒，懸在城門左右，各十餘根，有犯禁的，不避豪強，都加以棒殺。曾殺掉犯禁的宦官蹇碩的叔父。見《三國志·魏志·武帝紀》注引《曹瞞傳》。 7

- 掩過一陽生：一陽生，此事件發生於文宗大和九年（乙卯）十一月二十一日，正當該年冬至。冬至後夜開始變短，晝開始變長，古人稱之為陽氣初動，叫「一陽生」。在此，一陽生比喻國家復興的機會。 8

- 不廢用咸英：咸英，傳說黃帝之樂為〈咸池〉，帝嚳之樂為〈六英〉。 16

　　接著我們要問，商隱對甘露事件的理解與評判正確嗎？公允嗎？關於這點，我們有兩件事是需要事先考量的。先是，甘露事件對商隱而言是「時事」，而非「歷史」。因此，他能掌握多少資訊是個大問題。其次，我們不能忘了，商隱也是一個傳統的中國士大夫，他評判事情時應該也無法完全跳脫傳統士大夫的價值觀。至於後代史家，我前面已講過，他們對於這種牽涉「類謀反」陰謀的事件，是很難得保持客觀公允的。他們的傳統士大夫價值觀，比起李商隱，應該有過之而無不及。我不打算再多發表關於這方面的個人意見，祇希望讀者能趁這個機會思考一下政治報導、政治評論與政治事實之間的落差的問題。藉著「批判」詩中對事件的理解與評判，你或許可以慢慢培養出對現實生活中各種政治報導與政治評論加以適當「批判」的能力。例如：分辨某一報導或評論所依據的資訊是否充分，對資訊的解釋是否公正，有無故意扭曲的情況等。所以，剩下的就留給讀者你們了。

　　讀者在讀過二詩之後，會不會因為詩中典故太多，而對詩意仍有迷惘之感呢？實際上，詩裡要表現的大致不出宮廷上戰鬥之可怕、宦官之兇惡、文宗之危殆無奈、李訓謀略之草率與人格之不可靠、與亂後搜捕與事者之嚴密和殺戮之殘酷等項。至於寧可選擇使用歷史典故而不白描直敘，則我可以想到幾個可能原因。一是商隱並未實際目睹這一慘劇，而間接耳聞就如從歷史典籍讀來一樣，終隔一層。二是商隱要把詩中所寫事故提高到歷史層次。那不是局部個案，而是歷史上一再發生的通案。三是商隱還要應舉做官，寫得太逼真露骨，有不可逆料的危險。說不定還有其他原因，讀者可以動腦筋想想。但是歷史典故有時無法完全與

現實事件吻合。所以我建議讀者只要知道典故所要表現的大致意涵就好，不要試圖追究典故與現實的絕對吻合。例如「臨危對盧植」句與現實情況實在不合，這上面已經講過，這裡就從簡一提就好。

最後，我要討論一下，這題為「有感」的兩首詩感情是怎麼表達的。對部分讀者而言，或許這兩首詩就只是在敘述、議論事件，在徵引歷史典故以加強詩人的觀點，根本就沒有在抒情。其實，仔細讀起來，此二詩於夾敘夾議之外，是不忘表達感情的，甚至到了處處表達感情的程度。只是這些感情多半隱於敘述、議論之中，較少直接抒發，尤其不大聲抒發而已。舉幾個例子。「有甚當車泣，因勞下殿趨」除了寫事件一個片斷之外，難道沒有傳達出詩人對文宗無奈、落魄、危殆處境的不捨與同情嗎？到了詩末尾，「近聞開壽讌，不廢用〈咸英〉」，豈不又對文宗事後的麻木與不堪感到不滿與憤慨？說實在的，這兩句已經相當露骨，距離直接指摘不遠了。再看「敢云堪慟哭，未必怨洪鑪」。這兩句對那些懂得慟哭，怨天無益、怨人堪哀的人，不是發出深沉的同情與悲哀嗎？「誰瞑銜冤目，寧吞欲絕聲」悲痛憤慨之情更溢於言表。商隱寫這兩首詩的時候只有二十五、六歲。他在那個年紀能經營這樣的詩，我們難道會難以欣賞這樣的詩嗎？「有為者亦若是！」你說不是嗎？

⟨008⟩ 哭遂州蕭侍郎 二十四韻 836年

*全書之長詩原文與其注釋皆標注行碼，以便讀者對應兩者的關聯。

　　就如我在〈傳略〉中提到的，商隱的恩人蕭澣在大和九（835）年官位一貶再貶，最後於大和十（836）年卒於遂州（今四川遂寧）貶所。蕭澣顯然是被無端捲進一場朝廷政治鬥爭中，他的悲劇是唐朝廷、乃至整個唐朝社會國家的共同悲劇，而且幾乎是個無從挽回的悲劇。《舊唐書・文宗本紀》記載此事說：

　　[大和]九（835）年……六月……京兆尹楊虞卿家人出妖言，下御史臺。……敕虞卿歸私第……人皆以為冤誣。[李]宗閔於上前極言論列。上怒，面數宗閔之罪，叱出之，故坐貶……李宗閔貶明州司馬。七月，貶京兆尹楊虞卿為虔州司馬……壬子再貶李宗閔為虔州長史……貶吏部侍郎李漢為汾州刺史，刑部侍郎蕭澣為遂州刺史……八月，又貶李宗閔為潮州司戶。……宗閔黨楊虞卿、李漢、

蕭澣皆再貶。（依《通鑑》，澣再貶遂州司馬）

另外，《通鑑》在記載楊虞卿家妖言案時說：

京城訛言鄭注為上合金丹，須小兒心肝，民間驚懼，上聞而惡之。鄭注素惡京兆尹楊虞卿，與李訓共構之，云此語出於虞卿家人。上怒，六月，下虞卿御史獄。[鄭]注求為兩省 (中書、門下) 官，中書侍郎、同平章事李宗閔不許，注毀之於上。會宗閔救楊虞卿，上怒，叱出之；壬寅，貶明州刺史。

讀者至此應很清楚，蕭澣掉進的是一場荒謬而凶殘的政治鬥爭。只是，這次鬥爭兩造不是晚唐黨爭中出名的李宗閔黨與李德裕黨，而是李宗閔黨面對李訓、鄭注黨（至少《通鑑》的說法是如此）。

李訓、鄭注這兩人的正邪與歷史功過不是三言兩語可以說清的。依《通鑑》，他們逐日博得文宗的寵信，設法排擠掉三個宰相（胡三省注：李德裕、路隋、李宗閔），威震天下。對於所嫉惡的朝官，都指為二李（德裕、宗閔）之黨，貶逐無虛日，班列殆空。廷中恟恟，上亦知之。其時，宦官操縱皇帝廢立，為國之大患。李、鄭二人一面在朝中收買人心，獎拔心腹。一面謀求誅殺宦官。最後，假借天降甘露，欲請天子往視為由設計欲一舉肅清宦官。誰知半路事敗，宦官頭子率眾誅殺朝臣，宰相王涯、賈餗、舒元輿等十餘家皆族誅。鄭注為監軍張仲清所殺。李訓逃出

長安，最終被捕，被斬首獻於太廟。蕭澣的事件大體上就是〈有感〉（006、007）詩中所敘「甘露事件」的前奏。因為本詩寫作年代可能較〈有感〉為晚，所以放到〈有感〉後面來討論。

蕭澣死時為開成元（836）年，商隱已二十六歲，可說正在熱血青年時期，死者又是他親炙過的恩人，再加上伴隨蕭澣之死的乃是一場滅國式的宮廷鬥爭，無怪乎商隱會熱血沸騰、激憤莫名了。有了上面的說明，我們就可比較順利地來讀商隱哭蕭澣這首十分艱澀的詩：

遙作時多難，先令禍有源：
初驚逐客議，旋駭黨人冤。
密侍榮方入，司刑望愈尊。
皆因優詔用，實有諫書存。
苦霧三辰沒，窮陰四塞昏。 10
虎威狐更假，隼擊鳥逾喧。
徒欲心存闕，終遭耳屬垣。
遺音和蜀魄，易簀對巴猿。
有女悲初寡，無兒泣過門。
朝爭屈原草，廟餒若敖魂。 20
迴閣傷神峻，長江極望翻。
青雲寧寄意？白骨始霑恩。
早歲思東閣，為邦屬故園。
登舟慚郭泰，解榻愧陳蕃。

分以忘年契，情猶錫類敦。[30]
公先真帝子，我系本王孫。
嘯傲張高蓋，從容接短轅。
秋吟小山桂，春醉後堂萱。
自歎離通籍，何嘗忘叫閽！
不成穿壙入，終擬上書論。[40]
多士還魚貫，云誰正駿奔。
暫能誅僋忽，長與問乾坤。
蟻漏三泉路，螢啼百草根。
始知同泰講，徼福是虛言。

白話串講

遙作時多難，先令禍有源：

從古早以來，要有大災禍，都會先讓災禍有個源頭。

初驚逐客議，旋駭黨人冤。

剛開始的時候，人們對朝廷貶逐大臣的決定感到驚訝；很快的更對他們被打成黨人的冤屈感到驚恐。

密侍榮方入，司刑望愈尊。

在這時期，您仍然曾被光榮地召入朝廷密侍皇上，主持刑法，聲望愈加尊榮。

皆因優詔用，實有諫書存。

這都因為您當給事中時的忠懇諫言仍存，所以皇上優詔徵用您。

苦霧三辰沒，窮陰四塞昏。

但是整個國家連日陰晦，像濃得化不開的霧把日、月、星辰都遮沒，無窮無盡的烏雲使得天地四方，一片陰暗。

虎威狐更假，隼擊鳥逾喧。

那些小人仗著皇上的支持，像狐狸假借老虎威勢一般。雖有人像鷹隼一樣當秋順著天候搏擊姦惡，但小人像不怕鷹隼的野鳥一樣，反而更加喧鬧。

徒欲心存闕，終遭耳屬垣。

您空存著維護朝廷的心意，最終反而遭受那些以耳附牆、竊聽人言的姦人的構陷。

遺音和蜀魄，易簀對巴猿。

您以前和我談話的聲音現在與蜀國望帝魂魄化成的杜鵑鳥啼聲相和。您臨終前更換寢席時空對著巴地的猿猴。

有女悲初寡，無兒泣過門。

您留有女兒一人，可悲結婚隔年就喪偶了。您沒有子嗣，所以死後無人可登門而哭。

朝爭屈原草，廟餒若敖魂。

您在朝的時候像屈原一樣為保護重要的文件而遭讒忌，死了以後沒有後人到廟裡祭拜，像若敖之鬼一樣飢餒不得食物。

迴閣傷神峻，長江極望翻。

您貶到遂州那偏僻隔絕的地方，往北遙望有劍閣，高峻得令人傷神；往南極望有長江，江水洶湧如翻天。

青雲寧寄意？白骨始霑恩。

您豈還冀望再登青雲，返回朝廷？朝廷的恩典直等到您化為白骨才再降到您身上！

早歲思東閣，為邦屬故園。

早些年我想望能成為賓客，得到大官的招致、款待。正好您來治理地方，就在我的家鄉鄭州。

登舟慚郭泰，解榻愧陳蕃。

我和您彷彿郭泰和李膺一齊登舟一般，但我實在自慚不如郭泰。您如陳蕃為徐穉解榻一般優待我，但我覺得愧對您的禮遇。

分以忘年契，情猶錫類敦。

我們的情分像忘年之友一樣契合，感情就像親人一樣厚密。

公先真帝子，我系本王孫。

您的先人真正是帝王後裔，我的家族也是帝系中人。

嘯傲張高蓋，從容接短轅。

我們意氣相投，時或逍遙自在不拘禮俗地駕著高車，時或從容悠閒地一齊駕著粗陋小車。

秋吟小山桂，春醉後堂萱。

秋天裡共同吟詠淮南小山〈招隱士〉裡有關桂樹的句子。春天裡醉宴後堂，沒有忌諱。

自歎離通籍，何嘗忘叫閽！

我感嘆我還遠隔朝籍，未能入朝廷；但我何嘗忘了叩叫帝門，以表心跡呢？

不成穿壙入，終擬上書論。

我做不到挖掘墓穴，進去殉葬的事，但至少終究打算上書極論啊！

多士還魚貫，云誰正駿奔。

朝中還濟濟多士，天天像游魚一樣一個挨一個地連著走進朝班；但是他們究竟有誰正疾奔為您訟冤呢？

暫能誅儵忽，長與問乾坤。

皇上雖誅殺了像儵忽那樣行邪道危及他的李訓、鄭注，您的冤情卻永遠只能追問天地了。

蟻漏三泉路，螿啼百草根。

您的墓穴在黃泉之下因螻蟻而穿漏；墓門百草枝蔓，螿蟬亂叫，一片淒涼。

始知同泰講，徼福是虛言。

我這才了解到，聽法學佛，以求福報，終究只是虛言而已。

注釋

- 遙作時多難，先令禍有源：馮浩引田蘭芳說：「遙作即遠起之意。」然「遙作」二字用在這裡，意義頗難理解。大災禍指甘露之變，災禍的源頭指李宗閔、蕭澣等人之紛紛被貶逐。 [1]、[2]

- 初驚逐客議，旋駭黨人冤：逐客指蕭澣、楊虞卿等被貶離朝廷。黨人指宗閔等被視為朋黨，所以一貶再貶。 [3]、[4]

- 密侍榮方入，司刑望愈尊：密侍指蕭澣被由鄭州召入為刑部侍郎。 [5]、[6]

- 苦霧三辰沒，窮陰四塞昏：三辰謂日、月、星。四塞，蔽塞四方。 [9]、[10]

- 虎威狐更假，隼擊鳥逾喧：狐狸指李訓、鄭注等小人。鷹隼當指論斥李、鄭的人，其詳不知。鳥逾喧指李、鄭氣勢更為囂張。 [11]、[12]

- 徒欲心存闕，終遭耳屬垣：心存闕，《莊子‧讓王》：「身在江海之上，心居乎魏闕之下。」闕，古代宮殿前的高建築物，通常左右各一，建成高臺，臺上起樓觀。後以為宮門之代稱。心存闕，心存朝廷。 [13]、[14]

- 遺音和蜀魄，易簀對巴猿：遺音，死者存留在活人記憶中的說話聲音。簀，華美的竹席。易簀，更換寢席。出自曾子臨終前易簀的故事。後來稱人病重將死為易簀。蜀是現在的四川成都一帶，巴是現在的重慶市一帶。遂州在今四川遂寧，唐朝時屬劍南道，屬巴地，所以把「蜀魄」拿來與「巴猿」對舉作對子。 [15]、[16]

- 朝爭屈原草，廟餕若敖魂：《左傳》：「若敖氏之鬼不其餒而。」謂春秋時楚國的若敖氏的鬼將因滅宗而無人祭祀。「不其餒而」猶言不將飢餓乎？ [19]、[20]

- 青雲寧寄意？白骨始露恩：白骨，《通鑑》說開成元年夏四月文宗始大赦，量移貶謫諸臣。蕭澣不知卒於開成元年幾月？ [23]、[24]

- 登舟慚郭泰，解榻愧陳蕃：後漢郭泰遊洛陽，見河南尹李膺。後歸鄉里，衣官諸儒送至河上。泰只與李膺同舟而濟。眾賓望之，以為神仙。另後漢陳蕃為太守，在郡不接賓客，為徐穉來特設一榻，去則懸之。27 、28

- 分以忘年契，情猶錫類敦：錫類，《詩經‧大雅‧既醉》：「永錫爾類」，《箋》：「長以與女（汝）之族類。」此謂情如族類也。29 、30

- 公先真帝子，我系本王孫：謂瀚為蕭梁後人。又商隱自稱其家與李唐皇室系出同源。31 、32

- 自歎離通籍，何嘗忘叫閽：離，《廣雅‧釋詁》離，遠也。在此是遠隔的意思。通籍，當時宮廷須記名於門籍，始可進出通行宮門。其時商隱尚未及第授官，所以名字不在宮門門籍中。37 、38

- 多士還魚貫，云誰正駿奔：駿，迅速、疾。41 、42

- 暫能誅儵忽，長與問乾坤：儵忽（音殊呼〔shū hū〕），用《莊子‧應帝王》儵忽為渾沌鑿竅以比李訓、鄭注之危及文宗。葉蔥奇說。43 、44

- 蟻漏三泉路，蟁啼百草根：蟁〔音將（jiāng）〕，寒蟬屬。45 、46

- 始知同泰講，徼福是虛言：徼，通邀，求取。同泰講，梁武帝曾於同泰寺講經，聽眾常萬餘人。疑蕭瀚亦虔誠佛徒，故藉用此典故。47 、48

　　這首詩以哀悼蕭瀚為主幹，以自己與蕭的交情和蕭所處的政治環境為旁枝。雖有激憤與痛心，但因係一首長律（這類詩常見的形式），對仗多、用典多，所以讀起來覺得平衡而間接，感情並不露骨。加上詩實在很艱澀，所以讀者要先耐心讀完全詩後，再仔細回味，才能讀出詩中動人之處。

柳枝五首有序

009 - 013

836-837 年

文宗開成元（836）年四月，令狐楚檢校左僕射為興元尹，充山南西道節度使。十二月，以令狐綯為左拾遺。興元府在今陝西漢中市。令狐楚跟以往一樣，延請商隱入興元幕。年譜家說商隱當時正忙於準備應試，未能即赴（葉蔥奇，頁 802），或說商隱下年方赴興元，本年未有入幕實據（馮浩）。實際上，依據〈柳枝序〉，本年商隱先是忙著談戀愛，後又匆忙赴京應考，的確沒空。

〈柳枝序〉很生動、很戲劇化，但是很長、很難，且文中頗有遮掩迴避之辭。所以，我以下將全文翻譯為白話，以利讀者考究。〈序〉文說：

> 柳枝是一位洛陽里巷的姑娘。父親有錢，喜歡做生意，有一天因為遇到大風浪，死在湖上了。她母親不關切其他孩子，獨獨關切柳枝。長到十七歲了，化妝挽髮作髻，總是還沒結束，就起來走了。跑去銜樹葉發出嘯聲，

調弦彈琴，吹奏簫笛，奏出如天海風濤之聲的曲子，發出好像人心情幽憶怨斷的聲音。與她家鄰近有往來的人，聽了十年還互相懷疑柳枝醉夢顛倒，生活與情緒與常人有異，因而不敢婚聘。

我的堂兄讓山，居住的地方與柳枝家較接近。有一個春天多雲陰暗的日子，讓山在柳枝家南邊柳樹下下馬，吟詠我的〈燕臺〉詩。柳枝聽見了，驚問說：「誰有這樣的情愫？誰能寫出這個？」讓山回答說：「不過是我們里巷裡的年輕弟弟罷了。」柳枝用手扯斷她的長帶，請讓山以所斷長帶贈他弟弟向他弟弟求詩。隔天，我和讓山並馬前往她住的巷子，只見柳枝精心妝束打扮，頭上梳著兩個髮髻（按：這是未嫁女子的髮式）。兩臂交抱，立於門扇下，長袖遮面。指著我問道：「你就是弟弟？三天後，鄰居們將會去水邊湔裳（按：洗裙袴。這是古代一種風俗，據稱可以解災度厄。）我準備好博山香等待你，請與這位先生一齊前往。」我答應了她。恰好碰到朋友中有一齊要前往京城的，開玩笑地把我的行李偷帶著先走了。我因此沒能留下來。後來，讓山在一個下雪天到了京城，並且告訴我說：「柳枝被東邊的一個大官娶去了。」隔年，讓山又要回到東邊去，我們在戲水邊上分手。我因此寄詩讓讓山回去書寫在老地方。

詩有五首，都是五言絕句。就文學成就講，實在沒什麼值得特別討論的。但是這五首詩和序文加起來，可以互相補足李商隱

與柳枝間愛情事件的某些隱晦的部分，因此後文仍會把這五首詩錄出來，並酌加解釋。

先回頭再來講〈序〉。〈序〉裡先花了一大段描敘柳枝。柳枝是個超乎尋常的藝文少女。她的興趣、她的專長在今天或許能受到栽培與珍視，但是在她那時的環境裡，卻因之被視為異類。她孤獨地生活在自己的世界裡，連婚嫁都受延滯。

在這種情況下，商隱透過讓山的協助，闖進了她的內心世界裡。〈燕臺〉詩有四首，分為春、夏、秋、冬，成為一組。詩很複雜，我們無法在此詳述，有興趣的讀者可以去讀葉嘉瑩教授的解說。在此，我只能說〈燕臺〉迷離惝悅，正如〈序〉中所說柳枝彈琴吹笛所作的「天海風濤之曲，幽憶怨斷之音」。有人（葉葱奇，頁577）揣測，〈燕臺〉就是在寫柳枝，也不是全然沒有根據的。不管如何，柳枝聽了〈燕臺〉之後，大為震驚。「誰人有此？誰人為是？」（這是沒譯成口語的原文）兩個急促的短句很能顯示出柳枝內心的祕密情感彷彿突然被暴露於陽光之下時的震撼與訝異。也可以說她突然遇到了知音了。於是她放下一切矜持，主動斷帶為表記，請求結交。見面的時候，她一反平日「醉眠夢斷」的特異行徑，嚴妝端姿，還特別梳了「丫鬟」。前面講過，丫鬟是未婚女子的髮式；柳枝特別梳了這個髮式，其用意讀者應該可以理解。接著他們很幸福地訂了約會的時間與地點。

如果說柳枝遇見商隱是突遇知音，商隱遇見柳枝又何嘗不如此。但是，他熱情幸福地去擁抱這個知音了嗎？不知道。〈序〉接下來的話充滿遮掩推諉，讀者連要知道發生了什麼事都很難。先說，「恰好碰到朋友中⋯⋯我因此沒能留下來。」這段話乍看

好像是說商隱未能留下來赴柳枝的約會。但是實際上，唐代士子赴京應考，尤其是住得離京城（長安）近的，多半在秋冬出發，初春參加考試，因為長安生活費用高，一般舉子難以久待。所以，所謂「沒能留下來」應該是指商隱因行李被先拿走了，只好與一夥朋友在秋冬稍早上京時一齊出發，「沒能留下來」處理好該處理的事。〈序〉裡接著說讓山在一個下雪天到了京師。下雪天該是秋冬稍晚了吧。顯然讓山「留下來」幫商隱處理該處理的事，所以晚到長安。商隱該處理的事是什麼呢？其中至少有一件一定是與柳枝的關係。而讓山給商隱的答案是，柳枝被一個大官員娶去了。為什麼結局會是這樣呢？我一直懷疑柳枝為商隱生了個女兒，而這個女兒就是商隱〈祭小姪女寄寄文〉裡的寄寄。理由是寫祭文時商隱之弟義叟尚在，在禮法上沒理由讓商隱以伯父代父親寫祭文。還有，那篇祭文讀起來整個就是父親在向亡女講話，不像伯父在向姪女講話。不過這點還需要進一步的考據作佐證，這裡無法兼顧，就此打住。假如柳枝果真生了私生女，而商隱又沒有適時出來處理，還獨自遠走京師，那麼柳枝家人趕著把她嫁給大官員做妾，就很自然了。

最後我要討論商隱所謂寄詩以書寫在柳枝住的老地方的部分。〈序〉最後說：「隔年，讓山又要回到東邊去，我們在戲水邊上分手。我因此寄詩讓讓山回去書寫在老地方。」讓山又要回東邊去，大概是放榜了沒及第，要回家去了。這很平常。不平常的是商隱沒有要和讓山一起回去。他送讓山到戲水邊上，在那裡和他分手。「戲」在現今的陝西臨潼縣東北，很靠近長安。這表示商隱要留在長安。開成二（837）年正月二十四日進士考試放

榜，商隱進士及第，暫時要在長安待一陣子了。所以他不能立刻
與讓山回家，去題詩在柳枝住的老地方。他寫好的五首詩與〈序〉
一樣相當晦澀，且感情相當不穩。

第一首：

花房與蜜脾，蜂雄蛺蝶雌。同時不同類，那復更相思？

「花房」：花冠（花瓣的總稱）。「蜜脾」：蜜蜂釀蜜的蜜房，
其形如脾，故云。此句喻詩人與柳枝忙著男歡女愛，有如蜜蜂穿
梭花冠。然已如雄蜂、柳枝如雌蝶。雖生活於同個時候，但不是
同類人。「不同類」或許暗示自己是士人，而柳枝為商賈之女（見
〈序〉），不是同類。分離實屬必然，哪裡還有什麼好相思的。
這一方面是自飾、一方面是自慰之辭。

其次：

本是丁香樹，春條結始生。玉作彈棋局，中心亦不平。

謂柳枝本是柔弱多情少女，剛剛解得風情，正如一株丁香
樹，春日的枝條初結出丁香結。二人這種結局，內心即使像用
光滑的玉做成的彈棋盤，中心也不得不平。「丁香樹」：杜甫〈江
頭五詠・丁香〉云：「丁香體柔弱，亂結枝猶墊。」「春條」：
春日的花枝，此指丁香的枝條。「結」：指丁香花初生緘合未
分坼者。（參葉蔥奇）「彈棋局」：見〈無題〉（照梁初有情）
（014）。

第三首：

嘉瓜引蔓長，碧玉冰寒漿。東陵雖五色，不忍值牙香。

以瓜喻柳枝。「引蔓長」：猶阮籍《詠懷詩》第六首（「昔聞東陵瓜」）所謂「連畛距阡陌，子母相鉤帶。」說美好的瓜長了一大片。柳枝如一顆長得極其美好成熟的瓜，皮色如碧玉，浸於冷水中。「寒漿」謂井中冰冷的水。《樂府‧淮南王篇》：「後園鑿井銀作牀，金瓶素綆汲寒漿。」（《集解》引程夢星）她雖然像東陵侯種出的五色瓜，光耀朝日，引來四面嘉賓，但實在不忍讓它去滿足人家口齒的欲望。「值牙香」：無法找到適當解釋。但一般認為是指「被吃掉」，比喻柳枝之被人娶去。

第四首：

柳枝井上蟠，蓮葉浦中乾。錦鱗與繡羽，水陸有傷殘。

柳枝蟠曲在井上，蓮葉在水邊乾枯。兩者都喻指因生不得其所而憔悴傷殘。我們（詩人與柳枝）像水中有著錦鱗的魚兒和陸上有著繡羽的禽鳥，雖然珍稀貴重，卻都不免受到傷殘。

最後一首說：

畫屏繡步障，物物自成雙。如何湖上望，只是見鴛鴦？

屏上畫的，步障上繡的，不管是翡翠、鷓鴣、蛺蝶、飛燕等

等，無不成雙成對。為什麼我從湖上望去，處處只見成雙成對的鴛鴦，而我和柳枝卻不能結合，各自孑然無偶呢？（參葉蔥奇）

　　從詩中仔細地尋思，商隱是珍惜眷戀著柳枝的。那為什麼從〈序〉看來，他又那麼草率地處理與她的關係呢？也許問題在於，在他心中愛情與前途一時不能兩全吧？我在書末〈考證〉裡會討論商隱的任官與婚姻的問題。那時我們就可看出，或許自由戀愛對唐代年輕人不是難事，但對一個熱切想在仕途求發展的貧寒士人而言，女方的身分可就和婚姻與前途息息相關了。

⑭ 無題（照梁初有情） 837 年

照梁初有情，出水舊知名。
裙衩芙蓉小，釵茸翡翠輕。
錦長書鄭重，眉細恨分明。
莫近彈碁局，中心最不平！

　　從文字表面上看，此詩寫的是一個少女，到了戀愛年齡，非常漂亮。衣服、佩飾也都契合她的年齡和姿容。可惜她愛情不順，雖然用心寫信表達心意，也無結果。她內心的怨恨全表現在她細長曲折的愁眉上。最後詩人告訴少女說，妳切勿接近彈棋棋盤，它那凸起不平的中心最會引動人內心的不平了。

　　一般都相信這首詩別有寓意，我也同意這個看法。但是我們先不管它有什麼寓意，我們要先來看看李商隱如何用他高妙的修辭手法來刻畫這位少女。「初有情」就是情竇初開，剛對愛情動起了滿心的嚮往。「舊知名」也許指早就美麗出名，也許指別有才華，早就出了名。細心的讀者也許已經想到，這種「初有情」的少女的魅力絕不是「美麗」這個單調的形容詞所能完滿傳達

的。那麼，商隱是如何傳達的呢？他用了「照梁」和「出水」這兩個字眼。這兩個字眼絕不止於因為新鮮陌生而吸引讀者。檢視了它們的出處後，才能真正看出詩人手法的高明。宋玉〈神女賦〉說：「其始來也，耀乎如白日初出照屋樑。」旭日初升，斜照屋樑，那是它最光耀奪目的時刻，而且也是最和煦清新的時刻。宋玉把這種時刻的陽光的魅力聚焦於照屋樑這個情境上，用來描繪神女。商隱承襲宋玉，把它用來描繪本詩的女主角。照屋樑的陽光雖然光耀奪目，但是它比喻的絕不是一個光鮮亮麗的熟女。它是和煦清新的「初出」日光，它比喻的是一個「初有情」的少女。所以「照梁」是個極度濃縮，具有極度豐富的象徵意義的詞彙。

其次，曹植〈洛神賦〉說：「灼若芙蕖出淥波。」「灼」也是光耀照人的意思。「芙蕖」就是芙蓉、蓮花。「淥波」是清澈的水波。芙蓉出淥波是比喻清新出俗。以上的話是曹植用來描寫洛神宓妃之美的，商隱承襲來寫本詩「初有情」的女主角，同時把整句話聚焦濃縮成「出水」兩個字，雖不如「照梁」意義之複雜豐富，情韻則是如出一轍的。①

這位少女不僅姿容出色，衣著、飾品也輕巧出俗。「裙衩」就是裙子。〔見〈無題〉（八歲偷照鏡）（001）〕「芙蓉」是裙子上的圖樣。我們剛講過，芙蓉出水表示清新脫俗。而且芙蓉有愛情的象徵。「小」字用來形容芙蓉。「小」芙蓉與「大」芙蓉給人的觀感是很不一樣的。整個說來，詩人要營造的效果是，少女衣著脫俗小巧、帶著愛意。「茸」指柔軟的獸毛。「釵茸」合在一起講，當指釵的上端有著如同柔密獸毛般的飾物。「翡翠輕」者，宋玉〈諷賦〉有「以其翡翠之釵掛臣冠纓」句。觀此，

「翡翠輕」似指翡翠（一種象徵愛情的鳥）釵十分輕巧。輕巧到可以「掛」在「冠緌」（用宋玉誇大的話來說）上，而頂端又有柔密茸毛裝飾的髮釵，即使在今天也是夠時髦吸睛的吧。讀者若仔細觀察，馬上就會發現戴著這種釵的人多是剛剛沉浸在愛情之中，而且體態輕盈的少女。

這麼出色迷人的一位少女，沒想到她的愛情觸礁了。由於有說不完的話要寫，她裁了長長的一段錦緞，很殷勤、感情很深厚地（「鄭重」，義見《語言辭典》）寫了書信。②她內心的怨恨完全從她細而曲折的愁眉顯露了出來。《集解》引《後漢書・五行志》說：「桓帝元嘉中，京都婦女作愁眉，……所謂愁眉者，細而曲折。」一般說來，古代女性以眉毛細長為美。若心有怨恨，就會皺眉，眉自然會有曲折。所以說細而曲折的眉為愁眉。「分明」，清楚、顯然。

詩寫到末尾，詩人不再從第三人稱的角度講女主角如何如何，而是突然跳了出來，面對面勸戒女主角不要去接近彈棋局（「碁」同棋；「局」即棋盤），因為彈棋局中心凸出，最為不平，正會觸動受挫的人們內心的不平之感。這兩句詩的內容和口吻，讓我覺得整首詩也許真的與詩人切身的政治挫折有關。《集解》詩末按語把本詩與〈無題〉（八歲偷照鏡）（001）並提，說二詩「均係以容飾喻才華。『舊知名』託寓才名早著；『初有情』則以女子之待嫁喻才士之求仕。腹聯謂錦書抒殷切之情，愁眉傳分明之恨，明寫愛情失意之幽怨，實抒政治失意之悵惘。」這是有得之見。我認為「彈碁局」除了表示愛情之不平外，也寓託名位、權力競逐場所之不平，而且愈到中心愈不平。講明白簡單點，

就是科考授官之不公平。

　　至於此詩寫作的直接背景，我的觀點與前人有些歧異。先說，我不認為這詩係因開成三年考博學宏詞科不中而寫。詩首句就說「照梁初有情」，也就是說女主角是初次動心，初次戀愛。若要以此喻商隱之政治活動，則理應喻商隱開成二年之應考、之初展才華，而非開成三年之考博學宏詞科。有人也許會問，開成二年商隱順利及第，有何挫折？殊不知，商隱及第後，又過關試，理應授官，卻遲遲沒有授官，這不是挫折是什麼？商隱很多表達對科舉不滿的話，其實都因此而發。前人以為係因宏博不中而發，似為一時不察。再者，本詩以「莫近彈棋局，中心最不平」結尾，而幾乎完全相同的話也出現在〈柳枝五首有序〉（009-013）中。這使我認為，本詩與〈柳枝〉寫作時間相近。而依〈柳枝序〉可推斷，〈柳枝〉作於開成二年進士放榜後。若就寫少女戀愛失敗一面看，「彈棋局」的意象二詩立意也近乎一致。③我因此推斷，本詩應作於開成二年商隱進士及第，又過關試，卻久久沒有授官之際。

　　最後我要再講一次，本詩寫少女愛情的一面，幽細傳神，價值絕對在託寓政治挫折的一面之上。若要就文學論文學，讀者取捨之間，實宜對前者再三措意。

附注

① 何遜〈看伏郎新婚詩〉云：「霧夕蓮出水，霞朝日照梁。何如花燭夜，輕扇掩紅妝？」是則商隱詩句字面當出自何遜詩。然何詩本亦出自

〈神女〉、〈洛神〉二賦，且精神風采大不如二賦，故此處直接以二賦為出處進行討論。

②　學者多引蘇蕙故事為「錦長」句出處。然蘇蕙是已婚女性，因丈夫被流放，才織錦為詩寄給丈夫，其事與本詩情境完全不同，故此處不取。

③　彈碁局的意象與本詩詩旨有直接關係的部分已在正文敘述完畢。為了滿足某些讀者可能有的好奇心，這裡再提供一些關於彈棋的資料。《後漢書‧梁冀傳》注引《藝經》：「彈棋，兩人對局，白黑棋各六枚。先列棋相當，更相彈也。其局以石為之。」又，《夢溪筆談》卷十八：「……棋局方兩尺，中心高如覆盂，其巔為小壺，四角微隆起……李商隱詩曰：『……中心最不平，』謂其中高也。」

015 蜨（初來小苑中）　837年

初來小苑中，稍與瑣闈通。
遠恐芳塵斷，輕憂艷雪融。
只知防灝露，不覺逆尖風。
迴首雙飛燕，乘時入綺櫳。

　　這首詩寫的可能是商隱初任祕書省校書郎，進入宮廷之中，不知該如何進退應對，以利發展前程，心中惶惑不安的情形。詩中用一隻蝴蝶（通「蜨」）來比擬自己，字面上講蝴蝶，骨子裡講自己。所以，設法確切理解詩中蝴蝶的行動、「感受」和遭遇所代表的商隱本人的行動、感受和遭遇，乃是讀通這首詩的關鍵。

　　首兩句先設想蝴蝶剛飛來宮中小園林（「小苑」）中，稍微接近通往宮禁的路徑。「闈」〔音維（wéi）〕是宮中小門；「瑣」指宮門上所雕刻的連環形花紋。一般就依據這兩句認定此詩寫的是詩人在宮廷之中的各種情況。

　　第三、四句比較費解。「遠」似乎指蝴蝶飛得離宮闈太遠。

「芳塵」一語則可能指宮廷苑囿中花草的蹤跡。「塵」有「蹤跡」義；「芳」是美稱；「芳塵」就是「芳蹤」。全句意為，蝴蝶擔心如果飛得離宮闈太遠，牠與宮中花草的蹤跡就要斷了。這個「斷」字與風箏在高空斷線的「斷」字類似，是失去聯繫的意思。這句詩比喻說，詩人如果老是置身遠離宮禁之處，就怕斷絕高升通顯之路了。這是歷來學者大體上一致的看法。

第四句的「艷雪」，馮浩認為「謂蝶粉」，也就是指蝶翅上天生的粉屑而言。吳慧順此進一步演繹說：「憂艷雪融」四字「猶言憂蝶粉之易退（褪）也。」這個說法有幾個比較容易引起爭議的問題。第一，兩個意象要成「比」，需要在性質上有其類似之處。「艷雪」與「蝶粉」究竟有什麼類似之處呢？我們較容易想像得到的一是兩者都璀璨可人；二是兩者都易於消逝，不管是融化掉還是消褪掉。單依這兩個類似特質，詩人的想像力是否真的就奇特到把「蝶粉」與「艷雪」連結在一起呢？其二，即使這個比喻成立，蝶粉、蝶粉褪又在講詩人的什麼特點呢？其三，句首的「輕」字大概寫蝴蝶之飛得很輕盈、輕巧，就如庾信〈和《詠舞》〉詩中「洞房花燭明，燕餘雙舞輕」的「輕」字，這點應無疑問。但是，蝴蝶飛得輕巧與蝶粉褪有什麼關聯呢？我們或許可以嘗試先從最後這個問題回答起。蝴蝶飛得輕巧，不擾動人，恐怕少人注意，要有效果，就得長時飛舞。而蝶粉容易脫落，長時飛舞就會導致蝶粉掉褪盡了。用來講詩人，這就表示，若在宮中低調行事，不標新立異、驚動旁人，則即使久了也不見得能引起高層的注意和揄揚，只會導致自己珍貴美好的一面，如德行、才華、志氣等，快速銷磨掉而已。這就好像「艷雪融」、「蝶粉褪」

那樣。至於把「艷雪」比為「蝶粉」是否確為商隱原意，由於事屬藝術創作的靈感的問題，要支持或反對都難以輕易成立。因此我暫且接受馮浩的說法，以便把詩繼續講解下去。

五、六兩句說，蝴蝶只知防範濃露〔「灝（浩）露」〕的侵襲，不知（「覺」也是「知」的意思，也可解為明白、體會）如何迎面對應刺人的寒風（「逆尖風」）。前人說：「前門拒虎，後門進狼。」雖然比這裡的情境嚴酷了些，但是，「防了露侵，又來風襲，真是防不勝防。」（吳慧）情況也好不到哪裡去。也許在人際關係比較現實、緊張、嚴峻的宮廷裡面，詩人真有如此的處境和感受吧。

末尾「迴首雙飛燕，乘時入綺櫳。」「櫳」是窗櫺。蝴蝶自己小心防範，雙燕則趁機飛「入綺櫳」。學者多將「入綺櫳」解為朝中小人「乘時升進」（馮浩用語），好像這一小撮人已經趁機升上高位，致身通顯。我有些懷疑這點。我認為在宮中，除非像甘露事變前之類那種反常時期，否則即使敢於取巧鑽營，也不是要倖進通顯就馬上能倖進通顯的。所以我傾向於把雙燕入綺櫳理解為機巧的人就從別的地方找到可以鑽營以求倖進通顯的門路。至於他們能否達到目標，就未可知了。本詩雖喻指宮中嚴峻的人際關係，但筆觸極為輕軟，不像已有真正殺戮、迫害或可稱為醜聞的鑽營倖進的事件發生。所以上面我做的修改應該是合宜的。

商隱為什麼要把自己在宮中的經驗和處境寫成這麼一首蝴蝶詩呢？不曉得讀者們想過沒有。答案其實至為簡單。這詩中的內容，如果骨子裡寫的話被翻轉成字面，流傳出去，有多麼不得體、

多麼危險，相信是不言而喻的。但是當詩人心中有不言不快的感發時，他又忍不住要寫。於是，寫成蝴蝶詩算是一個很聰明的抉擇。詩看起來似真似假，讀者讀起來似懂似不懂。言之者無罪，聞之者足以感。商隱大部分詩都很難讀，原因或許多少與這首蝴蝶詩類似吧。

016 玉山 837年

> 玉山高與閬風齊，玉水清流不貯泥。
> 何處更求迴日馭？此中兼有上天梯。
> 珠容百斛龍休睡，桐拂千尋鳳要棲。
> 聞道神仙有才子，赤簫吹罷好相攜。

　　由於「玉山」一語的意義對確定本詩詩旨影響鉅大，本詩的討論將由詳細考察此語的出處及可能的意涵入手。本詩的「玉山」指《穆天子傳》所謂的「羣玉之山」。按《山海經‧西山經》有〈玉山〉一條，說是西王母所居也。郭璞注說：「此山多玉石，因以名云。《穆天子傳》謂之羣玉之山，見其『山河無險，四徹中繩，先王之所謂策府。』」雙引號內文字乃引《穆天子傳》卷二語。郭璞注末句說：「言往古帝王以為藏書冊之所，所謂藏之名山者也。」（「策府」即「冊府」）另《穆天子傳》有「天子北征東還，……至於羣玉之山」語。經過這番周折，我們知道「玉山」本《山海經》中語，為西王母居所，多玉石。注家把它認定為即《穆天子傳》的「羣玉之山」，即「策府」。然後《穆天子

傳》的注者（也是郭璞）又把「策府」解釋為古帝王藏書的「冊府」。《集解》按語說：「玉山冊府，本屬祕〔書〕省之現成典故。」也就是說，詩中的「玉山」是指李商隱任官的祕書省。「閬風」，即閬風巔，傳說中神仙居住的地方，在崑崙之巔。（見《海內十洲記》）依據以上的說明，詩的首句意謂詩人任官於祕書省，地位顯要，可與天齊。

第二句的「玉水」，可能的出處有好幾個，這裡只舉其中較可能的一個。《文選·顏延之·〈贈王太常〉詩》有「玉水記方流，琁源載圓折」二句，李善注說：「《尸子》曰：『凡水，其方折者有玉，其圓折者有珠也。』」（呂延濟注：「折，曲也。」）在此，玉水也是比喻祕書省，意謂祕書省是清流之地，其中不會藏汙納垢（「不貯泥」）。這是自稱身分清高。

三、四二句主要或許出自李白〈蜀道難〉：

地崩山摧壯士死，然後天梯石棧相鉤連。
上有六龍回日之高標，下有衝波逆折之回川。

在此，「天梯」只泛指高險的山路。但在商隱詩裡，「天梯」顯然指登天之階梯，其出處《集解》舉了數個，此處不贅引。「回日」者，相傳羲和每日用六龍（太陽的車駕）駕著太陽座車往西奔馳，到名為懸車的地方再轉車回去。（《初學記》「日第二」條所引《淮南子》正文及高誘注）李白詩則說羲和係在山頂「高標」（高枝）迴車。這較合商隱詩旨。綜言之，商隱這兩句詩是說祕書省是絕佳的往仕途頂端迅速攀爬的階梯。

「珠容」句，《莊子・列禦寇》說：

> 莊子曰：「河上有家貧恃緯蕭而食者，其子沒於淵，得千金之珠。其父謂其子曰『取石來鍛之！夫千金之珠，必在九重之淵而驪龍頷下，子能得珠者，必遭其睡也。使驪龍而寤，子尚奚微之有哉！』……」

紀昀解全句說：「言毋為小人之所竊弄。」（《集解》引）係有得之見，但似乎不夠周延明確。我認為，「珠容百斛」意謂朝廷濟濟多士，每個職位都如龍珠一般貴重。因而詩人提醒君王（「龍」）時時保持清醒，勿讓官位「為小人之所竊弄」。至於「桐拂」句，葉葱奇引《毛詩・大雅・卷阿》孔穎達疏說：「梧桐自是鳳之所棲……諸書傳之論鳳事，皆云食竹、棲梧。」梧桐是高潔之木，它即使高至「千尋」（「拂」，近也、至也；「尋」，八尺為尋），鳳鳥仍然要去棲息在它上面。「鳳」自然是詩人自比；「千尋」之「桐」則喻高而清要的位置。紀昀說此句「言當知君子之欲進身」，也有道理。

解釋末聯需先從末句講起。注家或費心於考察「赤簫」之出處。馮浩則說：「此句不重『赤』字，實暗用蕭史吹簫，夫妻同鳳飛去，故曰『相攜』。……以比朋友，詩家常例也。」這就點到了重點。按：《列仙傳》蕭史條說：

> 蕭史者，秦穆公時人也。善吹簫，能致孔雀白鶴於庭。穆公有女字弄玉，好之，公遂以女妻焉。日教弄玉作

鳳鳴，居數年，吹似鳳聲，鳳凰來止其屋。公為作鳳臺，
夫婦止其上不下數年。一旦，皆隨鳳凰飛去。

　　這故事呼應了第六句的「鳳」，第七句的「神仙」，與第八
句的吹簫與「相攜」，確是契合本詩全詩的一個典故。唯一不合
的地方是：故事寫夫婦相隨成仙，而本詩講的則顯然是朋友「相
攜」高升。這一點上面已舉出馮浩說，謂是詩家常做的事。我們
當可無疑。這個朋友是誰，讀商隱詩者大概都知道，是令狐綯。
不過，論者常認為本詩是商隱屬望令狐綯汲引的作品，我則不以
為然。我認為末二句是以令狐與己為「〔神仙〕才子」，等待來
日二人「相攜」高升。這裡的「相攜」是蕭史故事中夫婦「皆隨
鳳凰飛去」所隱含的「相攜」，而非「提攜我」之意的「相攜」。
此點下段將續有發明。

　　本詩大概作於開成二（837）年八月左右商隱剛任祕書省校
書郎不久時，因為其後不久令狐綯之父令狐楚即病卒於興元。
〔見〈撰彭陽公誌文畢有感〉（017）〕商隱與綯都得奔喪，然
後令狐綯又得服喪，顯然沒有時機寫這樣的詩。隔年春又發生商
隱考博學宏詞科為「中書長者」所貶抑的事，更沒有心思寫這樣
的詩了。作詩時令狐綯任左補闕，比商隱更是青年才俊。①商隱
詩寫成後自然是要呈送令狐綯的。詩中那種新官上任、喜不自勝、
以為從此前程無限的氣勢，配合著詩人與令狐綯二人間的相互揄
揚，真讓人不禁想起《三國演義》（第 21 回）中曹操對劉備講
的「今天下英雄，唯使君與操耳」的話。

附注

① 《舊唐書‧令狐楚傳附絢傳》作左拾遺。然〈與陶進士書〉說商隱考進士時令狐絢為（左）補闕。另由商隱〈代彭陽公遺表〉、〈為令狐博士緒、補闕絢謝宣祭表〉可看出開成二年十一月令狐楚卒時令狐絢官左補闕。參《校注》，頁142、161及〈撰彭陽公誌文畢有感〉（017）解說。

017 撰彭陽公誌文畢有感 837 或 838 年

> 延陵留表墓，峴首送沉碑。
> 敢伐不加點，猶當無媿辭。
> 百生終莫報，九死諒難追。
> 待得生金後，川原亦幾移。

　　我們先來講解題目。令狐楚於文宗大和九（835）年進封彭陽郡開國公。開成元（836）年為興元尹、充山南西道節度使。二年十一月卒於鎮所。死前一日，召舊日從事（僚屬）李商隱請代擬遺表，又告訴兒子令狐緒、令狐綯說：「吾生無益於人，勿請謚號。葬日，勿請鼓吹，唯以布車一乘，餘勿加飾。銘誌但誌（記載）宗門（宗族、同族），秉筆（執筆）者，無（勿）擇高位。」商隱代擬的令狐楚遺表，就是他所著《樊南文集》中的〈代彭陽公遺表〉；銘誌（墓誌）今佚。這首詩寫的就是令狐楚死後不久商隱撰完墓誌時的感想。詩中敘述了撰誌的意義和價值，立

場和心情,最後並隱微點出在亂世中,令狐楚和詩人自己在這篇墓誌的撰寫中所寓含的處世原則。

首聯說自己為令狐楚撰寫墓誌,就像孔子在延陵為季子留下表墓、或杜預將碑石沉在峴首山下一樣,都是為了讓墓主或碑主的功勳傳之久遠。延陵季子指季札,他是春秋時吳王諸樊的弟弟,曾多次推讓君位。因封於延陵(今江蘇常州),所以人稱延陵季子。所謂「表墓」,指在死者墓前刻石,以彰顯其善跡。本為動詞,後轉為名詞,指所刻的墓石。為延陵季子表墓的事,不見任何史書記載。宋人歐陽修的《集古錄》收有一條說:「右古篆文曰:『嗚呼!有吳延陵季子之墓。』自前世相傳以為孔子所書……」商隱可能看到過與此記載相同或類似的傳聞,因而以為孔子為延陵季子表墓。「〔峴首〕沉碑」是晉朝名將杜預的故事。杜預拜鎮南大將軍,都督荊州諸軍事,以滅吳的功勳進爵當陽縣侯。他刻石為二碑,紀其勳績,一碑沉於萬山之下漢水故道中(漢水今已改道),一碑立於峴山之上,說:「哪知道此後有一天不會高陵、深谷變化易位呢?」按:峴山在湖北襄陽,或稱峴首。有三個山頭,萬山是其中之一。峴首送沉碑就是指將碑沉於萬山之下。

前面說過,令狐楚遺命要一個身居下位的人為他寫墓誌,且誌文內容只要記載宗族成員就好,不要浮誇。商隱從十九歲時(829年)就在令狐楚的天平軍節度使幕府(治所在今山東鄆城縣)中做僚屬,其後又時與令狐相過從,受知於令狐甚深。他應該知道令狐楚會要他怎麼寫,而他也很順利地就寫了出來。「敢伐不加點?」「敢」是疑問詞,豈敢的意思。「伐」就是「誇」。

「不加點」，文不加點，指沒有塗改。古人以文不加點為榮耀，古書中屢有記載。下一句的「猶」是「僅」、「只」的意思，「當」是「將」的意思。全句是說：只要這篇誌文裡將不會有讓我慚愧的辭句就好了。寫墓誌的人會阿諛墓主，這是很平常的事。《後漢書‧郭泰傳》說：「郭泰卒，刻石立碑，蔡邕為文……曰：『吾為碑銘多矣，皆有慚德，惟郭有道（即郭泰）無愧色耳（只有為郭泰寫碑銘不讓我覺得慚愧）。』」由此可見一斑。

話雖如此，商隱大概還是在誌文中寫了些揄揚、感佩的話，而且覺得即使寫了些揄揚、感佩的話也是應該的。因為令狐楚對他恩深義重，他覺得一百輩子終歸也報答不完；他欠令狐楚的，大概死幾次也難以補償。由此，他一定認為令狐楚客觀上也是位值得崇敬的人，理應在墓誌中加以揄揚。

最後，商隱說，由於令狐楚德高望重，自己這篇述其德望的誌文將來或許價值連城，好像古人石碑生金一樣。但是，在那天之前，川原陵陸不知又變易移動幾次了。石碑生金的事《晉書‧五行志》有記載，同一事件庾信〈豆盧永恩神道碑〉也提到。可不可信，暫時存疑。不過商隱在這裡要強調的似是「川原亦幾移」句，這句話與詩開頭「送沉碑」的陵谷易位之語互相呼應。本詩重點在講商隱為令狐楚撰寫了一篇簡單樸實的墓誌。為什麼詩人會在詩頭詩尾加了分量這麼重的世事無常的暗示呢？清人程夢星指出說：

　　令狐楚之卒在文宗開成二年。考其生平，前後在中書省者，自憲宗元和十四年七月至穆宗長慶元年七月罷，又

文宗大和九年十月，至次年開成改元四月又罷，合計不過兩載有奇。此外則轉徙節鎮，遂至於歿。其時黨人方興，此出彼入，朝局多變。臨歿命其子以誌墓無擇高位。義山既為其文，能知其意，故深有慨於陵谷變遷也。若不得其時事，則末二語殊不可解。（《集解》引）

這段話中關於令狐楚在「中書省」任職（程氏大概意謂在朝廷中樞任機要職位）的時日部分與正史不盡吻合，不過其用意已可通曉。撇開這些細節不論，他的話頗發人深省。程氏可說既知令狐楚，又知李商隱。二人應該很高興百千年之下能有此知音。

018 行次西郊作一百韻

838 年初

〈傳略〉裡講過，這是文宗開成二年十二月（838 年初）商隱從興元返長安，途經京城西郊鳳翔一帶，見到民生凋敝，將所見所聞關於國家離亂衰敗之現狀寫成的長詩。「次」：在旅行中止宿某地。

蛇年建丑月，我自梁還秦。
南下大散嶺，北濟渭之濱。
草木半舒坼，不類冰雪晨；
又若夏苦熱，燋卷無芳津。
高田長檞櫪，下田長荊榛。10
農具棄道傍，飢牛死空墩。
依依過村落，十室無一存。
存者皆面啼，無衣可迎賓。

始若畏人問，及門還具陳。
右輔田疇薄，斯民常苦貧。 [20]
伊昔稱樂土，所賴牧伯仁。
官清若冰玉，吏善如六親。
生兒不遠征，生女事四鄰。
濁酒盈瓦缶，爛穀堆荊囷。
健兒庇旁婦，衰翁舐童孫。 [30]
況自貞觀後，命官多儒臣。
例以賢牧伯，徵入司陶鈞。
降及開元中，奸邪撓經綸。
晉公忌此事，多錄邊將勳。
因令猛毅輩，雜牧昇平民。 [40]
中原遂多故，除授非至尊。
或出俸臣輩，或由帝戚恩。
中原困屠解，奴隸厭肥豚。
皇子棄不乳，椒房抱羌渾。
重賜竭中國，強兵臨北邊。 [50]
控弦二十萬，長臂皆如猿。
皇都三千里，來往同雕鳶。
五里一換馬，十里一開筵。
指顧動白日，煖熱迴蒼旻。
公卿辱嘲叱，唾棄如糞丸。 [60]
大朝會萬方，天子正臨軒。
綵旂轉初旭，玉座當祥煙。

金障既特設，珠簾亦高褰。
拒諫塞不顧，坐在御榻前。
忤者死跟屨，附之昇頂巔。 70
華侈矜遞衒，豪俊相並吞。
因失生惠養，漸見徵求頻。
奚寇東北來，揮霍如天翻。
是時正忘戰，重兵多在邊。
列城遠長河，平明插旗幡。 80
但聞虜騎入，不見漢兵屯。
大婦抱兒哭，小婦攀車轓。
生小太平年，不識夜閉門。
少壯盡點行，疲老守空村。
生分作死誓，揮淚連秋雲。 90
廷臣例麞怯，諸將如羸奔。
為賊掃上陽，捉人送潼關。
玉輦望南斗，未知何日旋。
誠知開闢久，遘此雲雷屯。
送者問鼎大，存者要高官。 100
搶攘互間諜，孰辨梟與鸞？
千馬無返轡，萬車無還轅。
城空雀鼠死，人去豺狼喧。
南資竭吳越，西費失河源。
因令左藏庫，摧毀惟空垣。 110
如人當一身，有左無右邊。

筋體半痿痺，肘腋生臊膻。
列聖蒙此恥，含懷不能宣。
謀臣拱手立，相戒無敢先。
萬國困杼軸，內庫無金錢。 120
健兒立霜雪，腹歉衣裳單。
饋餉多過時，高估銅與鉛。
山東望河北，爨煙猶相聯。
朝廷不暇給，辛苦無半年。
行人權行資，居者稅屋椽。 130
中間遂作梗，狼藉用戈鋋。
臨門送節制，以錫通天班。
破者以族滅，存者尚遷延。
禮數異君父，羈縻如羌零。
直求輸赤誠，所望大體全。 140
巍巍政事堂，宰相厭八珍。
敢問下執事，今誰掌其權？
瘡疽幾十載，不敢抉其根。
國蹙賦更重，人稀役彌繁。
近年牛醫兒，城社更攀緣。 150
盲目把大斾，處此京西藩。
樂禍忘怨敵，樹黨多狂猖。
生為人所憚，死非人所憐。
快刀斷其頭，列若豬牛懸。

鳳翔三百里，兵馬如黃巾。160
夜半軍牒來，屯兵萬五千。
鄉里駭供億，老少相扳牽。
兒孫生未孩，棄之無慘顏。
不復議所適，但欲死山間。
爾來又三歲，甘澤不及春。170
盜賊亭午起，問誰多窮民。
節使殺亭吏，捕之恐無因。
咫尺不相見，旱久多黃塵。
官健腰佩弓，自言為官巡。
常恐值荒迥，此輩還射人。180
愧客問本末，願客無因循。
郿塢抵陳倉，此地忌黃昏。
我聽此言罷，冤憤如相焚。
昔聞舉一會，羣盜為之奔。
又聞理與亂，繫人不繫天。190
我願為此事，君前剖心肝。
叩額出鮮血，滂沱汙紫宸。
九重黯已隔，涕泗空沾脣。
使典作尚書，廝養為將軍。
慎勿道此言，此言未忍聞！200

白話串講

蛇年建丑月,我自梁還秦。

開成二(837)年十二月,我從梁州返回長安。

南下大散嶺,北濟渭之濱。

我由南往北下了大散嶺,然後往北渡過了渭水。

草木半舒坼,不類冰雪晨;

沿途草木已經半萌發,不像是仍有冰雪的早晨。

又若夏苦熱,燋卷無芳津。

倒像是夏季酷熱天,葉子都焦枯卷縮,沒有新鮮的汁液。

高田長檞櫪,下田長荊榛。

較高的田地裡長了檞櫪,較低的田地裡則長了荊榛。

農具棄道傍,飢牛死空墩。

農具被丟棄在道路旁,飢瘦的牛則死在荒頹的土堆上。

依依過村落,十室無一存。

我依稀經過了一些村落,村落裡房屋十間沒有一間存留了下來。

存者皆面啼,無衣可迎賓。

存活的人見到我都背過面去啼哭,因為沒有衣服可穿著迎接賓客。

始若畏人問,及門還具陳。

剛開始時他們彷彿怕人家問問題,一到了家裡反而無所不說起來。

右輔田疇薄，斯民常苦貧。

長安西邊附近地區田地比較貧瘠，老百姓常苦於貧乏。

伊昔稱樂土，所賴牧伯仁。

從前所以能稱為樂土，靠的都是州郡長官的仁厚。

官清若冰玉，吏善如六親。

他們下面的官員們好像冰玉一般地清廉，佐吏們如同近親一般地和善。

生兒不遠征，生女事四鄰。

大家生了男孩不用到遠方去，生了女孩就嫁給附近鄰居。

濁酒盈瓦缶，爛穀堆荊囷。

家中瓦缶子裡滿滿都是濁酒，荊條做的糧囷裡都堆滿陳年的穀子。

健兒庇旁婦，衰翁舐童孫。

年輕的男兒可以養活小老婆，體衰的老翁可以關照愛撫小孫子。

況自貞觀後，命官多儒臣。

更何況自從貞觀以後，朝廷的官員本來多為儒臣。

例以賢牧伯，徵入司陶鈞。

照例都以賢明的州郡長官，徵召入朝廷處理國家機要大事。

降及開元中，姦邪撓經綸。

到了開元年間以後，奸邪之輩開始擾亂政治綱紀。

晉公忌此事，多錄邊將勳。

晉公李林甫忌諱貞觀以來任用文臣這件事，他過分地採納邊將的功勳。

因令猛毅輩，雜牧昇平民。

因而使得猛毅武臣，混雜在儒臣中胡亂治理太平時代的百姓。

中原遂多故，除授非至尊。

於是中原變亂多了起來，因為拜官授職不再由皇帝來做。

或出倖臣輩，或由帝戚恩。

或出自皇帝的倖臣，例如宦官們，或出自皇帝的寵妃，就是外戚們。

中原困屠解，奴隸厭肥豚。

中原百姓困敝如牲畜被屠殺支解一樣，那些倖臣貴戚的僕役走卒則飽食肥豬肉。

皇子棄不乳，椒房抱羌渾。

皇帝的親兒子遺棄不養，皇帝的寵妃卻抱個雜胡來做兒子。

重賜竭中國，強兵臨北邊。

糜費的賞賜使得國中財富為之枯竭，雜胡手下的強兵貼近我們國土的北邊。

控弦二十萬，長臂皆如猿。

他們持弓的兵卒有整整二十萬那麼多，個個長臂如猿，善於射箭。

皇都三千里，來往同雕鳶。

從他們的駐地到京城大約三千里遠，他們的耳目來往兩地，都像善飛的猛禽。

五里一換馬，十里一開筵。

這個雜胡前來京城，每五里要安排換一次馬，十里要開一次御筵，每次都山珍海味齊備。

指顧動白日，煖熱迴蒼旻。

他手一指、目一顧都會震動白日，他態度的溫和或嚴厲，可以扭轉蒼天的運轉。

公卿辱嘲叱，唾棄如糞丸。

連朝中公卿也遭這雜胡嘲弄叱辱，被他當糞丸般隨便唾棄。

大朝會萬方，天子正臨軒。

皇帝舉行隆重的大朝，會見全國各地諸侯時，天子不坐正殿座位，而坐殿前平臺接見臣屬。

綵旂轉初旭，玉座當祥煙。

彩旗在初升的陽光中轉動。玉座正對著吉祥的煙霞。

金障既特設，珠簾亦高褰。

天子不但為這個雜胡特設了金屏風，又為他高高掛起了珠簾。

捋須寒不顧，坐在御榻前。

他捋著鬍鬚，驕傲自大，旁若無人，就那樣坐在皇帝御榻之前。

忤者死跟屨，附之昇頂巔。

忤逆他的立刻死在他腳跟踐踏之下，趨附他的則升到頭頂上去。

華侈矜遞衒，豪俊相並吞。

人們遞相誇炫豪華奢侈，豪強之輩開始相互併吞。

因失生惠養，漸見徵求頻。

於是朝廷君臣失去對人民撫愛和惠養的心意，人們日漸見到徵召歛求頻繁了起來。

奚寇東北來，揮霍如天翻。

突然有一天雜胡轄下的奚寇從東北攻了進來，行動迅疾，如同天都翻覆下來了一樣。

是時正忘戰，重兵多在邊。

那時天下承平日久，人們都忘了會有戰爭，精兵都部署在西北邊境一帶以防吐蕃。

列城遶長河，平明插旗幡。

於是乎沿著黃河的眾城池，叛軍晚上攻打，天明就插上叛軍的旗幟。

但聞虜騎入，不見漢兵屯。

只聽說胡虜戰騎攻入，卻都不見漢軍屯戍禦敵。

大婦抱兒哭，小婦攀車轓。

民間大媳婦抱著兒子哭，小媳婦攀援車轓想爬上車逃難。

生小太平年，不識夜閉門。

從小生活在太平年代，甚至不知道有夜裡要關門這種事。

少壯盡點行，疲老守空村。

年輕力壯的都按名冊徵發當兵去了，只留下瘦弱年老的來看守空蕩蕩的村子。

生分作死誓，揮淚連秋雲。

大家雖然是生離，卻如死別一般發誓，涕淚流得像秋天的雲層那樣連綿不斷。

廷臣例麋怯，諸將如羸奔。

朝廷裡的大臣照例像獐子一樣膽怯，而將官則像瘦羊一樣逃奔。

為賊掃上陽，捉人送潼關。

唐朝降臣為賊人清掃上陽宮，讓他在那兒稱帝，又捉人送到潼關，協助叛軍防守。

玉輦望南斗，未知何日旋。

玄宗皇帝的車駕往南出奔到蜀，不知哪一天才會回來。

誠知開闢久，邁此雲雷屯。

我們確實了解，那是因為唐朝開國後承平久了，才難免遭遇這種雲雷相交的大禍難。

送者問鼎大，存者要高官。

已叛逆的人存著問鼎天下，竊取唐朝政權的野心，還沒叛逆的將帥則要脅朝廷授予高官。

搶攘互間諜，孰辨梟與鸞？

紛紛亂亂互相偵伺，互相傾軋，誰能分辨出鴟鴞與鳳凰呢？

千馬無返轡，萬車無還轅。

討伐叛軍的官軍往往一千匹馬沒一副鞍轡回來，一萬輛戰車連一根車轅都沒回來。

城空雀鼠死，人去豺狼喧。

城中空無一物，連鼠雀都死光了，人逃離了，換豺狼跑來喧鬧。

南資竭吳越，西費失河源。

朝廷往南徵取資財，把吳越都搜刮枯竭了，往西索取財源，結果把河源根本都丟失了。

因令左藏庫，摧毀惟空垣。

由此把一個存放賦調收入的左藏庫，摧毀到只剩幾面空牆。

如人當一身，有左無右邊。

就拿一個人的身體作比喻來說吧，只有左邊而沒有右邊。

筋體半痿痺，肘腋生臊膻。

筋脈、身體一定一半痿縮麻痺，肘腋一定會生出膻腥的氣味來。

列聖蒙此恥，含懷不能宣。

肅宗以來列位皇上蒙受這個恥辱，悶在心裡都不能講出來。

謀臣拱手立，相戒無敢先。

一大堆謀臣拱手立於朝堂，大家互相告戒，沒一個敢挺身而出。

萬國困杼軸，內庫無金錢。

全國各地都困於賦稅已空，國庫也苦於沒有金錢。

健兒立霜雪，腹歉衣裳單。

戰士們終日站立在霜雪中，肚子飢餓，衣裳單薄。

饋餉多過時，高估銅與鉛。

官府發放軍糧多不能及時，又故意高估銅鉛等錢幣的價值。

山東望河北，爨煙猶相聯。

由「山東」地區看「河北」地區，炊煙仍然相連不絕。

朝廷不暇給，辛苦無半年。

相形之下，朝廷這邊則無暇自足，大家終年辛苦，收入卻不及半年支出。

行人権行資，居者稅屋椽。

來往各地做生意的人要徵商品稅，住在家中的人要收房屋稅。

中間遂作梗，狼藉用戈鋋。

其間便有藩鎮從中阻撓，導致局面紛亂，兵連禍結。

臨門送節制，以錫通天班。

朝廷於是遣使登門送上旌節和制書，賜以直接隸屬皇帝的最高官位。

破者以族滅，存者尚遷延。

被剿破的藩鎮整族滅絕，沒被剿破的就繼續觀望拖延。

禮數異君父，羈縻如羌零。

他們對朝廷的禮數一點都不像在對待君父，朝廷也只能像對待外族那樣對之籠絡羈縻。

直求輸赤誠，所望大體全。

豈敢求他們向朝廷表示赤誠？只不過希望君臣關係的大體能夠維持就好。

巍巍政事堂，宰相厭八珍。

在朝廷方面，高大堂皇的政事堂裡，宰相們只知飽食山珍海味。

敢問下執事，今誰掌其權？

敢問閣下您，現在是誰在掌權呢？

瘡痏幾十載，不敢抉其根。

這朝廷就像生瘡長疳幾十年，一直不敢去挖出根來一樣。

國蹙賦更重，人稀役彌繁。

朝廷控制的區域愈來愈縮小，人口愈少，賦役愈繁重。

近年牛醫兒，城社更攀緣。

近年那個牛醫的兒子鄭注，像城狐社鼠那樣，攀附城牆和神社。

盲目把大斾，處此京西藩。

盲目持著旌旗出鎮一方，就在這京城西邊藩蔽的鳳翔做節度使。

樂禍忘怨敵，樹黨多狂狷。

這個人樂於製造事端，卻忘了真正的敵人是誰，結交的都是些狂躁褊急的人。

生為人所憚，死非人所憐。

他們活著的時候被人所忌憚，死了不被人所同情。

快刀斷其頭，列若豬牛懸。

人們用快刀斬斷了他們的頭顱，把他們像豬牛一樣排排掛在那邊。

鳳翔三百里，兵馬如黃巾。

鳳翔到京城三百里，兵馬作亂好像黃巾賊一般。

夜半軍牒來，屯兵萬五千。

然後，有一天夜半突然調兵文書來了，要在這裡駐軍一萬五千。

鄉里駭供億，老少相扳牽。

鄉里人家怕極了供給安頓軍隊的事，老幼相攜都逃命去了。

兒孫生未孩，棄之無慘顏。

兒孫生下不久，連笑都還不會，就把他們丟了，連悲傷的表情都沒有。

不復議所適，但欲死山間。

大家不再討論要逃往哪裡去，只想就死在山間算了。

爾來又三歲，甘澤不及春。

甘露事變以來又過了三年，春天裡沒有及時的雨水。

盜賊亭午起，問誰多窮民。

盜賊正中午就出來，問他們是什麼人，多是貧窮的平民。

節使殺亭吏，捕之恐無因。

節度使要殺負責捕盜的亭吏，但盜賊既多是窮民，要抓恐怕也沒道理。

咫尺不相見，旱久多黃塵。

現在外頭咫尺之遠就互相見不到，因為乾旱久了處處多是黃塵。

官健腰佩弓，自言為官巡。

官家招募的健兒腰間佩著弓，自稱是在為公家巡查「盜賊」。

常恐值荒迴，此輩還射人。

我們常怕遇到荒涼僻遠的地方，這些官健還會射人呢。

愧客問本末，願客無因循。

很不好意思讓您來問這些事的來龍去脈，希望您也不要在這裡大意多作逗留。

郿塢抵陳倉，此地忌黃昏。

郿塢緊靠著陳倉，很快就到，我們這地方最忌諱可怕的就是黃昏時分了。

我聽此言罷，冤憤如相焚。

我聽完了這些話，內心怨恨憤激，彷彿焚燒一般。

昔聞舉一會，羣盜為之奔。

從前聽說春秋時晉國舉用一個士會，群盜就都為之四處奔逃。

又聞理與亂，繫人不繫天。

又聽說國家的治亂，在於人而不在於天。

我願為此事，君前剖心肝。

我願意為了這件事，在君王前剖肝瀝膽。

叩額出鮮血，滂沱汙紫宸。

在朝堂上叩頭，直到流出鮮血，傾瀉流溢，染汙了整個朝堂。

九重黯已隔，涕泗空沾唇。

皇上處於昏黯之中，久已和臣下隔絕，我流的涕淚將徒然沾濕雙唇。

使典作尚書，廝養為將軍。

眼前辦理文書的胥吏都做了尚書，僕役宦官則做了將軍。

慎勿道此言，此言未忍聞！

啊！小心不要把這些話講出來，這些話我不忍心再聽到。

注釋

- 蛇年建丑月，我自梁還秦：開成二年的紀年干支是丁巳，巳屬蛇。建丑月，依干支推算為十二月。梁州州治在興元（今陝西漢中市）。商隱係因令狐楚病重過世而到興元。當時商隱在京為祕書省校書郎，所以興元事了後又回長安。秦指長安。 ① 、 ②

- 南下大散嶺：南下，謂由南（往北）而下，參〈荊門西下〉（046）講解。大散嶺在今陝西寶雞西南。 ③

- 燋卷無芳津：芳津為對汁液的美稱。 ⑧

- 高田長槲櫪：槲、櫪與下句的荊、榛都是野生雜木。 ⑨

- 存者皆面啼：面啼的「面」意謂「以背相向」。 ⑮

- 右輔田疇薄，斯民常苦貧：輔指京城附近地區，取其輔衛京城之意。右輔，長安以西一帶。斯民即人民、百姓。 ⑲ 、 ⑳

- 伊昔稱樂土，所賴牧伯仁：伊昔的「伊」，發語詞。牧伯指刺史或太守等州郡這一級的地方行政長官。 ㉑ 、 ㉒

- 官清若冰玉，吏善如六親：或說「官」指較低階的官員，如縣令。

六親泛指關係最密切的親戚。[23]、[24]

- 生女事四鄰：事，事奉；指出嫁。[26]

- 濁酒盈瓦缶：濁酒，米或黃米等釀製，沒有濾去渣滓的酒。缶（音否〔fǒu〕），盛酒漿的器皿，小口大腹，多用瓦製。[27]

- 健兒庇旁婦，衰翁舐童孫：庇〔音必（bì）〕，猶言照養。旁婦，妾，小老婆。舐，舔。這裡形容愛撫，一如老牛之舐犢。[29]、[30]

- 徵入司陶鈞：司，管理。陶鈞，陶器模子下面的轉輪。司陶鈞喻處理國家機要大事，通常指做宰相。[34]

- 晉公忌此事：晉公，李林甫，開元二十五年封晉國公。任宰相，專政十餘年。此事即貞觀以來多用文臣，並任用優秀地方牧伯入理機要的事。李林甫為防止文臣經由節度使職位入為宰相，勸玄宗多任蕃將（因蕃將無入相資望，不會威脅到他的地位）。後來安祿山竟成為禍亂的根源。[37]

- 因令猛毅輩：猛毅輩，指武臣。[39]

- 除授非至尊：除授，拜官授職。[42]

- 或出倖臣輩，或由帝戚恩：倖臣，皇帝特別寵信的近臣，如宦官。然玄宗時似尚未有宦官專政之事。帝戚，指楊貴妃的親屬楊國忠等。[43]、[44]

- 皇子棄不乳，椒房抱羌渾：或許指玄宗聽李林甫讒言殺太子瑛、鄂王瑤、光王琚，彷彿生了兒子而遺棄不養一樣。乳，撫養。椒房，原指后妃住的宮殿用椒和泥塗壁，在此指楊貴妃。據《安祿山事迹》記載，楊貴妃「收」安祿山為乾兒子。安祿山是營州雜胡（父胡人、母突厥人），所以稱他「羌渾」，羌、渾泛指外族。[47]、[48]

- 長臂皆如猿：《史記·李將軍列傳》說李廣「猿臂」、「善射」。後來因此用長臂如猿形容善射。[52]

- 來往同雕鳶：或許指《通鑑·天寶六載》所說，「祿山常令其將劉駱谷留京師詗（刺探）朝廷指趣，動靜皆報之。或應有牋表者，駱谷

即為代作通之」一事。「雕」通「鵰」，與鳶都是善飛的猛禽。⑤

- 五里一換馬：安祿山年紀愈大愈肥胖，所以每次騎馬入朝，半路一定要換馬，不然馬往往仆倒在地。其換馬處稱「大夫換馬臺」。⑤

- 煖熱迴蒼旻：迴蒼旻似謂扭轉蒼天的運轉。程夢星注引《爾雅》說：「春為蒼天，秋為旻天。」又據此說「詩意謂祿山所煖熱可以變春秋之涼燠也。」我認為，這段詩的敘述者是鄉野百姓，不太可能有程氏所述那麼學究式的說法，所以不取程說。⑤

- 唾棄如糞丸：糞丸，蜣蜋用土包糞，轉而成丸，叫糞丸。⑥

- 大朝會萬方：大朝，在某些特別日子舉行的隆重朝會，有別於平日常朝。萬方，指全國各地諸侯，即都督、刺史等。⑥

- 金障既特設，珠簾亦高褰：金障指金雞大障，為皇帝坐處特有的陳設。褰〔音千（qiān）〕，揭起。⑥、⑥

- 捋須蹇不顧：蹇，僵蹇，驕傲的意思。馮浩注說：「借舉一節以見祿山驕蹇無狀也。」⑥

- 忤者死跟屨：死跟屨，「跟」原作「艱」。《釋名》：「艱，根也，如物根也。」艱屨，言腳跟下之屨。死艱屨，猶言死於踐踏也。⑥

- 華侈矜遞衒：全句蓋謂遞為華侈（更相競比豪華奢侈）以相炫耀。⑦

- 奚寇東北來：安祿山叛軍中以奚族人為多。⑦

- 不見漢兵屯：當時戰爭突然發生，各州縣發下鎧甲、杖械，都穿洞朽鈍不可用，士兵無法戰鬥，佐吏都棄城逃匿，或自殺，或就擒。⑧

- 小婦攀車輤：輤〔音翻（fān）〕；車箱兩旁反出如耳，用以遮蔽塵土的部分。⑧

- 為賊掃上陽：天寶十五載正月安祿山僭號於東京（洛陽）。⑨

- 遘此雲雷屯：雲雷屯，《周易·屯卦·象傳》說：「雲雷，屯。」意思是〈屯〉卦上〈坎〉下〈震〉，震為雷，坎在震雷之上為雲。

又〈象傳〉說：「屯，剛柔始交而難生。」意思是〈屯〉卦象徵陰陽（剛柔）開始相交而艱難隨之而生。所謂陰陽始交是指〈屯〉卦緊接在純陽的〈乾〉卦和純陰的〈坤〉卦之後，是第一個陽爻與陰爻有相交的卦。這裡詩意似把「雲雷屯」當作一個詞來用，指巨大的災難禍害。屯〔音諄（zhūn）〕。[98]

- 送者問鼎大：「送」字或作「逆」；「送者」義頗難通。「逆者」即已公然叛亂的人。問鼎大，春秋時，楚莊王北伐，陳兵於洛水，向周朝炫耀武力。周定王派王孫滿慰勞楚師。楚王向王孫滿詢問周朝的傳國之寶九鼎的大小和輕重，顯然志在奪取周朝天下。後乃稱圖謀奪取一國政權為問鼎。[99]

- 孰辨梟與鸞：梟與鸞，用以比喻奸臣與忠臣。[102]

- 人去豺狼喧：豺狼，可能為真正的豺狼，也可能係比喻占領城邑的叛軍。[106]

- 南資竭吳越，西費失河源：安史亂後，中原遭受嚴重破壞，朝廷財政主要依賴東南各州。由於徵斂太重，東南財力很快消耗殆盡。在西北方面，由於原本富庶的河西、隴右之地現在根本就陷於吐蕃，財源更喪失不存。[107]、[108]

- 因令左藏庫：左藏庫，各本多作「右藏庫」。按：唐代左藏掌國家庫藏的天下賦調；右藏掌國寶，包括四方所獻的金玉珠貝玩好等物。前面詩句說國家資財都枯竭，此句所言當係陳放朝廷賦調收入的左藏庫，謂庫藏盡空也。下句「摧毀惟空垣」當為敘述者誇大之詞，不必拘泥。[109]

- 有左無右邊：我們無法確定這裡的「左」、「右」是指哪裡。只知當時河北、山東之地為藩鎮割據；而西北的河西、隴右之地則為吐蕃所占領。[112]

- 肘腋生臊膻：肘腋，胳膊肘和胳肢窩，比喻極近的地方。這句詩以人體部位喻離京城很近的地方也會腐敗，骨子裡更暗示京城甚至朝廷也會腐敗，所以下面接著有「列聖」二句。「列聖」指（玄宗以後的）

肅宗、代宗、德宗、順宗、憲宗。114

- 萬國困杼軸：困杼軸，杼〔音住（zhù）〕軸，織布的器具。《詩經·小雅·大東》：「小東、大東，杼柚其空。」「柚」同「軸」，「杼柚其空」意謂連織絲麻的杼柚都沒在用了，極謂人民受賦斂之重及生活之困乏。119

- 饋餉多過時，高估銅與鉛：饋餉，運送軍糧。過時，不能及時。謂當時以銅鉛等金屬鑄錢，官府發放軍餉時（「餉」泛指軍人的俸給），以實物折錢計算，故意抬高銅鉛等錢幣的價值，以達到尅扣糧餉的目的。123、124

- 山東望河北，爨煙猶相聯：山東指太行山以東地區。河北指今河北及河南、山東二省的黃河以北地區。爨〔音竄（cuàn）〕煙，即炊煙。炊煙相連表示人口仍不少。按：「河北」地區安史亂後已非唐有，其經濟獨立，兼能自肥，一望猶炊煙相接。125、126

- 朝廷不暇給：以下二句或謂係指朝廷，雖汲汲於理財，然管財稅的大臣忙碌辛苦，所得仍不足以抵半年的支用。127

- 行人榷行資，居者稅屋椽：行人，指行商，即往來各地做生意的商人。榷〔音確（què）〕，原指官府專利、專賣，此指徵稅。行資，行商所帶的貨物。德宗建中三年開始徵商人貨物稅。德宗建中四年又開始徵房屋稅。129、130

- 狼藉用戈鋋：狼藉，紛亂不可收拾。鋋，鐵柄短矛。用戈鋋，謂動干戈。當時河北諸藩鎮相繼叛亂。132

- 臨門送節制，以錫通天班：節制，旌節和制書。史載：（肅宗）至德年間以來，方鎮除授必遣中使（宦官），領旌節就第（宅第）宣賜。制書，皇帝命令的一種，當係用以賜藩鎮高官顯位以羈縻籠絡者。錫，即賜。通天班，直通皇帝的班列。如王侯爵位。133、134

- 羈縻如羌零：羌，羌戎，即西戎。零，先零，西羌名。138

- 直求輸赤誠：馮浩說，「直」字作「豈」字用。今暫從之。139

- 敢問下執事：下執事，下屬聽候支使者。全句係村民謙詞，表示不敢直接動問對方，只敢動問對方的「下執事」。 143

- 近年牛醫兒，城社更攀緣：牛醫兒，據《後漢書・黃憲傳》，憲出身微賤，父親是個牛醫，但憲很有聲望。同郡的戴良才高倨傲，但外出時每每見到黃憲儀態端莊，舉止嚴肅，回家後總覺得惘然若失。他母親就問他：「你又從牛醫兒那兒回來的吧？」這裡借牛醫兒蔑指鄭注。史載鄭注剛開始時以藥術遊於長安，自稱有金丹之術。稱他為牛醫兒，自是輕視他的意思。關於鄭注的事跡，尚可參考〈有感〉二首解說中討論甘露之變的部分。城社，指「城狐社鼠」一語中的「城」與「社」。《晉書・謝鯤傳》說：「隗誠始禍，然城狐社鼠也。」意思大概是說，劉隗雖然確是個壞人，但他只是城狐社鼠而已。也就是說，是個倚仗別人的權勢，為非作歹的人而已。要挖掘狐狸，難免把城牆毀壞；要用火熏死老鼠或用水灌死老鼠，又怕損壞了神社。所以「狐」與「鼠」就倚仗「城」與「社」而為非作歹。這裡是說鄭注像「狐鼠」一樣，攀附倚仗「城社」，也就是有權勢的人（指文宗皇帝），作惡害人。把文宗比為「城社」，有其十分奧妙的地方，讀者不妨多費點心去想想。 149、150

- 盲目把大旆，處此京西藩：盲目，史載鄭注「貌寢陋，不能遠視。」這裡誇大說他盲目，同時譏刺他在政治見識上「盲目」。把大旆，指鄭注持旌旗出鎮一方，任鳳翔節度使。京西藩，鳳翔管轄京西地區，是京城的藩蔽，所以稱之為京西藩。 151、152

- 樂禍忘怨敵，樹黨多狂狷：樂禍，喜歡製造事端（指誅殺宦官）。忘怨敵，怨敵，仇敵、仇人。忘怨敵，蓋謂忘了真正敵人是誰。史載鄭注得意後，「生平恩讎，絲毫必報。心所惡者，目為李宗閔、李德裕之黨，〔朝士〕相繼斥逐。」顯然不能專心於誅殺宦官之大業上。樹黨，交結黨羽。狂狷，《論語・子路》說：「不得中行而與之，必也狂狷乎？狂者進取，狷者有所不為也。」然「狷」字有「急躁」義，實際應用上與「狂」字同指躁進。（與《論語》原意有差異）《舊唐書・鄭注傳》說：「輕浮躁進者，盈於〔鄭〕注門。」詩意蓋指此而

言。[153]、[154]

- 快刀斷其頭：史載甘露之變事敗後，「〔鄭〕注自鳳翔率親兵五百餘人赴闕（朝廷）。監軍使張仲清誘而斬之，傳首京師。家屬屠滅，靡有孑餘（殘餘）。」[157]

- 兵馬如黃巾：黃巾，指漢代的黃巾賊。甘露事變後，京西一帶一時禁軍四出，剽劫有如盜賊，故說如黃巾。[160]

- 夜半軍牒來：時以宦官左神策大將軍陳君奕領禁軍出為鳳翔節度使。[161]

- 鄉里駭供億，老少相扳牽：駭，怕。供億係唐代公文習用語，意為供給安頓。扳〔音攀（pān）〕，挽、牽的意思。[163]、[164]

- 兒孫生未孩：孩，小兒笑。[165]

- 盜賊亭午起：起，發生、發動，引申為出來活動。[171]

- 官健腰佩弓：官健，州兵由官家供給衣糧者稱為官健。[177]

- 願客無因循：因循，馬虎大意。[182]

- 鄅塢抵陳倉：塢〔音戊（wù）〕，構築在村落外圍作為屏障的土堡。漢末董卓曾在郿築塢。陳倉即今陝西寶雞縣，唐時屬鳳翔府。[183]

- 又聞理與亂：理，即治。唐人避高宗諱改。[189]

- 使典作尚書，廝養為將軍：使典，即胥吏，官府中辦理文書的下級人員。句意謂才器不過如胥吏之流的人，也在朝中當起高官來。廝養，即僕役，此指宦官，宦官本皇帝家奴。唐德宗以來，禁軍將領都由宦官擔任。[197]、[198]

全詩摘要

- ◆ 第 1 段（1-18 句）為全詩引子，寫詩人自梁州返長安沿途所見京畿鳳翔一帶的荒涼殘破景象。

- ◆ 第 2 段（19-184 句）這一大段寫「存」活的村民向詩人講述他們幾百年來的生活。又可細分為六個段落。其中第 1 段（19-34 句；以下稱 2-1 段）講唐初期昇平景象，並認為那是宰相以下所有文官開明治理的結果。

- ◆ 第 2-2 段（35-74 句）寫開元以後李林甫專政，重用武將，導致武人亂政。特別集中於安祿山之受寵及跋扈無狀。

- ◆ 第 2-3 段（75-106 句）寫安祿山作亂，及亂起後整個國家的混亂與殘破。

- ◆ 第 2-4 段（107-140 句）寫亂後國家財政的困窘，兼及藩鎮對朝廷的離心離德及朝廷的束手無策。

- ◆ 第 2-5 段（141-168 句）寫宦官的干政，及鄭注挑起甘露事變釀下的大禍。

- ◆ 第 2-6 段（169-184 句）寫甘露事變後京西鳳翔一帶淪於無政府狀態的情形。敘述者並勸商隱儘早離開該地以策安全，以此結束其敘述內容。

- ◆ 第 3 段，也就是結尾（185-200 句），寫商隱聽完村民講述之後，內心的感憤及報國的熱誠與衡量現實情況之後的無奈。

設問

1. 你認為這首詩裡所敘述的唐代歷史的興衰變遷，有多少真是李商隱所遇到的鄉里小民所說的？有多少可能是商隱修飾增益

的？從哪裡可以看得出來？

2. 依據詩中敘述者（小民）所敘，你覺得唐代政治由盛而衰的關鍵時期是什麼時候？關鍵人物是誰？或者說，是哪些人對唐代政治的由盛而衰負有最大的責任？

3. 安祿山之亂以後，唐朝社會的兩大毒瘤，一是藩鎮割據，一是宦官干政，你能否依詩中敘述者所敘資料稍微討論一下？

4. 在李商隱所親歷的政治動亂中，最重要的莫過於甘露之變。甘露之變的兩個要角是李訓和鄭注。但詩中敘述者對鄭注極盡調侃抨擊之能事，對李訓卻隻字不提。你覺得這是巧合嗎？或是商隱介入敘述，而他對李訓的態度從事變之時到寫本詩之時有所改變？你要不要拿〈有感二首〉（006、007）對李訓的態度與本詩比較一下？

5. 你覺得商隱最感到切膚之痛的唐朝廷的衰微崩壞是哪一件或哪幾件？敘述者有無述及？能不能試著指出來？

6. 詩中詩人曾說天下的治亂「繫於人」而不「繫於天」。但敘述者又說確知唐朝開國以來承平已久，自然無法避免發生嚴重的災難禍患（誠知開闢久，邁此雲雷屯）。你覺得這兩個說法之間有沒有矛盾？你覺得唐朝之由盛而衰是自然的、無法抵抗的趨向呢？或是由部分個人偶然造成的呢？

7. 你會不會覺得這首詩寫歷史寫太多，沒有多少詩的味道，所以你不太想唸？在另一方面，你有沒有發現，李商隱的詩，即使是寫政治、歷史以外的主題的，甚至包括寫愛情的，幾乎也都或明或暗與政治有關聯？你要如何處理這個看起來可能令你相當困擾的現象？

8. 這首詩聲稱係由一個鄉里小民的角度在講唐朝的盛衰變化，但是其中所敘事件大部分可在正史中找到對應根據。即使如此，你覺得讀這首詩與讀正史感覺一樣嗎？如果不一樣，原因何在？

　　〈行次西郊作〉是李商隱詩集中最長的作品，又是商隱作為一位關心國事、滿腔熱血的士大夫少數直白議論時政的作品之一。但是，這首詩後來卻成了他直白議論時政的絕響。其後商隱絕大部分的詩作表面上就都與朝政沒有什麼關係。原因就如我在〈傳略〉（「仕途上的一大挫折」段）中所推測，這首詩的寫作可能導致商隱在該年稍後的「博學宏詞」科考試中，名字被中書省高官抹去，以至於悵然落榜，並且從此官運淹蹇。然而〈行次西郊作〉以及它所帶給商隱的不幸遭遇，對於我們理解商隱一生的創作自有其無與倫比的參考價值，因為它充分展現了商隱的人生核心關懷，以及他精神人格的重要底蘊。不管表面上與政治有無關聯，大部分的商隱詩都需要對此關懷與底蘊有充分的掌握才能深入理解。

⬡019 無題 （昨夜星辰） 838 年

昨夜星辰昨夜風，畫樓西畔桂堂東。
身無彩鳳雙飛翼，心有靈犀一點通。
隔座送鉤春酒暖，分曹射覆蠟燈紅。
嗟余聽鼓應官去，走馬蘭臺類轉蓬。

　　這首詩寫主角春夜與心愛的女性約會遊戲，直到清晨聽到早朝的鼓聲，才急急忙忙騎馬疾奔到他當官的祕書省去上班。詩應該是上班時或上班後寫的。剛開始詩人先回想前夜與心愛的人見面的地點與氛圍。地點是在一棟畫樓的西邊與一座桂堂（泛指華美的堂屋）的東邊。記住：是畫樓與桂堂之間，不是什麼草橋相見。這顯示男女雙方的身分。也許在詩人等待時，他見到華星閃爍，感到和風輕拂。不管「星」是否真是華星，「風」是否真是和風，它們留在詩人心中的印象是如此深刻美好，以至於詩人回想到的如意經驗中第一件就是這「星」與「風」。

　　次聯有眾多評論家都說是在比喻二人「身雖似遠，心已相通」、「身不接而心能通」。（《集解》引屈復及馮浩）「彩鳳

雙飛翼」這意象明白易曉，可以不需多說。「靈犀一點通」者，《漢書·西域傳贊》提到有所謂「通犀翠羽之珍」。《注》引如淳說：「通犀，中央色白，通兩頭。」也就是說，二人心如珍靈的「通犀」，是兩頭相通的。為什麼心已相通，身卻不能在一起呢？讀者要記得：第一，這是唐人的戀愛，有許多地方與現代人未必是一樣的。第二，就如後文所將指出，這詩是商隱自況，而商隱當時任祕書省校書郎，官雖不大，卻也有一定身分地位；在另一方面，商隱的戀愛對象極可能是時任涇原節度使的王茂元的女兒。在這種狀況下，即使雙方有愛的激情，也是要很小心的。

　　第三聯一方面敘述詩人與其所愛約會遊戲的內容，一方面呼應第二聯所說二人「身不接而心能通」的交情。先來講遊戲。「送鉤」與古代的藏鉤遊戲有關。周處《風土記》說：義陽（故治在今河南信陽縣南）地方在臘日飲祭之後，老年男人、老年婦女和兒童一起玩藏鉤遊戲。分為兩方（二曹），以比勝負。若每方人數都為偶數（四人或六人）就進行對敵比賽。若有哪方人數為奇數，這個奇數的人就流動往來分屬兩方，或屬於「上方」（上曹），或屬於「下方」（下曹），名為「飛鳥」，俾使兩方人數齊整。玩時把一「鉤」藏在數隻手中的一隻，由兩方中人去猜（射）知所在。「射覆」始見於《漢書·東方朔傳》，係在「覆」蓋的器物下置放各種東西，令人暗「射」（猜）之，所以稱為「射覆」。兩者都是很素樸，絕對不狎邪的遊戲。這種遊戲適合商隱與王氏的身分和地位。

　　講完遊戲，我們要討論這種遊戲如何呼應第二聯所說的商隱與王氏的情分。二人的情分上文已引了屈復及馮浩說，這裡再引

胡以梅一個更傳神的說法：「身遠心通，儼然（恭敬莊重貌）相對〔於〕一堂之中。」（《集解》引《唐詩貫珠》）胡氏更進一步說：「且隔座分曹，申明〔第〕三〔句〕之意；送鉤春暖，方見〔第〕四〔句〕之實。」「隔座」是隔開一個位置而坐的意思；「分曹」上面已解釋過，是分為兩方的意思。胡氏的意思是大家玩的時候，既「隔座」，又「分曹」，沒有狎昵的機會，所以是「身遠」，這就「申明」了第三句詩意。但二人雖然「身遠」，心卻是通的，「送鉤春暖」證實了這一點。「送鉤春暖」這段比較隱晦，我得引出商隱本人詩句，發揮想像力來闡釋。詩人說：「隔座送鉤春酒暖。」寫的似乎是王氏與詩人隔座而坐，她把手中的鉤私下交給了詩人，讓詩人得喝溫暖的春酒一杯。這種做法是戀愛中的男女很溫馨、很貼心的小動作，的確說明二人「心通」。胡氏能看到這點，顯示他也是感情中人。

就在詩人一心沉醉於這種「心有靈犀一點通」的幸福與滿足的時候，他赫然聽到從宮中傳來的天明入朝上班的鼓聲。（按：唐制，五更二點，鼓自內〔宮中〕發。鼓響天明，即需上班應官。）他嘆息了一聲「嗟！」說又要「應官」去了。「應官」一般解為「當官」，說是唐人口語。但也有人說即後世所謂「應卯」。（《集解》補語）我比較贊成後面這個說法。詩人於是騎馬疾馳到上班的地點祕書省。「蘭臺」就是祕書省，唐高宗龍朔年間改稱蘭臺，中宗神龍年間復稱祕書省，是國家藏圖書、經籍的地方。詩人一邊趕著到祕書省去，一邊感嘆說，自己就像「轉蓬」一樣。這兩個字在這裡下得很重。通常在詩裡，轉蓬多用來比喻人生沒有根蒂，就像蓬草一般，風一吹就四處飛轉。現在只是被迫結束

戀愛活動,前去應官上班,就把自己比為轉蓬,這不會說得重了些嗎?詩人這種感受究竟是哪裡來的呢?商隱在開成二(837)年秋左右始任祕書省校書郎,與王氏戀愛大約是三年春的事。祕書省校書郎在唐代被公認為士人初入仕途的美選。商隱不知是純粹過度沉迷於戀愛,還是另有挫折,如受到排擠、猜忌等〔參看〈安定城樓〉(026)解說〕,竟然做得被朝中權臣指摘說「此人不堪」,以至於招致一連串的政治挫折。我覺得商隱寫愛情的無題詩,在綺羅香澤之外,總有一股難言的悲涼在。看來,商隱做祕書省校書郎這個官做得,和王氏談戀愛談得,都頗為辛苦吧。

020 無題（颯颯東風） 838 年

颯颯東風細雨來，芙蓉塘外有輕雷。
金蟾齧鏁燒香入，玉虎牽絲汲井迴。
賈氏窺簾韓掾少，宓妃留枕魏王才。
春心莫共花爭發，一寸相思一寸灰！

　　鄭板橋〈滿江紅・田家四時苦樂歌〉寫道：「細雨輕雷，驚蟄後和風動土。」驚蟄這個節氣在每年陽曆 3 月 5 日或 6 日，而這個節氣前後的天候特色就是「細雨輕雷」，與本詩開頭兩句所寫的景象類似。由此，我們知道本詩的寫作時間是仲春時節。這個時節的自然景物，誠如詩中所寫，是優美的：東風輕拂，細雨飄灑，荷塘漂浮著新綠的小葉。但是，我們若仔細去體會，卻又會發現：詩人寫到風兼雨的颯颯之聲，還有荷塘遠方的輕雷聲，似乎都在暗示他內心有無法完全平靜之處。

　　這會不會是我過度詮釋呢？我想起《楚辭・九歌・山鬼》裡的這段詩：「雷填填兮雨冥冥……風颯颯兮木蕭蕭，思公子兮徒離憂。」並把它拿來與商隱此詩相比對。我發現兩者的情境相當

類似，意象還有雷同之處，惟一的差別是〈山鬼〉裡表達的感情集中在末句，單純而明白，而商隱詩的感情則分散在好幾個「聯」寫，複雜而晦澀。

　　商隱此詩最難解的是頷聯兩句。「金蟾」是蟾蜍狀的香器，指熏爐。「鏁」是「鎖」的異體字。熏爐蟾口有個鼻紐開閉，稱之為鎖。「齧」，咬。鼻紐關閉，稱之齧鎖。「燒香入」，謂只有點香的人進來。「玉虎」，指虎狀的轆轤。「絲」指繫吊桶的絲繩。「汲井迴」，謂只有汲井水的人回來。姚培謙說：主角在此綺麗之房中，「金蟾齧鏁，非侍女燒香莫入；玉虎牽絲，或侍兒汲井時迴（回），惆悵終無益耳。」（《集解》引）換句話說，就是主角在房中，思念的美人（依本文的詮釋，是思佳人而非公子，詳下）渺無音訊，主角徒然憂思惆悵。

　　要解明頸聯兩句，需先說明賈氏窺簾和宓妃留枕兩個典故。《世說新語‧惑溺》記載：晉朝人韓壽姿容俊美，大臣賈充徵召他做自己的佐屬（掾）。每次賈充在家有聚會，他女兒就會從窗中偷窺韓壽，看了很喜歡。久了之後，二人透過婢女安排私通。後來事情被發覺，賈充沒把它公開，而把女兒就嫁給了韓壽。另，《文選‧洛神賦》李善注引〈感甄記〉說：曹植為東阿王時，請求娶所愛的甄氏女，沒有結果。曹操將甄氏許配給曹丕。甄后被讒死後，曹丕將她的遺物玉帶金鏤枕送給曹植。曹植離京返回封地，途經洛水，夢見甄后對他說：「我本來心屬君王您，可惜這心願沒完成。這枕頭是我在家時陪嫁用的，先前給了五官中郎將（曹丕），現在給君王您。」於是便用以與曹植互相歡愛。曹植感念其事作〈感甄賦〉，後魏明帝改為〈洛神賦〉。宓妃本指洛

水之女神，在此借指甄氏。

以上兩個典故意謂：「賈氏窺簾，以韓掾之少；宓妃留枕，以魏王之才。」（《集解》引紀昀語；「留」，贈送之意，見《語言詞典》）這點應無疑義。問題是：詩人究竟自認為既年少、又有才呢？還是已不年少、又無才思呢？紀昀的看法似乎偏向後者。他在上引文字後說：商隱「自顧生平，豈復有分及此，故曰：『春心莫共花爭發，一寸相思一寸灰。』」我的看法則偏向前者。為了支持我的看法，我得討論本詩的寫作年代問題。

這首詩沒有強烈證據顯示係作於商隱與王氏戀愛期間，但若從此脈絡闡釋，也容易說得完滿。假若王茂元恰在詩人與王氏戀愛期間把女眷接到涇州〔參看〈無題〉（來是空言）（021）討論〕，詩人某日來到一向與王氏約會的地方，可能是韓畏之家為二人特別準備的別室，室外雖天候宜人、環境優美，卻終日等待不到王氏倩影，待在綺麗的房間裡，偶爾進出的只是添香、送水的侍女，想起王氏對自己的深情厚意，猶如賈氏窺簾、宓妃留枕，相思之情洶湧澎湃，難以遏抑。如是，在「思〔佳人〕兮徒離憂」的感嘆憂傷下，覺得春心不能隨便發動。否則，像現在遭遇重大的挫折，就相思難忍。如果相思之情可以具體計量的話，自己的相思每一寸都像一寸完全熄滅的灰燼，恐怕再也燃不起愛的火花了。

〈山鬼〉末句的感情在商隱詩中化為六個句子、十多個意象。這不只是由簡單質樸化為複雜華麗而已，它還提供商隱一個發揮他的主要特色之一——晦澀——的機會。「金蟾齧鏁」和「玉虎牽絲」二句，我到現在都沒把握前引姚培謙說法是最終的解釋。讀者願不願意也來試著解解李商隱出名的「詩謎」呢？

⬡021 無題（來是空言） 838年

来是空言去絕蹤，月斜樓上五更鐘。
夢為遠別啼難喚，書被催成墨未濃。
蠟照半籠金翡翠，麝熏微度繡芙蓉。
劉郎已恨蓬山遠，更隔蓬山一萬重！

這首詩寫的基本上也是「幽期雖在，良會難成」的哀怨。（趙臣瑗語，《集解》引）詩以夜夢遠別、傷心驚醒的時刻為基準寫起。

首先，主角想起自己所期待的佳人在離別時說還會再來，但那竟全是空言；她人一離去後就再也沒有蹤影了。此時已到五更，月亮西斜，空懸在人家樓閣上，遠處傳來陣陣拂曉的鐘聲。一個晚上又要過去了。

由於夢見二人是要遠別（「夢為」的「為」猶白話的「是」），在夢中就啼哭了起來，想去呼喚對方，但是在夢中很難叫出聲音來。這是夢中常有的情景，讀者您可能也經驗過。在這種悲傷挫折的情況下，主角醒了過來。醒來一回神，立刻趕著寫信，彷彿

把信催出來一般，所以說是「書被催成」。趕到什麼程度呢？趕到連墨汁都還沒研濃就寫了。寫些什麼呢？信及時送到了沒有？詩人都沒說，我們也都不知道。我們只知道，這一夜主角是單獨在綺麗寂寥的臥房裡度過的。

「蠟照半籠」這句描寫臥房中的陳設、情境。它究竟確指什麼，說法很多。這裡我採用了《李商隱詩歌集解》的一個按語。它說：「或曰金翡翠指有翡翠鳥圖樣之羅罩，〔睡〕眠時用以罩在燭臺上掩暗燭光。」並引溫庭筠〈菩薩蠻〉（玉樓明月）的「畫羅金翡翠，香燭銷成淚」作佐證。依此，「蠟照」句就是說，蠟燭的光照有一半被有著金翡翠圖樣的羅罩籠罩著。另外，葉蔥奇認為金翡翠是琉璃燈上的圖樣。琉璃燈雖也可能是富貴人家臥房裡用以罩燭的陳設，但上引溫庭筠的詞句實在是羅罩籠燭的極貼切的佐證，所以我還是用了《集解》按語的說法。

「麝熏」句也是在描繪臥房的陳設與情境。「麝熏」說白了就是麝香熏出的香氣。但由於詩人在此顯然避用「香」字，而選了「熏」字，我就權且把它譯成麝香的熏染。「微度」可能為微微飄過。至於「繡芙蓉」，《集解》的另一條按語說：「簾額、羽帳、被褥均可繡芙蓉圖案，此言『麝熏微度』，自以指被褥為宜。翡翠、芙蓉均為男女歡愛之象徵。」按語前還附有前人詩句為佐證。但是我覺得，寫麝熏微度被褥，實在嫌太「露」了。世人皆知李商隱善寫艷詩，但我得指出，商隱寫的多為「艷情」，而非「艷色」。讀者不要把他詩中寫艷情的很多意象都往艷色方向去詮釋。葉蔥奇解「繡芙蓉」為簾幔上綵繡的芙蓉，似乎比較得體一點。

　　「蠟照」一聯所寫主角感情，趙臣瑗說：「燒燭以俟之，燭猶未滅也；焚香以候之，香猶未歇也。而昔也欲去，留之未能；今也不來，致之無路，將奈之何哉？」大致是合理的。

　　尾聯的「劉郎」原指漢武帝劉徹，「蓬山」指蓬萊仙山。這裡使用了漢武帝求仙事的字面，實質上又暗用了劉晨、阮肇入天臺的傳說。據劉義慶《幽明錄》，傳東漢永平中，剡縣（在今浙江）人劉晨、阮肇入天臺山採藥迷路，遇二仙女，被邀至仙洞。半年後返回故里，子孫已過了七代。後又重入天臺山訪求仙女，仙女已蹤跡渺然了。後來劉晨也被稱為劉郎。這裡詩中主角以劉郎比喻自己，以蓬山指對方前往之處。他說：我已經像劉郎一樣，怨恨仙凡路隔，蓬山遙遠；更何況你的去處比蓬山更遠隔一萬倍呢！

　　從歷史考據的角度看，這首詩寫的可能是王茂元把王氏和其他女眷接去涇州，導致王氏無法再與商隱約會的事。表面上看，知不知道這點好像都對欣賞此詩沒有什麼影響。不過，我覺得，王氏去涇州（在今甘肅涇川），在交通相對困難的唐代，可能使她與身在長安的商隱真的有相隔萬重山的現象。（試想，兩個同在長安的人，說相隔蓬山一萬重，不是有點不自然嗎？）如是，尾聯就不僅是個空泛的誇飾而已。由此看來，如果可能，把詩歌拿來與歷史考據的結論互相印證，對我們了解詩人其人與其詩應該都是有助益的。

022 別薛巖賓 839 年

曙爽行將拂，晨清坐欲凌。
別離真不那，風物正相仍。
漫水清誰照？衰花淺自矜。
還將兩袖淚，同向一窗燈。
桂樹乖真隱，芸香是小懲。
清規無以況，且用玉壺冰。

　　這首詩大約是商隱於開成四（839）年由祕書省調補弘農尉離京時所作。薛巖賓不詳何人，只能由詩的內容推斷大概也是在朝遭貶的人。

　　這首詩的前兩句用了很奇特的修辭方式，所以乍看不太容易看懂。「拂」是「接近」、「至」的意思，所以「拂曙」就是我們常說的「拂曉」，意思是「接近天明的時候」。「凌」是「迫近」，「凌晨」就是「即將清晨的時候」。詩人把兩個「動詞＋名詞」結構的常用詞拆開來，把名詞放在句首（曙、晨），動詞放到句尾（拂、凌），就形成了很新奇的句子。所以首二句的意思是天亮（或天明）時刻的舒爽即將（「行」也是「將」的意思）

127

到來；早晨的清涼正（坐）要迫近。二句謂商隱於凌晨別薛巖賓。

第三、四句的「不那」即「無奈」，「那」，猶「奈」也。（見張相）「相仍」，《楚辭·九章·悲回風》：「觀炎氣之相仍兮⋯⋯」王逸注：「相仍者，相從也。」引申為「不變」、「依舊」。「風物正相仍」意思是風光景物實在（「正」也可解為「的確」）依舊不變。《集解》按語說：「凌晨作別，風物依舊，而人事錯迕，故云『別離真不那，〔風物正相仍〕。』」是為得之。

《集解》按語接著說，「『漫水』、『衰花』寫風物；『任誰照』、『淺自矜』，見人之無心觀賞景物。」這就值得商榷了。（「任」字《文苑英華》作「清」，恰與下句「淺」字相對，今從之。）從詩中所敘事物的時間順序來看，「漫水」二句在前兩句感嘆風物依舊、離別無奈之後，似已出發上路了，二句所寫係途中所見。且若真要描寫美好風物的話，應該不至於寫到「衰花」吧。詩人或者乘舟而行，或者沿河而行。河水清澈漲漫，然無人有心在水中照影。衰敗的花顏色淡褪（淺），空自憐愛（「矜」；也可解為「同情」）。二句除寫途中景致外，可能如屈復所指出，點出了時節，又自比。（《集解》引）水漫加上花衰，可見大概在初夏。水清而無人照影，比喻詩人清高而不被信用；花衰自憐，比喻詩人在被貶離祕書省後，再無人知賞同情。

接下來，「還將兩袖淚，同向一窗燈」似在回想前夜與薛巖賓談心話別的情形，在情緒上恰與上兩句的孤獨自憐感相接續。詩人兩袖沾滿淚漬，與薛共同對著窗邊一盞燈火。「同向」句似乎暗示薛與詩人有著相同的處境與感受。

然後詩人想起整個被貶的事情。「桂樹」是個極度濃縮的意象。《楚辭·招隱士》開頭說：「桂樹叢生兮山之幽，偃蹇連蜷

兮枝相繚。」王逸在上句末注說：「遠去朝廷，而隱藏也。」在
下句末注說：「……言才德高明，宜輔賢君為貞幹也。」〔「偃
蹇」句《文選》呂延濟注說：「皆桂樹之美，亦喻（屈）原之
美行。」〕這些話注者認為都是講屈原的，然一般讀者似乎都理
解為係針對所有隱者而言。據此，商隱的「桂樹」似意謂本來有
意去山中桂樹叢生之處隱居，但因覺自己有才德，應出山入朝，
輔佐君王，遂走上了應考為官之路。商隱少時曾在玉陽山隱居過，
後來「豈意聞周鐸，翻然慕舜韶」，才決定走入京應考的路，所
以「桂樹」云云並非純然託辭。（參〈送從翁從東川弘農尚書幕〉
詩；「豈意」二句《集解》補注說：「『周鐸』猶言朝廷施政之
號令……『舜韶』喻政治修明。」）但即使如此，也已違背（乖）
了「真隱」的精神。南朝宋有個叫何尚之的，辭官住在方山，寫
了一篇〈退居賦〉，以明自己所遵行的原則。但是後來又出來做
官管事，而且皇帝對他愈加尊崇。於是有個叫袁淑的，把古來隱
士中實有隱士事跡反而沒有隱士名號的錄在一起，稱作《真隱
傳》，用來反嘲何尚之。（《南史・何尚之傳》）實際上，假隱
從南朝到唐一直是個很流行的現象，其成因複雜，此處無法細談。
（可參看本人《李白生平新探》第四章）商隱自認不是假隱，但
是又已乖離了真隱的精神，其懊惱悔恨可想而知。

　　下一句的「芸香」指祕書省。葉蔥奇引《香譜》說：「……
芸香辟（同「避」）紙魚蠹，故藏書臺稱芸臺。」葉氏又說：「祕
書省亦稱芸閣、芸館、芸局，均取芸香避蠹義。」「芸香是小懲」
全句有人解釋為任職祕書省是小懲，我認為這說法不甚妥帖。較
合理的說法似是：祕書省是讓我得小懲的一段經歷。「小懲」意
謂稍加懲罰，使接受教訓，不至於犯大錯誤。《易・繫辭下》：「小

人不恥不仁，不畏不義，不見利不勸，不威不懲；小懲而大誡，此小人之福也。」（小人不因不仁而感到羞恥，不因不義而感到畏懼，不見到利益就不知勉力，不受到刑罰威懾就不知戒懼。所以說受到小的懲罰，從而能防範大的過失，這對小人來說是好事。──陳鼓應白話翻譯）商隱引用這個典故來講自己從祕書省被貶弘農尉的事，真是低調至極。他真像被從空中摔到地上，不但不能喊痛，還要說：「摔得好！摔得好！」馮浩指出說：「唐人每以降謫為小懲。」自稱「小懲」，大概是所謂的官場倫理吧！

末兩句不忘表明心跡。詩人說，我的清操（清規，葉葱奇說）無法用什麼事物來恰當比擬（況），就姑且用「玉壺冰」來表示吧。馮浩說：「玉壺冰，政治習用語。」大概指很多政治圈內大大小小的詩人都常用「玉壺冰」來表明自己的心跡吧。如鮑照〈白頭吟〉說：「直如朱絲繩，清如玉壺冰。何慚宿昔意，猜恨坐相仍。……」又如出名的王昌齡〈芙蓉樓送辛漸〉說：「寒雨連江夜入吳，平明送客楚山孤。洛陽親友如相問，一片冰心在玉壺。」金性堯《唐詩三百首新注》說：「〔玉壺〕指品德的潤白無瑕。這裡表示自己不會為宦情所汙……」這會不會也是商隱的心境呢？

我們從其他很多地方可以看出，商隱被貶離祕書省的原因可能很複雜。我們也不確定他心裡如何不服。不管如何，這整首詩的基調是相當含蓄克制的。在藝術手法方面，全詩除了「清」字用得稍多之外，寫情景的地方，（一、二句）新巧生動，抒發感情的地方（三、四、七、八句）真摯感人，寄寓的地方（五、六句）委婉而精準，用典故的地方（九、十句）隱微而妥帖。詩很複雜，但是寫得很成功。

⬡023 荊山 〔839 年〕

> 壓河連華勢屏顏，鳥沒雲歸一望間。
> 楊僕移關三百里，可能全是為荊山？

　　荊山又名覆釜山，在唐代虢州湖城縣（後廢，今屬閿鄉縣），位於潼關東邊不遠。商隱由祕書省校書郎外調虢州弘農尉，由京城東行出潼關到此，有感而發，寫下此詩。

　　詩開頭先大力寫荊山地勢之險要及山勢之雄偉美好。首句「壓河」的河指黃河。荊山剛好位於黃河由北轉東的地方，「壓」字形容荊山彷彿「壓」在黃河上。「連華」的「華」指華山，華山位於潼關西邊不遠。詩意為荊山西連著華山。「屏顏」即「巉巖」，山高峻貌。次句說，在荊山上，一眼望去，可見到飛沒於天際的鳥和飄浮歸山的雲。看到這裡，有讀者也許會聯想起李白〈獨坐敬亭山〉的「眾鳥高飛盡，孤雲獨去閒」和杜甫〈望嶽〉的「盪胸生層雲，決眥入歸鳥。」但是，商隱在此實在沒有李白的悠閒恬靜和杜甫的騰躍昂揚。我懷疑他貶弘農尉的不平還在，因為在接下來的兩句，他想到的是「楊僕移關」為哪樁的事。

所謂「楊僕移關」，是指下述的歷史事件：

> 《漢書‧武帝紀》記載：「（元鼎）三年冬，徙函谷
> 關於新安（即今河南省新安縣），以故關為弘農縣。」應
> 劭注：「時樓船將軍楊僕，數有大功，恥為關外民，上書
> 乞徙東關，以家財給其用度。武帝意亦好廣闊，於是徙關
> 於新安，去弘農三百里。」

舊函谷關本在唐虢州（今河南靈寶縣）境內，今地圖上已
查不到，大概正位於湖城縣荊山之西。楊僕是宜陽（在今河南宜
陽縣）人。（依《漢書‧酷吏傳》）宜陽位居函谷關之外（即東
邊），不屬於京輔之地，楊僕大概覺得身如「化外之民」，沒有
面子似地，所以說他「恥為關外民」，趁「數有大功」之際，請
武帝把函谷關往東遷徙到新安，離故關三百里之遠。為什麼遷到
新安呢？因為宜陽就在新安之南，遷關後大概就進入新關之內。
於是楊僕就成為關內民了。

遷關之後，很多本屬關外的地方就變成屬於關內了，荊山應
是其中之一。但是楊僕乞請移關，原來有考慮到荊山嗎？依前引
史文，似乎是沒有的。如此一來，詩的末句就很難解釋了。「可」
是疑問副詞，表示反詰，相當於「豈」。（《語言辭典》、張相）
所以這句詩翻成口語大概就是：「難道可能全都是為了荊山嗎？」
表面上問「難道可能嗎」，實際上就是說「不可能」。但是句中
的「全」字又意謂只是不可能完全為了荊山，似乎還部分為了荊
山。我不曉得商隱有何根據，也許他只是自己設想而已。不管如

何，依詩句來講，商隱認為楊僕乞請移關，一是為了荆山，二是為了「恥為關外民」。而且，看起來荆山還是主要的原因，「恥為關外民」反而是次要的原因。所以這樣寫，可能是要拿楊僕尚知愛惜荆山，要將荆山留在「關內」，來反襯唐朝廷不知愛惜像他這樣的人才，把他貶調到關外的弘農。而楊僕的「恥為關外民」則暗示自己恥為「關外」官弘農尉。所有上面這些設想與感受，大概都因商隱調弘農尉，弘農為虢州州治，而荆山與函谷關都在虢州境內而連類想像出來。商隱在弘農任官不久就辭官他去，看來他之不滿朝廷處置，並恥為弘農尉，是無可懷疑的。

⬡024 任弘農尉獻州刺史乞假歸京 839年

黃昏封印點刑徒，愧負荊山入座隅。

卻羨卞和雙刖足，一生無復沒階趨。

在開始講詩之前，我想我應該先說明一下弘農尉這個職位。依據《通典・職官》，唐代的「縣」依地理位置與繁榮程度等條件，分「赤、畿、望、緊、上、中、下」七等。另依《新唐書・百官四》，上縣的編制是縣令一人、縣丞一人、主簿一人、尉二人（從九品上階）。依《新唐書・地理二》，弘農縣為「緊縣」，其編制如何，史書闕如；我們只能揣測，大概與上縣一樣。所以「尉」是一縣裡最小的官；如果縣裡有兩個尉的話，那麼就由二人分擔全縣捕盜、催租等各種雜差。商隱在弘農尉任上究竟負責那些差事，我們不得而知。我們只由下文將會引到的《新唐書・文藝》裡的一段話推知，可能與包括捕盜在內有關，而那可能也是他寫本詩的緣由之一。

接著我們來看一下全詩大意。首句說，到了黃昏時刻，把官印封存收拾好，把刑徒（罪犯）查點清楚，這是我在弘農尉任上「每日散衙前〔的〕例行公事」。（《集解》補語）次句說：荊山景象進到我座位角落，（而我每天過著庸碌生活，）看著雄偉的荊山，實在覺得羞慚負疚。第三、四句說，（於是我不想再當這官，）反而羨慕卞和獻玉不成被斷去雙足，因為如此一來，就一輩子不用再為了拜迎長官而卑屈奔走於階前了。

這四句詩中，最明白直接表達出辭官意願的是末二句。卞和刖足的故事出自《韓非子・和氏》：

　　楚人卞和得玉璞於楚山，獻厲王。王使人相之，曰：「石也。」刖其右足。及武王即位，又獻之。復相曰：「石也。」刖左足。及文王即位。和乃抱其璞哭於楚山，三日三夜，泣盡繼之以血。王使人治之，得寶玉焉，名曰和氏之璧。（引自《太平御覽》所引《韓子》）

另，蔡邕《琴操》云：「〔荊〕王（即楚王）剖之，果有玉，乃封和為陵陽侯，〔卞〕和辭不就而去，作〈退怨之歌〉……」「玉璞」是蘊藏有玉的石頭。「楚山」即「荊山」，因楚國亦稱「荊」。然此「荊山」非詩中之「荊山」，下文會作說明。「沒階趨」語出《論語・鄉黨》篇。此篇在敘述孔子在宗廟、朝廷裡的舉止時說：「沒階。趨進。翼如也。」何晏《集解》引孔安國說：「沒，盡也。下盡階。」商隱借用了「沒階趨」三字來形容他身為一縣最低官員，時時必須迎拜長官，趨走於階前的卑屈情狀。

此中，卞和刖足的故事雖可能係因與詩中「愧負荊山」的「荊山」同名而連類相及，卞和獻玉受罪、最後封侯不就、作〈退怨之歌〉的情節，卻著實契合商隱此時的遭遇與心情。

首句寫詩人縣尉生活之庸碌，可能也點出了詩人必欲離開的原因之一，這點本無須多費筆墨。不過，《新唐書·藝文下》商隱本傳有一段簡短敘述說：「〔商隱〕調弘農尉，以活獄忤觀察使孫簡，將罷去。會姚合代簡，諭使還官。」一般遂多認為，這是詩人不樂為弘農尉，必欲辭官的直接原因，並認為事過之後詩人就作詩辭官。這看法可能略微有違事實，需要分辯一下。就常理判斷，在縣尉所掌管的犯人（刑徒）中，最可能需要被判到死刑的大概是盜賊。而恰好商隱對當時的盜賊有其比常人更具人性高度的觀點。他在〈行次西郊作一百韻〉（018）曾寫到京西鳳翔一帶民不聊生，「盜賊亭午起，問誰多窮民……捕之恐無因」的話。他是深知官逼民反之理的。他應該就是為此寧可忤逆高級長官（觀察使的職位相當或稍高於州刺史），也要把長官認為該辦死罪的盜賊辦成活罪。但是他並沒有立刻罷官。《新唐書》說，剛好遇到姚合取代孫簡職位，遂命令讓商隱恢復官位。這點稍後還會補充一下。只是，工作既然沒出息，要憑良心做事又會遭遇丟官的風險，商隱會想辭官，理由就更充分了。

「愧負荊山」一句也與詩人想辭官有關，但是這關聯比較微妙，所以往往被誤解。「荊山」在商隱眼中是一座雄偉壯麗的山，但是何以看到這山就要羞慚負疚呢？這需要仔細回顧我們關於〈荊山〉一詩的討論才能明瞭。這裡我只能扼要指出，荊山不僅是普通的雄偉壯麗的山，它還是商隱恥居「關外」的象徵之一，

可以說是他的精神堡壘。（當然，這「關外」只是象徵性的。到了商隱的時代，函谷舊關早已不在了。若要就唐代現實來談的話，荊山與弘農都在潼關之外，不屬京輔範圍，這倒是另一個居關外的事實。）

最後我要就商隱「乞假歸京」的日期與目的綜合說明一下。姚合以給事中出為陝虢觀察使事在開成四（839）年八月初，到任時可能已在八、九月間了。（《舊唐書·文宗紀》）在另一方面，商隱可能於同年年底由弘農經長安前往涇州向王茂元提親，於隔年春到達涇州。〔見〈安定城樓〉（026）詩討論〕他最終辭去弘農尉是在開成五年九月。（〈與陶進士書〉）這可能是他在涇州提親有成回來後的事了。依上述時程，商隱向刺史請假歸京（如果准假的話），較可能是在開成四年十或十一月左右，而且不僅是消極地因不滿尉職之庸碌卑屈，更積極地要去尋求一條新的出路。

025 自貺 839年

陶令棄官後，仰眠書屋中。
誰將五斗米，擬換北窗風？

這是商隱棄官後，在家過著自由自在的生活時寫的。「自貺」的貺〔音況（kuàng）〕是「給與」、「賜與」的意思。《楚辭·九章·悲回風》有「惟佳人之永都兮，更統世而自貺」語。王逸注：「貺，與也。」在此，「自貺」大概就是自贈的意思。《集解》按語說：「題為『自貺』，蓋自贈以寄傲，亦以自勵。」其說可從。

全詩幾乎都用《晉書·隱逸傳》陶淵明棄官的典故：

陶潛為彭澤令。郡遣督郵至縣，吏白應束帶見之，潛嘆曰：「吾不能為五斗米折腰，拳拳事鄉里小人邪！」解印去縣。嘗言夏月虛閒，高臥北窗之下，清風颯至，自謂羲皇上人。（按：「嘗言」以下諸語源自淵明〈與子儼等疏〉。）

　　這裡只有一點需要提出來討論。「北窗風」是典故的一部分，並沒有暗示商隱棄官季節的意思。如果誤解其意，本詩就無法繫年了。至於棄官一事，應該不是永久辭官，而只是因「活獄」忤逆長官，「將罷去」那一陣子。此事我已在〈任弘農尉獻州刺史乞假歸京〉（024）一詩中詳細闡述過，此處不再辭費。

　　這詩是商隱詩集中少見的看起來瀟灑自在的作品之一。但也只是「看起來」如此而已。「五斗米」一語充分提醒我們，就和棄官後的陶淵明一樣，商隱棄官以後，雖然一下子感到無拘無束，但接著馬上就要面對無窮無盡的困頓生活了。商隱另有一首〈假日〉詩，看來也是同時作品。其首句說：「素琴弦斷酒瓶空」，多少就顯示出生活之窘迫。依我的了解，商隱一家在他弟弟羲叟於大中三（849）年釋褐為祕書省校書郎前，基本上都仰賴他的俸祿度日。（參《會箋》，頁 157）棄了官後，一家人要靠什麼餬口呢？由此看來，姚合出為陝虢觀察使，諭令商隱復官，真真是為商隱「解了圍」。古代貧窮士人出仕，固然十分辛苦，但是如果貿然放棄仕途，生活之艱辛也是難以承受的。「五斗米」指為官的微薄俸祿，「北窗風」指棄官後可能過的愜意生活。詩人說有誰願意拿前者去換後者呢？講得好像十分瀟灑。然詩中以「北窗風」對「五斗米」，正見詩人心中理想與現實之掙扎，背後更透露著無奈。我們今天讀古人詩，對這些情況要能深入體會、設身處地，否則往往會隔靴搔癢的。

026 安定城樓 840 年

超遞高城百尺樓，綠楊枝外盡汀洲。
賈生年少虛垂涕，王粲春來更遠遊。
永憶江湖歸白髮，欲迴天地入扁舟。
不知腐鼠成滋味，猜意鵷雛竟未休！

這首詩大概是開成五（840）年春天商隱前往涇州拜訪王茂元，向王茂元提親，剛到達涇州城時寫的。茂元當時任涇原節度使，節度使治所在涇州，涇州天寶、乾元間稱安定郡，位於今甘肅涇川。

詩開頭寫到達安定城，登上百尺高的城樓，放眼望去，綠楊枝外盡是涇水岸邊與水中的洲渚。「超遞」有「遠」與「高」的意思，在此應該意謂「高」。詩人為何登樓？登樓遠望後感受如何？由於詩的下一聯提到王粲，我覺得似乎可以藉王粲出名的〈登樓賦〉來解答上面的問題。〈登樓賦〉開頭說：「登茲樓以四望兮，聊暇日以銷憂。」「暇」，通「假」，借的意思。兩句是說：我且借這一天來登上這城樓四處遠望，以消除內心的憂悶。

雖然商隱不像王粲那樣直接抒懷，我們一讀接下來的詩句，就可知道他登樓也與王粲一樣，希望藉以消除憂愁。

「賈生」就是漢代賈誼，詩人以他自比。《史記・屈原賈生列傳》曾說，「賈生年少，頗通曉諸子百家之書。」又說：「絳（絳侯周勃）、灌（潁陰侯灌嬰）、東陽侯（張相如）、馮敬（時為御史大夫）之屬皆盡害之，乃短賈生曰：『雒（洛）陽之人，年少初學，專欲擅權，紛亂諸事。』」據此，自比「賈生年少」，可有兩層意義。一是自認雖然年輕，但已學識淵博；二是被以「年少」為由，輕蔑排擠。至於「虛垂涕」，《漢書・賈誼傳》曾載賈誼對策說：「臣竊惟事勢，可為痛哭者一，可為流涕者二，可為長太息者六……」「虛」是「空」、「枉然」的意思。詩人自認憂憤國事，但純屬枉然，當權者都不在意。「王粲」句比較費解。我找不到王粲春來遠遊的記載，王粲本人也不見有寫春來遠遊的作品。王粲著名的〈七哀詩・其一〉敘述了王粲由長安經灞上遠適荊州之行，但此詩看不出旅行的季節。王粲「遠遊」當是指荊州之行而言，「春來」則不知何所指。或許是依據〈登樓賦〉中所寫景物而得（此賦係王粲投靠荊州劉表時作）。不管如何，這句似是以王粲自指，說自己於「春來」之際自弘農（時詩人仍為弘農尉）遠行到涇州。「賈生」、「王粲」兩句背後的委屈與憤懣，我將留待討論「不知腐鼠」兩句時再講。

「永憶」一聯說詩人自己長憶江湖，期待自己年老後能歸老江湖。至於眼前，則志在迴轉天地；哪天一成功迴轉天地，就要像范蠡一樣，乘扁舟浮於江湖之上。這表示詩人自認並不眷戀官位。

　　但是，詩人說，他不知世人那麼執著於小小官位，竟然為之互相猜疑不休。這裡，詩人用了《莊子‧秋水》的一個典故。典故說：惠子在梁國為相，莊子前去見他。有人告訴惠子說：「莊子來，是想取代你為相。」惠子感到恐懼，就在國中搜尋莊子，搜了三天三夜。莊子就前去見他說：「南方有一種鳥，名叫鵷雛，你知道嗎？這種鵷雛……非練實（竹實）不吃，非醴泉（泉味甘如醴）不喝。這時有隻貓頭鷹，攫得一隻腐臭的老鼠。鵷雛剛好經過，貓頭鷹就仰頭看鵷雛，還發出『嚇！』的聲音（怕鵷雛搶牠的臭鼠）。你現在難道要因為你的梁國而來向我發『嚇！』的怒聲嗎？」這故事寓意並不難。只是，商隱究竟指什麼人覬覦猜忌他的什麼官位，現已無法詳知。我們只能推算出，商隱由開成二（837）年秋任祕書省校書郎；到開成三年考博學宏詞科，被中書省長者抹去其名字，並指摘他說：「此人不堪」；再到開成四年被調為弘農尉（唐人職官通常三年一調，開成四年調弘農尉似乎早了點）；這中間一定有不足道或不忍道的經歷存在。頷聯講的賈生「虛垂涕」、王粲「更遠遊」的委屈與憤懣想當然也與這些經歷有關。本書書末關於商隱婚姻與官運的考證可以部分解釋上述問題，其餘的部分或許就永遠石沉大海了。

027 028 840 年

回中牡丹為雨所敗二首

其一

下苑他年未可追，西州今日忽相期。

水亭暮雨寒猶在，羅薦春香暖不知。

舞蜨殷勤收落蕊，佳人惆悵臥遙帷。

章臺街裡芳菲伴，且問宮腰損幾枝。

其二

浪笑榴花不及春，先期零落更愁人。

玉盤迸淚傷心數，錦瑟驚絃破夢頻。

萬里重陰非舊圃，一年生意屬流塵。

前溪舞罷君迴顧，併覺今朝粉態新。

首先我們要知道回中在哪裡；詩人為何會來到回中；還有，牡丹來到回中對詩人意味什麼等等。回中原不是一個單一地名，而是一段道路的名稱，位於安定（今甘肅涇川）到高平（今寧夏固原），其北方不遠就是出名的蕭關。這一帶從秦漢以來就是漢胡爭戰的要地。在李商隱的時代，這就是涇原節度使轄區所在。由於節度使治所在涇州，也就是安定郡，所以稱安定為回中。這裡是唐朝西北邊陲，與吐蕃接壤的偏遠地區。詩人用回中一名，而不用安定，大概意在提醒讀者，這裡是歷史上出名的漢胡爭戰之地，是邊陲。就如我們在〈安定城樓〉（026）講的，詩人來到安定，可能是特地前來拜謁節度使王茂元，向王茂元提親。牡丹也許是使府官舍裡所栽種，就如詩中所說，它是種在一座臨水的亭臺裡。牡丹是中原名花，是國色天香。詩人在長安時，在曲江見過備受呵護、集萬般寵愛於一身的牡丹。現在在回中意外地又見到牡丹，它遠離舊圃，為雨所敗，蕊瓣零落。無怪乎詩人看到這牡丹，要興起人花俱淪落、俱凋零的感受。

這兩首詩雖然同一個題目，卻似乎不是一次構思、一體成形的一組詩，而比較像是先作了第一首，再追加後一首的。寫第一首時詩人人雖在回中，心卻還在長安。因此開頭先寫的是曲江當年賞牡丹的盛況已不可追，然後再拉到不意在邊陲的回中得以又見牡丹。接著中間兩聯才正寫回中牡丹。而最令人意外的是，到了尾聯，詩人筆鋒又從回中轉回長安，去關心長安朝局與人事。第二首的寫法就完全不同。它把牡丹擬人化，從牡丹的角度出發，寫回中牡丹受雨之後，如何受苦受難。最後期待回中牡丹在飽受摧殘之後，能有機會一展餘力，顯現風姿，贏得讚賞。這一

首與第一首差異最大之處在於：第一首雖對回中牡丹之淪落表示同情，卻還是花是花、人是人。這一首則寫花就在寫人，花的悲慘經歷就是人的悲慘經歷，花的衷心期待就是人的衷心期待。

我們若要更深一層地了解這兩首詩，尤其是了解兩詩的差異，那麼，繞個彎子考察一下商隱與王家結親的過程也許是有幫助的。在商隱的文集裡，存有兩篇商隱祭王茂元的文章：〈祭外舅贈司徒公文〉與〈重祭外舅司徒公文〉（外舅即岳父；茂元卒後贈司徒）。前者較正式，應該是寫給社會大眾看的；後者較不正式，可能是親人間紀念性的祭文。在前者裡，商隱寫到與王家結親的事時說：

> 某早辱徽音，凤當採異。晉霸可託，齊大寧畏？持匡衡乙科之選，雜梁竦徒勞之地。雖餉田以甚恭，念販春而增愧。

除去不可解的字句外，這段話的大意是：

> 在下很早就聽到府上的好名聲（？），像晉國那樣強的家族正好讓人託付一生，像齊國那麼大的家族難道就畏懼不敢與之交結嗎？我像漢朝匡衡那樣不才，只得個乙科之選；我做過後漢梁竦認為徒勞無益的州縣小官。雖然您女兒嫁給我後，曾謙恭地為我餉田，我想起自己做過販春的貧賤營生，更增內心慚愧。（按：販春指買進穀物春成米出售。）

145

　　這段話十分生分，實在看不出對過世的岳父講話的感情。這是否是那種祭文寫作的常例，我不知道。不管如何，這些話讓我想像到第一首詩寫作的情境：詩人剛到一個邊陲高官的官舍中作客。他想向主人提親，但是他不認識主人，在這裡純是個陌生人，獨自看著牡丹想著自己與牡丹不幸淪落的事。這首詩有沒有給王茂元看過，我們無法確知。依唐人贈詩、呈詩的常例判斷，也許有。至於第二首，則極可能是特別為呈給王茂元而寫的。「前溪舞罷君迴顧」的「君迴顧」三字透露了這個訊息。在上述親人間紀念性質的那篇祭文裡，商隱也提到往涇原向王茂元求親的事：

> 往在涇川，始受殊遇，綢繆之迹，豈無他人。樽空花朝，燈盡夜室，忘名器於貴賤，去形迹於尊卑。語皇王致理之文，考聖哲行藏之旨，每有論次，必蒙褒稱。……荊釵布裙，高義每符於梁、孟。

　　「綢繆」典出《詩・唐風・綢繆》，指婚姻之事。「豈無他人」蓋謂難道沒有其他競爭者。「樽空」以下至「必蒙褒稱」指商隱與茂元朝夕相處，談論各種道理，往往獲得茂元褒獎稱許。最後兩句寫商隱與王氏成為嘉偶。「梁、孟」指梁鴻、孟光，是漢代出名的相敬如賓的夫婦。商隱寫第二首牡丹詩前有沒有與茂元「樽空花朝，燈盡夜室」呢？不知道。不過有某種程度的感情與意見交流應是不可避免的。我因此推想，第二首詩是為給茂元看而寫的，而詩人就假借擬人化的牡丹把自己心中塊壘一一傾吐了出來。至於這些塊壘，前面已提過不少，這裡就不再重複了。

白話串講

其一

下苑他年未可追，西州今日忽相期。

曲江當年的盛況再也無從追尋了，沒想到今天在這偏遠的西州忽然又和你們相見。

水亭暮雨寒猶在，羅薦春香暖不知。

在這裡，暮雨中水亭裡餘寒猶在，你們怎會想到有那溫暖芳香的防寒羅薦呢？

舞蝶殷勤收落蕊，佳人惆悵臥遙帷。

飛舞的蛺蝶殷勤地收拾你們掉落的花蕊，你們因受風雨而委頓，遙看猶如佳人惆悵地臥於帷中。

章臺街裡芳菲伴，且問宮腰損幾枝。

長安繁華大街上的花草同伴們，且問你們柳條折損了幾枝呢？

其二

浪笑榴花不及春，先期零落更愁人。

大家空自取笑榴花開得太晚，趕不上春天，其實，在時候還未到來之前就先自零落的花，更加令人愁苦。

玉盤迸淚傷心數，錦瑟驚絃破夢頻。

那玉盤般的花冠上，雨水四向飛濺，好像它迸出淚來，屢屢覺得感傷心碎，急雨淋打著花，猶如亂奏錦瑟，柱促絃驚，使它不斷驚破睡夢。

萬里重陰非舊圃，一年生意屬流塵。

這花來到萬里之外，陰雲層層，又離開了往日的花圃，經雨之後，一整年的生機就歸於流水塵泥了。

前溪舞罷君迴顧，併覺今朝粉態新。

然待它將養修飾一番，好像舞女盡力清歌妙舞之後，君若肯再回顧，或許甚而覺得，今朝的牡丹粉態也自新艷哩！

注釋

其一

- 下苑他年未可追：下苑，即曲江。《漢書·元帝紀》注：「宜春下苑，即今京城東南隅曲江池是。」曲江在唐時是長安著名的遊憩景點，進士放榜後登科者還會在此飲宴慶祝，稱為曲江宴。商隱開成二年春進士及第，也參加過曲江宴。

- 西州今日忽相期：西州，謂安定郡。《後漢書·皇甫規傳》說：「皇甫規……安定朝那人也……自以〔為〕西州豪傑……」

- 羅薦春香暖不知：羅薦，薦，墊子。在此羅薦應當是指放置於幃幕中以防花受寒者。

- 佳人惆悵臥遙帷：遙帷，這句詩很晦澀。《集解》按語說：「此句以花擬人（以人擬花？），以美人之悵臥遙帷狀牡丹為雨敗後花事已闌。」

- 章臺街裡芳菲伴：章臺街，本漢代長安城一條大街。

- 且問宮腰損幾枝：宮腰，本指楚王好細腰，宮人多餓死的細腰，後來也用以指柔細的柳腰。二者都喻指迎合上意、與時搖擺的人。

其二

- 浪笑榴花不及春：浪笑，《漢語大字典》及《語言詞典》都解「浪」
  為空、徒然、無用。《漢語大詞典》則說：「表示否定，相當於『莫』、
  『不要』。」今採前說。榴花，開於五月，其時春天已過。《舊唐書・
  文苑傳》記載：孔紹安在隋朝大業末年為監察御史，曾監高祖李淵軍。
  及高祖即位，紹安來附從，拜內史舍人（正五品上階）。其時夏侯端
  也曾為御史監高祖軍。他比紹安早歸附唐朝，授祕書監（從三品）。
  紹安因而在侍宴時應詔詠石榴詩說：「只為來時晚，開花不及春。」
  意謂只因行動慢了些，好處就被人占走了。

- 玉盤迸淚傷心數：玉盤，指牡丹花冠形如玉盤。「玉」字大概兼
  指其為白牡丹。傷心數，一般都認為係指看的人覺得傷心，我則認為
  這整首詩都從牡丹的角度在寫，所以這三字是揣想牡丹屢屢感到傷
  心。

- 錦瑟驚絃破夢頻：破夢頻，指牡丹花不斷驚破睡夢。參見上條。

- 萬里重陰非舊圃：舊圃，指往日曲江之花圃。

- 一年生意屬流塵：流塵，本義為飛揚的塵土。在此，因為是在陰
  雨之中，不會有飛揚的塵土，所以照一般解為流水塵泥。

- 前溪舞罷君迴顧：前溪，古代吳地村名，在今浙江德清縣。南朝、
  隋、唐時江南舞樂多出於此。除去本詩「前溪舞罷」一語外，商隱〈離
  思〉詩開頭還有「氣盡前溪舞，心酸子夜歌」兩句。揣摩其意，「氣
  盡」句似謂將自己的心思才氣都展露淨盡。我認為本詩的「前溪舞
  罷」大概也喻指「待我（詩人自指）把自己的才華展露在您（指王茂
  元）面前之後。」參見下條。

- 併覺今朝粉態新：併覺，「併」是「甚而至於」的意思。（《漢
  語大詞典》）句意蓋謂您不僅不嫌牡丹為雨所敗（喻詩人有短處），
  或許甚而覺得今朝的牡丹粉態也自新艷呢（喻詩人自有出眾之處）。
  我所見過的資料都將七、八句解釋為：「花為雨敗，原非應落之時。

迨至落盡之後，迴（同「回」）念今朝，併覺雨中粉態尚為新艷矣。」
（馮浩語，舉以為例。）我認為這可能不合詩人作詩的場合與動機，
因此改為上述的新說法。參見本詩講解開頭的綜合討論。

029 咏史（歷覽前賢） 840 年 8 月

歷覽前賢國與家，成由勤儉破由奢。
何須琥珀方為枕，豈得珍珠始是車？
運去不逢青海馬，力窮難拔蜀山蛇。
幾人曾預〈南薰曲〉？終古蒼梧哭翠華。

這是悼念文宗皇帝的詩。文宗於大和元（827）年即位，開成五（840）年正月因病駕崩，共在位十四年。後代史官稱他「恭儉儒雅，出於自然，承父兄奢弊之餘，當閹寺撓權之際」，勵精圖治。可惜「有帝王之道，而無帝王之才」，最終雖「旰食焦憂，不能弭患」。（《舊唐書·文宗紀》末史臣語）「父兄」指穆宗、敬宗。「閹寺」指宦官。「旰食」，猶言宵衣旰〔音幹（gàn）〕食，謂天不亮就起來穿衣，天黑了才吃飯，形容勤於政務。文宗的去奢，有個很出名的故事。《舊唐書·柳公權傳》說，某日文宗於「便殿對六學士，上語及漢文〔帝〕恭儉，帝舉袂曰：『此澣濯者三矣。』」作為皇帝，衣服洗過三次還在穿，不能不說節儉了。至於對付宦官的事，最聞名、最驚天動地的莫過於甘露之

變，我們前面已講過多次，這裡就不再辭費。

這樣一位皇帝，商隱如何悼念他呢？不錯，先來講他的節儉。詩說：「歷覽前賢國與家，成由勤儉破由奢。」「歷覽」就是遍覽，逐一地看。「前賢」是前代賢人或名人。「國與家」的「家」只是陪襯，詩中寫的主要是「國」。「成由」句表面上看只是老生常談，其實它出自不只一種古書。《韓非子‧十過》篇說：「由余聘於秦，秦穆公問之曰：『……願聞古之明主得國失國何常以（常由於什麼）？』由余對曰：『臣嘗得聞之矣，常以儉得之，以奢失之。』」此外，趙翼《陔餘叢考》卷二四引《韓詩外傳》也有相似的話。（見吳慧）這兩句先說抽象道理，接下來的兩句便舉實例。

首先詩人說，何以要琥珀枕才是枕頭呢？琥珀是遠古松柏科植物的樹脂，埋入地下，歷久乃成。色黃或褐，一般透明，可制衣飾。《西京雜記》卷一記載，「趙飛燕為皇后，其女弟（妹妹）在昭陽殿遺飛燕書曰：『今日嘉辰……，謹上襚（泛指贈送生人的衣物）三十五條，以陳踴躍之心』」。「三十五條」包括帽、衣、裙、被等，有琥珀枕。另南朝宋武帝時亦有民間獻琥珀枕的記載。（詳《集解》）詩人意思是，文宗不睡高貴的枕頭。

其次，詩人質問，何以要珍珠車才是車？《史記‧田敬仲完世家》說：齊國國君威王「與魏王會田（會同圍獵）於郊。魏王問曰：『王亦有寶乎？』威王曰：『無有。』梁王曰：『若寡人國小也，尚有徑寸之珠照車前後各十二乘者十枚，奈何以萬乘之國而無寶乎。』……」威王於是歷數國內良吏賢臣，說他們治國、衛國有方，是國之至寶，「將以照千里，豈特（豈只）十二

乘哉！」梁惠王聽了慚愧不悅而去。寫這個故事，用意也是在點出，文宗對這種裝飾有奇珍異寶的事物沒興趣。要坐車，不需什麼珍珠車。

只是，文宗如此勤儉，是否就能使國家大治呢？答案是不能。接下來的兩句就指出這個可哀的事實。關於「青海馬」，由於《隋書》卷八三載，吐谷渾人善於在青海中小山畜養駿馬的說法較為出名，因此注家多採用此一典故。然葉蔥奇主張，吐谷渾人善養「青海馬」，與「運去不逢」四字了不相合；他並認為，詩人其實是用了《漢書‧武帝紀》「元鼎四年……秋，馬生渥洼水中」，武帝為作天馬之歌的故實。他又說：「那時，漢朝國運正隆，遇到天馬出於渥洼，所以這裡說，『運去不逢』。」葉說自有其道理，但我懷疑商隱會知道「渥洼水」這條河流是在青海附近。（按：據葉氏指出，渥洼水在今甘肅安西縣境，在青海的西北。我認為，這恐怕是特別查考地理書才能得知的事，詩人寫詩時未必如此用功。）程夢星似認為，文宗不能及身收復河湟（黃河、湟河之間地區，位於青海湖之東），也就不能及身得青海馬，所以說他「運去不逢青海馬」。（《集解》引）但是，文宗時河湟喪失已久，所以似乎只宜說他「運不來」，不宜說他「運去」。以上諸說都各有所長、各有所短，所以這裡三說並列，讓讀者自由取捨。就理解這句詩的目的而言，「青海馬」出自什麼典故，產自何處，似乎都不是重點所在。重要的是，它究竟比喻什麼，指什麼。「青海馬」比喻傑出幹練的人才，應無疑義。依此，「運去」一句當是說，文宗時唐朝國運已衰，朝廷裡沒有傑出幹練的大臣。這才導致文宗在文治武功上的兩件大事，剷除宦官與收復

河湟，只能仰賴李訓、鄭注那樣的人來籌畫、實施，結果一敗塗地、欲益反損。

接下來的「力窮」句就借用古蜀國五丁拔蛇的傳說，來譬喻宦官勢力盤根錯節、難以根除的情狀。《華陽國志‧蜀志》說：

> 蜀有五丁力士，能移山……秦惠王……許嫁五女於蜀，蜀遣五丁迎之，還到梓潼，見一大蛇入穴中，一人攬其尾，掣之，不禁（無法阻止），至五人相助，大呼拽蛇。山崩，壓殺五人及秦五女。

詩句引用這個傳說與宦官跋扈有何相關呢？對此，《集解》按語說：「句意本〔於〕劉向〈災異封事〉〔之〕『去佞則如拔山』。」（按：劉向語見《漢書‧劉向傳》）「拔」是移易、動搖的意思。在一個朝廷裡，單單要去除佞臣就難如拔山，更何況要剷除盤根錯節、勢力大到足以操縱皇帝廢立的宦官集團呢？難怪商隱要說文宗「力窮」了。

到此為止，詩講的是文宗如何勤儉圖治，如何因運、力不濟而一事無成。但詩人寫此詩的動機除揭示這些不幸事實外，更要展現自己對文宗皇帝的眷戀和同情。商隱於開成二年任祕書省校書郎，文宗卒於開成五年初，或許商隱自認曾經親炙於文宗，因此他把自己說成是少數親預〈南薰曲〉的人之一。程夢星注引《孔子家語》說：「昔者舜彈五弦之琴，造〈南風〉之詩，其詩曰：『南風之薰（溫和貌）兮，可以解吾民之慍兮。南風之時（適時）兮，可以阜吾民之財兮。』」（《集解》引）「預」是與聞的意思。

商隱把文宗的教化喻為舜的〈南風〉曲，其推崇之深，不言而喻；又自認為是少數與聞〈南風〉曲的人之一，可見他對於曾在文宗朝上為官，感到多麼驕傲。現在文宗皇帝崩逝了，他只能心念著以往文宗皇帝儀仗中的「翠華」哀悼他了。「蒼梧」即今湖南九疑山一帶。《史記・五帝本紀》說：「〔舜〕南巡狩，崩於蒼梧之野。」「翠華」指天子儀仗中以翠羽為飾的旗幟或車蓋。

　　這首詩的寫作年月不太容易考定。文宗雖駕崩於開成五年正月，但從《舊唐書・文宗紀》看來，直到同年八月他下葬為止，他的死訊似乎一直沒有公開傳出。開成五年八月之後，商隱可能曾陪同從涇州內調為司農卿的岳父王茂元短暫回長安。這是一個可能的寫作時間。其後商隱一直在外地忙於任官或求職，直到會昌二（842）年才又以「書判拔萃」授祕書省正字（正九品下階）回到朝廷。這次回朝是第二個可能寫作時間，不過比第一次時間可能性要低，因為離文宗駕崩時日較久了。不管作於何時，詩中對文宗充滿惋惜之情與揄揚之意，與商隱較早期對文宗的觀感頗有落差。〔參看〈有感二首〉（006、007）〕讀者可試著想想，這種落差產生的主要原因為何。

030 華州周大夫宴席

841 年

郡齋何用酒如泉？飲德先時已醉眠。
若共門人推禮分，戴崇爭得及彭宣？

原注：西銓。

華州在現今的陝西華縣、華陰縣一帶。周大夫即刺史周墀。他到華州任職後可能獲頒與其正職階位相應的散官銜，如朝散大夫，所以被稱為周大夫。這首詩大約是武宗會昌元（841）年商隱在華州郡齋參加宴席後寫的。郡齋就是郡守（此時稱刺史，唐代有些時候稱太守）下班後私人起居或與僚屬宴飲的處所。

首句說，我們在郡齋宴飲，大夫您何必用如泉水一般多的酒來款待我呢？「酒如泉」與末二句的典故有關，稍後會詳加討論。次句說，我先前「飲」（意謂受益於）您的道「德」就已經醉飽，醉到熟睡不醒了。「飲德」一語出處可能有兩個。其一，《詩經·

大雅・既醉》有「既醉以酒，既飽以德」二句；不過《毛傳》、
《鄭箋》都沒有與本詩脈絡有關的解說。其二，謝靈運〈擬魏太
子鄴中集詩・平原侯植〉有「中山不知醉，飲德方覺飽」二句，
李善注說：「……中山出好酎酒……言飲宴不知其醉，但覺飽於
道德。」（見《文選》30）我認為，依本詩的文意脈絡看，可能
以我上面的譯述較為合適。

不過，前二句的深層意義還得等我們看過下面戴崇和彭宣的
故事後才能進一步討論。《漢書・張禹傳》說：

> 禹成就弟子尤著者，淮陽彭宣至大司空，沛郡戴崇至
> 少府九卿。宣為人恭儉有法度，而崇愷弟多智，二人異
> 行。禹心親愛崇，敬宣而疏之。崇每候禹，常責師宜置酒
> 設樂與弟子相娛；禹將崇入後堂，飲食、婦女相對，優人
> 管弦，鏗鏘極樂，昏夜乃罷。而宣之來也，禹見之於便坐，
> 講論經義，日晏賜食不過一肉，卮酒相對，宣未嘗得至後
> 堂。及兩人皆聞知，各自得也。

學者多相信，商隱係以戴崇或彭宣自比。《集解》按語進一
步指出，首句既已點出「酒如泉」，可見此宴席待商隱不同於待
彭宣之「一肉、卮酒」。據此，商隱應以戴崇自比。但若周墀真
以戴崇待商隱，那麼，二人除了供酒如泉外，還應師弟相娛，毫
無隔閡，為何商隱會委婉地抱怨周墀與「門人推禮分」呢？周墀
是商隱考博學宏詞科時初試錄取他的人之一（詳下）。商隱現又
待在周墀幕中工作，所以以「門人」自居。「推」就是推求、講

求。「禮分」是禮儀的分際。如前所說，張禹是不與戴崇「推禮分」的。這是戴崇與張禹情誼勝過彭宣之處。若要「推禮分」，戴崇就沒有勝面了。所以詩末句說，一「推禮分」，戴崇怎（爭）能及得上彭宣呢？綜而言之，詩意蓋謂商隱自覺與周墀情分一如戴崇之與張禹，沒想到周墀待他猶如張禹之於彭宣，講禮數、有隔閡。商隱是否在跟其他幕僚比，我們不知道，而這於了解詩意也不重要。

　　回過來看頭兩句。首句的「何用酒如泉」可能就暗示，我希望您能如張禹待戴崇一般待我，但不是在慷慨提供酒肉那一方面，而是在沒隔閡、不疏遠這一方面。次句說我「飲」您的「德」已經很久了，也就是說我受益於您的道德已經很久了。這句中的「先時」二字比較費解。「先時」是指何時呢？為了解答這個問題，也為了讓讀者知道商隱為何對周墀有本詩所表現的那種感情與反應，我們需要回顧一下商隱與周墀的關係。

　　周墀來到華州當刺史大概始自開成五（840）年八月。①他是以工部侍郎出為華州刺史，因此商隱文集中有〈上華州周侍郎狀〉一篇。那是在周墀剛到華州時寫的。〈狀〉中商隱說自己勤奮地獲得一次及第，辛苦地當個九品官。遠不如漢朝梅福那樣能上書指出佞臣，言論不被採納後又毅然辭去南昌尉；近不像曹操為洛陽北部尉，能造五色棒，懸於城門以杖殺犯禁者。②由這些話可見商隱當時雖在弘農尉任上，但顯然因無所作為，而有另謀他就之意。（依〈與陶進士書〉，商隱於該年九月三日離尉職。）在〈狀〉中，商隱又自稱先前在令狐楚幕中時及入京應試時曾謁見、受知於周墀。③又說其後由於地位懸殊，就沒有機會再拜謁

周。從開頭算起，一晃就過了十年，現在才終於有機會在華州再行拜謁。④可能因為自認為與周墀有如此淵源，周會考慮聘用他，所以他上書自薦，希望能在周下面做幕僚。⑤

實際上，商隱與周墀的關係並不止於泛泛的拜謁、受知而已。開成三（838）年商隱參加博學宏詞科考試，本已錄取，後姓名被中書省高官抹去，才未及第。當時錄取他的考官就是周墀與李回。（詩題下有原注「西銓」二字，那就表示周墀曾為商隱考官。）⑥不知何故，商隱在〈狀〉文中並未明白提及這件事情。我們只知道，商隱在開成五（840）年九月三日辭弘農尉時，寫了一封信給一位陶姓進士，在信中他就提起這回事，並稱周、李二人為「周、李二學士」，看來對二人都有著相當的敬意。他在信末說，辭尉後將要「東去」，不知去了哪裡，去了多久。⑦到了大約會昌初（841 年）他寫這首〈華州周大夫宴席〉時，他顯然已在周墀幕中待了一陣子。但是周並沒有正式聘用他，只讓他代擬了一、兩篇表奏而已。（參吳慧、葉蔥奇）詩中委婉表達了不滿甚至怨懟，原因或許在此。

有人認為，周墀之所以不用商隱，是出於朋黨之私。（吳慧）這點無從證實或否定。不過，我懷疑商隱本人的從政態度可能也有點關係。除去考博學宏詞科被中書省高官以「此人不堪」為由抹去姓名，以至於落選一事外，商隱任祕書省校書郎未滿一任（通常為三年）就被外調為弘農尉。外調後又發微詞。現在又在周墀幕中宴席上發牢騷。這種種事情雖未必就顯示他有錯，卻至少顯示他初入仕途時可能不能適應官場倫理。我們再回顧一下他的〈玉山〉（016）、〈荊山〉（023）、〈任弘農尉獻州刺史

乞假歸京〉（024）諸詩，也許可以歸結說，他有一股詩人的傲氣。
帶著詩人的傲氣去當官，困境重重就是意料中事了。

附注

① 參《校注》，頁 410，注 1。

② 商隱原文是：「辛勤一名，契闊九品。獻書指佞，遠愧南昌；懸棒
申威，近慚北部。」詳細疏釋見《校注》，頁 411 相關諸注。

③ 原文是：「竊私頃者，伏謁於遊梁之際，受知於入洛之初。」「遊梁」
蓋用司馬相如與鄒陽、枚乘等諸生客遊於梁，梁孝王令與諸生同舍
客遊數年的典故。指在令狐楚幕而言。「入洛」指入京應試而言。
其餘部分疏釋見《校注》，頁 411。

④ 原文是：「爾後以地隔仙凡，位殊貴賤。十鑽槐燧，一拜蓮峯。」「蓮
峯」指蓮嶽，即華山。其餘部分參《校注》，頁 412。

⑤ 原文是：「驥疲吳坂，已逢伯樂而鳴；蝶過漆園，願入莊周之夢。
下情無任攀戀感激之至。」參《校注》，頁 414。

⑥ 如下文所述，商隱稱二人為「周、李二學士」，張采田《會箋》斷
為周墀、李回。「西銓」者，《舊書・職官志》：「吏部三銓：尚
書為尚書銓，侍郎二人，分中銓、東銓。」《唐會要》：「乾元二
（759）年，改中銓為西銓。」「銓」：銓選也。

⑦ 《校注》〈與陶進士書〉注 52（頁 444）說「東去」當是東去濟源
移家（往關中）。這說法大概是對的。

⬡031 淮陽路 841 年

荒村倚廢營，投宿旅魂驚。
斷雁高仍急，寒溪曉更清。
昔年嘗聚盜，此日頗分兵。
猜貳誰先致？三朝事始平。

在正式討論本詩之前，我要先交代一下商隱由辭弘農尉，到寫作本詩之間的行蹤，這對我們了解商隱整個生平和往後的詩歌，有很大的幫助。商隱在開成五（840）年九月三日辭弘農尉。接著就往濟源準備移家關中。濟源（河南今縣）在弘農東北方，洛陽正北。在〈上河陽李大夫（執方）狀一〉中，商隱說他祖先世世羈旅為宦，其家屢屢遷徙，沒有固定的故居舊里。最近因親族友人要相依共處，所以要在長安卜居，移貫（里貫）為京城之民。又說得到李執方厚賜輕煖貴重衣物，非常感荷。（參〈祭小姪女寄寄文〉）據〈狀〉末所述，移家時在開成五年深秋「白露初凝」時節，當為辭弘農尉後不久。在稍後寫給李執方的〈上李尚書狀〉中，商隱又說執方借以長途搬家所需車馬人力等，使移

161

家順利進行，十月十日就到達長安。安頓好後，便去參加「常調」。常調即依常規遷選官吏。唐時內外官從調，始於孟冬，終於季春。十月正是選人期集之時。（參《校注》〈祭外舅贈司徒公文〉注 228。）

在上李執方的兩篇狀文中，商隱雖感謝執方資助移家之事，我還是推想移家之事係由王茂元及王氏所提議，移家所需的主要資金，如在長安置買居所的費用，主要也是由王茂元提供。大概茂元在入朝為司農卿後打算由涇州移家長安，為了上文所說的親族友人相依共處的需要，所以促成商隱辭弘農尉並移家長安的事。

武宗會昌元（841）年夏秋間，茂元出為陳許觀察使，送資費書信召商隱前往陳許。（見葉蔥奇，頁 807）陳州即淮陽郡，在今河南淮陽；許州即潁川郡，在今河南許昌。這首詩應即商隱赴陳州時所作。該地先前歷經藩鎮割據，戰亂頻仍，所以商隱所見是一片衰颯荒涼景象。

詩前半寫在淮陽道上投宿的見聞和感受。「荒村」是荒涼的村落。「廢營」是廢棄、敗壞的營壘。「倚」可以解為靠著，也可以解為靠近。若用第一解，就表示荒村的屋子實際上「靠著」廢棄敗壞的營壘而建。這看起來很生動，但客觀上比較不可能。若用第二解，就表示荒村很靠近廢棄敗壞的營壘。「旅魂驚」可能襲自杜甫〈夜〉詩的「露下天高秋水清，空山獨夜旅魂驚」。「旅魂」猶「旅情」，就是羈旅者的思緒、情懷。「驚」，紛亂的樣子。「斷雁」，孤雁、失群的雁。「仍」，可解為「又」、「且」、或「更」；這裡採用「又」字。「斷雁」有自比的意味。飛得又高又急，似表示不自在、沒安全感。「斷雁」與「寒溪」

合起來可確定時序為深秋。何焯說：「三、四〔二句〕寫出徹夜無寐，待旦急發。」（《集解》引）若與「旅魂驚」合看，何焯之說是很精闢的。

詩人獨夜投宿於如此荒涼衰颯的地方，熬到清晨急急離開，不禁想起此地荒涼衰颯的原因。「盜」不指一般所說的盜匪，而是指割據作亂的藩鎮。程夢星（《集解》引）曾歷數多年來在此據地作亂的藩鎮以解「昔年嘗聚盜」一句，可以參看。「此日」句是說至今仍然「分了國家的一部分兵力」在此地，因為當地「就連現在仍須駐紮重兵以資防守。」（葉蔥奇）在我看過的幾個說法中，這個說法是比較符合詩意脈絡的。

末兩句意在探索檢討淮陽這一帶的動亂是因何產生的。「猜貳」是疑忌而有二心。詩人認為禍源是互相之間的猜忌。哪些人之間的猜忌呢？哪個或哪些人先導致這種猜忌呢？對於這些疑問，詩人用了「誰先致」三字。這顯示出詩人的心態是開明的，他沒有延續前面用的「聚盜」那種字眼和觀念，輕率地認定上述的疑問答案就是割據的藩鎮。如果可能不是藩鎮，那是誰呢？朝廷嗎？讀者一定理解，即使確是朝廷引起禍端，詩人也不可能明講。但詩末的「三朝事始平」卻間接地把詩人不便明講的答案點出來了。學者們考察史書的記載，多得出「三朝」指德宗、順宗、憲宗，而淮陽一帶（精確地說，是淮陽、即陳州，與接壤的蔡州）的動亂源自德宗的結論。德宗「猜貳」，與藩鎮將領互不信任，而藩鎮將領之間又互不信任，終導致一地之亂三朝始平的悲劇。詩人講得很淡定，但內心的悲痛應是難以言喻的。讀者如果倒回去把詩再看一遍，當會發現，這種悲痛感滲在前面的每句詩裡。

032 東南 841 年

東南一望日中烏，欲逐羲和去得無？
且向秦樓棠樹下，每朝先覓照羅敷。

———————————————————————————

這首詩很短，但是詮釋起來問題卻很多。首先，詩題和首句的「東南」指什麼呢？馮浩認為，詩中寫了「日」，而「日」在中國文化中象徵「君」，所以「東南」是由某地往東南看望「君王」所在的長安。由何地望長安呢？因為商隱當時在涇州與王氏結婚不久，所以應是由涇州往「東南」方望京城長安。

但是葉蔥奇認為，此詩一開始即用古樂府〈陌上桑〉的「日出東南隅」（而詩後半又與〈陌上桑〉有關），以此推之，「東南」應是太陽所自出的「東南」方。《集解》按語看法近似。我贊成「日出東南隅」的看法。你的看法如何呢？

接下去，「日中烏」又當如何理解呢？我們從《集解》及《維基百科》所提供的資料裡，可以看到「日中烏」這意象有多種不同的出處和意義。以本詩所需，我們可以有兩種理解法：一、它只是指太陽，或許「烏」字兼有押韻的功能。二、它指信使。《史

記・司馬相如列傳》中的〈大人賦〉說西王母「戴勝而穴處兮，亦幸有三足烏為之使。」張守節《正義》引張揖曰：「三足烏，青鳥也，主為西王母取食。」其中「三足烏為之使」的「使」本是「役使」的意思，後轉為「信使」，而青鳥就被視為「信使」。如李商隱〈無題〉（相見時難）（110）末句的「青鳥殷勤為探看」，「青鳥」就指信使。如果我們採取這個解釋，那「東南一望日中烏」就意味看到東南方的太陽，希望太陽裡的「三足烏」能為詩中主角傳信息，給心所想望的「羅敷」。

上述第一種解釋有個問題，那就是：用了三個字的「日中烏」，只講了個「日」字，用字是否不夠精簡呢？第二種解釋看起來頗合詩意，且「日中烏」三字用典精確，應該沒什麼可挑剔的。只是，詩第二句說「欲逐羲和去得無？」這表示主角見到太陽後，動念想追逐為太陽駕車的羲和，直接到達太陽所到的地方。在這種情況下，主角還需不需要三足烏做信使呢？或者說，他還會不會動念想請三足烏當信使呢？「信使」的說法會不會與第二句相矛盾呢？也許我們可以說主角先想到請三足烏當信使，然後再想到追逐羲和到太陽所在。你能否接受這說法呢？如果不能，你會不會認為詩人在此沒有寫得很圓滿周到呢？

末二句加上首句的「東南」都典出古樂府〈陌上桑〉。該詩相當長，其與本詩相關的部分大致如下：

> 日出東南隅，照我秦氏樓。秦氏有好女，自名為羅敷。羅敷善蠶桑，采桑城南隅……羅敷自有夫……

　　所以，主角追逐羲和，要與太陽前往何處呢？答案是「秦氏樓」，也就是代表主角所想望的女性羅敷所居住的地方。

　　程夢星認為「桑」與〈陌上桑〉的本事才相合，「棠」則不相干，所以第三句的「棠樹」應作「桑樹」才對。（《集解》引）這其實是個誤解。「秦氏樓」下種了棠樹而非桑樹是沒什麼好奇怪的事。況且，〈陌上桑〉詩說羅敷採桑「城南隅」；她並沒在家中樓下採桑。

　　主角每天早上與太陽同到羅敷家的棠樹下，做什麼呢？他最先要做的就是尋找太陽在哪兒照到羅敷。畢竟，從詩一開始，主角經過種種周折，目的就是要找羅敷——他所想望的女性。

　　前面講過，馮浩認為此詩寫的是商隱由涇州遙望京城長安。這說法雖然比較牽附了一點，但若要說詩與涇州有關，卻是很可能的。葉蔥奇在批評馮浩時說：「還不如說，以秦樓比王氏的涇州節度府，尚較近情理。」的確，詩中對一個想望中的異性所動起的極度浪漫的想像，很像一個初婚而乍離愛妻的人的感情。等商隱年紀較大之後，他對妻子的愛意又會有另一番風貌了。

033 十一月中旬至扶風界見梅花

841 年左右

匝路亭亭艷，非時裛裛香。
素娥唯與月，青女不饒霜。
贈遠虛盈手，傷離適斷腸。
為誰成早秀？不待作年芳。

　　李商隱常常借女性的愛情不順以譬喻自己的懷才不遇。這種詩我們已經讀過很多首。眼前這首詩則是借梅花的境遇自比。詩的題目看起來很平常，沒什麼好特別留心的。但實際上，它與詩的內容在所有細部上都密切對應，所以讀者最好熟記並仔細揣摩它。

　　「亭亭」是指人或花木美好，裛裛〔音異異（yì yì）〕則指香氣襲人。「亭亭」用來修飾「艷」，「裛裛」用來修飾「香」，

167

兩者都指詩人所見的梅花。「匝」〔音紮（zā）〕通常解釋為「環繞」。如果這麼解釋，那麼「匝路」就指梅花（樹）把路整個地圍繞起來，有詩人到這裡無路可走的暗示意味。另外，「匝」有布滿、遍及的意思。如果用此定義，「匝路」就只是說，詩人到此，見到路邊滿布梅花（樹）。「非時」是「還不到時候」或「不是適當時候」。梅花通常在農曆十二月或一月開，現在才「十一月中旬」，這些梅花就盛開，所以說它們開得「非時」。它們「匝路」而開的「路」是「扶風界」。扶風即鳳翔，屬關內道。如果詩人是由涇州回京的話（這點後面會討論到），鳳翔算是由較荒僻山區進入人煙稠密地區的要站。到了「扶風」地界就代表又快到京城長安了。

詩人顯然是趁夜趕路的，因為詩裡說有月亮伴著他。「素娥」就是嫦娥。《文選·謝莊·月賦》有「集素娥於后庭」句，李周翰注說：「嫦娥竊藥奔月……月色白，故云素娥。」詩人說，嫦娥不給（與）他什麼別的，只給他月色。因為是「十一月中旬」的月亮，所以應該是滿圓滿的。相反地，十一月的霜就一點都不饒過他。「青女」者，《淮南子·天文訓》說：「秋三月……青女乃出，以降霜雪。」高誘注說：「青女，天神，青妖玉女，主霜雪也。」「青女」句是說，主霜雪的女神全不寬容（饒）他，一路上盡是寒霜逼人。這兩句也有託寓，我們留待後面再講。

「贈遠」指折梅枝送給想念的遠人，以表相思之意。這在中國文學傳統裡有一個很出名的典故。《荊州記》說：「陸凱與范（一作路）曄相善，自江南寄梅花一枝詣長安與曄，並贈詩曰：『折

梅逢驛使，寄與隴頭人。江南無所有，聊贈一枝春』。」不過，本詩用這個典故時稍有變化。「贈遠」句是說，這些梅花要折枝來贈送遠人，也送不到，只是空（虛）折了滿手而已。下句說，贈梅無用，而見梅傷離，恰（適）令人悲傷到極點而已。

末二句感嘆說：這些梅花（也託寓詩人自身）究竟為了誰而成為過早開的花，不等待時日成熟，自然成為美好春色（年芳）的一部分呢？

歷來評論家大致都同意這是一首「自寓」的詩，但都很少說明詩中字句都在託寓些什麼，即使說也很少詳細說。例如：紀昀說：「『匪路』是至扶風，『非時』是十一月中旬。三四（第三、四句）愛之者虛而無益，妒之者實而有損……」（《集解》引）這些話雖然對讀者有所啟發，但是「至扶風」究竟可能意謂什麼；「愛之者」是誰，為什麼他們對商隱所做的事是「虛而無益」等等問題他都置之不論。讀者得把各家的箋注東拼西湊，再加上自己的揣摩想像，才能大致獲知詩人心意之一斑。

早秀不遇是這首詩主要的感嘆，詩人把這層感嘆寫在詩末尾，作為全詩的結論。但是這個結論是個疑問句，因而理解起來就比較困難。「為誰成早秀？」——詩人真的有在想他究竟為了「誰」的緣故而變成「早秀」的問題嗎？我想這個「誰」（什麼人）根本就不存在。詩人用了「誰」這個字眼，應該是指「何」、「什麼」而言（「誰」字可以這麼用）。為何成早秀？這個問題我們稍後再答。這裡先來講「早秀」有什麼可悲之處。屈復評論本詩時曾說：「香艷非時，賞之者少。」（《集解》引）這是一點。其次，上引紀昀評第四句說：「妒之者實而有損。」也就是說，

「早秀」會招致嫉妒，而嫉妒你的人會給你實實在在的鉅大傷害，
比如說在官場上中傷你。商隱在客觀上是否真的早秀招嫉呢？這
一點很難徑直回答。他在一些詩文（主要是〈與陶進士書〉）裡
所說的不愉快經驗，雖然不至於作假，但似乎總有一點片面之辭
的味道，不能照單全收。不過，儘管如此，他是真心覺得自己早
秀招嫉的。在本詩中，相信他並不是到了扶風地界，看到早梅滿
路，才動起這種感覺。由詩第五、六句判斷，此詩是商隱與王氏
分別，由涇州出發回長安時所作。由於商隱與王氏的結合可能是
他仕路坎坷的原因之一，他在涇州踏上回京之路一開始，可能早
秀不遇之恨就已經縈繞在心了。到了扶風，長安在望，代表他又
回到一切不順遂的發生地了。就在這裡，他又見到滿路「非時」
而開的梅花。「扶風」這地點、「十一月中旬」這時間「早秀」
的梅花，整個地成為觸動商隱詩興，讓他針對早秀不遇寫一首詩
的誘因。

　　前引紀昀評第三、四句的話，由於是泛泛而言，沒有針對性，
所以是否切近事實，也難斷定。如果他說的「愛之者」包括王茂
元，而詩的第三句指的是茂元唯將女兒嫁與商隱的話，紀昀對第
三句的評語就有欠妥帖。因為即使王茂元僅僅嫁了女兒給商隱，
對商隱仕途沒有助益，這於商隱而言，也已是極大的恩典，帶給
他無比的幸福，絕不能說「虛而無益」。至於紀氏對第四句的評
論，上文已給予間接肯定。那是基於世間常情所做的肯定，並不
立基於哪些客觀事證。假設世間實有此等事證的話，那對商隱必
是難以承受的悲劇。他出自貧寒之家，為了出人頭地，甚至只為
了養家（母親與其他親人）活口，比一般同儕更早力爭上游，原

是天經地義的事。如果因此比別人較早拔尖露臉，並因此落得個早秀招嫉的下場，他得如何自處呢？讀商隱詩，必得留心到這些世間的黑暗面，才能體會到他那些艷麗文字背後所隱藏的尷尬悲哀的人生經驗。

⬡034 贈子直花下 842年

池光忽隱牆，花氣亂侵房。
屏緣蝶留粉，窗油蜂印黃。
官書推小吏，侍史從清郎。
並馬更吟去，尋思有底忙？

這是一首雙題目的詩。一個題目是「花下」，這是全詩真正寫的內容，由於禮數的關係，所以放在後面；另一個題目是「贈子直」，這是寫作本詩的用意。詩作於會昌二（842）年，「子直」是令狐綯的字，該年綯任戶部員外郎（從六品上階）；商隱由於「書判拔萃」，重入祕書省，為祕書省正字（正九品下階），這是祕書省最小的官。

此詩有人認為「必作於入直（值班）苑閣中，非泛然花下。」（清‧沈厚塽《輯評》墨批；錄自《集解》）也就是說，詩應是二人在宮中值班時，在宮中林園花叢下所作。衡諸全詩內容，這說法大致不差。從後文將可看出，這說法對深入了解本詩，有重大的意義。

　　首句說，牆倒影在池水中，池上陽光忽隱忽現，牆影也跟著忽隱忽現。次句寫牆邊花。花因為眾多，所以花的香氣很盛，紛亂地飄滲進房間裡。關於蝶粉，我在〈蝶〉（初來小苑中）（015）詩裡已討論過，這裡連同蜂黃，再簡略提提。宋・羅大經《鶴林玉露》卷四說：「楊更山言：『《道藏經》云：「蝶交則粉退，蜂交則黃退。」』」（《漢語大詞典》引）如果其言可信，那麼蝶粉就是蝴蝶交配前蝶翅上的粉屑，蜂黃就是蜜蜂交配前體上的顏色。「屏緣」是屏風的邊緣；蝴蝶在那邊嬉戲，就在那邊留下翅上的粉屑。「窗油」大概指塗飾窗框的油，蜂停過上面，就在那上面黏印了牠的體色。

　　上半講完吟詠的對象，下半就接著講商隱與令狐綯酬唱的情境。「官書」就是官家的文書。「推」是託付。「侍史」是古時侍奉左右的人員，令狐綯因為是尚書省郎官，所以按制有侍史侍奉左右。「清郎」本是旁人用以戲稱北齊一位清廉的尚書郎（即袁聿脩，見《北史・袁聿脩傳》）的稱號，後用以敬稱尚書省郎官。這裡「清郎」指令狐綯。商隱認為眼前有光影、花氣、蝶粉、蜂黃，且官家日常文書可託給小吏處理，令狐綯身邊又有侍史陪從，他和令狐綯二人理應相挨著騎馬唱和詩歌去（「更吟」，更迭吟詠，即唱和、酬唱），不知令狐綯又好像在思索什麼，不知為什麼（「有底」；見張相）事在忙。

　　令狐綯很煞風景，是不是呢？就有學者說令狐綯「乃庸俗之輩，雖附庸風雅，其心實未嘗在篇什上……」（《集解》補語）你覺得這批評中肯嗎？我認為我們議論詩中人物的是非曲直，不能一味附和詩人觀點。上文特別指出過，這首詩應是在宮中值班

時寫的。從有侍史陪從在令狐綯左右看來，這點大致不會錯。試問：在宮中值班，而把官中文書託給小吏，為官的並馬吟詩唱和去，這妥當嗎？我認為，令狐綯如果真地「心實未嘗在篇什上」，那麼他的確不是一位好詩友，但他可能是一位好的官場中人。我在講述〈華州周大夫宴席〉（030）一詩時曾說，商隱初入仕途時可能不太懂得官場倫理。入值宮中而擺開公務去「並馬更吟」，實在也算得上是沒有篤守官場倫理的表現。

再有一點，張采田指出：「〔此〕詩作尋常投贈語，言外頗有平視意，與後此〈〔令狐舍人說昨夜〕西掖玩月〔因戲贈〕〉之作，情態異矣。是重官祕書〔省〕得意時也。」（《會箋》，頁92）按：令狐綯於大中三（849）年拜中書舍人（西掖，中書省所在），其時商隱只任盩厔尉等小官。（葉葱奇，頁820）以此，〈西掖玩月〉詩就有自抑並尋求汲引的詩句。其實，商隱在〈贈子直〉之前不久作的〈酬別令狐補闕〉一詩裡就有與〈西掖玩月〉相同的做法。寫作該詩時商隱在弘農尉任上或已辭尉職而暫無官職。上述三首詩除了有兩首在詩中表達希冀汲引之情外，還有一個特點，就是希冀汲引的這兩首詩題目都稱呼令狐綯官銜。這給人一種印象：商隱在需要令狐綯汲引時，就視他為長官；仕路得意或自覺得意時，就視他為平輩朋友。這種落差令狐綯會渾然不覺嗎？如果他發覺了，他對商隱的觀感會是如何？還有，商隱重返祕書省為正字，就算是仕途得意了嗎？試想，一個正九品下的祕書省正字，真的有條件與一個從六品上的戶部員外郎平起平坐嗎？所以，我認為此次商隱贈詩給令狐綯，直稱其字而不稱其官銜，也可能被認為不合官場倫理。為何商隱老做這種被認為不合

官場倫理的事呢？雖然評詩者要提防對詩人心理做過度的揣摩，我覺得依據我們至今為止所讀過的商隱生平和詩作，對他的心理做一些有系統的考察，於讀者還是有所裨益的。迄今為止，商隱投注心力去做的事情，最重要的有兩件。一是詩文（駢文）的寫作，一是仕進的追求。前者他顯然卓爾有成，這使他頗為自信，有時無意中甚至流為自傲。後者則他長期挫折多蹇，即使開成二年後短暫入祕書省為校書郎，也不能改變此一現實。（當然，仕途之是順是逆，還要看個人觀感而定。商隱由於詩文傑出，自認應該仕途一帆風順，所以特別會覺得自己挫折多蹇。）這使他很不服氣，有時難免流為自卑。這兩種矛盾的心態——自傲與自卑——在他心中無法順利調和。於是我們發現他在為官做宦，於理應該恭謹自制時，往往率意而為；在因故貶官時，就歸罪當局，大發牢騷；如此種種，不一而足。這種矛盾心態，表現在他與令狐綯的關係上時，情形一樣不自然。他官場稍為得意時，就會不顧職位的尊卑，透過詩歌酬唱，有時也許只是片面的投贈，與令狐綯平輩論交，如本詩、如〈玉山〉（016）。當宦途失意時，又會不顧二人的長年交情，低聲下氣地求令狐綯汲引，好像在向一個陌生官員干進一般。他們兩個人，一個基本上是詩人，一個基本上是政治人物，要想沒有隔閡、摩擦，看來是很難的。兩人會從少年時期的摯友，漸行漸遠，終至恩怨相隨，實在也是良有以也。前人每每將兩人後來的恩怨，全歸諸於黨派的齟齬，恐怕很難服人。

035 灞岸 843 年

山東今歲點行頻，幾處冤魂哭虜塵？
灞水橋邊倚華表，平時二月有東巡。

我們讀過好幾首李商隱的七言絕句，讀者想必還記得，那些詩雖然只有短短四句，卻意旨遙深，相當晦澀難懂。這首〈灞岸〉也一樣。我們得費很大力氣弄清詩中涉及的歷史事件以及深奧典故，才能窺其要旨。不過，一旦了解其要旨，我們會覺得此詩含蘊豐富、感情深沉，確是好詩。因此，我要不避繁瑣，努力挖掘此詩裡裡外外所包含的背景和寓意。願讀者也能一併來探索。

「山東」在唐朝時大致上指太行山以東地區。這地區也就是安史之亂後藩鎮長久割據的地方。「點行」是依據兵籍名冊把役男一個個點去當兵。「今歲」究指何歲，就有爭議。會昌二（842）年八月，回紇侵犯雲州、朔州等地（在今山西北部邊境），中央徵發了許、蔡、汴、滑等六鎮之師，會軍於太原以拒之。至會昌三年二月擊敗回紇。（《舊唐書·武宗紀》；《通鑑》所記稍異。）徵發軍隊的州鎮都在「山東」，所以，有理由說詩中所謂「今歲」

就是會昌二年。但是，對回紇的戰事都發生在今山西北部一帶，而詩第二句說「幾處冤魂哭虜塵」，意謂「山東」地區有不少地方的人民由於受敵寇引起的戰亂而冤死。（「虜塵」：指敵寇或叛亂者的侵擾所導致的戰亂。）上述抗拒回紇的戰爭顯然與這句詩不合。

另外，會昌三（843）年四月，昭義軍節度使（治潞州，在今山西長治）劉從諫卒，其子稹自稱留後（唐中葉以後，藩鎮坐大，節度使遇有事故，往往以其子侄或親信將吏代行職務，稱節度留後），拒受朝廷詔令。五月，中央命成德、魏博、河陽等「山東」地區各路軍合討劉稹，戰事直拖到隔年八月才完全平定。（《新唐書‧武宗紀》）這次的戰事蔓延到「山東」很多地方。（《通鑑》）商隱〈祭裴氏姊文〉就記到說：「屬劉稹叛換，逼近懷城（懷州）。」因此，這次亂事符合詩的一、二兩句。有學者認為「虜塵」一語應指外族之亂而言，不應用於非外族的劉稹，所以強力主張取抗回紇之戰。關於這點，葉蔥奇曾舉李商隱詩實例證明商隱有時亦稱藩鎮為「虜」。故抗回紇之說應不可取。

唐軍討伐劉稹時，王茂元恰為河陽節度使，也在負責討伐的諸將領之列。他召商隱往其幕中。商隱為他擬了一篇〈為濮陽公（王茂元）與劉稹書〉。此〈書〉應作於會昌三年五月七日至十三日之間（《校注》，頁 652-653），〈書〉中極力勸誡劉稹順從朝廷，不要抗命；可惜沒有效果。我推想〈灞岸〉一詩就是商隱由長安出發前往河陽幕前線時，經過灞橋（在長安東邊附近）有所感發而寫的。商隱集中還有一首詩題為〈行次昭應縣道上送戶部李郎中充昭義攻討〉；昭應縣在長安之東、新豐附近。可見

那時可能頗有一些人從長安往昭義去效力。

　　全詩上半用顯豁的文字寫完時局的可哀之後，跳過詩人自己在這時局中所將扮演的角色，和自己的行跡，接下來改以隱微的手法表達自己的感受。「華表」是古代橋梁、宮殿、城垣、陵墓等大建築物前面作裝飾用的巨大石柱，柱身多雕刻有龍鳳等圖案，上部多橫插著雕花的石板。（《漢語大詞典》有附圖，可參看。）「倚華表」本沒有太特殊的意涵，但由於這是灞水邊的華表，而灞水西邊高原上有漢文帝的霸陵，故難免讓人想起王粲的「南登霸陵岸，回首望長安」來。王粲詩句出自〈七哀詩〉，該詩寫王粲從動亂中的長安前往安定但被認為落後的荊州時，沿途所見戰後慘況以及因此而引發的內心感慨。漢文帝時是歷史上出名的治世，王粲登其陵墓而回首長安時，內心的感觸不言而喻。「南登」二句後接著「悟彼下泉人，喟然傷心肝」兩句。「下泉人」典出《詩經・曹風・下泉》，意謂百姓在亂世中想望出現「明王賢伯」（〈詩序〉語）以帶來治世。由於這種期待在當時顯然無法實現，所以王粲會感慨不已，十分悲慟。商隱時期唐朝大部分地區也常為戰爭所蹂躪，所以商隱對王粲的悲哀一定感同身受。因此下一句詩就懷想起上古治世的情況來。「平時」，指治平之時，不是一般所說的平常時候。（參葉蔥奇）「二月」以下程夢星注引《尚書・舜典》說：「歲二月，東巡守（狩），至於岱宗。」（《集解》引）也就是說，在舜時治平之世，每年二月就往東巡視天下，直到泰山。相形之下，現在天下混亂，天子東巡根本是不可能的事了。

　　有學者認為，「東巡」可能借指開元治世幸東都洛陽而言。

然開元時「東巡」只到洛陽為止，而且，名為巡幸，實係「就
食」。詳細點說，那是因為關中常常歉收，所以整個朝廷往往
移往有東南租賦供應的洛陽就食。所以，除非商隱對歷史的理
解與我們有很大的歧異，否則，東巡洛陽的說法恐怕難以成立。

036 844年

大鹵平後移家到永樂縣居 書懷十韻寄劉韋二前輩 二公嘗於此縣寄居

驅馬遠河干，家山照露寒。
依然五柳在，況值百花殘。
昔去驚投筆，今來分掛冠。
不憂懸磬乏，乍喜覆盂安。
甌破寧迴顧，舟沉豈暇看？
脫身離虎口，移疾就豬肝。
鬢入新年白，顏無舊日丹。
自悲秋穫少，誰懼夏畦難。
逸志忘鴻鵠，清香披蕙蘭。
還持一杯酒，坐想二公歡。

　　先講詩題。「大鹵」就是太原。「平」，就是平定。昭義劉
稹之亂中，會昌三（843）年十月朝廷派李石為太原尹、充河東
節度等職。四年正月乙酉朔，陽弁逐李石，占據軍府呼應劉稹。
四年正月壬子（27 日），呂義忠克太原，生擒陽弁，盡誅亂卒。
所謂「平」，就是指此事。這年暮春，商隱從長安移家到永樂。
永樂在今山西芮城附近，隔黃河與閿鄉相望。先前曾有一位劉姓
大理評事，不知何故在永樂閒居，曾寄詩給在長安的商隱，邀他
也到永樂居住。（見〈和劉評事永樂閒居見寄〉）商隱不知何時
可能真的去了永樂一陣子，但到會昌四年暮春才移家永樂。「劉、
韋二前輩」的「劉」應該就是劉評事；「韋」不詳。我懷疑商隱
在太原動亂時，恰好投在李石幕中。因眼見亂事太過嚴重，中途
逃離太原。所以他後來移居永樂時，有些事有難言之隱。本詩之
所以曖昧難解（見《會箋》，頁 104），泰半與此有關。由於連
專家都覺得本詩難解，讀者若能耐心細讀，終致讀通全詩，一定
會很有成就感。

　　如果只為了了解詩題，上面的說明大概足夠了。但是，為了
更徹底了解詩本身，也為了對商隱生平有更完整的掌握，我要回
溯到會昌二年，探討一下商隱從重入祕書省為正字後，有些什麼
重要的活動。

　　依眾多前人的說法，會昌二年對商隱最重大的事，除了考上
書判拔萃，入為祕書省正字外，就是母親的過世了。但是，很奇
怪地，商隱其實未曾在詩文中明白提及喪母的年月。商隱喪母的
年代，學者都只能由商隱服闋（即守喪期滿）的日期逆推。依〈上
鄭州李舍人狀四〉（作於會昌五年秋；見《校注》，頁 1104）的「某

十月初始議西上」，以及〈上李舍人狀四〉（作於會昌五年十月；
《校注》，頁1111）的「某已決取此月二十一日赴京」，可推出
商隱服闋入京當在會昌五年冬。但更令問題複雜的是，服喪期雖
號稱「三年」，實質上在唐代還有三十六個月、二十五個月的說
法，而真正實行的又可能是漢代鄭玄所訂下來的二十七個月。①
因此，逆推的結果是商隱喪母大概在會昌三年八、九月間。

在另一方面，會昌三年潞州劉稹叛亂時，商隱於四、五月間
由長安赴河陽王茂元幕〔已見〈灞岸〉（035）詩講解〕。他為茂
元寫信勸誡劉稹歸順的任務失效後，大概不久就離開河陽。會昌
三年九月，王茂元薨於屯兵的萬善（近懷州）前線。如是，商隱
有可能在一、兩個月中連續失去母親與岳父。他如何處理這情況，
我們無從詳知。其後商隱的行跡就不太清楚。〈大鹵平後〉一詩
隱約有商隱曾於太原平定前投軍太原的意思（詳後文）。

雖然商隱曾否入李石太原幕（參詩題說明），因為文獻缺乏，
難以確定（參《集解》按語），但〈大鹵平後〉卻似乎顯示，商
隱曾目睹太原亂象。更有趣的是，商隱會昌四年初（〈祭小姪女
寄寄文〉說是正月二十五日）在鄭州為以往過世散葬各地的諸多
親人遷葬，而其時太原之亂尚未平定（見詩題說明）。我因此揣測，
商隱或許真的曾入李石太原幕，因在太原見到局勢壞到無可救藥，
所以中道奔逃，回到鄭州。下面我抄錄《舊唐書・武宗紀》會昌
三年十二月的一段可顯示太原軍情之亂的文字，有興趣的讀者可
以參看。這段話或可幫助解釋〈大鹵平後〉中一些隱晦不明的詩
句。

十二月，王宰奏收天井關。榆社行營都將王逢奏兵少，乞濟師，詔太原軍二千人赴之。初，劉沔破回鶻，留三千人戍橫水，至是，李石以太原無兵，抽橫水戍卒一千五百人以赴王逢。是月二十八日，橫水軍至太原，請出軍優給。舊例每一軍絹二疋，時劉沔交代後，軍庫無絹。石以己絹益之。方可人給一疋，便催上路。軍人以歲將除，欲候過歲，期既速，軍情不悅。都頭楊弁乘士卒流怨，激之為亂。

亂平之後，商隱處理了一些雜事，做了些準備，然後從長安把家搬到永樂來，恰好就是暮春了（季節係由〈大鹵平後〉詩句推知；詳下）。這是商隱丁母憂期間所做的一件重大事情。他為何要移居永樂呢？我認為十之八、九是為了生活的壓力。長安居本來就大不易，母親的喪事相信也花了他不少錢，而王茂元的過世，又使來自岳家的可能資助大概也隨之斷絕。商隱在服闋復官後寫的〈上李舍人狀七〉（會昌六年）中曾說自己「羈官書閣，業貧京都」。復官前的處境沒什麼理由會更好。單靠他的俸祿，他一家人如何餬口呢？如果他真曾投入李石幕的話，應該也是為了多點進益。要不然他幹麼到太原那「虎口」去蹚渾水呢？

接著我們要正式來講〈大鹵平後〉這首詩。前四句先寫來到永樂。「驅馬」句說鞭馬繞著黃河河岸前進。「遶」同「繞」。「河之干」就是黃河岸；語出《詩經・魏風・伐檀》的「坎坎伐檀兮，寘之河之干兮。」「家山」句說，露光閃爍，映照家山，透出些許寒意。「家山」是故鄉的意思，由於與太原作對比，所以稱先

前曾住過一陣子的永樂為故鄉。「依然」句用陶淵明〈五柳先生
傳〉的典故，說自己那座有幾株柳樹，「環堵蕭然，不蔽風日」
的宅子依舊在。「況值」句的「殘」是剩餘的意思，猶言還沒落
盡。「百花殘」是暮春景象。住宅還在，又正值暮春時節，所以
心情大概不錯。

　　其次八句寫太原歷劫的經過。先前（昔）離永樂去太原，是
胡亂動了投筆從戎的意念。「驚」字有「亂」、「紛亂」的意思，
在此轉用為胡亂之意。「投筆」用大家熟知的東漢班超投筆從戎
的典故。馮浩說：由於這個典故，「投筆從戎，遂為入幕常語」。
前面講過，商隱是否曾入李石太原幕，由於史料闕如，所以難以
斷定。不過，即使他真這麼做了，也難與班超投筆從戎相比擬。
他應該只出於生計的驅使而已。講「投筆」，還有下句講「掛
冠」，都是在為自己開脫，以免太難堪罷了。「今來」就是現在
來到永樂。「分」，讀去聲，意料、料想的意思。「掛冠」，辭官、
棄官。我想在這裡只是「被免職」的門面話。因為在太原中途逃
逸，所以現在揣想自己會被免職。（不是免祕書省正字職，而是
免他在軍中的職。商隱當時守喪，祕書省的職位暫時停職。）在
永樂，詩人不為貧乏而憂愁。「懸罄」，「罄」通「磬」，為古
代一種樂器，懸於架上，擊之而鳴；懸罄，言如磬之懸，下無所
有。形容人空無所有，極度貧困。詩人正喜能有個穩固、安定的
小天地（永樂的家）可以容身。「乍」，正好、恰好。「覆盂」，
倒置的盂，喻穩固、安定。

　　「甌破」兩句比較費解。學者曾引各種典故，或具體歷史事
件以解之，可惜似都未能契合詩之脈絡。我懷疑「甌破」、「舟

沉」只是兩個譬喻，用來指商隱所見太原局面之不值一顧、無可挽救。《後漢書・郭泰傳》說：「孟敏……客居太原，荷甑墮地，不顧而去。林宗（郭泰字）問其意，對曰：『甑已破矣，視之何益！』」甑是一種蒸食的炊器。上面這個典故裡，「客居太原」一點只是巧合，不是重點。重點是末尾兩句。商隱對太原局面的觀感就如「甑已破矣，視之何益！」。「舟沉」句沒有相應的典故，但單從字面上看，舟要沉已無可挽救，實是自明的道理。所以商隱寧可趁早離開，無暇再去看接下來的發展和結局。接下來的兩句說詩人逃離太原那虎口，稱病去職，來到這個能夠餬口的地方。「移疾」，猶移病，指古代官員上書稱病；這多為居官者求退的婉辭。「豬肝」一語出自《後漢書・周黃徐姜申屠列傳序》「太原閔仲叔……客居安邑。老病家貧，不能得肉，日買豬肝一片，屠者或不肯與，安邑令聞，敕吏常給焉。仲叔……乃歎曰：『閔仲叔豈以口腹累安邑耶？』遂去，客沛。以壽終。」這個故事與商隱詩的關係曖昧不明。我依據其中將豬肝視為便宜食材這點，將「就豬肝」三字如上解為來到這個能夠餬口的地方。

末八句展望在永樂的新生活，並結束全詩。「新年」為會昌四年（844），該年商隱才三十四歲，就說自己鬢毛變白，看來若不是有所誇大，就是的確操勞過度了。「顏」指臉色；「丹」是紅潤。「自悲」的「自」字是「雖」、「雖然」的意思。「秋穫少」三字程夢星引了《漢書・食貨志》一段話說：

> 今農夫五口之家，其服役者不下二人，其能耕者不過百畝，百畝之收不過百石。春耕夏耘，秋穫冬藏，伐薪

樵，治官府，給繇役；春不得避風塵，夏不得避暑熱，秋
不得避陰雨，冬不得避寒凍，四時之間亡日休息。

商隱未必意指這段話，但他理解、感嘆躬耕之苦，應該不
假。躬耕雖苦，但是他說他不怕。「夏畦難」典出《孟子‧滕文
公下》：「脅肩諂笑，病於夏畦。」用白話文講，這兩句是說「竦
起兩肩，做著討好的笑臉，這比夏天在菜地裡工作還要累。」（楊
伯峻譯）《孟子》趙岐注說：「言其意苦勞極，甚於仲夏之月治
畦灌園之勤也。」或許商隱也覺得夏天在菜園裡工作比在官場上
「脅肩諂笑」要好吧，所以他說自己現在有超逸脫俗之志，忘了
鴻鵠高飛那回事了。他要在身上披上蘭蕙那種香草，做個隱逸之
士。《楚辭‧離騷》說：「余既滋蘭之九畹兮，又樹蕙之百畝。」
王逸注說：「言己雖見放流，猶種蒔眾香，修行仁義，勤身自勉，
朝暮不倦也。」也許商隱也有這層意思。詩末詩人說，他更（還）
持起一杯酒來喝，同時深深（「坐」；也可解為「聊且」）懷想
劉、韋二前輩閒居永樂時的樂趣。詩人以此呼應詩題，並為全詩
作結。

附注

① 見《新唐書‧儒林中》王元感傳卷一九九（頁 5666-67）載王元感
說、陳束之說、及束之所引鄭玄說。又見《儀禮‧士虞禮》「期而
小祥……又期而大祥……中月而禫。」鄭玄注以及《大唐開元禮》
卷一五〇。「禫」，除喪服之祭。此注蒙老友張彬村教授提示，謹
此致謝。

845 年春

永樂縣所居一草一木
無非自栽今春悉已芳茂
因書即事一章

手種悲陳事，心期翫物華。
柳飛彭澤雪，桃散武陵霞。
枳嫩棲鸞葉，桐香待鳳花。
綬藤縈弱蔓，袍草展新芽。
學植功雖倍，成蹊跡尚賒。
芳年誰共翫？終老召平瓜。

　　這首詩由詩題及詩中所寫景物，可以判定係商隱移居永樂之
次年，即會昌五（845）年，春天所作。詩題中雖說此詩是以當
前事物為題材寫成（即事），詩的內容感情主要卻緊扣住首兩句
所寫。

　　「手種」就是親手栽種。這個字眼可能源自杜甫〈絕句漫興九首〉其二的「手種桃李非無主，野老牆低還是家。」感情也可能一致：因為親手栽種，倍感艱辛，所以也倍感珍惜，感觸也特別深。由於感觸深，就不免對導致自己今日如此艱辛的從前種種（「陳事」：往事、舊事）覺得感傷。但是，今日的艱辛除了引發感傷之外，倒也給內心帶來一份期盼，盼望手種的草木長成之後，自己有機會玩賞其繁華景象（物華）。

　　從「柳飛」以下六句就以「翫物華」為表，「悲陳事」為裡，寫出內心複雜心事。「柳飛」二句意謂自己所種的柳樹，一如陶淵明宅邊五柳一般，逢春柳絮如雪飛舞（典出〈五柳先生傳〉）；桃花成片，似紅霞開散，彷彿在武陵桃花源內（典出〈桃花源記〉）。詩人以象徵陶淵明精神境界的「柳」與「桃」為其所翫「物華」之開頭，並非偶然。因為商隱「手種」草木，躬耕而食，若要在歷史上找位精神導師，淵明實為不二人選。

　　「枳嫩」二句用了類似杜甫〈堂成〉「榿林礙日吟風葉，籠竹和煙滴露梢」的句法，意思是說：細嫩的枳樹葉子是鸑鳥可以棲息的，芳香的桐樹花朵是等待鳳鳥前來的。枳葉和桐花是眼前欣賞的自然風景，但鸑和鳳則顯然有象徵意義。牠們象徵高尚優雅、出類拔萃，可以讓詩人引為同類，是詩人一直期待著的人物。這種人物即使在京都長安也可遇不可求，現在住在永樂這窮鄉僻壤，應當更如鳳毛麟角了。等待這種人物的心情，從《楚辭·九歌·山鬼》的「若有人兮山之阿，被薜荔兮帶女蘿。……思公子兮徒離憂」到陶淵明〈停雲〉的「豈無他人，念子實多。願言不獲，抱恨如何！」到謝靈運〈從斤竹澗越嶺溪行〉的「想見山

阿人，薜蘿若在眼。握蘭勤徒結，折麻心莫展」，代代都有詩人
以不同的形態把它表現於詩中。商隱這兩句詩，尤其是「待鳳」
二字，也顯然屬於這個傳統。

　　接下來景物轉成藤蔓與青草，詩人的心事則從等待知音轉為
繫念仕途。「綬」是絲帶。古代用以繫佩玉、官印等。因為綬的
形狀像藤，所以詩家常用「綬」喻藤。（馮浩）「蔓」是蔓生植
物的枝莖，木本叫藤，草本叫蔓。「綬藤」二句意謂：像綬帶一
樣的藤蔓，其嫩弱的枝莖（在園子裡？）縈繞著；像袍服那樣青
翠的春草舒展出新芽來。「青」在唐代是品位較低的官員所著袍
服的顏色。貞觀三年規定八品、九品官服青色。高宗顯慶元年，
規定深青為八品之服，淺青為九品之服。（見《漢語大詞典》，
其依據待查。）因此，這裡由青草聯想起青袍來。至此，詩人的
心思又回到他日常所最關心的仕途狀況來了。

　　看到這裡，讀者或許會疑惑，「柳飛」以下六句，詩人在
玩賞自然景物之際，心中想的一是陶淵明，二是知音者，三是仕
路前景，怎麼能說他是在感傷陳年往事呢？殊不知，淵明代表隱
居躬耕，商隱之所以淪落到跑來永樂隱居躬耕，背後包含了多少
悲哀往事？又誠如謝靈運詩所說，「索居易永久，離群難處心」
（孤獨地生活，易覺得日子很漫長；與親友離散，很難以安頓自
己的心情；出自〈登池上樓〉）。商隱移居永樂，大概只有妻子、
弟妹同行。〔商隱的「蝸牛舍」不可能居住太多人。見後面〈自
喜〉（039）一詩。〕這種不得不離群索居，孤獨無友的日子背
後又包含了多少悲哀往事呢？至於懷想仕途前景，隱含多少悲哀
往事，這不言而喻，就不需我多費筆墨了。所以，商隱是用間接、

隱微的方式寫了他「悲陳事」的部分。

　　「學植」二句也一樣邊講花木，邊講詩人的心思。「學植」同「學殖」。《左傳‧昭公十八年》杜預注：「殖，生長也；言學之進德，如農之殖苗，日新日益。」在此，「學殖」一語雙關，既講培養學問道德，又講種植花木。詩句意謂，我（商隱自謂）學習種植花木，功夫雖然較從前倍增，但要達到古人說的「桃李不言，下自成蹊」那種境地，則還差得很遠（賒）。「桃李不言」這個典故出自《史記‧李將軍傳贊》，意思是，桃樹、李樹雖然不會講話招呼人，但它們以其花朵、果實引人喜愛，樹下自然會有人來來往往，走出小路（蹊）來。從另一個層面來看，這兩句就意謂自己學問人品還沒有培養到「實至名歸」（《集解》按語）的程度。

　　最後詩人感嘆地說，雖然現在正值春天繁華芳茂的時節，自己一草一木盡皆「手種」的「物華」，有誰來共同玩賞呢？自己的學問人品有誰來肯定呢？難道自己真的要「芳華獨處，苦乏知己，〔將〕終老於鄉里間，如東陵故侯，種瓜以沒世乎？」（吳慧）《史記‧蕭相國世家》說：「召平者，故秦東陵侯。秦破，為布衣，貧，種瓜於長安城東，瓜美，故世俗謂之『東陵瓜』。」「東陵瓜」這稱呼說來也真諷刺：一位昔日的東陵侯所種的瓜。這會不會成為商隱的噩夢呢？

　　在結束本詩討論之前，我要就本詩用典的情形發表一點意見。葉蔥奇認為，「陶潛雖曾為彭澤令，但〔〈五柳先生傳〉中〕所謂『宅邊有五柳樹』和『彭澤』並無關……」所以「柳飛彭澤雪」句用典「未免牽湊」。另外，「枳嫩棲鸞葉」句注家多引《後

漢書‧循吏傳‧仇覽傳》裡的「枳棘非鸞鳳所棲」一句話為出處，完全不在意這句話與商隱詩句互不相容的事實。我認為，詩家用典沒有篤守古書字句的義務，他們未必仔細查核完古籍字句再下筆。而作為注解者，我們的工作主要是揣摩詩句中的典故要如何解釋，才能與全詩形成有機整體。而不是以古籍為標準，然後回過來議論詩家是否正確使用了典故。以「枳嫩」句為例，既然商隱說「枳嫩棲鸞葉」，我們就據此來講詩，看看能否講通。因為商隱寫詩時未必以《後漢書》為據。而且，焉知事實上不可能是商隱對而《後漢書》錯呢？當然，如果有詩家亂套古書，導致詩句不可卒讀，那就另當別論了。

038 春宵自遣 845 年

地勝遺塵事，身閒念歲華。
晚晴風過竹，深夜月當花。
石亂知泉咽，苔荒任逕斜。
陶然恃琴酒，忘卻在山家。

這首詩應該也是會昌五（845）年春天作於永樂。題目說詩人在春夜裡自我排遣，消除寂寞和煩悶，但是排遣的結果，實在仍有不少牽掛在。

首兩句寫詩人何以要自我排遣。詩說，我這地方很優美（勝），讓我都忘了（遺）世俗的事。於是，我人一悠閒下來，就想到了一年中美好的事物（指春天的良辰美景），覺得應該要好好去欣賞它們。「身閒」的「身」字與上句「地勝」的「地」字相對，在這裡最恰當的意義似乎是「人」，但辭書裡查不到這個定義。我權且用「我人」來翻譯它（「身」可解為「我」）。「歲華」解為一年中美好的事物，就與陳子昂〈感遇〉其二中「歲華盡搖落，芳意竟何成」的用法類似。但「歲華」同時有時光年

華的意思，所以「念歲華」可能隱含春秋代序、年光易逝之感。
（參《集解》補語）

因為「念歲華」，所以詩的中間兩聯就賞「歲華」去了。晚來時天氣晴朗，清風吹過竹林；到了深夜，月亮正對著（當）花朵映照著。泉水流經亂石中，可以知道它會發出隱約幽咽的聲音；歪斜的小徑行人稀少，任隨它生苔荒涼。以上這些景致就是商隱玩賞到的美好事物。有點寂寥寒苦，你說是不是？我認為它們吻合商隱寫作本詩時隱然未顯的心情，下段會說明這點。

末尾說，看著景致，又依賴著（恃）有琴有酒，我陶然快樂，都忘掉自己身在山家之中了。商隱真的陶然忘我了嗎？馮浩說：「念歲華，是不能忘也。陶然忘卻，聊自遣耳。」馮氏所說的歲華，是表年華、時光的歲華。他認為商隱忘不了僻居永樂、年光易逝的壓力。他所說的「聊自遣耳」，可以理解為：姑且自己滿足一下而已。不管我有沒有完全正確了解馮氏的話，我相信他肯定認為商隱沒有陶然自忘。《集解》按語說：商隱講的陶然自得「終屬不安於身閒者自遣之詞，非真能超然物外者」。與馮浩觀點有類似之處，但措辭要不留情得多。我認為，商隱詩末句說：「忘卻在山家。」他當時住的地方是永樂山家，他寫的景致是永樂山家的景致，他就居住在這山家的事實，他能忘卻嗎？他僻居永樂，內心自覺的、不自覺的搖擺、掙扎、自得、自愁等感情有多少？這些才是需要我們去探索、理解的。商隱當時才三十五歲，而且我們面對的是一個詩人，不是一個聖人，要求他「超然物外」，似乎有點不合情境，不是中肯的評論。

⬡039 自喜 845年

　　自喜蝸牛舍，兼容燕子巢。
　　綠筠遺粉籜，紅藥綻香苞。
　　虎過遙知穽，魚來且佐庖。
　　慢行成酪酊，鄰壁有松醪。

　　這首詩由詩中所敘景物及事件推斷，應於會昌五（845）年由春入夏時節作於永樂。其時為移居永樂之次年，商隱農耕生活已進入狀況，故有空閒及心情玩賞家居生活的適意盡興之處。全詩幾乎全以白描鋪敘，至於白描中是否別有寓意，本講解的末尾將提供一些前人見解，供讀者參考、判斷。

　　首先詩人說他打從內心喜歡現有的居處，因為它雖然窄小，卻容家室相聚，還能讓燕子來築巢。「蝸牛舍」，猶言蝸居，比喻窄小的住所。可容家室相聚（見馮浩）一點，詩中沒有明說；但由第二句說「兼（而且，還）容」燕子做巢的口吻看，家室之相聚應當不在話下。

　　三、四句寫住家外的竹與花。「筠」是竹子的青皮，也指

竹子。這裡「綠筠」即指綠色的竹子。「遺」是落下。籜〔音唾（tuò）〕，俗稱「筍殼」，為竹類主稈所生的葉子，因表面有細粉屑，所以稱粉籜。「紅藥」，即芍藥。「苞」，指花苞。「綻」，本指衣縫裂開，也泛指開裂，如說「梅欲綻」。這裡指芍藥綻開出芬芳的花苞。葉葱奇指出，這兩句寫春去夏來，園中景物的轉變。其說可從。

五、六句從植物轉寫到動物。「穽」，同阱，是為防禦或獵取野獸而設的陷坑。住家附近有山，所以有老虎出沒；但是老虎遠遠地經過時，就知道這裡設有陷阱，因此也不會來危害。永樂臨河，會有魚類游來；來了就捕來配飯吃。「佐庖」，指在廚房宰殺了煮來佐食；佐食就是以其他食物助飲或助餐。

末兩句寫到酒。葉葱奇引紀昀說：「『慢』字疑『漫』字之訛。」若依此說，第七句意謂散散漫漫地走在路上，好像酩酊大醉了一般。末句似謂，隔壁人家有松醪酒，還要去喝。醪〔音勞（láo）〕，汁滓混合的酒。據《本草綱目》「松」字條，松葉、松節、松脂等都可加配其他材料釀成酒，可治病。另唐人裴鉶《傳奇‧裴航》篇說有「酒名松醪春」。唐代名酒都以什麼春、什麼春命名。看來加配松葉、松節等釀成的酒還可成為名酒。

這首詩讀起來儼如一首田家愜意喜樂歌。在這愜意喜樂背後，它是否別有寓意呢？何焯說：「時物變遷，三春暗擲，言自喜，實自悲也。」姚培謙專就第五、六句說：「五句，言遠害；六句，言不貪。」（何、姚語均《集解》引）同樣針對五、六二句，葉葱奇說：「二句暗寓貪暴的人往往身罹禍患，倒不如隨遇而安，反而自得其適。」又《集解》按語說：「閒居自

遣之作，別無寓託。謂自適之中微露寂寥之意則可，謂自喜而實自悲則與全詩情調不符。」你覺得這些評語中，哪一個或哪些個比較合理？或者是否都沒有一個合理？凡此都得用心琢磨。

⬡040 寄令狐郎中 845年

> 嵩雲秦樹久離居，雙鯉迢迢一紙書。
> 休問梁園舊賓客，茂陵秋雨病相如。

這首詩大概在會昌五（845）年秋作於洛陽。商隱原本在永樂躬耕維生，可能由於積勞成疾，會昌五年秋由他暫時依附的鄭州刺史李褎處歸居老家洛陽養病。這時令狐綯已升遷為右司郎中（從五品上階），①或許因為聽聞商隱生病的消息，所以先致書問訊。

「嵩」指中嶽嵩山，位於今河南登封縣北境，近洛陽。「秦」指京城長安。「嵩雲秦樹」指詩人自己與令狐綯一在洛陽，一在長安，兩地相隔。「雙鯉」指書信。典出漢・蔡邕〈飲馬長城窟行〉（或作〈古辭〉）：「客從遠方來，遺我雙鯉魚。呼兒烹鯉魚，中有尺素書。」本指裝書信的匣子，後直接用以指書信。

後兩句用了司馬相如的故事來講詩人眼前處境的不堪，算作他給令狐綯的回音。《史記・司馬相如傳》說：「〔相如〕事孝景帝為武騎常侍，非其好也……是時梁孝王來朝，從遊說之士齊

人鄒陽、淮陰枚乘、吳莊忌夫子之徒，相如見而悅之，因病免，客遊梁，梁孝王令與諸生同舍。」梁園賓客本此。梁園係梁孝王所建宮苑，故址在今開封東南。梁孝王死，相如歸蜀，武帝任他為郎。後相如年老免官，閒居茂陵。「『梁園舊賓客』，指己曾為令狐楚幕中賓客，受其知遇。『茂陵』句謂己當前閒居多病。令狐綯來書中問其近況，故借『茂陵秋雨病相如』答之。」《集解》按語中這段解說頗為中肯。《集解》篇末按語又說：「詩有感念舊恩故交之意，而無卑屈趨奉之態；有感慨身世落寞之辭，而無乞援望薦之念。實義山寄贈令狐詩中較可讀者。」也是有得之見。

附注

① 我未能在《新唐書‧百官志》中查到「右司郎中」一名。《新唐書》只在談尚書省六部時說：「吏部、戶部、禮部，〔尚書〕左丞總焉。兵部、刑部、工部，〔尚書〕右丞總焉。郎中各一人，從五品上。」所謂「右司」，不知是否與右丞「總」之有關。另《舊唐書‧職官志》（頁1795）在「從第五品上階」名單中有「尚書左右諸司郎中」一名，未加解說。又在尚書省部分說：「尚書省領二十四司。六尚書，各分領四司。」也未加解說。

041 獨居有懷 845 年

麝重愁風逼，羅疎畏月侵。
怨魂迷恐斷，嬌喘細疑沉。
數急芙蓉帶，頻抽翡翠簪。
柔情終不遠，遙妒已先深。
浦冷鴛鴦去，園空蛺蝶尋。 10
蠟花長遞淚，箏柱鎮移心。
覓使嵩雲暮，迴頭灞岸陰。
只聞涼葉院，露井近寒砧。

　　這首詩寫一個被拋棄的獨居女子，夜夢醒來，面對自己孤淒
憔悴的情狀，想起自己對對方愛情不渝，但對方卻已深深憎惡自
己，導致自己獨居無偶，不禁淚水長流，心情不寧。又回想起黃
昏時分，身在洛陽的自己，尋找信使，想聯絡對方。無奈轉過頭
遙望夜陰中的長安，眼前只見院子裡木葉寒涼，露井邊搗衣之聲
傳至耳際，既見不到，也聽不到對方。

　　由於此詩與〈寄令狐郎中〉同樣講到由洛陽寄信到長安的

事，學者多認定二詩為一時或前後之作。又由「柔情終不遠，遙妒已先深」二句推定其時令狐綯已漠視商隱。由〈寄令狐郎中〉一詩稱「寄」，而不稱「酬」、「答」等較親切的用語，我懷疑商隱對令狐綯也頗為冷漠。難怪在〈寄令狐郎中〉中，「有感慨身世落寞之辭，而無乞援望薦之念。」（《集解》按語）商隱大概對令狐一時斷了念了。

而商隱內心的煎熬、掙扎和感傷是否就在本詩中透過一位被棄女子的經驗表達出來呢？讀完本詩之後，你要不要試著想想，詩中所敘究竟只是商隱揣摩一位女子的心理而寫出來的呢？還是商隱把自己「不足為外人道」的經驗假託一位女子寫出來的呢？這是一首很特別、很精緻，但是很艱澀的詩，期待你能一步步去閱讀它、思索它，最後欣賞它。

白話串講

> 麝重愁風逼，羅疎畏月侵。

麝熏的濃鬱香氣被風逼散了，讓我好是愁悶；疏薄的羅帷，讓月色侵入房中，令我心生憂懼。

> 怨魂迷恐斷，嬌喘細疑沉。

懷著怨懟的心魂，在迷夢中恐怕會悲愴寸斷；嬌弱的氣息，細微得叫人懷疑它要消失了。

> 數急芙蓉帶，頻抽翡翠簪。

我頻頻束緊華麗的芙蓉腰帶，屢屢抽下珍貴的翡翠髮簪。

柔情終不遠，遙妒已先深。

我對他的柔情始終不曾疏遠，但遠方的他對我的嫉恨卻先已深了。

浦冷鴛鴦去，園空蛺蝶尋。

水塘一片寒冷，鴛鴦都已不在，花園一片空蕩，蝴蝶到處尋覓。

蠟花長遞淚，箏柱鎮移心。

我的眼淚像蠟花更迭連接而下，我的心情像不斷移著箏柱一樣不寧。

覓使嵩雲暮，迴頭灞岸陰。

在這洛陽的暮色裡，我尋覓信使；我回首遙望著夜陰中的長安。

只聞涼葉院，露井近寒砧。

眼前只聞秋葉已涼的院子裡，露井邊寒天搗衣的聲音近在耳際。

注釋

- 麝重愁風逼：「麝重」指麝熏的香氣很濃鬱。「風逼」指被風逼散。逼，猶寒氣逼人的「逼」。為什麼會「愁」呢？《集解》按語說：「風逼則香散夢斷。」夢斷了，人醒了，再也不能入睡，所以感到愁悶。 1

- 羅疏畏月侵：「羅」是一種質地稀疏的絲織品。這裡「羅」字指羅製的窗簾。因為疏薄，所以窗外的月色會侵入房中來。為什麼會「畏」呢？因為夜裡夢斷而醒的人，面對著皎潔月色，會更「耿耿不寐……難乎為情，」（《集解》按語）所以會怕月色入房來。 2

- 怨魂迷恐斷：「怨魂」是從噩夢中醒來，懷著怨懟的心魂。「迷」

表示隨著夢境的縈廻而迷亂。「恐斷」表示怨魂在夢醒之後，迷亂無
以為繼，恐怕會「斷魂」。[3]

- 嬌喘細疑沉：「喘」是氣息的意思。「細」可解為微弱。沉，消失。
「疑沉」謂令人疑惑她的氣息是否要消失了。[4]

- 數急芙蓉帶：「數」是頻頻的意思。「急」有「緊」的意思。這定
義從《三國志‧魏志‧呂布傳》（卷七）的「縛太急，小緩之」就已
用到。唐人寒山詩的「巾子未曾高，腰帶長時急」及王梵志的「兒行
母亦征，項腦連腦急」也都是同樣用法。（參見《漢語大詞典》及《語
言詞典》）本是形容詞或副詞，這裡轉為動詞用，義為束緊、縮緊。
「芙蓉帶」指有芙蓉圖案的華麗腰帶。頻頻縮緊腰帶，是因為人消瘦
了，腰帶變寬鬆了。[5]

- 頻抽翡翠簪：頻，屢屢。「翡翠簪」，有著翡翠鳥狀裝飾的髮簪。
由於頭髮稀疏了，結的髮髻不扎實，所以常要抽下簪子重新整理。
「芙蓉」和「翡翠」都有愛情的暗示。[6]

- 柔情終不遠，遙妒已先深：「柔情」句，對對方溫柔的情意始終
沒有疏遠。「遙妒」句，遠方的他卻已先對我有了深深的嫉恨。[7]、
[8]

- 浦冷鴛鴦去：「浦」指畜養觀賞用水禽的水塘。冷，因為秋深了。
去，離去、不在。何焯說，「浦冷」句寫出主角的孤獨。（《集解》
引）[9]

- 園空蛺蝶尋：園空，由於已經秋深，花葉掉落，所以園子空蕩蕩的。
「尋」可解為尋覓，但是尋覓什麼則不得而知。花朵嗎？伴侶嗎？還
是什麼別的事物？不過，我們似可推想說，這句詩暗示主角在「追尋」
什麼。而且，我們可以推想，因為蝴蝶不會在主角夜夢醒來之際在園
內尋花，所以從時間的角度看，「浦冷」二句是插進來的。這兩句是
主角在有了「遙妒已先深」的體認之後，回想自己在對方起妒心之後
的一般處境——再沒有鴛鴦成雙成對、蛺蝶適意尋花的日子了。[10]

- 蠟花長遞淚：蠟花，蠟燭點了一些時候之後，燭心結成的像花一樣

的東西。繼續燃燒之後，會化成蠟燭油點滴流下。長，長久。遞，更送接連（而下）。這句詩是用前四字修飾末一字的結構，應讀成（如）蠟花長遞（的）淚。此句和下句又接回「遙妒已先深」之下。因對方情絕，故淚水長滴也。[11]

- 箏柱鎮移心：箏柱，箏上的弦柱。每弦一柱，可移動以調定聲音。鎮，猶常也（張相）。在此可引申為「不斷」。「移」，移動（箏柱）。這句也是用前四字修飾末一字，可讀成（如）不斷移動箏柱（的）心（情）。不斷移動箏柱，就是不斷在調動聲音，是心情不能寧靜的表現。[12]

- 覓使嵩雲暮：覓使，尋找信使。「嵩」指洛陽，已見上一首詩講解。暮，黃昏。這句應是回想當日黃昏，身在洛陽的主角自己尋找人要送信給對方。[13]

- 迴頭灞岸陰：迴頭，把頭轉向後方。「灞岸」指長安，參見前面〈灞岸〉（035）詩講解。主角在送出信後（？）回頭遙望夜陰中的長安。由下面兩句我們得知，她既見不到，也聽不到遠在長安的對方。[14]

- 只聞涼葉院，露井近寒砧：涼葉，因秋深而樹葉寒涼。露井，沒有覆蓋的井。砧，搗衣用的砧石。這句可能寫主角站在露井邊，聽到寒天搗衣聲近在耳際。末二句用眼前實景襯托出主角獨居的孤單寂寞。[15]、[16]

042 春日寄懷 846年

世間榮落重逡巡，我獨丘園坐四春。
縱使有花兼有月，可堪無酒又無人？
青袍似草年年定，白髮如絲日日新。
欲逐風波千萬里，未知何路到龍津？

　　這首詩當於會昌六（846）年春作於永樂。商隱由會昌三年八、九月間開始服喪，至五年末服喪期滿。詩說詩人在鄉居「坐四春」，即行將四年；由開始服喪算起，用中國人的傳統算法計算，行將四年時即會昌六年八、九月前。至於商隱服喪期滿，何以沒有很快被召回朝廷，恢復原職，或另授新官，則原因不詳。

　　詩頭兩句說：「四年之間，世人之忽榮忽落（猶忽盛忽衰）甚迅速，獨我〔在丘園中〕之貧困如故也。」「逡巡，迅速之義……重者，甚辭。」（張相）三、四句說：縱使在丘園山野之地，有花有月，但哪能承受（可堪）無酒又無人的孤寒情況呢？「無人」可能一語雙關，兼指沒有伴侶和沒有汲引自己的人。接下去，「青袍」是低階官員（八、九品）穿著的袍服。〔見〈永

樂縣所居一草一木……〉（037）講解〕「年年定」謂年年不變。指自己仕途阻滯，官位久久沒升遷。加上生活迫促，憂思繁多，所以白頭髮一天天增加。末二句的「龍津」即龍門，龍門一名河津，故有龍津之稱，喻仕宦騰達之路。二句的意旨我可以糅合清人陸崑曾和姚培謙的話說：我不是一個忘世的人，不敢因為畏懼世間風波而甘於隱居丘壑。但是風波萬里，我不知道該走什麼路才能致身要津。仕路上沒有一個汲引的人，我也只有看著時光流逝，自我嘆息而已了。（陸、姚語，見《集解》）

　　商隱為什麼會如此心心念念地想著仕途的起落呢？我們從前面讀過的詩來看，會發現他和杜甫很像。在一切順利的時候，他會心存負責的士大夫企求致身通顯然後救國濟民的宏大願望。但由於仕路崎嶇，通常這種宏大願望會被壓縮到只求一己的顯達。再由於商隱家中困乏，他往往會淪落到似乎以謀求一家人溫飽為主的境地。這幾種心願隨著處境的不同而搖擺。商隱與杜甫最大的差異是：杜甫在辭華州司功參軍之後，窮愁潦倒，為讀者所熟知；商隱則即使在出仕的時候，也一路與貧困搏鬥，而這點卻往往被讀者所忽略。

　　談到商隱的貧困，我們還能回頭看看。從他少年時期起開始依附的官員，如令狐楚、蕭澣、崔戎等，應該都曾在物質上資助過他。（崔戎是個很明顯的例子。）我們不久前剛講到的商隱可能入李石幕，其後又移居永樂，那也顯然係在為稻粱謀。他在居住永樂期間，又常前往鄭州與刺史李褒相過從。從他寫給李褒的書狀，如〈上鄭州李舍人狀一〉，我們知道他也接受李褒的資助。所以本詩所說的「可堪無酒又無人」，應不只是浮泛的抱怨而已。

043 韓碑　847年離京以前

元和天子神武姿，彼何人哉軒與羲。
誓將上雪列聖恥，坐法宮中朝四夷。
淮西有賊五十載，封狼生貙貙生羆。
不據山河據平地，長戈利矛日可麾。
帝得聖相相曰度，賊斫不死神扶持。 [10]
腰懸相印作都統，陰風慘澹天王旗。
愬武古通作牙爪，儀曹外郎載筆隨。
行軍司馬智且勇，十四萬眾猶虎貔。
入蔡縛賊獻太廟，功無與讓恩不訾。
帝曰汝度功第一，汝從事愈宜為辭。 [20]
愈拜稽首蹈且舞，金石刻畫臣能為。
古者世稱大手筆，此事不繫於職司。
當仁自古有不讓，言訖屢頜天子頤。
公退齋戒坐小閤，濡染大筆何淋漓。
點竄〈堯典〉〈舜典〉字，塗改〈清廟〉〈生民〉詩。 [30]
文成破體書在紙，清晨再拜鋪丹墀。
表曰臣愈昧死上，詠神聖功書之碑。

碑高三丈字如斗，負以靈鼇蟠以螭。

句奇語重喻者少，讒之天子言其私。

長繩百尺拽碑倒，麤砂大石相磨治。 40

公之斯文若元氣，先時已入人肝脾。

湯盤孔鼎有述作，今無其器存其辭。

嗚呼聖皇及聖相，相與烜赫流淳熙。

公之斯文不示後，曷與三五相攀追？

願書萬本誦萬過，口角流沫右手胝。 50

傳之七十有三代，以為封禪玉檢明堂基。

「韓碑」指韓愈的〈平淮西碑〉。唐憲宗元和十二（817）
年十月，宰相裴度率軍討平淮西藩鎮吳元濟。十二月，詔命裴度
屬下韓愈撰〈平淮西碑〉，刻石紀念。碑文以突出裴度統率之功
為重心。不久之後，在平淮西戰役中親手擒拿吳元濟的將領李愬
的妻子（唐安公主女）在御前訴冤，謂韓愈碑文偏頗不公。結果，
憲宗下詔磨去韓愈碑文，由翰林學士段文昌另撰新辭替代。此新
辭自以強調李愬之功為主。商隱立場是偏向韓愈的，這由詩的內
容自可看出。由於此詩詩句「情意」基本上明白曉暢，所以下面
將不作申講，直接逐句注釋。注釋時對詞、句的歷史背景一律盡
量簡化，以能使詩意顯豁為度。讀者若另有需要，可自行參考
《集解》和金性堯〈韓碑〉注釋。本詩當作於開成四（839）年
裴度過世之後。（《集解》按語）可推測應作於商隱大中元（847）
年離京往桂林之前。確切年代則無法斷定。今暫置於此討論。

注釋

* 第一段：稱揚憲宗弭平藩鎮的決心，並指出淮西藩鎮的長期猖獗跋扈。

- 元和天子神武姿，彼何人哉軒與羲：元和，唐憲宗年號。神武姿，稱美憲宗的話。姿，氣度、氣概。軒與羲，詩人把憲宗比為軒轅、伏羲那樣的遠古聖王。①、②

- 誓將上雪列聖恥，坐法宮中朝四夷：列聖恥，指玄、肅、代、德、順等歷朝君主（列聖）所蒙受的恥辱。如玄宗之因安史之亂出奔成都，德宗之因朱泚之亂出奔奉天，以及歷朝多次平叛戰爭之失敗。（《集解》補語）法宮，正殿。朝四夷，使四夷來朝拜。「四夷」泛指四方邊遠之地的少數民族。③、④

- 淮西有賊五十載，封狼生貙貙生羆：淮西，淮水以西蔡州（今河南汝南縣）一帶。封，大。貙〔音出（chū）〕獸名，似狸。羆〔音皮（pí）〕，熊的一種。此以猛獸比叛賊，說牠們一個傳一個，一代傳一代。⑤、⑥

- 不據山河據平地，長戈利矛日可麾：日可麾，用《淮南子・覽冥訓》魯陽公與韓爭戰，日暮援戈揮日的典故。「麾」通「揮」。比喻反叛作亂，無所畏懼。⑦、⑧

* 第二段：寫裴度親自督師，平定淮西。

- 帝得聖相相曰度，賊斫不死神扶持：詩人原注：「《晏子春秋》：『仲尼，聖相也。』」當時宰相武元衡及御史中丞裴度都主張對淮西用兵。節度使王承宗、李師道則請赦免吳元濟。元和十年六月，李師道派刺客暗殺了武元衡。又襲擊裴度。度傷骨未死。憲宗怒曰：「度得全，天也。」三日後，乃任裴度為相。斫〔音濁（zhuó）〕，砍。⑨、⑩

- 腰懸相印作都統，陰風慘澹天王旗：都統，唐後期招討藩鎮，

設諸道行營都統，為統帥之任。當時裴度親往淮西督戰，除拜相外，兼彰義軍節度使、淮西宣慰招討處置使。度因韓弘已領淮西行營都統，乃辭招討之名，祇稱宣慰處置使，但實際仍行都統事，故詩裡這樣說。（金性堯）陰風，寒風。裴度赴淮西在八月三日，時序已在仲秋，所以說「陰風慘澹」。天王旗，皇帝的旗幟。裴度出發時，憲宗以神策軍三百騎衛從，並親臨通化門慰勉之。故這裡提到「天王旗」。 ⑪、⑫

- 愬武古通作牙爪，儀曹外郎載筆隨：愬武古通，即李愬、韓弘之子韓公武、李道古、李文通。諸人官銜從略。「牙爪」即「爪牙」，因聲調上的考慮而改作「牙爪」；意猶羽翼、輔佐。儀曹，指禮部郎官。當時李宗閔以禮部員外郎為書記從裴度出征。⑬、⑭

- 行軍司馬智且勇，十四萬眾猶虎貔：韓愈為行軍司馬，其職務為備軍中諮詢。貔〔音皮（pí）〕，貔貅，傳說中的猛獸。⑮、⑯

- 入蔡縛賊獻太廟，功無與讓恩不訾：元和十二年十月，李愬雪夜進襲蔡州，擒吳元濟，送至長安，獻於太廟，然後斬於京師獨柳樹。太廟，皇家的祠堂。國有大事，每祭告太廟。功無與讓，論功勞，沒有一個可以與他推讓功績的人。也就是說他的功勞無人可比。「恩不訾」謂朝廷對他的恩遇也不可估量。「不訾〔音咨（zī）〕」即不貲，不可計量。⑰、⑱

＊第三段：敘韓愈受命撰碑文。

- 帝曰汝度功第一，汝從事愈宜為辭：從事，僚屬。「宜為辭」指命韓愈撰〈平淮西碑〉。⑲、⑳

- 愈拜稽首蹈且舞，金石刻畫臣能為：稽〔音起（qǐ）〕首，叩頭。「金石刻畫」指為鐘鼎石碑而撰寫的歌頌功業的文章。㉑、㉒

- 古者世稱大手筆，此事不繫於職司：大手筆，猶言大著作，指朝廷詔令文書。繫，關涉。「職司」指翰林以文章為職業者。馮浩說，此句隱射其後改命段文昌撰辭一事。㉓、㉔

209

- 當仁自古有不讓，言訖屢頷天子頤:「頷……頤」，謂讓……
點頭稱善。頷，點頭。頤，下巴。 25 、 26

* 第四段:敘撰碑、豎碑經過。

- 公退齋戒坐小閣，濡染大筆何淋漓:濡染，把毛筆在墨汁中沾
濕以便寫字。淋漓，形容暢快。 27 、 28

- 點竄〈堯典〉〈舜典〉字，塗改〈清廟〉〈生民〉詩:點竄，
改換（字句）。〈堯典〉、〈舜典〉，《尚書》篇名。〈清廟〉、〈生
民〉，分別為《詩經》中《周頌》、《大雅》篇名。這兩句意謂撰文
時追摹、運用經典文字。〈堯典〉等四篇都是記頌古帝王建功立業之
作。 29 、 30

- 文成破體書在紙，清晨再拜鋪丹墀:破體，破當時為文之體。
當時公文書多以所謂今體撰寫，商隱從令狐楚所學者是也。韓愈為古
文大家，在此又刻意取法《尚書》、《頌》、《雅》，所以其碑文係
一種很古奧的古文。或許即因此稱為「破體」。再拜，先後拜兩次，
表示隆重的一種禮節。丹墀〔音池（chí）〕，宮內塗紅漆的臺階。
31 、 32

- 表曰臣愈昧死上，詠神聖功書之碑:表，獻碑文的表文。昧死，
猶冒死。古時臣下上書多用此語，以表示敬畏。 33 、 34

- 碑高三丈字如斗，負以靈鰲蟠以螭:鰲〔音熬（áo）〕，大龜類。
在此指石座上負碑的飾物。螭〔音癡（chī）〕，龍類。在此指碑上所
刻盤繞的飾物。蟠，盤繞。 35 、 36

* 第五段:敘推毀韓碑之經過，並贊韓碑之深入人心。

- 句奇語重喻者少，讒之天子言其私:重，典重古奧。喻，懂得。
37 、 38

- 長繩百尺拽碑倒，麤砂大石相磨治:拽，用力拉。「麤」通

「粗」。相，一起、共同。「磨治」或解為「打磨治理」（《漢語
大詞典》）但依上下文看，似只是「磨平」的意思。「治」字押韻
讀平聲〔池（chí）〕。 39 、 40

- 公之斯文若元氣，先時已入人肝脾：斯文，猶言文章。元氣，
天地間不滅的原氣。 41 、 42

- 湯盤孔鼎有述作，今無其器存其辭：湯盤，傳為商湯沐浴之盆。
《禮記・大學》說，「湯之盤銘曰：『苟日新，又日新，日日新。』」
「孔鼎」指孔子祖先正考父之鼎，其銘文見《左傳・昭公七年》，云：
「一命而僂，再命而傴，三命而俯。循牆而走，亦莫余敢侮。饘於是，
鬻於是，以餬余口。」。這裡以湯盤、孔鼎比韓碑。 43 、 44

＊末段：贊頌憲宗、裴度之功績與韓碑之不朽。

- 嗚呼聖皇及聖相，相與烜赫流淳熙：相與，一起、共同。烜赫，
顯耀。「流淳熙」謂淳厚熙洽的德化流播於世。（葉蔥奇） 45 、 46

- 公之斯文不示後，曷與三五相攀追：如果韓愈文章不能昭示後
世，憲宗功業又如何和三皇、五帝相承接？曷，怎麼。 47 、 48

- 願書萬本誦萬過，口角流沫右手胝：書，抄寫。萬過，萬遍。
胝〔音支（zhī）〕，長老繭。 49 、 50

- 傳之七十有三代，以為封禪玉檢明堂基：據《史記・封禪書》，
「管仲曰：『古者封泰山、禪梁父者七十二家。』」「封」指登泰山
築壇祭天。「禪」指在泰山南梁父山闢基祭地。封禪是古代帝王宣揚
功業的一種祭祀儀式。馮浩認為，詩中「傳之」二句，詳味起來，係
以為憲宗「可告功封禪，上媲古皇，傳示後世」，所以加了一世，稱
「傳之七十有三代」。玉檢，封禪書的封套。明堂，天子頒布政教，
接見諸侯，舉行祭祀的場所。詩人意謂，韓愈碑文將遞傳下去，並可
為封禪時明堂的基石。 51 、 52

　　對於熟讀李商隱詩的人而言，這首詩實在是個異數。若說〈平淮西碑〉對韓愈當時的文章是「破體」，那〈韓碑〉對李商隱詩歌無疑也是「破體」。全詩基本上都是散文句，所以如導言所說，句中「情意」基本上明白曉暢。這與商隱詩常見的隱微、朦朧、甚至晦澀，大異其趣。然而商隱究竟寫出了這麼一首詩。而且，雖然它或許有一點點生澀，我們也不能不承認，它是一首漂亮的詩。

⬡044 離席 847 年

出宿金尊掩，從公玉帳新。
依依向餘照，遠遠隔芳塵。
細草翻驚雁，殘花伴醉人。
楊朱不用勸，只是更沾巾。

這首詩一般都推定係作於宣宗大中元（847）年晚春。先前我們說過，商隱在母喪服闋回到朝廷後，曾說自己「覊官書閣，業貧京都」〔〈上李舍人狀七〉，會昌六（846）年〕。也就是說仍然在祕書省正字位置上，無法升遷，生活十分拮据。〔見〈大鹵平後……〉（036）〕。他在 847 年十月寫作〈樊南甲集序〉時也說他「十年京師寒且餓」。這個「十年」大概寬泛地指開成二（837）年任祕書省校書郎後到會昌六（846）年之間主要居住在京的時期。大中元（847）年新皇帝宣宗即位，開始一連串的朝官人事調動。二月，「以給事中鄭亞為桂州刺史、御史中丞、桂管防禦、〔觀察〕等使。」（《舊唐書‧宣宗紀》，參《新‧舊唐書》〈鄭畋傳〉）鄭亞辟商隱為「支使」兼「掌書記」（觀

213

察使下依次有副使、支使、判官、掌書記等官員）（《會箋》，頁 122）。「桂管」在今廣西桂林，遠處南方邊陲。商隱在複雜、躊躇的心情下接受了辟召（詳後）。這首詩是出發時在長安東郊的餞別宴席（離席）之後作的。詩中寫了離別京師的不捨、無奈之情，末了並指出自己內心躊躇、一談起就不禁涕淚沾巾的情形。

　　詩首句的「出宿」，一般簡單解釋為出門在外住宿的意思。不過，我們若費心考察一下它的「出處」，就會發現它可能有豐富得多的意涵。它的出處有二。一是《詩經・邶風・泉水》的「出宿于泲，飲餞于禰」（泲、禰皆河流名）。由此，後來遂多將「出宿」與飲餞送行相連使用，本詩就是這樣。二是《詩經・小雅・小明》的「念彼共人，興言出宿」。〈小明〉是出征不得歸者傾訴內心感情的詩。「共」同「恭」。「共人」即溫恭之人，至於具體指什麼人，則古今說法差異甚大，此處無法也無須具論。「興言」句鄭箋說：「興，起也。夜臥起宿於外，憂不能宿于內也。」也就是說，夜裡起來到外面去，因內心有憂愁而無法待在房子裡。這就如同〈古詩十九首・明月何皎皎〉說的「憂愁不能寐，攬衣起徘徊」。〈離席〉詩中的「出宿」一語，乍看有可能兼用了〈泉水〉與〈小明〉詩意。「金尊」是酒樽（同「尊」）的美稱。「掩」字較難確解。《漢語大字典》引《集韻》說：「掩，撫也。」又引《廣雅・釋詁》說：「撫，持也。」或許即是本詩「掩」字之義。如是，全句就是說：出宿在外，夜裡憂愁不能入睡，起來拿著酒杯喝酒。但是，如果這麼解釋，就必須把第三句以後所敘事件講成是隔天的事，這似乎又不盡順當。所以，此詩「出宿」也許只依〈泉水〉詩意，著重在飲餞一點，而且是在午後飲餞，

並無夜宿的事。在此暫依此解繼續講述全詩。

「從公」是辦理公務、參與公務。指詩人將前往桂管。「玉帳」即軍帳，原是征戰時主將所居之帳幕，這裡指鄭亞的帳幕，應當就是舉辦「離席」的地方。這句詩看起來雖然平淡簡單，實際上也交織著複雜的思緒。「玉帳新」象徵鄭亞的任命是新的、任務也是新的。同樣地，商隱自己的任命和任務也都是新的，有機遇，也有挑戰。他心中想必忐忑不安。

第三句開始寫離京出發了。由於是離京赴桂，取道東行，所以依依不捨地西向望著將落的夕陽。商隱在〈偶成轉韻七十二句贈四同舍〉中回憶此事說：「我時顦顇在書閣，臥枕芸香春夜闌。明年赴辟下昭桂（按：昭州屬桂州所管），東郊慟哭辭兄弟。」可證「離席」係在長安東郊，離京路徑係取道東行。第四句寫的是「漸離京師」。（馮浩）商隱在〈蜨〉（初來小苑中）（015）一詩中有「遠恐芳塵斷」一句。我在該詩講解中指出，「芳塵」蓋指朝廷苑囿中花草的蹤跡，代指宮闈之中。第四句中的「芳塵」用法大致與此相同。「隔芳塵」意謂離朝廷宮闈遠了。

在接下來的一聯裡，詩人又寫了兩個情景即事寓情。「翻」是「飛」的意思。「驚雁」，《漢語大詞典》說是「猶言驚弓之鳥」。詩人眼前所見情景大約是，因為有人走過，細草上的「驚雁」急著翻飛而去。這隻「驚雁」，或說「驚弓之鳥」，應是詩人自喻吧。當時朝中大臣被貶謫者比比皆是。商隱雖似一時平安無事，但多年前考「博學宏詞」科姓名被中書省長者抹去，後又從祕書省校書郎貶為弘農尉的往事他能忘懷嗎？所以一聞「弓」聲，這隻「驚弓之鳥」立刻考慮遠颺了。但是下文會指出，遠颺

可也是很為難的一個選擇。於是詩人就醉酒以自遣了。「殘花」表明時節是晚春;殘花相伴,也有慰情聊勝無的意思。

到了尾聯,詩開始時頗為平淡低調的感情,經過了中間兩聯的發展與醞釀,終於激烈迸發出來。《淮南子·說林訓》說:「楊子見逵路(九通之路)而哭之,為其可以南,可以北。」在人生的道路上,歧路很多,抉擇往往很難,這是楊朱泣逵路的緣故。現在商隱的心情就與楊朱一樣,無論選擇走哪條路,都很痛苦。所以他說,什麼勸告都不用提了,再提只會讓他更加淚下沾巾而已。原本商隱所期盼的應該是順利在朝廷任職,逐漸接近權力核心,致身通顯,有一番大作為。但是,在經歷了「十年」跌撞困躓的仕宦生涯,以及拮据匱乏的經濟生活之後,他或許覺得,能找到一個不錯的使府職位,獲得較豐厚的俸祿,①並且暫時從當時風聲鶴唳的朝廷抽身,也是個好的選擇。但是,如此一來,他就必須離開自己的家庭、自己始終眷戀著的京城長安,這也是他難以承受的。再者,據推算商隱之子(唯一的男孩)袞師可能在會昌六(846)年出生。〔見〈驕兒詩〉(067)〕是則847年晚春商隱赴桂管時,袞師剛出生不久。這理應也是商隱很大的牽掛吧。或許最終促使他終於成行的是他弟弟羲叟的進士及第。此年三月進士考試放榜,羲叟有幸及第。②雖然他可能沒有立刻獲得官職,至少沒有了應舉的壓力,而且可以像商隱先前那樣在高官府中或幕中作賓客或僚佐,對家計不無小補。③如上文所引〈偶成轉韻……〉詩句顯示,一路送商隱到長安東郊的就是羲叟。他如果對商隱有所勸告,大概是勸商隱放心南下吧。

最後,我要就商隱與晚唐黨爭之關係提出一些「問題」,以

供讀者參考。由於資料不齊，我不擬解答這些問題，只希望讀者對這些問題能有進一步省思的機會。商隱很早就受知於令狐楚，考進士時又因令狐綯的幫助而擢第，所以大概就被視為令狐父子所屬的「牛黨」。後來他與王茂元的女兒結婚，而茂元被視為李德裕黨，所以他似乎就被視為無行的叛黨之人。但是，如此一來，他要被歸為牛黨還是李黨呢？稍後，他入為祕書省正字後，又與令狐綯言歸於好〔見〈贈子直花下〉（034）〕。這時，他是不是又算牛黨了呢？如果是，那麼身為李黨骨幹的鄭亞（見《舊唐書·鄭畋傳》）在大中初出為桂管觀察等使時，何以會選擇立場搖擺的他做核心幕僚呢？商隱在一首表達感謝鄭亞之聘的詩（〈海客〉）裡曾以譬喻的方式說有人嫉恨他。這個或這些嫉恨他的人是李黨還是牛黨呢？會不會如某些學者所說的是令狐綯？（其時綯在湖州刺史任上。）還有，就如《集解》按語所說，當鄭亞被貶謫外放時，另一李黨要員盧弘正（或作弘止），因被認為與李德裕關係較不密切，就沒被波及。按：盧弘正當時位居工部侍郎，位在工部尚書下，是正四品下階。（《舊唐書·盧簡辭傳附弘正傳》）這樣地位的人尚且能在激烈黨爭中不被波及，何以位卑權輕如商隱者會反而不能？綜合上面的一系列疑問，我不禁要揣測：商隱的所謂黨派問題會不會只是他與令狐綯的私人恩怨問題呢？

附注

① 陳寅恪曾依白居易詩文，參互比證推論，證明肅宗、代宗以後，內（中央）輕外（地方）重。「使職官多於郡縣之吏，俸優於臺省之官。」見其〈元白詩中俸料錢問題〉。

② 《舊唐書・宣宗紀》載：大中元年「二月丁酉」禮部放榜。依其他某些資料，義叟進士擢第。然依干支推算，「丁酉」實已入三月。馮浩（頁864）、《會箋》（頁117、122）都作三月義叟及第，今從之。

③ 《舊唐書・文苑傳》中商隱本傳說：「弟義叟，亦以進士擢第，累為賓佐。」

⬡045 五松驛 847 年

> 獨下長亭念過秦，五松不見見興薪。
> 只應既斬斯高後，尋被樵人用斧斤。

　　這首短小的絕句，結構十分嚴謹，內容十分扎實。在此先提綱挈領說明一下。詩由驛名「五松」連結到秦始皇之封「五大夫松」；接著由秦始皇連結到賈誼的〈過秦論〉，隱含了〈論〉中所揭示的秦「先詐力而後仁義，以暴虐為天下始」，對臣民苛刻寡恩，終於天下不保的深意；再下來以松之被砍伐為「興薪」來象徵強秦之崩潰隳壞；然後以李斯、趙高之被殺作為秦政暴虐本質之著例；當這種暴虐本質發展到屠戮重臣時，國家很快就滅亡了。

　　接下來逐句講解，先由詩題講起。「驛」就是驛站，是古時供傳遞文書、官員來往、及運輸等，中途暫時休息、住宿的地方。唐代的驛站制度十分發達，「凡三十里有驛，驛有〔驛〕長」，全國四方所達共有 1639 個驛。依清人朱鶴齡注，五松驛在長安東。其依據不知為何，這裡暫從其說。「五松」指「五大夫松。」

據《史記·秦始皇本紀》，始皇登泰山，遭遇暴風雨，避雨於松樹之下，事後封此樹為「五大夫松」（五大夫是秦爵位名）。後人誤以為是五株松樹，所以稱為「五松」，有時也作為松的別名。

「長亭」者，舊時城外大道旁，五里設短亭，十里設長亭，供行人休憩或送行餞別。北周庾信〈哀江南賦〉即說：「十里五里，長亭短亭。」「念」通「唸」，誦讀的意思。〈過秦〉即漢代賈誼的〈過秦論〉，全文收於《史記·秦始皇本紀》。「過秦」就是指責秦的過失。詩人獨自從長亭上下來，一邊誦讀著〈過秦論〉。「獨」字一如陳子昂〈登幽州臺歌〉「獨愴然而涕下」的「獨」，意在強調沒有人理解他的心思，與他有共鳴。

第二句的「五松」用作一個象徵，象徵秦朝強盛的國家體制。由於苛刻寡恩，不施仁義、崇尚暴虐，秦很快就覆滅。所以，驛站裡作為秦之象徵的「五松」不見了，只見樹被砍伐之後的薪柴。「輿薪」，滿車子的薪柴。

下一句「只應」的「只」是「就」的意思，「應」是依理推度之辭。用現代語講，「只應」意謂「應該就〔由於〕」。「斯高」指李斯與趙高。二人在秦始皇死後相繼被殺，下文會詳述他們被殺的經過。末句的「尋」意為「旋即」、「不久」。

「被樵人用斧斤」接續前面「松」的象徵，指秦天下被起義群眾和項羽、劉邦部隊攻破。

李斯本為秦丞相。始皇死後，他與趙高合謀篡改遺詔，迫令始皇長子扶蘇自殺，立少子胡亥為二世皇帝，即秦二世。後李斯為趙高所構陷，二世派趙高去審理他的案件，詰問他和兒子李由謀反的情況，收捕他們的家族和賓客。趙高審問李斯，笞打了他

一千多板子，李斯受不了痛苦，就冤屈招供了。二世二年七月，定李斯五刑，判決在咸陽市中腰斬。

李斯死後，二世任命趙高為中丞相，大小事情都由他決定。後趙高趁機脅迫二世自殺，想自己稱帝，結果沒成功，他就把御印交給了始皇的弟弟子嬰。子嬰登位後，顧忌趙高，就設計讓宦官韓談刺殺趙高，並誅滅他三族的人。

子嬰登位三個月，劉邦的軍隊就打到了咸陽。以後項羽到咸陽，殺了先前已投降的子嬰及其妻子兒女，秦朝就這樣失去天下。

詩中說，斬了李斯、趙高後，秦就這樣失去天下，這是否意味斯、高為秦之棟樑呢？我認為不是。依賈誼〈過秦論〉中論秦之興亡的話來看，詩人的意思應該是：秦對臣民苛刻寡恩，又「先詐力而後仁義，以暴虐為天下始」（把詐術權力放在前頭，把仁義道德撇在後面，把暴虐作為治理天下的前提。——谷千帆譯），國祚之不能久，是歷史的必然。斯、高斬後秦即滅亡，只是巧合罷了。

如果我們認為商隱純粹就秦論秦，那本詩的討論到此便可結束了。但歷來學者多認為商隱意在藉秦諷唐。為此，我們要回顧一下，在商隱生活的時期，唐朝有無類似此詩所述的事例。我的答案是：嚴格說來，並沒有。所以，商隱藉秦諷唐的可能性極小。應該只是一般性的舉史為鑒而已。

本詩，尤其是後兩句，批判史事稍微直露了些，與〈北齊二首〉（113、114）有點類似。有人也許忌諱這種直露的言論，對本詩大肆抨擊。紀昀說，本詩「無一句是詩」。又說，本詩「粗

鄙」。（《集解》引）雖然詩無達詁，但是像這種謾罵式的批評，實在讓人看了無法不感到遺憾。本詩藝術成就之高，前文已詳細論列；讀者看了後應該就不至於受紀昀這種批評所影響。

⬡046 荊門西下 847 年

一夕南風一葉危，荊門迴望夏雲時。
人生豈得輕離別，天意何曾忌嶮巇？
骨肉書題安絕徼，蕙蘭蹊徑失佳期。
洞庭湖闊蛟龍惡，卻羨楊朱泣路岐。

這首詩應是商隱由長安往桂林途中所作。至於商隱是經由什麼路徑而來到荊門，已無法考知。《水經・江水注》說：「長江水東歷荊門、虎牙之間。荊門山在南，上合下開，其狀似門。」荊門在今湖北宜都縣西北。「荊門西下」意謂由在西邊的荊門向東沿江而下，其用法與〈行次西郊作一百韻〉（018）的「南下大散嶺」相似。

由於荊門位於西陵峽範圍內，東下江水本來湍急，再加上遇到由南向北颳的風，風向不順，商隱搭的一艘小船一定危險極了。到了下游，天色已明，迴望荊門，荊門已在夏天的雲彩之中。「一葉」比喻小船。

頷聯二句情意因果似有故意互相顛倒，「以顯頓挫之致」

223

的情形。（《集解》按語）下句說：天意何嘗忌諱讓遠行的人遭遇路途的艱險？既然世路艱險不可避免，就得到上句的結論：人生豈可以輕率地離別呢？言下頗有一離別就不知能否再見之慨。「得」，可以。「輕」，輕忽、不嚴肅對待，作動詞用，以與下句的「忌」相對。嶮巇〔音險西（xiǎn xī）〕，原指山路險峻崎嶇，後亦泛指道路艱難。

頸聯說：家中至親寄來了書信，要我安於遠方異域的生活。但是我已經開始念家了。自從晚春時節分別後〔詳〈離席〉（044）〕，現在已是夏天。家中庭院小徑所種的蕙蘭，初夏應已開花，我已錯過了與家人共同賞花的美好時光。「骨肉」，父母、兄弟、子女等至親，在此指最親近的家人。「書題」，書信。「絕徼」〔徼音叫（jiào）〕，猶絕塞，極遠的邊塞，此指桂林。「蕙蘭」，多年生草本植物。葉叢生，狹長而尖，初夏開花，色黃綠，有香氣，庭園栽種，可供觀賞。《漢語大詞典》有圖片，可參看。「失」，錯失、錯過。「佳期」，美好的時光。多指同親友重晤或故地重遊之期。

尾聯「洞庭」句「謂遙瞻前路，洞庭浪闊。蛟龍出沒，險艱猶勝於昨。」（《集解》按語）這是預想前面路途的險惡。「卻羨」句，馮浩引錢良擇箋說：「路歧在平陸，無風波之險。」所以詩人會說，連面對歧路不知如何是好的楊朱都反而值得羨慕了。〔參看〈離席〉（044）解說〕

這首詩明白條暢，沒有艱深的典故，也沒有晦澀的意象，或奇特的修辭方式，是另一種風貌的李商隱詩。

047 岳陽樓（欲為平生） 847 年

欲為平生一散愁，洞庭湖上岳陽樓。
可憐萬里堪乘興，枉是蛟龍解覆舟！

　　商隱由荊門沿江東下後，歷經險阻，終於過了洞庭湖，來到了湖東北角的岳州。（請讀者留意：唐代的洞庭湖比現在圍湖造田後的洞庭湖大許多。）他大概打算經洞庭湖南下由水路前往桂林。不管是否如此，他來到岳州，就和歷代許多騷人墨客一樣登上了岳陽樓。

　　詩說：由於想要藉登覽來一散平生的鬱悶，我來到洞庭湖，登上了岳陽樓。很可喜（可憐）地，上了這樓，眼中萬里一片，足可以（堪）讓我趁一時興致（乘興）盡力馳騁。湖中的蛟龍徒然（「枉」；「是」是虛字）號稱能（解）翻覆人家船隻，也拿我沒奈何。我還是安然渡過洞庭湖，來到岳陽樓了。以後的行程相信牠們也不能把我怎麼樣。

　　葉蔥奇認為，由於對著遼闊的視野，詩人可能因而想到：天地之大，何所不容？那些排擠傾軋我的人，競相嫉害我，也是徒

225

勞無功。不過，所謂「萬里堪乘興」，應只是牢騷至極自行解嘲的話，語氣似很豪邁，細味則實很淒苦。

(048) 深樹見一顆櫻桃尚在 847 年 4 月

高桃留晚實，尋得小庭南。
矮墮綠雲鬟，欹危紅玉簪。
惜堪充鳳食，痛已被鶯含。
越鳥誇香荔，齊名亦未甘。

　　商隱大概在大中元（847）年仲夏四月到達桂林（該年閏三月）。在這邊陲偏僻之地，他有時難免又興起大材小用的感觸。這首詩寫的就是這種感情。這首詩很有趣，但是比較難。我想分三個層次仔細來解說它。先是白話串講，其次是串講所依據的字詞解釋，最後是詩的寓託意義。

白話串講

高桃留晚實，尋得小庭南。

高大深密的櫻桃樹上殘留著一顆長得特別晚的果實。我在小庭南邊尋找到它。

矮墮綠雲鬌，欹危紅玉簪。

它像女性烏黑秀髮上一個偏於一角的鬌，像一把欹斜欲墜的紅玉般的髮簪。

惜堪充鳳食，痛已被鶯含。

可惜它本來可以充當鳳鳥的食物的，卻令人痛心地已經被黃鶯含食過了。

越鳥誇香荔，齊名亦未甘。

桂林這地方的鳥誇稱牠們有芳香的荔枝，可要我（櫻桃自指）與荔枝相比並，我實在不能甘心。

注釋

- 高桃留晚實：高桃，高大的櫻桃樹。因詩題有「深樹」二字，又明指有「一顆櫻桃」，所以上文串講成「高大深密的櫻桃樹」。
- 尋得小庭南：尋得，櫻桃只剩一顆，又在高大深密的樹上，所以需特地去尋找。
- 矮墮綠雲鬌：矮墮即「倭墮」〔音我惰（wǒ duò）〕，是古代一種髮髻樣式的名稱，或說髮髻向額前俯偃（見《漢語大詞典》；有附圖，

可參看），或說髮髻歪在一側（見《漢語大字典》）。在我所見過的圖片中，兩者都有。因本詩是律詩，「矮墮」理應與下句的「欹危」音、義、詞性相對。而「欹危」是形容詞，因此「矮墮」應與「髻」字分別開來，作形容詞用。此所以上文把它串講為「偏於一角的」（取「歪在一側」義），以描摹單獨一顆櫻桃掛在密葉枝頭的樣貌。綠雲，喻女子烏黑光亮的秀髮。在此因櫻桃樹綠葉濃密，故用此喻。

- 欹危紅玉簪：欹危，傾斜欲墜。指櫻桃，亦指簪。紅玉，喻櫻桃之色澤，亦指簪。簪同「簪」。

- 惜堪充鳳食：鳳食，傳說鳳鳥極清高，非竹實不食。這裡「鳳食」指高尚珍貴的食物。參看下條。

- 痛已被鸎含：被鸎含，櫻桃又稱含桃，因為它們會被鸎（同鶯）所含食，所以叫含桃。《禮記·月令》：「是月（仲夏之月）也，天子乃……羞（進獻食品）以含桃，先薦（進獻）寢廟（宗廟）。」鄭玄注：「含桃，櫻桃也。」又，《淮南子·時則訓》：「羞以含桃。」高誘注：「含桃，鸎所含食，故言含桃。」又，唐李綽《秦中歲時記》：「四月一日，內園薦櫻桃，寢廟薦訖，班賜各有差（賜朝班百官，多少各不一樣）。」（原書已佚。此處佚文係引自《集解》按語。）依據上述引文，櫻桃是進獻宗廟、分賜百官的水果，本是極珍貴的。（《月令》與《歲時記》所記月分不同，不知何故。）現被鸎鳥含過，不再高尚珍貴，可薦於宮廷，所以令人悲痛。

- 越鳥誇香荔：越，指現今的廣東、廣西地方，或泛指南方。這裡用來指桂林。香荔，依據《新唐書·禮樂志》，有一次，唐玄宗臨幸驪山，恰逢楊貴妃生日……因而命樂工演奏新曲子。曲子未有名稱，剛好南方進貢來荔枝，因而取名為〈荔枝香〉。所以荔枝也是進貢宮廷之物。

- 齊名亦未甘：亦，實在。義見《漢語大字典》。

　　詩開頭兩句比喻一個遲未顯達的才士（詩人自指）孤獨來到南方邊陲僻壤，難以為人所發掘。三、四句藉描寫櫻桃的美好姿容來敘寫這位才士的才華。五句謂此才士本有條件身居清要之職，為人所知賞。六句感慨才士在入居清要、身躋要職之前，已不幸有負面的經歷，妨礙他往上爬升。我認為這負面經歷統指他入仕之後到來桂林之前的種種不愉快往事，並不僅指或特指來桂林做僚屬而言。末二句比喻桂林這邊有些人才，也自有他們引以自豪之處，但終究只是偏鄉小才，要自己與他們比並齊名，內心實在不甘。除了詩句有託寓外，本詩詩題本身也是一個有趣的譬喻。你要不要試著談談它的喻意呢？

049 晚晴 847 年夏

深居俯夾城，春去夏猶清。
天意憐幽草，人間重晚晴。
併添高閣迥，微注小窗明。
越鳥巢乾後，歸飛體更輕。

本詩係大中元（847）年夏作於桂林。詩中寫的是，下了滿久的雨之後，一天傍晚放晴了，詩人內心有所感觸，然後面對晚晴景物，心中興起愛悅、樂觀之情。詩句寫實、象徵雜糅，讀者需要仔細分辨、體會。

首二句一般多解釋為：「居處幽僻，俯臨夾城……時令正值清和的初夏。」（劉學鍇，見《唐詩鑑賞辭典》；另參看劉若愚英譯。）這應是頗為穩當的解釋。只是，依據此說，這兩句詩主要就只講了地點和時令，涵義不夠豐富，而且不知如何下接「天意憐幽草」句。因此，我要試著提出一個非常不同的解說。先說，詩題作「晚晴」，可見下過雨。但是，下多久的雨呢？詩中未明寫，只有首句的「深居」二字透露了一些訊息。「深居」在古書

231

中多意為幽居，不外出與人來往。（《漢語大詞典》）在此蓋意謂由於下了滿久的雨，使得詩人幽居在家，久久不外出。所謂「夾城」者，馮浩注商隱〈異俗〉詩「秦網」句引《桂海虞衡志》說：「桂林城北有秦城，相傳〔為〕始皇發戍五嶺之地。」「夾城」可能是指桂林府城和秦城相間而言。（見葉蔥奇）不管是否，詩人是在放晴之後開窗俯視外界。「俯」字顯示詩人係居住於樓閣高處。由於下過較久的雨，所以雖然已是夏天，卻不燠熱，天氣仍然像春天一般清和宜人。

　　三、四兩句是此詩的樞紐，「天意」句上承開頭兩句，「人間」句下起末尾四句。詩人俯看外界，見到長在幽僻地方的小草依舊完好無損，不禁感念上天好生之德。上天彷彿特別憐愛幽草似地，在久雨之後適時放晴，讓它們不至於萎敗於雨水之中。在此，幽草顯然有詩人自比的意思。葉蔥奇說，「天意」句「暗含天意終究憐才」。其說頗有見地。但是，籠統解「幽草」為「才」，仍有未愜。究竟「幽草」是指何等境遇、何等稟性的「草」或「才」呢？在劉學鍇筆下，雨後初晴的幽草是「久遭雨潦之苦」、「生長在幽暗處不被人注意的小草」。換作人才來說，它當然是象徵「淪賤艱虞」的人。但是「憐幽草」三字極可能帶有韋應物名詩〈滁州西澗〉中「獨憐幽草澗邊生，上有黃鸝深樹鳴」二句的影響。而韋詩裡的「幽草」似乎具有陶淵明式的守拙自足的逸人風味。商隱之隨鄭亞到桂林，原因雖然眾多〔參〈離席〉（044）解說〕，但若說他稍有一點暫離朝廷是非之地、守拙遠颺的用意，應該也不假。所以折衷一下「淪賤艱虞」與守拙自足這兩種說法，似乎比較符合本詩「幽草」二字的象徵意義。

　　「人間」句引領後四句，寫出詩人如何珍視、愛悅難得的晚晴情境。放晴之後，更加能夠遠眺，小窗也因日光照射而變得明亮。「併添」句的「併」可解為「更加」、「益加」（《集解》補語）。「添」是增添。「迴」是遠。全句當如何焯所說：「言晴後憑高，所見愈遠也。」（《集解》引）下一句的「注」本是「水灌入」的意思，這裡可能指小窗上有水氣，並借用它來指光線照入。「明」猶窗明几淨的「明」。全句說傍晚雨晴後，光線微微照來，樓閣的小窗變得明亮。這兩句一寫在閣樓上望得變更遠，一寫小窗被微光照得變明亮，仔細揣摩，似有人生看得更遠、陰暗中有了亮光的象徵意味。末聯說南方這邊（指桂林）的飛鳥在鳥巢變乾後，飛回家來。那時羽翼已乾，飛起來體態也比先前輕盈多了。這是詩人對自己未來的樂觀期待，象徵在經歷一番挫折之後，時來運轉，詩人將可順利回到朝廷，比以前更如意地翱翔於官場之上。「人間重晚晴」，誠如葉蔥奇所說，有「晚境通達最可珍視」之意。

　　這首詩很出名，其中的「天意憐幽草，人間重晚晴」一聯更是膾炙人口。這聯所關懷的已經不只是詩人一己的境遇，而是所有人的共同命運了。不知商隱此後是否能一直保持這種心胸與氣概。套句章回小說的老話來說：且待下回分解。

⬡050 寓目 847年盛夏

園桂懸心碧，池蓮飫眼紅。
此生真遠客，幾別即衰翁。
小幌風烟入，高窗霧雨通。
新知他日好，錦瑟傍朱櫳。

　　本詩大概寫詩人身到桂林，時節變易，因景生情，想起家人，尤其懷念起初結婚時的甜蜜生活。除了題目和首兩句外，本詩並不難懂，讀者熬過開頭後，應該很容易了解全詩。

　　「寓目」，猶言「過目」、「觀看過去」。詩人見到了桂樹碧綠，池蓮嫣紅的景色，他就以「看見了桂碧蓮紅這件事」作為題目，所以稱為「寓目」。

　　首兩句說：園子裡的桂樹十分碧綠，使我動起了懸念的心（「懸心」：掛念、擔心）；池塘裡的蓮花開得嫣紅，讓我眼睛都看得發膩了。「飫〔音欲（yù）〕眼」這個字眼較難理解，所以這裡多花些篇幅來討論。「飫」本身是「飽食」、「飽足」的意思。商隱詩的道源注說：「佛書，眼以視色為食。」（《集解》

引）那就是說，就像嘴巴有嘴巴的食物，眼睛也有眼睛的食物。眼睛的食物就是它們所見的「色」（包括事物的顏色、形狀、大小等）。嘴巴吃東西會飽足，稱之為「飫」；眼睛看「色」也會飽足，詩人就借用「飫」這個字來形容，所以稱為「飫眼」。簡單說，就是看飽看膩了。起初我始終想不通，為何桂樹碧綠會讓詩人懸念，蓮花嫣紅會讓詩人看膩呢？還有，桂綠、蓮紅與下文有何關係呢？經過再三思索，才發現答案就在「時節變易」一點。

這裡我們需要繞個彎先來考究一下本詩的寫作年代問題。從「此生真遠客，幾別即衰翁」（參看後文）兩句推測，這詩是詩人遠別家人、身在異鄉時寫的。而商隱一生，第一次十分遠離家人（在長安），應該就是下桂林那次。他後來雖然到過和桂林一樣偏遠的地方，即東川、西川，但那已是大中五（851）年以後的事，其時王氏夫人已卒（大中五年），就不再會有掛念家人妻子的事了。所以我推斷本詩是大中元（847）年作於桂林。而從桂碧、蓮紅的景致判斷，詩應作於盛夏。

商隱是於大中元（847）年晚春離開長安的家前往桂林的。那一年又閏三月。所以到了桂碧蓮紅的盛夏，離家已經整整一季了。物換星移，風物又大大改變，此所以他對著園中碧桂會想念起家人來。至於紅蓮，對於愛蓮者來說，應是一開就想觀賞的。現在從蓮花初綻直看到盛夏時節，所以會覺得看膩了。會看到膩，骨子裡也與時節的流變有關。因為有這種時光無形中匆匆流變之感，所以下面才會講說，自己此生真如「遠客」一般。

〈古詩・青青陵上柏〉說：「人生天地間，忽如遠行客。」「言人在世上為時短暫，猶如遠行作客，匆匆走過。」（余冠英《漢

魏六朝詩選》）這裡講詩人自己在先前幾次短程離家之後，現在又遠到桂林為宦，真如古人所說的「遠〔行〕客」。而與家人離別幾次，就年老體衰了。實際上，這（847）年商隱才三十七歲，雖然由於經常奔波勞碌，可能比較早衰，但要說成「衰翁」，顯然有些誇大。或許那是心理感覺吧。

「小幌」二句寫的是眼前桂林幕府裡的蕭條寂寥情境。「幌」，帷幔，也就是簾子。門簾晃動，風煙吹入；霧雨霏微，直透高窗而入。而詩人獨自一人（與下聯對比而推知），面對著風煙霧雨，打發這個日子。

最後，詩人回想起新婚時期在家鄉長安的幸福生活。「新知〔他日〕好」出自《楚辭・九歌・少司命》的「悲莫悲兮生別離，樂莫樂兮新相知」。誠如馮浩所說，這三字指「新婚」之樂而言，不僅指一般「交情」而已。「他日」就是昔日，指新婚時。新婚之樂可以有無窮無盡的遐想空間，但詩人很巧妙地只選擇了一個與上聯剛好形成鮮明對比的情境：「錦瑟傍朱櫳」。「櫳」者，精確說是指窗上櫺〔音玲（líng）〕木，即窗上雕有花紋的格子；浮泛說，就是指窗戶。「錦瑟」是王氏夫人深愛的樂器〔見〈房中曲〉（073）〕。「錦瑟傍朱櫳」是說夫婦二人相傍在朱紅色的窗邊，夫人彈瑟而商隱靜聽。這是一個和諧相伴、溫馨滿足的情境。詩人筆觸極為平和，但淡淡寫來，甜蜜酸澀之感當交相湧動於心頭吧。

051 桂林道中作 847 年秋

地暖無秋色，江晴有暮暉。
空餘蟬嘒嘒，猶向客依依。
村小犬相護，沙平僧獨歸。
欲成西北望，又見鷓鴣飛。

　　這首詩語言清新、流暢，感情誠摯、親切，讀起來相當容易感動。為此，下面我要先逐句串講全詩，以便讀者迅速了解詩意大要。讀完串講後，如果讀者喜歡，就可直接閱讀原詩，初步去欣賞它的美妙之處。

白話串講

詩題：作於往桂林的道路上。

地暖無秋色，江晴有暮暉。

桂林這地方氣候溫暖，雖然時序已是秋令，卻並沒有秋天的景象。倒是黃昏江上放晴時，有夕陽的餘暉。

空餘蟬嘒嘒，猶向客依依。

這時四處只剩下知了（zhī liǎo）依舊嘒嘒鳴叫，彷彿還捨不得向我這遠來的客人道別。

邨小犬相護，沙平僧獨歸。

我經過一個小小村落，那裡有狗兒在守護著。在平坦的沙岸上，有位僧人獨自回歸僧舍而去。

欲成西北望，又見鷓鴣飛。

我轉頭向西北望去，望向那長安故鄉。誰知又見到總是向南飛翔的鷓鴣鳥飛過。

　　馮浩說，這詩寫的是住在桂林的商隱在桂林附近旅遊的經驗，而不是該（847）年初冬遠使江陵途中的見聞經歷。（參《集解》按語）今從其說。詩中感情的主線是見桂林風物而思念長安景象。不過，除了末聯之外，這條主線都並沒明白顯露出來。首句寫「地暖無秋色」，隱約就在感嘆在桂林見不到長安的秋色。在北方，秋天就如宋玉〈九辯〉講的：「悲哉！秋之為氣也！蕭瑟兮草木搖落而變衰……」雖然很蕭颯，但那「才是」秋色。次

句講到「江晴」，就側面寫到桂林多雨的現象。在長安，秋天沒有這麼多雨。在〈晚晴〉（049）裡，我們談到桂林夏天的雨，這裡談的則是秋天的雨。桂林之多雨，可見一斑。如是，首聯可說是以長安為標準所見到的桂林秋天景象。

其次，「空餘」二句何焯評說：「（惟）有蟬聲尚似故鄉耳。」（《集解》引）這是思念故鄉的另一種方式。前面是說桂林秋天如何如何，隱含與故鄉長安大不一樣之意。這裡是說，桂林也有蟬鳴，與故鄉相似。「空餘」的「餘」字有的版本作「奈」。「奈」與「嘒」皆仄聲，作「奈」不宜。「嘒嘒」是蟬鳴的聲響。「客」指詩人自己這個來自長安的遠客。〈寓目〉（050）詩中也有類似的用法。

「邨小」兩句寫的是詩人路途中所見實景，與故鄉長安有何連結呢？姚培謙說：「犬護僧歸，人、物各有依棲之所……」（《集解》引）意思是說，狗兒有牠們可以守護依託的村落，僧人有他可以回去棲息的僧舍，不像自己無所止泊。這是本詩中表達鄉思的第三種方式。

到了結尾，詩人才把他的思鄉之情明白托出。長安在桂林西北很遠的地方，所以詩中說「西北望」。「望」也不見得望得見，只能竭盡全力，姑且一試，所以詩中說「欲成」。「成」有成功、成就的意思。若能見到故鄉來人，也能算成功西北望吧。不管如何，詩人想要（欲）成功一解思鄉之情就是了。誰知他在盡力往西北望鄉之際，卻又見到總是向南飛翔的鷓鴣鳥飛過。鷓鴣南飛典出《文選‧左思‧吳都賦》的「鷓鴣南翥（飛舉）而中留」一語。劉良注說「鷓鴣如雞，黑色，其鳴自呼，或言此鳥常南飛，

不北。」詩句說：「又見鷓鴣飛。」可見嚮往西北故鄉的詩人屢
屢見到永遠南飛的鷓鴣。這真是令他十分洩氣的事，不是嗎？

　　朱彝尊曾經提到：「義山學杜者也，間用長吉體作〈射魚〉、
〈海上〉、〈燕臺〉、〈河陽〉等詩，則多不可解。」（《集解》
〈海上謠〉詩引）商隱受李賀（長吉）影響的情形，我在〈海上謠〉
（107）解說中會大略提及。在此我要大略談一下他受杜甫影響
的情形。杜詩博大精深，商隱詩風格似杜者又比比皆是，前者對
後者的影響，顯然不是三言兩語能講清的。這裡只想先舉出一些
個例，讓讀者留心到兩大詩人間的傳承關係。商隱和老杜一樣，
頗關心時事、政治。他的作品，長篇的如〈行次西郊作一百韻〉
（018），短篇的如〈灞岸〉（035），都有杜詩的影子。在抒發
個人胸次的詩方面，他的〈荊門西下〉（046）、〈岳陽樓〉（047）
也都有杜詩風味。而本篇所討論的五律〈桂林道中作〉（051），
就如開篇所指出，語言清新、流暢，感情誠摯、親切，實在很像
杜甫成都時期的五律。朱彝尊的話在某方面是有見地的。

052 江村題壁 847 年 10 月

沙岸竹森森，維艄聽越禽。
數家同老壽，一徑自陰深。
喜客嘗留橘，應官說采金。
傾壺真得地，愛日靜霜砧。

　　商隱到桂林的那一年〔也就是大中元（847）年〕初冬，奉命由桂林出使到江陵（在今湖北）。他在十月某日暫停於衡陽（在今湖南）一帶，繫舟湘江邊，與江邊竹林中父老飲酒聊家常，寫了這一首詩。（參《集解》按語及下文「采金」條注）

　　首聯的「竹森森」謂竹林茂盛繁密。「維」，繫也；艄〔音燒（shāo）〕，船尾。「維艄」即繫舟。詩人繫舟江邊聆聽南方這邊的禽鳥鳴聲。次聯說竹林中一條小徑，陰涼幽深（「自陰深」的「自」字作副詞用，是「本是」、「本來」的意思，難以譯解）；進去後數戶人家，都「老壽」高齡。接著寫竹林中人家以橘子招待商隱。「嘗」同「嚐」，指請客人嚐用。「留橘」當指盛產期採摘下來，保存到後來食用的橘子。招待完後聊起家常。「應官」

241

即應付官府徵收的賦稅、徭役等。「采」同「採」；採金當指淘沙金。唐時衡陽以向朝廷進貢麩金出名。（見《新唐書·地理志五》）麩〔音夫（fū）〕金是碎薄如麩子的金子。（麩子：小麥磨成麵粉，篩過之後剩下的麥皮和碎屑。）末聯首句的「傾壺」，本意為以酒壺注酒，也借指飲酒。這裡就指飲酒。詩句蓋謂我（詩人）真得到了一個喝酒的好地方。末句比較難解。「愛日」指冬天的太陽。《左傳·文公七年》說：「趙衰，冬日之日（冬天的太陽）也；趙盾，夏日之日也。」杜預注：「冬日可愛。」後乃稱冬日為愛日。「砧」，擣衣石。古時衣服常由紈素一類織物製作，質地較為硬挺，須先放置石上以杵反覆舂擣，使之柔軟，這稱為「擣衣」。又，秋冬之際是很多家庭裁製新衣以過冬的時節，所以這時節常會聽到砧聲。這整句是說，冬日陽光之下一片寂靜，沒有擣衣之聲。（參葉蔥奇）

這首詩裡有些較細微的情意轉折，因詩人刻意不加突顯，很容易被讀者忽略過去，所以需要我們費心討論一下。第一個轉折是，詩前半寫江邊竹林中人家，頗有桃花源的味道；但到了第六句，又提到父老們生活中極現實、極無奈的一件事，就是淘金應官。第二個轉折是，作為一個遊子，在初冬處處容易聽到擣衣之聲，因而動起歲暮思歸之情的時候，詩人卻說在美好的冬日之下，一片寂靜，沒有擣衣之聲。這兩個地方情意的對比、起伏本應是極大的，但是詩人都好像若無其事地帶過去。因而，整首詩出人意表地變得親切而輕淡。這是商隱繼〈桂林道中作〉（051）後又一首可與杜甫比肩的五律。

⬡053 高松 847年冬

　　高松出眾木，伴我向天涯。
　　客散初晴候，僧來不語時。
　　有風傳雅韻，無雪試幽姿。
　　上藥終相待，他年訪伏龜。

　　商隱在桂林，雖僻處南方，仍有高松相伴。此詩即寫有松相伴的美好，有時並隱隱露出自比勁松的心意。大約作於大中元（847）年冬令。

　　首聯說，一棵高聳的松樹挺立於眾木之上，它陪伴著我在這天涯海角之地。「出」本是超出、挺出的意思，這裡解為「挺立於……之上」，以強調松樹的勁拔。「向」字在唐人口語裡可用作「在」哪裡的「在」。如果我們把「向」字解為「往」、「到」、「向著」等有方向性的字眼，詩句就會有松樹從他處移來桂林的意味，所以此處選用了較不常用的「在」字。

　　三、四兩句，誠如屈復所說，是在寫「伴我」。（《集解》引）每當賓客散去、雨後初晴的時刻；或有僧人來訪，大家習靜

不語時，高松就陪伴我。賓客散去是孤單無聊時，雨後初晴是青松翠綠可愛時，自然要去賞松，兩相陪伴。僧來不語時，大家靜坐松下，也是與松相伴的好時刻。第三句的「候」字一般早期版本都作「候」，《集解》隨馮浩注本改作「後」。此處改回原字。「候」，「時刻」的意思。

屈復又指出，五、六句呼應「天涯」。高松長在桂林，有風可以吹拂它，讓它傳出松濤雅致的韻味。我看不出這句與「天涯」相連結的地方在哪裡。但第六句的確緊扣「天涯」。高松長在桂林，地在嶺南，終年地暖無雪，沒有機會讓它試展白雪中蒼翠挺拔的幽姿。從中原人的角度看，這就是高松地處「天涯」的委屈之處。這兩句除了與「天涯」相呼應的地方外，還開始有隱然自比勁松的意味。《集解》按語說，二句「於自負自賞中流露僻處荒遠，才能不為世用之感慨」。這是對的。不過，商隱詩句情調比較清淡，不像按語所說那麼凝重。

末聯說，高松在此雖無法展其幽姿，但它所能孕育的上等靈藥終將等待詩人來採收。將來有一年他必會來訪求松精化成的神物伏龜。葉蔥奇引《博物志‧藥論》說，藥有上、中、下之分，上藥可養命延年。葉氏又引《初學記‧嵩高山》條說：「嵩高山上有大松樹，或百歲、或千歲，其精變為青牛、為伏龜，採食其實，得長年。」「他年」可指過去的某一年或未來的某一年，也就是「昔年」或「來年」。在這裡，它指「來年」。這最後一聯是比喻說，自己在桂林雖然至今沒有機會展現才華，但是未來有一天終能收穫在桂林所累積的學養與能力（伏龜），這些學養與能力將會成為他重返朝廷、大展鴻圖的憑藉（上藥）。

　　商隱在桂林的這段日子裡所寫的詩中，比較多學佛、求仙之語。（見〈酬令狐郎中見寄〉、〈奉寄安國大師兼簡子蒙〉及本詩等。）他在一而再、再而三的挫折、困頓之後，是否比較熱切地轉向宗教尋求寄託呢？讀者可以費點心觀察一下。

054 贈劉司戶蕡 848年春

江風揚浪動雲根，重碇危檣白日昏。
已斷燕鴻初起勢，更驚騷客後歸魂。
漢廷急詔誰先入？楚路高歌自欲翻。
萬里相逢歡復泣，鳳巢西隔九重門。

　　為了較深入地了解本詩和後面的「哭」劉蕡詩，我們須在篇首先適度地介紹劉蕡這個人。劉蕡，昌平（今北京昌平縣）人。唐敬宗寶曆二（826）年進士擢第。博學能文，尤其精於《左氏春秋》。與朋友交往，好談王霸大略，慨然有澄清世事的志向。大和二（828）年，應「賢良方正能直言極諫」科考試，策對直切論及當時宦官干政對國家的危害，考官讀了都嘆服不已，但畏懼宦官睚眥，不敢錄取。當時外界士人讀了他的策對，有的到了感慨流涕的程度；朝中諫官、御史都競相談論他的耿直。

　　劉蕡對策之後七（835）年，就發生了甘露之變。其後，令狐楚任山南西道節度使（836-837年，鎮興元）、牛僧孺任山南東道節度使〔至會昌元（841）年七月，鎮襄陽〕，都奏請劉蕡

入其幕府，待以師禮。

　　不知是否由於令狐楚與牛僧孺的推薦，也不知在哪一年，劉蕡授祕書郎（屬祕書省，從六品上）。但宦官深深嫉恨劉蕡，大概在牛僧孺罷襄陽鎮之後不久，就羅織罪名誣陷蕡，把他貶為柳州司戶參軍（州刺史之下有司戶參軍，柳州為下州，其司戶參軍為從八品下階）。柳州在現在的廣西，在當時是個很落後蠻荒的地方。

　　劉蕡可能在大中二（848）年前不久被放還。該年春天，商隱在由江陵返回桂林途中在黃陵（在今湖南湘陰縣北，濱洞庭湖）遇到他，悲喜交集地寫了這首詩贈給他。①

　　接著來看詩作本身。開頭先寫湘江上風波之險惡。「雲根」指江邊大石頭。宋孝武帝（劉裕）〈登樂山詩〉有一句說：「積水溺雲根」。《天中記》說：「詩人多以雲根為石，以雲觸石而生也。」（葉蔥奇引）碇〔音定（dìng）〕，船停泊時沉落水中以穩定船身的石塊，用處如後來的錨。「危檣」，高聳的桅杆，用處或許在張大帆，以穩定船隻。重（音仲〔zhòng〕）碇危檣，當在指泊船湘江邊時，風浪極大。何焯說：「發端〔二句〕是比時局。」（《集解》引）從接下來的詩句看來，這說法是有道理的。

　　從劉蕡因策對遭宦官嫉害，到他與商隱在黃陵見面這二十年間，唐朝廷始終擾攘不安、充滿殺戮與傾軋。這點從前面選講的商隱論及時事的詩就可以看出，這裡可以不需要重複。就劉蕡個人而言，考「賢良方正」橫遭打擊，使得他由進士擢第到考「賢良方正」一路奮起的勢頭受到遏抑，所以說朝局「已斷」了他的「初起勢」。「燕鴻」者，燕地（也泛指北地）的鴻雁。

有人說，劉蕡為燕人（昌平屬古燕地），所以特地比喻他為「燕鴻」。（《集解》注4按語）其說可從。「騷客」原指寫作〈離騷〉的屈原，後來泛稱詩人為「騷人」或「騷客」。這裡指劉蕡。劉蕡被貶柳州，前後七年才放還。所以說，朝廷「更驚」嚇了他「後歸」的「魂」魄。「魂」字係用了宋玉作〈招魂〉以招屈原之魂的典故。

接著詩人更進一步以漢代賈誼的經歷反襯，強調劉蕡之「後歸」。據《漢書・賈誼傳》，誼被貶謫為長沙王太傅三年，作〈鵩鳥賦〉以自寬慰。「後歲餘，文帝思誼。徵之（徵召他）。至，入見。」所謂「朝廷急詔」，原來當指此事，但在此它可能被借用到唐朝的現況來。大概唐朝廷在此之前曾下詔召回一些遠謫的官吏，然而，像劉蕡這樣與賈誼一樣應該由皇帝急詔召還的人，卻直到現在才放還。所以說「漢廷急詔誰先入？」接著，詩人再度使用屈原的典故，以表達劉蕡放還後的心境與行為。依《史記・屈原賈生列傳》，屈原被楚頃襄王放逐後，「至于江濱，被（披）髮行吟澤畔，顏色憔悴，形容枯槁，乃作〈懷沙〉（〈九章〉中的一篇）之賦……于是懷石遂自沉汨羅以死。」劉蕡與商隱會面於黃陵，黃陵在古楚地，而詩中又以屈原比劉蕡，所以稱劉蕡高歌為「楚路高歌」。「翻」字較費解。我依據《漢語大字典》第八條定義所舉諸用例推斷，它大概指將文詞、音調等摹寫、轉化成新的曲調。（參黃世中）「自欲翻」表示被放還的劉蕡要高歌與屈原那種哀痛絕望的歌詞不同的新曲調。

末尾寫劉、李二人的相逢及二人的心境。黃陵離柳州、離桂林、離長安，都稱得上「萬里」。劉蕡在令狐楚興元幕時，商隱

也去過興元〔見〈撰彭陽公誌文畢有感〉（017）講解〕，兩人可能互相熟識。因此，二人可說是舊交萬里相逢，彌足珍惜，心中當然十分「歡」喜。那為什麼二人又「泣」呢？是喜極而泣嗎？不是。答案在末句。《宋書‧符瑞志上》說：黃帝時「〔鳳鳥〕止帝之東園，或巢阿閣」。阿閣是四面都有檐霤的樓閣，是高貴華麗的樓閣。鳳巢阿閣隱指有才德的人當位居朝廷殿堂之上。（《漢語大詞典》說此處「鳳巢」指中書省；黃世中說喻比中書省，指執政。似稍泥。）劉蕡和商隱應都自認是這樣的人。但是，誠如宋玉〈九辯〉所說：「君之門兮九重。」君王所在遠隔重重宮門，深不可即。當時劉蕡雖然從柳州放還，並未見史籍記載他獲授新官；而商隱則遠在桂林任鄭亞僚屬。二人都遠離朝廷，所以有「西（長安在黃陵西邊）隔九重門」之嘆。所以悲泣。

　　姚培謙說：「此恨忠直之不見容也。」（《集解》引）這是全詩大要。而這大要背後的精神則來自於屈原、賈誼的遭遇和感懷。屈、賈的生平收在《史記》的同一個列傳裡，讀者有空時再讀讀這篇列傳，當更能體會商隱此詩的感情。

附注

① 上述劉蕡生平概略主要係參考《舊唐書》及《新唐書》劉蕡傳寫成。傳文不明或缺漏的地方，如劉蕡何年貶柳州、何年放還、何年過世及何時何地與商隱相遇等，歷來眾說紛紜。《集解》本詩及〈哭劉蕡〉、〈哭劉司戶二首〉諸詩按語考證較為翔實，今暫採用其說，並參考商隱詩作，做出結論。

055 北樓 848年

> 春物豈相干，人生只強歡。
> 花猶曾斂夕，酒竟不知寒。
> 異域東風濕，中華上象寬。
> 此樓堪北望，輕命倚危闌。

這首詩作於大中二（848）年春天，離商隱初到桂林已將近一年。「北樓」，在桂林西北，樓頗高。（見葉蔥奇）詩主要在寫登北樓的緣由，本來應該並不難懂。但因詩人在頷聯使用了極隱晦的意象，和極特異的邏輯，形成一個謎團，遂使本詩成為出名難解的作品。以下我依照詩句順序，先由開頭講起，到頷聯再集中精力解謎。若能順利完成這個工作，全詩意旨的貫串就可迎刃而解了。

開頭說：雖然在春天，但春日的景物與我有何關係呢？人生只有勉強〔強音搶（qiǎng）〕尋歡作樂罷了。這兩句詩極為沉痛，極為無奈。好不容易在春天，鳥語花香，和風細雨，何以竟然會說所有這些與我（詩人）全不相干呢？答案只有在讀完中間兩聯

的解說後才能推想出來。

　　頷聯舉出兩個詩人很感不解、很難忍受的現象。以下先講次難忍的、再講最難忍的事。次難忍的事是一年到頭各種各樣的花不停地開，讓人不再對花開感到興奮。這層意思本不難懂，但是詩人在詩句中用了曖昧得多的說法。首先，什麼叫「斂夕」呢？「斂」是斂合，收合的意思。花斂夕就是花到夜間會收合起來。葉蔥奇引「《花譜》曰：合歡……一名夜合花……朝開至昏即合」。（《淵鑑類函》卷三九七）又說：「晚間斂合，次日更開的花，草本、木本都有，這裡實在是泛指夜間收合的花。」後面這段話葉氏沒有舉出依據，尚待查證。葉氏又說：「桂林地暖多雨，雜花時發，『猶斂夕』，是說晚間還偶爾斂合。」關於最後這點，商隱〈即日・桂林聞舊說〉詩有一句說：桂林「花飄度臘香」，也就是說，在「度臘月」（十二月）的時候還有花飄著香氣。可以參證。那麼，「花猶曾斂夕」整句又表示什麼呢？我認為是說，桂林的花還有的會在晚上收合，不至於各種花由早到晚、由春到冬不停地開。與下句的「酒竟不知寒」相對比之後，我覺得上述的闡釋是可以站得住腳的。

　　在寒冷的地域或寒冷的日子裡，中國人喝酒時多半會把酒溫暖的。（參照劉若愚）但在桂林，天氣從來不冷，一年到頭從來不因天冷而溫酒。所以說「酒竟不知寒」。這是最難忍的事。

　　商隱自從隨鄭亞萬里迢迢來到桂林之後，心理上一直無法適應桂林的氣候和景物。久了之後，思鄉之情日熾，更常在詩中比較長安與桂林風物之異同，隱寓對桂林的不耐之感。〈桂林道中作〉（051）就是一例。〈北樓〉（055）也一樣具有這種模式的

感情。五、六兩句是明說，三、四兩句則是隱喻。要了解了這個模式，才能破解三、四兩句的謎團。一年四季都在開花，春天也沒有特別的氣氛，這是商隱所不喜歡的，但也無可奈何。他退一步想，雖然四季都在開花，但終究還有花朵夜合的情況，可聊以自遣，所以他說花尚且（猶）「曾斂夕」。相形之下，酒卻因為地暖的關係，從來不溫，好像不知有寒天喝溫酒的美妙與愜意似的。真是是可忍，孰不可忍。所以他下了「竟」這個十分強烈的字眼。

五、六兩句變換順序，先接續前文，寫眼前桂林不樂之事，再寫想望中長安的可樂之事。「中華」指中原腹地。「上象」者，《南齊書‧海陵王紀》有「德漏下泉，功昭上象」語，揣摩其意，「上象」猶言天宇、天空。「寬」，寬廣、寬闊。兩句意思是說，桂林地處遐方異域，侷促多山，春天裡東風吹來，充滿了濕氣，令人十分不舒服。不像在中原腹地（詩人心中所想的主要應是長安），天空寬闊，空氣乾爽。春天裡處處風和日麗，令人心曠神怡。因為有了這種強烈的桂林不如故鄉長安的感受，詩人又像在〈桂林道中作〉（051）裡一樣，渴望做一件事：北望長安。而由於北樓可能最可以（堪）滿足他這個心理需求，所以他決定去登北樓。而且，誠如末尾那句沉痛激烈的詩所顯示，他不僅隨興登樓，還要不顧安危（輕命）地登上最高層，倚在高高的（危）欄杆（闌）邊北望。我們知道，登樓北望只是懷鄉的詩人一種十分無奈的補償做法，他竟然到了「輕命」去做的程度，其情著實可憫，不是嗎？

056 思歸 848 年 2 月後

固有樓堪倚，能無酒可傾？
嶺雲春沮洳，江月夜晴明。
魚亂書何託，猿哀夢易驚。
舊居連上苑，時節正遷鶯。

　　大中二（848）年二月，由於新一波的人事傾軋，鄭亞被貶循州（今廣東惠州市）刺史。商隱沒有隨鄭亞前往循州。（《會箋》，頁 135-136）這首詩應該作於鄭亞貶循州的命令傳到桂林之後（詳下），而可能就在作〈北樓〉之後不久。

　　首聯說，我的確有高樓可以倚欄北望故鄉，然而卻沒有酒可以倒來喝。這表示詩人無計可以銷愁。這兩句詩較難理解的部分是句首的兩個虛詞「固」和「能」。經查《古漢語虛詞詞典》，二者在此的用法可能如下。「固」表示對情況的強調，可譯為「確實」、「的確」。「能」連接分句，表示轉折；前後兩分句意思相反。可譯為「卻」。雖然前人的解釋多半與此相反（把後句解為：難道沒有酒可喝嗎？），但劉若愚在其李商隱詩的英譯中，

把這兩句譯為：

Though there is a tower with railings to lean on,

How can I do without wine to pour ?

與我的解釋可說幾無二致，讀者可以參考一下。

　　頷聯說，山嶺上的雲，在春天裡一片濕潤。江上的月只在夜晚才放晴明亮。沮洳〔音句入（jù rù）〕，出自《詩經·魏風·汾沮洳》。「汾」為河水名；「沮洳」，依孔穎達疏，指「潤澤之處」。在此蓋用來形容雨雲潮濕。誠如葉葱奇所說，「三、四二句指晝陰、夜晴」。商隱在桂林有〈晚晴〉（049）詩，專寫雨後晚晴景致；又有〈桂林道中作〉（051），說「江晴有暮暉」。可見白天下雨、黃昏才放晴是當地常有的情形。這是桂林氣候特色之一，也是商隱一直難以適應的。這裡「江月」句雖看不出厭煩之意，遺憾之情相信是有的。

　　在頸聯裡，負面的情緒就表現得明白而強烈。「魚亂」句的「魚」典出古詩〈飲馬長城窟行〉的「客從遠方來，遺我雙鯉魚。呼兒烹鯉魚，中有尺素書。」本以「鯉魚」代指書信，後也單稱為「魚」，並可代稱傳遞書信的人。在此，「魚」指傳遞書信的人。「亂」字則應指鄭亞貶循州後，桂林使府人事混亂。「何」，誰也。「書何託」謂請誰傳遞家書呢？次句的「猿哀」大概是實有景物；「夢易驚」則一語雙關，除了指睡不安穩外，更指對命運、前途感到惴惴不安。

　　最後，商隱回想起他多年前頭一次移家（搬家）到關中時的

事來。開成五（840）年底，商隱把家從濟源移至關中，然後便在長安參加「常調」。常調是朝廷按照常規遷選官吏的活動，始於每年十月，終於隔年季春。〔以上參見〈淮陽路〉（031）詩解說〕從本詩末兩句看，商隱那個家鄰近「上苑」（皇家園林），他大概在開成六年春把新家安頓好，接著從事常調事宜。「時節正遷鶯」的「遷鶯」一語雙關。它典出《詩經‧小雅‧伐木》的「伐木丁丁，鳥鳴嚶嚶。出自幽谷，遷于喬木。」《傳》：「幽，深；喬，高也。」《箋》：「遷，徙也。」本指春天黃鶯飛升，移居高樹；後也用來指人登第或升官。看來商隱在鄭亞貶循州後，一時前途茫茫，似乎又動起回京參加常調，謀個官職維生的念頭。開成五至六年商隱參加常調並未獲得官職。但是，他在此詩末尾寫出「舊居」等兩句詩，多少為全詩帶來一點追憶往年初次移家關中的幸福感，和對來日參加常調重新謀得官職的期待感。如此一來，雖然五、六句表現了面對狼狽處境的負面情緒，詩開頭所顯現的力持平靜鎮定的氣氛到結尾有了適當的呼應，全詩不至於以失望氣餒收場。這是商隱在桂林情緒、人格有了調適和進步的一個主要跡象。

在經過一番周折之後，商隱於此（848）年冬初入京參加常調，獲選為盩厔〔音周至（zhōu zhì）〕尉。盩厔縣在長安西南方，屬京兆府，其尉為正九品下階。（《會箋》，頁 136；《校注》，頁 2178，注 4）這個職位拿來和商隱在桂林鄭亞幕的職位比，能吸引商隱的地方大概只有一點：離家鄉長安很近吧。〔參〈離席〉（044）解說〕

057 亂石 848 年左右

虎踞龍蹲縱復橫，星光漸減雨痕生。
不須併礙東西路，哭殺廚頭阮步兵。

　　這首詩寫亂石擋路，礙人行走，以比喻小人當道，正直賢良
如己者，空悲途窮。詩雖短小，但結構奇崛，意象新穎，感情熾
烈而仍有節制，是一首很動人的作品。

　　「虎踞龍蹲」同「虎踞龍盤」，原本用以形容地勢雄壯險要。
在此蓋用來形容亂石嶙峋，積聚成堆，頗有雄壯、險要的氣勢。
值得一提的是：虎踞龍盤這個成語一向只有正面的意涵，雖然用
來形容石堆，似也沒有負面的用意。但是接下來的「縱復橫」三
字，除了寫其險要外，就免不了一個「亂」的暗示。

　　詩人之所以對亂石有這種正負面兼具的印象，可能必須透過
考究第二句才能理解。有人純由字面看，認為第二句寫的是夜間
開始陰暗，沒了星光，而且下起雨來，淋濕亂石。依此詮釋，此
句與詩的其餘部分看起來就了無關係，彷彿是詩中的一個獨立單
位。因此，我不採取這個說法。《集解》補語引了《春秋・莊公

七年》一段記載說：「夜中星隕如雨（如，而也）。」《左傳》說：「星隕如雨，與雨偕也。」也就是說，夜裡隕星與雨一齊下下來。又，馮浩注引《左傳‧隱公十六年》說：「隕石于宋，五。隕星也。」另外，據《維基百科》，1976 年 3 月 8 日有隕石呈雨狀隕落在吉林市區，總重量達 2700 公斤，其中最大的一號隕石重 1770 公斤，體積為 117×93×84 立方公分。由這些古代、現代記載可看出，這裡所說的石頭，有可能原是隕石堆聚而成。而詩人似認為，隕石乃天上星星隕落而來，當具有星星的光輝，具有某種崇高的性質，只是現在時日久了，星星的光華日漸減褪了。相反地，當年與隕星俱下的雨水，對隕石浸漬、侵刻的痕跡一天天滋生明顯了起來。如果拿隕石比擬當權小人的話，那麼，似乎可以說，這些當權者原本也是頭角崢嶸的人物，只因為在權力場上打滾久了，才變成猙獰的小人。可能立基於對第二句的這種理解，葉葱奇說：「次句（即第二句）比他們（指得勢的小人）漸失本性，深懷陰私。」

　　詩下半首就寫詩人控訴官場上小人當道，縱橫為惡，使得自己走投無路。「哭殺」句合用了有關阮籍的兩個典故。阮籍生當魏晉易代之際，不甘心在朝為當權的司馬家效命，但又無法辭官過清高生活，所以常感痛苦難當。《晉書‧阮籍傳》說他「聞步兵廚營人善釀，有貯酒三百斛，乃求為步兵校尉」。此所以後人稱阮籍為阮步兵。商隱詩中稱阮籍為「廚頭阮步兵」（「頭」為名詞詞綴，「廚頭」即廚房裡），也是依據這件事。這件事分明是阮籍想藉酒逃避世事而出的下策。但是即使藉酒逃避，他依然無法自免。《晉書》又說他「時率意獨駕，不由徑路，車跡所窮，

輒痛哭而反。」這顯示阮籍是找不到出路的。誠然，商隱的經歷和處境與阮籍並不全然一樣。但他們有一個重要的共同點，就是此時此刻，他與阮籍一樣沒有出路。何焯說：桂林罷幕後，商隱「既不得掛名朝籍，并使府亦不得安其身，所以發憤也。」（《集解》引）於是商隱面對亂石說：你們這堆亂石，何必把路的東邊西邊都阻礙了，讓人無路可走呢？你們這個樣子，我真像阮籍一般，要嚎啕痛哭了。「哭殺」的「殺」字用在動詞或形容詞後，表示程度深，如「氣殺」、「恨殺」。詩人真正要講的是：你們這群喪失本性的當道小人，也沒必要把我所有的路都堵住，害我窮途痛哭啊。

「不須併礙東西路」是一句很沉重、很憤激的話。如果詩人接下去又明白、直接地把他對小人「併礙東西路」的反應講出來的話，感情真會熾烈難當。因此，詩人巧妙地拈來了阮籍的故事，把激烈的話（如「哭殺」）讓古人來表達。這就成就了美學上所謂的「距離感」。巧妙的用典絕不只是堆砌故實、炫耀才學，它有無窮的藝術妙用。讀者仔細體會，應會發現此言不虛。

(058) 燈 848 年左右

皎潔終無倦，煎熬亦自求。
花時隨酒遠，雨後背窗休。
冷暗黃茅驛，暄明紫桂樓。
錦囊名畫捲，玉局敗棋收。
何處無佳夢，誰人不隱憂？ [10]
影隨簾押轉，光信簟文流。
客自勝潘岳，儂今定莫愁。
固應留半焰，迴照下幃羞。

　　這首詩以燈自喻，從燈的角度描述商隱桂林罷府的經歷。此詩寫桂林罷府的說法出自馮浩，後人多從之。這說法為解說本詩提供了入手的鑰匙。只是，這把鑰匙不是萬能的。由於商隱絕少以燈自喻，所以詮釋個別詩句時，很少有可以參照的資料。於是諸家說法紛紜，讓人莫衷一是。我參考了眾人的觀點，加上個人的考究與揣摩，勉強提出了自己的解說。為了方便讀者，我取法馮浩，先把全詩要旨分段略敘一遍。然後，我將逐句串講全詩，

259

並附上詳盡的注釋。最後我要扼要談談本詩寫作手法上的特點。

詩開頭兩句從商隱入鄭亞幕,盡忠職守,雖遭艱困也不抱怨寫起。3-6 句寫追隨鄭亞,無時不去、無地不去。7-8 句寫鄭亞突然被貶往循州,桂林使府頓失一切高貴風雅的事物。9-10 句寫商隱離開使府,開始漂泊,看盡各種幸與不幸的人。11-12 句寫商隱在新一輪的流浪中又遷就人家的條件而生活。末四句以郎才女貌終必結合比喻自己應當等待、追求新機遇、新安排。

白話串講

皎潔終無倦,煎熬亦自求。

我總發出明亮潔白的光照,始終不曾厭倦。我受到煎熬也自心甘情願,並不抱怨。

花時隨酒遠,雨後背窗休。

在花開時節,我隨著飲酒的人行遠。在雨後的夜晚,我在窗邊背燈休憩。

冷暗黃茅驛,暄明紫桂樓。

我到過又冷又暗、滿是黃茅瘴氣的驛站,也待過溫暖明亮的紫桂木的樓房。

錦囊名畫捲,玉局敗棋收。

突然間平日用錦囊包裹的名畫藏起來不見了,玉製的棋盤連同上面的殘棋收了起來。

何處無佳夢，誰人不隱憂？

世間何處沒有諸事如意而做著好夢入睡的人？又何處沒有心懷深憂
而終夜不寐的人？

影隨簾押轉，光信簟文流。

在人家的臥房裡，我的影子隨著簾押的搖晃而轉動，我的光線順著
簟席的花紋而流洩。

客自勝潘岳，儂今定莫愁。

若說您英俊勝過潘岳，我如今的確也美如莫愁。

固應留半焰，迴照下幃羞。

我們實在應該留下半燄燈火，讓迴光照著拉下帳子歡愛時的嬌羞情
態。

注釋

- 皎潔終無倦：皎潔，明亮潔白，也用以比喻為人清白、光明磊落。
  [1]

- 煎熬亦自求：膏火自煎的說法在古書中出處不只一個。其中文字最
  接近商隱詩的是阮籍《詠懷・昔聞東陵瓜》的「膏火自煎熬」句。這
  個成語常用以比喻有才或有財而招致禍患。在商隱詩中，它大概指詩
  人在鄭亞幕中有才不能施展，屢遭挫折。「自」字通常帶有咎由自取
  的負面意涵，但在商隱詩中，它似乎比較正面。這層意思由上面詩句
  串講中即可看出，此處不再辭費。[2]

- 花時隨酒遠，雨後背窗休：這兩句指商隱在幕府中竭力從公，從
  不在意任務在何節令與氣候。《集解》按語說，這就像〈梓州罷吟寄

同舍）所說的「不揀花朝〔音招（zhāo）〕與雪朝」。比喻還頗適切。
第四句的「背」字我懷疑即是「背燈」的「背」。背燈這個字眼在晚
唐詩詞中屢見不鮮，但究竟何所指至今始終無解。我懷疑它是指睡眠
時用羅罩等物罩在燈臺上（或燭臺上）掩暗燈光（或燭光），將暗的
一邊面對睡者，以免影響其睡眠。〔參〈無題〉（來是空言）（021）
解說〕「背窗休」就是（燈，亦即詩人）在窗邊背燈休憩。[3]、[4]

- 冷暗黃茅驛，喧明紫桂樓：黃茅驛，未必是名為黃茅的驛站，而
  是充滿黃茅瘴氣的驛站。葉葱奇引晉朝嵇含《南方草木狀》說：「芒
  茅枯時，瘴疫大作，交〔州〕廣〔州〕皆爾，土人呼曰黃茅瘴。」商
  隱是否與鄭亞去過交、廣之地，不得而知。或許就如下句的「紫桂樓」
  係一虛擬樓閣一樣，黃茅驛也只是一個虛擬驛站。「紫桂樓」者，馮
  浩引王嘉《拾遺記》說：「闇河之北有紫桂成林，實大如棗，羣仙餌
  焉。」紫桂樓當指以珍貴的紫桂木建成的樓房。整個兩句指詩人去過
  又冷又暗、滿是瘴氣的驛站，也待過溫暖明亮的高貴樓房，為了執行
  任務，什麼地方都去過。[5]、[6]

- 錦囊名畫揜，玉局敗棋收：「揜」同「掩」，本意為掩蓋、遮蔽；
  這裡我把它引申為「收藏」。玉局，玉製的圍棋盤。敗棋，敗輸的殘
  棋。名畫與玉棋代表鄭亞高貴、風雅的室內陳設與暇時消遣。[7]、[8]

- 何處無佳夢，誰人不隱憂：這兩句有人認為係「以燈之或照好
  夢正濃者，或照耿耿不寐者，以喻罷幕時幕僚情況之不同。」（《集
  解》按語）我則認為比較像在寫罷幕後詩人又四處漂泊，經驗到、
  覺悟到處處有諸事如意、夜做美夢的人，也處處有心懷隱憂、耿耿
  不寐的人。「誰人」，何人也。隱憂，《詩經・邶風・柏舟》有「耿
  耿不寐，如有隱憂」二句。「隱憂」猶言深憂。何焯認為，這裡商
  隱詩雖引了「隱憂」二字，實際上意在用「不寐」二字。（葉葱奇
  及《集解》引）[9]、[10]

- 影隨簾押轉，光信箑文流：順著9、10兩句講睡眠的內容，11、
  12句描寫了「燈」光在人家臥房裡隨順房中的陳設而流動、轉徙的
  情形。這大概也比喻商隱在新一輪的流浪中遷就所遇主人的各種條件

而生活的情形。「簾押」是「蒜條和垂額末端結繫的滴珠形墜飾」，裝在簾上作鎮押（壓）之具。（據《曾有西風半點香──敦煌藝術名物叢考》，頁 44）蒜條，俗於細長而圓、形狀像蒜薹（蒜的花軸）的物件稱蒜條。滴珠，舊時用作貨幣的圓形小銀錠。「光信簟文流」的「信」是順任自然之意，猶今語「信口」、「信手」的「信」。簟文，簟席的花紋。流，（光線）流動。⑪、⑫

- 客自勝潘岳，儂今定莫愁。固應留半焰，迴照下幃羞：「客自」句的「客」是對人的客氣稱呼，猶如說「您」。自，連詞，表示假設關係，相當於「若」、「如果」、「若說」。潘岳，晉朝出名的美男子。「儂今」句的「儂」猶「我」。「定」，副詞，「的確」之意。莫愁，古樂府中傳說的女人。或說是石城（今湖北鍾祥）人；或說是洛陽人，為盧家少婦。在此當以之代指絕世美女。商隱〈富平少侯〉詩有「新得佳人字莫愁」句，可為佐證。末二句據清人陳啓源指出，當化自梁朝紀少瑜〈殘燈〉詩的「惟餘一兩燄，纔得解羅衣。」（參葉蔥奇及《集解》）不過，二詩立意自異，讀商隱詩時也不當受縛於紀詩。⑬、⑭、⑮、⑯

　　這首詩沒有特別警策的句子，也沒有強烈的戲劇張力，但是它質樸地把商隱入鄭亞幕到罷幕流浪的經歷淡淡寫來，仔細咀嚼之下，還是相當動人的。至於把自己比為燈，通首人燈難分這一點，藝術創新欲的驅使固然是有的，但現實的考量恐怕影響更大。官場上的很多是非是不能明言的。商隱初在朝為官時，大膽地寫了〈行次西郊作一百韻〉那種明白抨擊朝政的長篇鉅作。前面說過，他之所以被朝中重臣指摘說「此人不堪」，或許多少與此有關。因此，在那以後，他就不再有類似的作品出現了。相反地，他往後的詩多半包裝在重重的晦澀意象之中。這一方面或許與詩歌發展的潮流有關，但另一方面則可能出於自保的需要。〈燈〉這首詩之晦澀朦朧，在商隱集中算是極端的例子之一。但詩人之所以如此寫，並不是全然不可理解的。

059 潭州 848 年 6 月前

潭州官舍暮樓空，今古無端入望中。
湘淚淺深滋竹色，楚歌重疊怨蘭叢。
陶公戰艦空灘雨，賈傅承塵破廟風。
目斷故園人不至，松醪一醉與誰同！

　　商隱在桂林罷府後，曾一度來到潭州（今湖南長沙）。所以到潭州來，主要大概是因為他從前〔開成三（838）年〕考博學宏詞科時的座主（決定錄取他的考官）之一李回（參〈與陶進士書〉），在該年二月以劍南西川節度使（治所在成都），責授湖南觀察使（治所在潭州），商隱有意投靠他。依據今人考證，商隱曾於六月上旬左右為李回作了一篇賀馬植登庸的啟。（見《校注》，頁 1756 注 1）至於他何時見到李回，則難以確定。不過，依〈潭州〉詩中「官舍暮樓空」和「目斷故園人不至」二句推測，商隱作此詩時，李回尚未至潭州，且商隱似乎期待李回由長安（故園）前來。疑李回係由成都取道長安前來潭州赴任。解決了這些背景考證上的問題後，我們可以比較順利地來討論詩。

在暮色中空蕩蕩的潭州官舍裡，久候投靠對象不至的詩人，說他在無心之中、說他無來由地（你相信嗎？）想起潭州今來古往的種種人事來。他寫了四件古往的人事。其中屈原和賈誼是忠直賢能而不見用的代表人物，我們在講〈贈劉司戶蕡〉（054）的時候已介紹過。舜是在征伐湘南少數民族時不幸喪生的明王。陶侃是在長沙以運船為戰艦，立下大戰功的人物。四人都與潭州有或近或遠的地緣關係。他們應該都是商隱所推崇或想效法的古人。然而，自己落魄潦倒，一事無成，想起這些古人的崇高事跡，又能怎樣呢？再者，現在自己因緣湊巧，來到潭州，他們卻都已遺跡無存；自己和古人在歷史的長河中都既渺小、又虛無，難怪他會「今古無端入望中」，會感嘆無人同他共飲松醪酒、一醉解千愁了。

白話串講

潭州官舍暮樓空，今古無端入望中。

在暮色中，潭州官舍的樓房一片空蕩蕩的。今來古往的種種事情無來由地都飄入我眼前的凝望中。

湘淚淺深滋竹色，楚歌重疊怨蘭叢。

湘妃的淚水淺淺深深地增益了竹子的色彩。楚人屈原的詩歌重重複複地表達了他對子蘭之流的怨恨。

陶公戰艦空灘雨，賈傅承塵破廟風。

陶侃立功的戰艦遺跡已蕩然無存，只看得到雨灑空灘而已。賈誼承

塵上的鵬鳥早無蹤跡，如今只有破敗的賈誼廟任風吹著。

目斷故園人不至，松醪一醉與誰同！

我兩眼望斷故鄉長安，等待的人卻始終不見前來，有誰與我一齊來喝這松醪酒，喝到一醉解千愁呢？

注釋

- 潭州官舍暮樓空：「官舍」可指官署，也可指官署中專門接待來往官員的賓館。這裡似以第二義較合詩意。另，「暮」字似有詩人一直在官舍等待到黃昏時刻的暗示。

- 今古無端入望中：無端，無心、無意；無來由。望，這個字很難用白話解釋，這裡勉強解為「凝望」。

- 湘淚淺深滋竹色：「湘」指湘妃，即舜妃娥皇、女英。《國語·魯語》云：「舜勤民事而野死。」章昭注說：「野死，謂征有苗，死於蒼梧之野。」另，《述異記》說：「舜南巡，葬於蒼梧之野，堯之二女娥皇、女英追之不及，相與慟哭，淚下沾竹，竹上文為之斑斑然。」這裡商隱詩字面上雖只寫舜妃淚下沾竹一點，實質上應隱然包括整個舜「野死」的事。又，古所稱蒼梧，蓋指今湘南山地一帶而言。

- 楚歌重疊怨蘭叢：「楚歌」謂楚人屈原的詩歌，尤其是〈離騷〉。〈離騷〉中曾說：「余以蘭為可恃兮，羌無實而容長。」王逸注大意謂，蘭指楚懷王少弟司馬子蘭。屈原本以為他可信任，沒想到他內無誠信之實，空有長大之貌，浮華而已。〈離騷〉又說：「覽椒蘭其若茲兮，又況揭車與江離。」王逸注大意說，看子椒、子蘭都如此改變心志，何況朝廷眾臣呢？由於屈原怨的不只子蘭一人，而是所有子蘭之流，所以稱「怨蘭叢」。

- 陶公戰艦空灘雨：「陶公」指陶侃，東晉人。陳敏之亂時，荊州

刺史劉弘以侃為江夏太守，加鷹揚將軍。後又加侃為督護，使與諸軍並力拒陳敏弟陳恢。侃乃以運船（運載物資的船隻）為戰艦，於是擊恢，所向必破。後討杜弢，進克長沙。

- 賈傅承塵破廟風：「賈傅」即賈誼。依《史記·屈原賈生列傳》，賈誼曾為長沙王太傅三年。另據《西京雜記》，「賈誼在長沙，鵩鳥集其承塵。長沙俗以鵩鳥至人家，主人死」。「承塵」即今之天花板。又，據《太平寰宇記》，「賈誼廟在長沙縣南六十里，廟即誼宅」。

- 目斷故園人不至：「故園」指長安。「人」當指李回。

- 松醪一醉與誰同：松醪，馮浩引《本草》說，松葉、松節、松膠皆可為酒。或說松醪為唐代潭州名酒，不知是否。（《集解》按語）何焯說：「松醪」句是「淺學慣調。」（《集解》引）這是不知商隱當時狼狽處境而產生的誤解。該句實有深痛。

060 搖落 848 年秋

搖落傷年日，羈留念遠心。
水亭吟斷續，月幌夢飛沉。
古木含風久，疎螢怯露深。
人閒始遙夜，地迴更清砧。
結愛曾傷晚，端憂復至今。
未諳滄海路，何處玉山岑？
灘激黃牛暮，雲屯白帝陰。
遙知霑灑意，不減欲分襟。

商隱在桂林罷府之後，應該曾沿湘江北上，一邊尋求任職機
會，一邊往故鄉長安前進。〈潭州〉（059）顯示大中二（848）
年六月前某日，他在潭州等待湖南觀察使李回的薦用（後無結
果）。這首〈搖落〉則顯示他於仲秋之時通過了黃牛灘（在今湖
北宜昌縣西長江中），溯江直達白帝城（在夔州，今重慶奉節縣
東）。他為何會溯江入巴地，原因不明。不過我推想較可能也是
去找工作機會；他此時不會有遊山玩水的心思和財力。

　　這首詩開頭說：「搖落傷年日，羈留念遠心。」「搖落」點出詩作於秋天，「羈留」點出詩作於遠離家鄉的白帝城。一言時，一言地，提供了詩中情景的時空背景。而「傷年」、「念遠」則看起來應是詩的主題。但是我們一路讀下去，卻又發現似乎不是這麼一回事。究竟這首詩意欲寫些什麼，我們若能抓住這一點，要讀懂這首主題看似不甚一貫的詩，就不難了。

　　以下我們就從開頭討論起。「搖落」出自宋玉〈九辯〉的「悲哉！秋之為氣也。蕭瑟兮草木搖落而變衰」。意謂時值秋令，處處草木搖落衰歇，令人為之心悲。「傷年」與悲秋意思差不多，只是多了一層舊的一年又要過去，讓人覺得時光逼人的意涵。由於是「搖落傷年」的日子，自己又羈留在偏遠的巴東之地，所以想念遠方親人的感情特別強烈起來。

　　開了上面這個頭之後，詩人沒有緊接下去寫傷年、念遠。他轉去寫自己在夔州水亭吟詠，以及就寢雜夢的事。他說他吟詠新詩，但是思緒斷斷續續，無法順利成篇。然後他在月亮照著的帷幔內就寢，夢境雜亂，不時夢見或飛或沉的情景。所謂「月幌」，就是月光流照的帷幔、窗簾等。關於「夢飛沉」，《莊子·大宗師》有「夢為鳥而厲乎天，夢為魚而沒於淵」的說法。又《後漢書·李膺傳》說膺「願怡神無事，偃息衡門，任其飛沉，與時抑揚。」可見「飛沉」大致都是講人生，尤其是政治上的騰達或沒落。為什麼商隱在夔州會「水亭吟斷續，月幌夢飛沉」呢？我們可以推想說因為他心思忐忑，對仕宦的前途感到升沉難卜。他入峽來到夔州，可能也打算投靠某位官員。但是他這一陣子失敗的經驗太多了，所以惴惴不安。

　　次兩句詩人就藉著寫白帝城景物，來暗示自己的艱辛遭遇。「含風」本義為「帶著風」，也就是被風吹颳著。謝惠連〈秋懷詩〉有兩句說：「蕭瑟含風蟬，寥唳度雲雁。」其中的「含風」就是這個用法。「疏螢」，稀疏的幾隻螢火蟲。「怯露深」，深深畏懼露水的侵害。這兩句是一個孤獨無依、受苦受難過的人，用很優美、典雅的寫景文字在暗指他飽受摧殘、憂讒畏譏的心境。

　　接下來轉而扣住一下「傷年」、「念遠」的主題。「人閒」謂詩人閒暇多（沒有工作）。「遙夜」指秋天夜變得愈來愈長。語出〈九辯〉的「靚杪秋之遙夜兮，心繚悷而有哀」。〔靚（音靜（jìng）〕，思量。杪〔音秒（miǎo）〕，年月季節的末尾。繚悷〔音遼力（liáo lì）〕，糾結悲傷。）人無事可做已經很難打發時間了，更何況驚覺夜變得愈來愈長！「迴」是「遠」、「偏僻」的意思。詩人羈留在僻遠的夔州，又聽到人家清脆的搗衣聲〔「砧」是搗衣石；關於搗衣，前面〈江村題壁〉（052）詩已有說明〕，念遠思家之情自然難以抑遏。詩人最最不能忘懷的是夫人王氏。他回想起當年不能順利地與她「結愛」（結合相愛），成婚傷於太晚。（依前面相關詩作的討論，二人初認識動情大概在開成二年，隔年春陷於熱戀，但直到開成五年春以後才成婚。）而且中間屢經波折。結婚之後又生活拮据、歷盡辛酸。這由前面講過的相關作品自可了解，此處無須也無法再細細回顧。「端憂」一語各家解說紛紜。余恕誠說，「端憂」「與上句『結愛』相對，猶懷憂」。（《增訂注釋全唐詩》。）比較合理，今從其說。

　　然後，詩又轉回對仕宦前途的憂慮。詩人說他不熟悉返回朝

廷的路徑,也不曉得哪裡是皇帝所在。「滄海」猶大海。此處是以流水之以滄海為宗(歸趨)喻己之欲歸朝廷。(余恕誠說;同前書)「玉山」,西王母所居,因山多玉石,故名玉山。〔參前面〈玉山〉(016)詩講解〕玉山岑,即玉山之巔。泛指仙境。這裡似以仙人居處喻皇帝所在。

「灘激」二句講的是詩人羈留巴中的經過。他在一個黃昏時候通過洶湧險惡的黃牛灘;在一個雲層聚集,四處陰暗的時候來到白帝城。「激」是水因受到阻礙或震蕩而往上湧。「屯」〔音臀(tún)〕,聚集。

最後詩以念遠作結。「霑灑」,灑淚沾濕衣巾。「分襟」,猶分袂,離別。詩人說,我在這遙遠的異鄉,可以了解你在家中灑淚沾巾,傷心之情一點也不少於當初要分離的時候。

葉蔥奇說:「我們細玩通篇,思家念遠的情趣(感?)尚在其次,而憂讒畏譏、孤苦自危的意思卻充滿字裡行間,所以這只是一篇窮途失路,愴悢身世之作。」葉氏難得地注意到了此詩中「憂讒畏譏」、「途窮失路」的一面。但是他也詮釋過當了。詩中傷年、念遠的部分與憂讒畏譏、途窮失路是穿插出現的。而且,由詩的開頭、結尾都是念遠的文字看來,念遠無疑是主題所在。至於在一首寫念遠的詩裡,為何會有大量途窮失路的詩句,我想舉個日常生活的例子來說明,也許比較容易明白。一個由鄉下到大都市打工的年輕人,在城市裡歷經千辛萬苦,而卻一事無成。當春節年假到來,他要回家看家人的時候,他除了念家之外,還會不會一路忐忑不安、一路感傷自憐呢?商隱此時雖遠在夔州,卻已在歸鄉路上。而且,由稍後將選講的幾首詩裡,我們可

以知道，大約再過一個多月，他就回到家了。他此時的心境之所
以複雜，我覺得並不那麼難以理解。而由這個角度來看，本詩的
內容也並不突兀。

061 楚澤 848 年 8、9 月

夕陽歸路後，霜野物聲乾。
集鳥翻漁艇，殘虹拂馬鞍。
劉楨元抱病，虞寄數辭官。
白祫經年卷，西來及早寒。

所謂「楚澤」，指的應該就是雲夢大澤。這個大澤的變遷我在後面〈夢澤〉（101）詩講解中會有詳細述說，讀者必要時可以參看。

桂林罷幕後，商隱循水路經潭州、岳州到荊南（荊南節度使，鎮江陵），然後便改取陸路繼續往長安前進。我們從稍後會選講的幾首詩裡，將發現商隱係自荊南西北行，經商山大道返回長安。本詩蓋自荊南西行時所作，寫作時間為大中二（848）年八、九月間。由詩中用語判斷，詩人當係陸行而傍湖澤。（參《集解》按語）

詩人首先說，當他在夕陽下踏上歸鄉之路後，沿途披霜的原野上，東西聲響都又乾又脆。東西聲響又乾又脆，是因為氣溫

低、水分又少。接著詩人描寫兩個眼前景象。鳥兒聚集在漁艇
上翻飛；即將消褪掉的彩虹輕拂著馬鞍。鳥所以聚集，是因為已
到黃昏歸巢時分。至於為何集於漁艇，就較難確定。或許是鳥群
被漁艇上的漁獲所吸引了。第四句「拂馬鞍」的「拂」字很難換
字解釋。它原義是「輕輕觸過」，至於無法實質「觸過」馬鞍的
殘虹，究竟如何「拂」馬鞍，就只能留待讀者們自己去揣摩了。

　　然後詩很快地轉到詩人仕途的多蹇來。我們可以說，詩幾乎
是跳到這個主題來的。劉楨，東漢末年人，曹操辟他為丞相掾屬。
（見《三國志‧魏書‧王粲傳》）他在他的〈贈五官中郎將〉詩
中曾說：「余嬰沉痼疾，竄身清漳濱。」「元」是「本來」的意
思。虞寄，南朝梁、陳時人。性沖靜有棲遁志，屢次辭退官位。
（見《南史‧虞寄傳》）商隱引了這兩個古人的故事，只是要告
訴我們：他因為身體病弱，又因為個性耿直沖靜，常辭退不願做
的官職，所以仕途多蹇。病弱的事我們從先前選過的很多詩都可
看出。至於辭官，最早最主要的是辭弘農尉；〈大鹵平後……〉
（036）詩裡所提「移疾就豬肝」的「移疾」說不定也被他算在內；
最近的桂林罷幕當然更不用說了。所有這些所謂辭官的事，實際
上都是形勢所逼。所以熟悉商隱生平的人很容易看出，上面所說
多半是自嘲的話。

　　最後，詩人講到他在桂林和其他南方城市經年捲起來不穿
的白夾衣，即將派上用場了，因為他這一路往西（實際上是西
北）前行，將會及時遇上早寒天氣。「袷衣」即「夾衣」，雙
層的衣服。

　　讀這首詩，最難的事是如何從那些表面上彷彿跳躍不連貫的

詩句（最突出的例子是，寫眼前景象的第三、四句與寫仕途困塞的第五、六句）裡，讀出全詩原本連貫一致的主題。這首詩儘管寫了好幾件事，但每一件事，甚至每一句詩、每一個個別意象，幾乎都緊緊聯繫於首句的「歸路」一語。我們若回顧商隱至桂林後所作的抒發胸次的詩，應該會發現，那些詩往往離不開對桂林氣候難以適應的抱怨，以及對故鄉長安的與日俱增的思念。本詩一開始的「夕陽歸路後」，就是故鄉之思的延續和返鄉之事的實現。而第二句會緊接著寫原野事物的乾冷，則隱含詩人即將告別南方濕熱之地，前往寒冷乾爽的故鄉的喜悅。清人何焯說：「第二句伏後早寒。」（《集解》引；意思是第二句是後面「及早寒」的伏筆。）相信他也看出了上述商隱隱含的喜悅之意。第三、四句看似單純寫眼前景色，但我們仔細想想，鳥兒聚集表示那是歸巢時刻，而這實又令人聯想到人的歸鄉時刻。還有，「馬鞍」可聯想到「歸鞍」，也與回家有關。寫完歸家後，突然寫仕途困塞，這會不會失之突兀呢？讀者如果還記得前面〈搖落〉（060）一詩的寫法，應會回想到，詩人所以想起仕途困塞之事，正因為他離回家的日子近了。「白袷」經年捲，是桂林地暖的結果。現在，踏上了歸鄉路，而且很快就要遇到寒冷的日子，夾衣也就要穿上了。詩人看來全心等待著這寒天的到來，所以末句說：「西來及早寒。」而這句詩也正好與第二句相呼應。

　　一首詩可以有各種各樣的讀法，只要那讀法有文本上的、歷史與生平背景上的等等應有的依據。像眼前這一首詩，讀時若能如上文一樣，斟酌應用所謂「文本互涉」（Intertextuality）的觀念和方法，或可獲致意想不到的效果。

062 歸墅 848 年 8 月

行李踰南極，旬時到舊鄉。
楚芝應徧紫，鄧橘未全黃。
渠濁村春急，旗高社酒香。
故山歸夢喜，先入讀書堂。

大概仍在（848 年）八月間（詳下），商隱過了鄧州，歸思甚切，就寫了這一首夢歸故園的詩。詩題說「歸墅」，「墅」原指鄉間簡陋的房子。這裡蓋用以表示商隱在長安郊區的居所很簡陋。

首先詩人說自己旅行到超過（踰）南方極遠之地（南極）的地方去，但現在估計再過一旬左右的時間就能回到故鄉了。「行李」可解為「行旅」（即白話的「旅行」）或「行旅的人」。在此以前一解釋較好。「踰南極」的地方當指桂林。

第二聯說，楚山的靈芝應已徧紫一片；鄧州的橘子尚未全部轉黃。「楚」指楚山，即商山，在今陝西省商山縣境，「昔四皓隱於楚山，即此山也。」（見《漢語大詞典》；引文出自《水

277

經注‧丹水》）按：依《高士傳》，商山四皓在秦始皇時，見
秦政暴虐，便退入藍田山，作歌說：「莫莫高山，深谷逶迤。曄
曄紫芝，可以療飢……」於是一齊遯入商雒，隱於地肺山（即商
山）。商雒，亦作商洛，商縣與上洛縣的合稱。「芝」是真菌的
一種，菌柄長，有光澤，又稱靈芝。可供觀賞，又供藥用。古人
以為瑞草。此時商隱尚未到商洛，「楚芝應徧紫」是他的揣想。
（《集解》按語）「應」字是揣想之辭。鄧州在今河南鄧縣，自
古以產橘出名。東漢張衡〈南都賦〉即有「穰橙鄧橘」之語。由
於商隱已親身到了鄧州，所以「鄧橘未全黃」是目擊之事。（《集
解》按語）

　　接下來的兩句寫來到舊鄉附近所見「一片親切有味的村
景」。（葉葱奇）「渠濁村舂急」大概襲自杜甫〈村夜〉的「村
舂雨外急」。兩者都是描寫農家用水碓〔音對（duì）〕舂米的
景象。水碓是用水力驅動木輪舂米的器械，當發明於東漢時期。
「渠」是水渠、溝渠。這裡說「渠濁」，係由於水漲。水大則木
輪舂米舂得急。所以說「村舂急」。在另一方面，農村酒店的酒
「旗」掛得高高的，「社」日時節釀出的酒香氣四溢。酒旗又稱
酒帘，是舊時酒店掛在外面招徠客人的帘子。孟元老《東京夢華
錄》（一本專門描寫北宋宣和年間東京汴梁的社會生活舊事的著
作）說：「八月秋社，各以社糕、社酒相賚送。」可見秋社時間
在八月。社酒本指社日祭神、應節所用的酒。在本詩中，「社酒」
既與「旗高」連文，看來只是社日（秋社）時節農家自己釀售的
一般村酒而已。（參《集解》補語）

　　末了「用身未到家，夢已先到來作結」。（葉葱奇）充分顯

示詩人歸心之殷切。

讀這首詩，一如讀前面的好幾首詩一樣，務必要十分留心中間兩聯景句與詩開首、結尾的緊密聯繫。提「楚芝」，重在表示商山已經在望。商山相當靠近長安，又是歷史名山，寫商山在望，與開頭兩句的呼應不言而喻。提「鄧橘」，重在表示，歸鄉之旅已過鄧州，其用意與提「楚芝」相似。寫「村春」、寫酒旗與社酒，重在這些是家鄉日常景物，在經過將近兩年的別離後，見了既親切又溫馨。寫所有上面這些地方與景物，都在顯示詩人即將回到故鄉的喜悅。留心到這點，才能真正體會到開頭與結尾透過抽象的敘述文字所表達的本詩主旨：詩人由遠別經年、不堪回首，到終於家鄉不日可達，已可做夢趕回家中「先入讀書堂」，的雀躍與滿足。商隱詩結構多半相當嚴謹，值得費心琢磨。

⬡063 九月於東逢雪

848 年秋

> 舉家忻共報，秋雪墮前峯。
> 嶺外他年憶，於東此日逢。
> 粒輕還自亂，花薄未成重。
> 豈是驚離鬢，應來洗病容！

這首詩是商隱歸鄉之旅來到商於之東，喜逢秋雪而作的。商於〔音烏（wū）〕為古地名，地當現今陝西商南縣、河南淅川縣、內鄉縣一帶。秦孝公封衛鞅以商於十五邑；張儀遊說楚懷王，願以商於之地六百里獻楚，均指上述一帶地區。今商南縣，秦、漢為商縣地，隋以後為商洛縣地。此詩所稱的商於當指唐時的商洛（商山、上洛）一帶。〔參《集解》〈商於〉詩注 1 按語；及本書〈歸墅〉（062）詩講解〕其時為 848 年九月，全詩以「逢雪」為中心。

首句是想像之辭。詩人在商洛東邊遇見「秋雪墮前峯」，喜

不自勝。因為商洛已十分靠近長安，所以詩人想像長安也下起雪來，在長安的家人與自己都欣喜（「忻」同「欣」）地互相走告這秋雪的到來。

「嶺外」即五嶺之外，也就是五嶺之南。這裡指桂林而言。「他年」即往年。「憶」，想念。商隱在桂林一年多，一直不能適應桂林的風土，老是懷念故鄉長安的風物，其中「雪」就是他最懷念的對象之一。（參《集解》注4按語）我們在〈楚澤〉（061）解說中講過，商隱此次由荊南取道陸路回長安，一開始就期待早日遇到寒冷乾爽的天氣，秋雪想必更是他夢寐以求的了。所以他面對意外在「於東」碰上的秋雪，雀躍之情、珍惜之心，自都不在話下。

「於東」這場雪，若要嚴格要求，那可稱得上似雪還似非雪了。雪粒輕飄飄的，下起來顆粒亂飛亂迸。雪花單薄，再下都不能重疊堆積。但是，僅只這樣的雪，就讓詩人激動不已了。他說，這雪豈只是沾滿我兩鬢，讓我驚訝，誤以為自己離鬢盡白？它應是來下在我臉上，以洗淨我衰病的容顏呢！也就是說，詩人覺得這場雪或可為他洗去晦氣，洗去多年來的淹蹇困頓。所以，他內心的興奮與喜悅，就不只是上面講的驚逢長久懷念的事物而已了。

064 夢令狐學士　848年9月

山驛荒涼白竹扉，殘燈向曉夢清暉。
右銀臺路雪三尺，鳳詔裁成當直歸。

　　這首絕句大概是大中二（848）年九月所寫。依據是：詩人
自稱在一個「荒涼」的「山驛」過夜，又想像說長安宮中的右銀
臺路有「雪三尺」，若與前面講過的〈九月於東逢雪〉（063）
互相參證，則確實可能是由桂林返鄉途中在於東逢雪後所作。

　　詩人在白竹為扉的荒涼山中驛站過夜，在即將拂曉、燈火
已殘的時刻夢見令狐綯的面容。他想像當時官拜翰林學士的令狐
綯，寫完詔書當值歸來時，走過的右銀臺路雪積三尺。「扉」是
門扇之意。「清暉」，比喻容光、面容。「右銀臺路」者，據《舊
唐書・職官志二》關於翰林院的記載，「天子〔若〕在大明宮，
〔則〕其院在右銀臺門內……」。「鳳詔」即詔書。其所以稱鳳詔，
是來自石虎（後趙武帝）的一個故事。晉朝陸翽〔音慧（huì）〕
《鄴中記》說：「石季龍（石虎字）與皇后在觀上，為詔書五色紙，
著鳳口中。鳳既銜詔，侍人放數百丈緋繩，轆轤回轉，鳳凰飛下，

謂之鳳詔。鳳凰以木作之……」。「當直」，「直」通「值」。

　　這是商隱寫給或寫到令狐綯的詩中，真情較豐富，意象也較生動的一首。詩本身並不艱難，原本可以就此結束討論。但因商隱與令狐綯不是泛泛之交，所以下面要回顧一下，從商隱入鄭亞幕到罷幕踏上歸鄉之途期間，二人的詩作往來。這樣做一方面可以多少為本詩提供一點背景資訊；二方面可以幫助解讀緊接著要討論的〈腸〉（066）詩；三方面也有助於了解商隱晚年與令狐綯的愛恨情結。

　　在上段所述的那一段期間內，商隱有兩首給令狐綯的詩。第一首題為〈酬令狐郎中見寄〉，大概作於 847 年夏商隱抵桂林後。時令狐綯以右司郎中出為湖州（今浙江湖州市）刺史。依葉蔥奇，因唐人重內官，所以不稱刺史，仍稱郎中。我參考葉蔥奇，略述全詩大意如後：

　　首句先從綯以郎中出為湖州刺史寫起，次句點明賦詩。三、四二句列舉湖州前賢故跡，實即以其人比令狐。五、六二句點明唱和往來，並見出相隔的遙遠。七至十句說，得綯詩如獲仙訣、佛經，「朝吟夜讀」，珍賞不已。「不見」二句寫南方景物，暗寓平時寄書無便。「土宜」二句敘述桂林的習慣、氣候，同時暗寓自卑坎壈，心知悔懼之意。「象卉」二句極言所處的荒遠。「補嬴」二句言一時為貧，南下桂林，但平生意氣終如劍鋒之剛直，有終不忘負恩誼之意。末二句以萬里遠懷，憂疑不定作收。詩中憂疑、解釋的意思縈繞於字句間。

　　第二首是〈寄令狐學士〉，大約是桂林罷府後返鄉途中作。依據是：《舊唐書‧令狐綯傳》說，綯「大中二（848）年召拜

考功郎中，尋知制誥，其年召入，充翰林學士」。又，《會箋》頁133引《翰苑群書》中的〈重修承旨學士壁記〉說「絢大中二年二月十日自考功郎中知制誥充〔學士〕」。由於絢拜學士的消息需要一些時日才會傳到南方商隱耳中，而鄭亞貶循州刺史，桂林罷府的事又恰在大中二年二月。所以可推知詩當作於桂林罷府返鄉途中。

這首詩較短，只有八句。有學者說，前六句極寫令狐絢的貴顯得寵，透露出欣羨稱美的意思。末二句隱含希圖汲引的心意，不過用語比較委婉。（參《集解》按語）按：學士為宮中要職，德宗貞元以後，為學士承旨者，多至宰相。（據《舊唐書·職官志二》）所以商隱詩中稱美令狐絢之語，並未溢美。至於「希圖汲引」一點，我們留待稍後再談。

商隱寫〈酬令狐郎中見寄〉時，是令狐絢先有詩寄商隱，商隱才作詩酬和。令狐的詩內容不詳，但商隱在詩中表露悔懼之意，又稱自己係為餬口才入桂林幕。由此看來，令狐在詩中對商隱入桂林幕表示了負面意見，應該真有其事。但我相信，以令狐之善於為官，他大概不至於用很嚴厲、露骨的語言。而商隱其時剛隨鄭亞抵桂林，對新上司不至於全無敬愛之意。所以詩中的悔懼之情雖或許有幾分根據，但出自對令狐客氣、禮貌的可能也是有的。至於〈寄令狐學士〉，則寫時桂林已罷幕，商隱幾乎途窮失路，恰逢令狐升上要職，商隱在詩中顯露希圖汲引之意，實人之常情。商隱未必懾於令狐官位之高，他真正迫切想要的應該是一個可以維生養家的位置吧！而這大概也是他過於東後，會夢見身在翰林的令狐絢的原因之一。

065 陸發荆南始至商洛

848 年秋

昔去真無奈，今還豈自知！
青辭木奴橘，紫見地仙芝。
四海秋風闊，千巖暮景遲。
向來憂際會，猶有五湖期。

關於詩題，〈楚澤〉（061）、〈歸墅〉（062）和〈九月於東逢雪〉（063）中已有說明，這裡不再重複。唯一要指出的一點是，很奇怪地，商隱沒有寫回到長安的詩，所以本詩大概是他由桂林歸鄉一路所寫的最後作品之一了。我們由人情之常勉力推想，商隱沒寫回到長安的詩，原因之一是回到家後親人忙於歡聚，而且他還得準備參加十月開始的常調，可能反而沒空可以作詩。原因之二是他想講的話到本詩為止大概也差不多講完了。這首詩回顧了他自入鄭亞幕至眼前由桂林落魄還鄉的心路歷程，以及對謀生之道的尋求和抉擇。

　　首兩句說：先前離鄉去桂林，真是出於無奈；現在這般回來，又豈是自己事先料想得到的。「無奈」原作「無素」，朱鶴齡本作「無奈」，並說：「一作『素』，非。」（葉蔥奇）但後來馮浩引古書主張，「素」有「舊交情」的意思。（參《漢語大詞典》）因此，首句意謂昔入鄭亞幕並非與亞有舊交情。以上兩個說法都說得通。但我覺得作「無奈」簡單明瞭，且與下句一氣相貫，可能比較好。

　　「青辭」一聯一寫三國時李衡種柑橘以為兒子生活之資的事，一寫商山四皓食紫芝維生的事，實意謂商隱在途窮失路之時，曾訪求官宦以外的謀生之道，正好與末聯互相呼應。《三國志‧吳志‧孫休傳》「丹陽太守李衡」一語下裴松之注引《襄陽記》說：「〔衡〕於武陵龍陽汜洲上作宅，種甘橘千株。臨死，敕兒曰：『汝母惡我治家，故窮如是。然吾州里有千頭木奴，不責汝衣食，歲上一匹絹，亦可足用耳……』吳末，衡甘橘成，歲得絹數千匹，家道殷足。」是則種甘橘不僅可以維生，還可能致富。依馮浩引《通典》，李衡種柑處在唐朗州（今湖南常德）武陵郡龍陽縣（今湖南漢壽），沅水流入縣界。商隱在循水路北上時，大概親訪過該地，所以詩句說：我辭別了青綠的像「木奴」一般的柑橘樹。

　　「紫見」句的「地仙」，馮浩認為當指商山四皓，這點應該沒有疑問。四皓在商山食紫芝維生的事，前面〈歸墅〉（062）一詩已經討論過，這裡就從略。必須特別一提的是，「紫見」一句放在這裡，並非只在重複商隱到過商山，而且或許真見到紫芝一事。它顯示，商隱理解到，隱遯山林也可能是一條謀生之路。

　　「五六二句寫時當秋令，景色蕭瑟。」（葉蔥奇）這是商隱

捨水路、就陸路以來一路所見，可與詩題相呼應。但是二句並不如葉氏所說，「暗寓身世落拓與遲暮之感」。相反地，「四海」句給人以天地廣闊，何處不可維生的暗示。「千巖」句則暗示，千山萬水，江湖歸去已嫌遲。它們讓我想起《楚辭‧招隱士》出名的「王孫遊兮不歸，春草生兮萋萋。」和陶淵明〈歸去來兮辭〉的「歸去來兮，田園將蕪胡不歸？」讀者試細味「四海」二句，看看是否果有前面所說的暗示？這兩句如此理解，則末二句講的正是「悟已往之不諫，知來者之可追；實迷途其未遠，覺今是而昨非」。

　　「際會」是機遇、時機的意思。詩人自忖，「向來即憂際會之難，長期落拓不遇」。（《集解》按語）何苦呢？又何益呢？現在則發現，自己尚（猶）有「五湖期」，也就是隱退江湖的企盼。所以隱然有幡然悔悟之意。只是，動起這種企盼，對他是福是禍，實在很難說。如果他真的去退隱了，會不會重蹈數年前移居永樂的覆轍呢？最後，附帶一提，如前所述，此（848）年冬，商隱回到京師，參加常調，選為盩厔尉，並沒有去退隱。

066 腸 848 年左右

有懷非惜恨，不奈寸腸何！
即席迴彌久，前時斷固多。
熱應翻急燒，冷欲徹空波。
隔樹漸漸雨，通池點點荷。
倦程山向背，望國關嵯峨。[10]
故念飛書及，新懼借夢過。
染筠休伴淚，繞雪莫追歌。
擬問陽臺事，年深楚語訛。

　　本詩題為「腸」，不過內容除了少數幾句確實寫到生理的「腸」之外，其餘部分其實是在寫「心腸」（對事物的感情狀態）和「心情」，尤其是面對複雜人生遭遇與人際關係時的「心情」。馮浩說此詩係「為令狐〔綯〕作」。《集解》按語又加以發揮說：此詩可看作「商隱入京前考慮與令狐〔綯〕關係之心理獨白」。這兩家的全套說法雖然有些地方仍需一番澄清，大致上則確可作為我們讀通此詩的一個指引。

以下我先試著串講全詩。由於原詩中怪異的詞、句很多，我得提醒讀者，在讀完串講後，勿忘接著讀注釋，以期真正掌握詩之原貌。

白話串講

有懷非惜恨，不奈寸腸何！

既有心思，就難免有愁恨；我難道吝於去恨嗎？只是無奈寸腸不能禁受，能怎麼樣呢？

即席迴彌久，前時斷固多。

在筵席上縈迴纏繞得更加長久，先前原本就已屢屢寸斷了。

熱應翻急燒，冷欲徹空波。

腸熱了立刻就像翻動焦火一般。腸冷了則像要穿透寒冰一般。

隔樹漸漸雨，通池點點荷。

外面隔著樹木，雨漸漸下著。更遠處通往池塘，那裡枯荷點點。

倦程山向背，望國闕嵯峨。

歸程長遠，時而面向、時而背對山嶺，倍感倦怠。但是遙望京城，似已見到宮闕高峻巍峨。

故念飛書及，新懽借夢過。

故人的顧念經由飛書急傳而來。只是，新的歡樂依然只有藉著睡夢才能得到。

染筠休伴淚，繞雪莫追歌。

即使諸事不順遂，也不要像湘妃那樣灑淚染深竹叢。儘管〈白雪〉
那種歌美到繞梁三日不去，也不要去追和了。

擬問陽臺事，年深楚語訛。

我打算問起從前陽臺遇合的事情，只是，年深日久，楚地的語言已
多訛誤，無法互相溝通了。

注釋

- 有懷非惜恨，不奈寸腸何：惜，吝惜、捨不得。「不奈……何」，
  「奈……何」是白話「把……怎麼辦」的意思。「奈」前加否定詞「不」
  的用法較少見到。這裡暫依前後文作解。[1]、[2]

- 即席迴彌久，前時斷固多：我揣測詩人作詩前在一個驛站裡參加
  一個酒席。三、四兩句在時間上應該互調。意謂酒席以前本來即已腸
  斷不已，在席上更加久久縈迴纏繞。彌，更加。固，原本、本來。[3]
  、[4]

- 熱應翻急燒：「應」字表示動作行為發生、出現得很快，可譯為
  「就」、「立刻」等。這裡是說，腸一熱就「翻急燒」。「翻急燒」
  通常解釋為「像沸水翻滾一樣」。《集解》按語引《莊子·在宥》說：
  「廉劌彫琢，其熱焦火，其寒凝冰。」《釋文》引司馬彪注說：「廉
  劌〔音桂（guì）〕，傷也。」另郭象注說：「夫焦火之熱，凝冰之寒，
  皆喜怒並積之所生。若乃不彫不琢，各全其樸，則何冰炭之有哉！」
  就字面而言，郭注的前半部似乎比較符合本詩的五、六兩句意旨。所
  以這裡原則上依《莊子》正文及郭注串講。惟第六句詩用了「空波」
  這個字眼，似無法解為「凝冰」，故另譯為「寒冰」。[5]

- 冷欲微空波：「空波」他本或作「微波」。不管是哪一個，上加

「徹」字都很難解釋。我懷疑，在以上六個寫「腸」的詩句裡，詩人可能為了突顯內心的極度混亂不寧，故意用了眾多怪異難通的詞、句。 6

- 隔樹漸漸雨，通池點點荷：「樹」、「雨」、「池」、「荷」當是詩人在酒席所在地見到的外邊景物。《集解》按語說，這些景物含有「清冷無慘意緒」。其說可從。另有學者以為荷葉「點點」係春日荷葉初生時的景象，可見詩作於春日。（吳慧）然深秋枯荷遠望亦可能呈「點點」狀態；而且，改動詩作時日會與詩後半脈絡相扞格。故此地不取吳說。 7 、 8

- 倦程山向背，望國關嵯峨：由這兩句判斷，詩人作此詩時，當已旅行很久，到了接近目的地長安的時候。所以本詩與〈夢令狐學士〉（064）有可能為前後之作。我懷疑商隱之所以夢及令狐綯，或許與接到令狐來信有關。而下面所說的「故念飛書及」即指此事而言。 9 、 10

- 新懽借夢過：此句或解為「謂鄭亞等新知今後惟借夢方能相訪（過），時亞已貶循〔州〕，故云」。（《集解》按語）然「新懽」在古文中多指「新的歡樂」或「新的情人或戀人。」（可參考《漢語大詞典》）把它解為「新知」似乏依據。因此，我把這句解為新的歡樂只有夢中才有。〔「過」有度過（怎樣的時光或日子）的意思。〕與上句合起來，意猶馮浩所謂「飛書雖及，好事猶虛」。 12

- 染筠休伴淚：這句詩正常的語序應是「休伴淚染筠」。「筠」是竹子的青皮，引申為竹子。此句典出湘妃淚染竹叢的傳說，已見〈潭州〉（059）注解。在此，句意蓋謂，即使諸事不如意，尤其是受令狐綯誤解、責備，也只好逆來順受，不要像湘妃那樣淚灑竹叢。 13

- 繞雪莫追歌：為了與上一句形成嚴整的對仗，這一句濃縮、錯位十分嚴重。句子的大意見〔串講〕。在此，我要仔細還原被濃縮、錯位的字、詞和典故。首先，「繞」是餘音繞樑的意思，典出《列子·湯問》：「昔韓娥東之齊，匱糧（缺乏糧食），過雍門，鬻歌假食（乞食）。既去而餘音繞樑欐〔音力（lì），屋樑〕，三日不絕。」其次，

「雪」指〈白雪〉，是一首十分高雅，非凡人能及的曲調。典出《文選·宋玉·〈對楚王問〉》：「客有歌於郢中者，其始曰〈下里〉〈巴人〉，國中屬而和者數千人。其為〈陽阿〉〈薤露〉，國中屬而和者數百人。其為〈陽春〉〈白雪〉，國中屬而和者不過數十人。」最後，「追歌」指追著附和〈陽春〉、〈白雪〉那種美到繞樑三日的歌。而「莫」字照一般語序，會放在全句句首。全句似乎隱指，儘管令狐綯官居美缺，自己也不要去追隨攀援了。[14]

- 擬問陽臺事，年深楚語訛：「陽臺事」典出宋玉〈高唐賦〉：「昔者楚襄王與宋玉遊於雲夢之臺，望高唐之觀……玉曰：『昔者先王（懷王）嘗游高唐，怠而晝寢，夢見一婦人，曰：「……妾巫山之女也，為高唐之客，聞君游高唐，願薦枕席。」王因幸之。去而辭曰：「妾在巫山之陽，高丘之阻。旦為朝雲，暮為行雨。朝朝暮暮，陽臺之下。」』」依此，「陽臺」之事本指楚懷王與巫山神女之遇合。在本詩中，則「陽臺事」或許隱指昔年與令狐綯之遇合。馮浩主張遇合之對象為令狐楚（彭陽公），其子綯「不憐父之舊客，故遇義山冷落」。並謂末句的「楚語」或許暗寓令狐楚之名。我覺得這有點推求太深，故不取。「楚語訛」云云只是個比喻，指與令狐綯再沒有共同的語言了。[15]、[16]

* **附加新解：也有可能詩人在筵席之前本已因歷經種種困頓、挫折，內心累積無窮怨恨，至筵席時這些怨恨爆發而出，故有詩開頭那些強烈抒發憤激、怨懟之情的文字（共六句）。在此番爆發之後，詩人心念轉向屋外之寂寥景致，旅途之艱辛，以及先前種種期待與期待之落空，頓覺命運再壞也不過如此而已。所以，詩的後段感情不像開端那樣強烈不可抑遏。**

067 驕兒詩　849 年新春

衮師我驕兒，美秀乃無匹。
文葆未周晬，固已知六七。
四歲知姓名，眼不視梨栗。
交朋頗窺觀，謂是丹穴物。
前朝尚器貌，流品方第一。　[10]
不然神仙姿，不爾燕鶴骨。
安得此相謂？欲慰衰朽質。
青春妍和月，朋戲渾甥姪。
繞堂復穿林，沸若金鼎溢。
門有長者來，造次請先出。　[20]
客前問所須，含意不吐實。
歸來學客面，闌敗秉爺笏。
或謔張飛胡，或笑鄧艾吃。
豪鷹毛崱屴，猛馬氣佶傈。
截得青篔簹，騎走恣唐突。　[30]
忽復學參軍，按聲喚蒼鶻。
又復紗燈旁，稽首禮夜佛。

仰鞭胃蛛網，俯首飲花蜜。
欲爭蛺蝶輕，未謝柳絮疾。
階前逢阿姊，六甲頗輸失。 40
凝走弄香奩，拔脫金屈戌。
抱持多反側，威怒不可律。
曲躬牽窗網，衉唾拭琴漆。
有時看臨書，挺立不動膝。
古錦請裁衣，玉軸亦欲乞。 50
請爺書春勝，春勝宜春日。
芭蕉斜卷牋，辛夷低過筆。
爺昔好讀書，懇苦自著述。
顦顇欲四十，無肉畏蚤蝨。
兒慎勿學爺，讀書求甲乙。 60
穰苴司馬法，張良黃石術。
便為帝王師，不假更纖悉。
況今西與北，羌戎正狂悖。
誅赦兩未成，將養如痼疾。
兒當速成大，探雛入虎窟。 70
當為萬戶侯，勿守一經帙。

依近人考證，商隱子袞師〔音滾詩（gǔn shī）〕當生於會昌六（846）年。847年晚春商隱離家赴桂林；848年初仍在桂林。850年初詩人在徐州。而849年初詩人恰在長安參加常選（二月

選為鳌屋尉）。依詩句「請爺（指詩人）書春勝，春勝宜春日」看來，詩當作於某年新春。由此，我們推斷本詩當作於 849 年新春，其時袞師虛歲四歲。（《會箋》，頁 157-161）

那幾年，商隱如上所述，四處宦遊，風塵僕僕。好不容易能夠在新春時節與家人，尤其是自己唯一的男孩團聚，他心中的喜悅、滿足與感慨是不言而喻的。所以這首長達七十二句的詩的主體，灌注了他整個為人父的感情，都花在寫驕兒袞師令他寵愛、令他自豪的地方——他的天真、活潑、聰慧乃至於對書法和書籍的喜愛與珍惜。

詩中雖然有些生僻字眼，但詩句大致上都還明白曉暢，所以我基本上不作串講，直接注釋。至於詩的得失，我將留待篇末討論。

注釋

＊ 第一段：敘述驕兒的聰慧及熟人朋友的稱譽。

- 袞師我驕兒，美秀乃無匹：驕兒，寵愛的、感到自豪的兒子。無匹，沒有匹敵。謂沒人可以跟他比。 1 、 2

- 文葆未周晬，固已知六七：文葆，猶文褓，繡花的襁褓。周晬〔音最（zuì）〕，程夢星注引《東京夢華錄》說：「生子百日，謂之百晬。至來歲生日，謂之周晬。」（《集解》引）固，的確、誠然。 3 、 4

- 四歲知姓名，眼不視梨栗：四歲，如果袞師生於會昌六（846）年，依中國人的算法，他四歲時便是大中三（849）年。這年新春商

隱在長安。這裡讀者該注意的是，詩人寫到袞師「未周晬」時的事，其時詩人尚未離家赴桂林（赴桂林年月為 847 年晚春）；又寫到「四歲知姓名」，其時詩人恰由桂林返京（848 年末）不久。中間的事詩人大概不是無心跳過，而是身不在家，無從寫起。三、四、五、六這四句故意反用陶淵明〈責子詩〉內容，但沒有抓住〈責子詩〉的深意。 5 、 6

- 交朋頗窺觀，謂是丹穴物：交朋，熟人朋友。「丹穴物」即鳳凰。典出《山海經·南山經》，已屢見。 7 、 8

- 前朝尚器貌，流品方第一：「前朝」指魏晉南北朝。其時士族矜尚門閥，重視人物儀容風度、言談舉止，並以此品評人物等第。器貌，器宇儀貌。（《集解》按語） 9 、 10

- 不然神仙姿，不爾燕鶴骨：不然的話，就說他有神仙的資質氣概。不然的話，就說他有燕、鶴骨相。朱鶴齡注說：「燕頷鶴步，皆貴人風骨。」其依據不知為何。《集解》按語曾舉例指出，以鶴比人，古書屢見。至於「燕頷」之被認為有威武或富貴相，可見馮浩注及《漢語大詞典》所引例子。 11 、 12

- 安得此相謂？欲慰衰朽質：他們怎麼會如此對我說呢？只是想要安慰我這日益衰朽的人啊！「質」，形體、身軀。 13 、 14

- **＊第二段：寫袞師天真活潑的情態，及對書法、書籍的興趣。**

- 青春妍和月，朋戲渾甥姪：青春，春天。妍和，美好溫暖。言袞師與甥姪輩混在一起遊戲。 15 、 16

- 造次請先出：造次，倉卒、匆忙。 20

- 客前問所須：客人問他想要什麼時。 21

- 歸來學客面，閭敗秉爺笏：回來以後就模仿客人面貌。閭〔音偉（wěi）〕敗，猶破門而入。「秉爺笏」謂以學客面也。（《集解》按語及道源注）「閭」本義為開門。 23 、 24

- 或謔張飛胡，或笑鄧艾吃：謔〔音穴（xuè）〕，取笑。「胡」

即鬍（狀語），俗稱大鬍子。吃，口吃。25、26

- 豪鷹毛崱屴，猛馬氣佶傈：豪鷹，勇猛的鷹。崱屴〔音仄力（zè
lì）〕，山峰高聳貌，此狀豪鷹羽毛聳立。佶傈〔音吉利（jí lì）〕，
聳動貌。27、28

- 截得青篔簹，騎走恣唐突：篔簹〔音雲當（yún dāng）〕，一種
大竹子。恣，肆意。唐突，橫衝直撞。此句指騎竹馬。29、30

- 忽復學參軍，按聲喚蒼鶻：參軍，指參軍戲（一種諷刺短劇）中
的角色之一「參軍」。古代參軍戲常由參軍及蒼鶻〔音胡（hú）〕二
角色演出，以滑稽對話及動作娛樂觀眾。按聲，按參軍之調門（唱歌
或說話時音調的高低）。31、32

- 稽首禮夜佛：稽首，叩頭。34

- 仰鞭胃蛛網：仰鞭，舉起鞭。胃〔音絹（juàn）〕，牽取。35

- 未謝柳絮疾：謝，讓。38

- 六甲頗輸失：六甲，用天干地支相配計算時日，其中有甲子、甲戌、
甲申、甲午、甲辰、甲寅，故稱六甲。此句意謂袞師與姊姊比賽背誦
或書寫六甲而輸失。（《集解》按語）40

- 凝走弄香奩，拔脫金屈戌：凝走，《集解》引劉盼遂說，「凝走」
即「硬走」。「硬走即今天所說的楞走，非如此不可的意思。」此說
可合詩句上下文，但不知有何依據。另，《語言詞典》引《全唐詩》
卷八七二無名氏〈三御史詠〉的「韋子凝而密，任生直且狂。可憐無
福慶，也學坐凝床。」為例，歸結說「凝」意為「專注」、「不動」，
引申指「固執」。雖可合詩意，證據力卻也不夠強。今暫取此說，並
待查考。奩〔音廉（lián）〕，古代盛放梳妝用品的器具。屈戌，現
今所謂的鉸鏈。全句指將姊姊奩具的鉸鏈拔脫。41、42

- 抱持多反側，威怒不可律：被姊姊抱住時，一直掙脫反側。不可
律，猶言不可約束。43、44

- 曲躬牽窗網，駱唾拭琴漆：曲躬，彎身。「窗網」指窗櫺上的網紗。

（葉葱奇）峈〔音客（kè）〕唾，吐唾沫。峈，蓋指唾聲。唾，口液。
45、46

- 古錦請裁衣，玉軸亦欲乞：衣，指書衣（包裹書籍的套子）。「軸」
  指書軸。木製，兩端鑲嵌玉石。兩句寫袞師喜愛珍惜書籍。49、50

- 請爺書春勝：春勝，書寫春聯的春幡。（春幡：舊俗於立春日或掛
  春幡於樹梢，或剪繒絹成小幡，連綴簪之於首，以示迎春之意。幡，
  旗旙，長方而下垂的旗子。）51

- 芭蕉斜卷牋，辛夷低過筆：「過」謂「遞過」。二句為倒裝句，
  謂斜卷之牋如未展的芭蕉葉，低低遞過來之筆如含苞的木筆。木筆：
  辛夷花含苞待放時，形如筆頭，北方人稱為木筆。兩句寫袞師以牋、
  筆請寫春勝。53、54

* **末段：抒寫由驕兒引起的感慨以及對驕兒的期勉。**

- 懇苦自著述：懇苦，猶「勤苦」。56

- 顦顇欲四十，無肉畏蚤虱：欲四十，商隱生於 811 年，寫此詩時
  是 849 年新春，虛歲三十九。畏蚤虱，或以為隱喻畏人嗤謫。57、58

- 讀書求甲乙：甲乙，唐代科舉考試錄取的等第。據《新唐書‧選舉
  志上》，「凡進士〔科考試〕，試時務策五道、帖一大經。經、策全
  通為甲第，策通四、帖過四以上為乙第。」「帖經者，以所習經，掩
  其兩端，中間唯開一行，裁紙為帖。凡帖（通「貼」）三字，隨時增
  損，可否不一，或得四、得五、得六者為通（通過）。」（《通典‧
  選舉三》）60

- 穰苴司馬法，張良黃石術。便為帝王師，不假更纖悉：穰苴
  〔音瓤居（ráng jū）〕，春秋時齊國大夫，官司馬，深通兵法。後人
  將古《司馬兵法》歸為穰苴作，所以此處稱《穰苴司馬法》。另據《史
  記‧留侯世家》，「有一老父衣褐至〔張〕良所……出一編書曰：『讀
  此則為王者師矣……〔日〕後……見我於濟北穀城山下，黃石即我也』
  旦日視其書，乃太公兵法也。」「假」，「須」、「必」；或說，「憑
  藉」、「依恃」，也可通。「不假」句是說，不需要更有其他絲毫兵

法、治術一類東西。[61]、[62]、[63]、[64]

- 況今西與北，羌戎正狂悖：「羌」指党項；「戎」指吐蕃。宣宗大中元年以來，吐蕃與党項在唐朝西、北方構亂為患。（《集解》補語）[65]、[66]

- 將養如痼疾：將養，將息調養。在此指姑息養奸。全句謂朝廷對這些作亂的少數民族養癰遺患，已成痼疾。[68]

- 兒當速成大，探雛入虎窟：成大，長大成人。窟，他本或作「穴」，語本《漢書·班超傳》所謂「不入虎穴，不得虎子」。詩人期勉袞師學習班超。[69]、[70]

- 當為萬戶侯，勿守一經帙：萬戶侯，語出《史記·李將軍列傳》：「文帝謂李廣曰：『如令子當高帝時，萬戶侯豈足道哉！』」《漢書·韋賢傳》說：「鄒、魯諺曰：『遺子黃金滿籝〔音盈（yíng），竹籠〕，不如一經。』」這裡反言之，帙，書衣。參注49。[71]、[72]

　　以下我要簡略談談〈驕兒詩〉的藝術成就問題。要權衡此詩寫作的得失，最直接、合宜的方法莫過於拿它與左思〈嬌女詩〉、陶淵明〈責子詩〉和杜甫〈北征〉中的歸家段落做比較。這些作品都可能是〈驕兒詩〉取法的對象。

　　在〈驕兒詩〉第一段裡，商隱反用了〈責子詩〉中的話，來顯示袞師的聰慧。可惜，同樣經歷過人生的痛苦折磨，做過人生的痛苦抉擇的商隱，在此並沒有看出〈責子詩〉中彷彿很詼諧地在寫兒子的愚鈍沒出息時，淵明心中有多沉痛與無奈。因此，商隱等於是誤拿淵明的痛處在開玩笑，有點失之輕率。（關於〈責子詩〉，可參看拙著《深淺讀古詩》。）

　　〈驕兒詩〉第二段寫袞師的天真、活潑，可說動用詩人全力去觀察、描寫一個久別新聚的愛子。類似地，杜甫〈北征〉中的

歸家那一段也寫戰亂中久別新聚的小兒女的嬌癡情態。但〈北征〉把兒女情態放在全家戰亂久別、偶享親情、喜不自勝的大脈絡中去描寫，自然就比〈驕兒詩〉深刻感人。更重要的是，〈北征〉中有些細節，如寫兒子寒苦覷腆的「見耶背面啼，垢膩腳不襪」，寫小女兒衣著破爛的「海圖坼波濤，舊繡移曲折。天吳及紫鳳，顛倒在裋褐」，寫眾兒女向杜甫撒嬌的「問事競挽鬚，誰能即瞋喝？」都鮮明、跳脫，近乎神來之筆。而且，沉痛哀戚中有幽默，讓人看了直要破啼為笑。這些都是〈驕兒詩〉所欠缺的。

左思的〈嬌女詩〉最可能是〈驕兒詩〉的範本。〈嬌女詩〉寫的是在正常、幸福的環境中生活的小女孩的爛漫嬌癡情態。雖然背景脈絡不同，其意象、語言生動活潑，可說直追〈北征〉，也就是說，大致上也為〈驕兒詩〉所不及。

我仔細琢磨，想說明為何以商隱之大才及全力以赴之精神，會寫不好〈驕兒詩〉。我發現四首詩中，可能除了左思〈嬌女詩〉外，都有滄桑可哀的背景。所以作品背景感發力的強烈與否應該不是四詩好壞不等的原因。究竟〈驕兒詩〉的哪一點使它寫得不夠成功呢？最後，我懷疑：〈驕兒詩〉失敗的主要原因在於它「摹仿」，原創性不足。陶淵明的〈責子〉，杜甫的〈北征〉歸鄉那一段，以及左思的〈嬌女詩〉，儘管風味各異，卻都是原創的，有詩人各自鮮明的獨特風貌，商隱的〈驕兒詩〉則不然。摹仿的作品就難以呈現原汁原味的獨特風貌。在最壞的情形下，還可能錯會摹仿對象的真精神，寫出偏離其立意與精髓的言論來，例如仿〈責子詩〉的那幾句詩。這首〈驕兒詩〉實在是可惜了商隱的才分與辛勞了。

068 流鶯 849 年 3 月

> 流鶯漂蕩復參差，度陌臨流不自持。
> 巧囀豈能無本意，良辰未必有佳期。
> 風朝露夜陰晴裡，萬戶千門開閉時。
> 曾苦傷春不忍聽，鳳城何處有花枝？

　　此詩大概是以「流鶯」自比。究竟是什麼狀況下的流鶯呢？或者說，要「比」什麼狀況下的詩人自己呢？我們先從詩作於何時、何地，作詩時詩人在做什麼討論起。依據商隱自桂林歸鄉途中諸詩所顯示的行程看來，商隱應在 848 年十月間回到長安。接著他應該很快著手準備參加常選。他在 849 年二月選上盩厔尉。不知過了多久，他被京兆尹「留假參軍事，奏署掾曹。」（《會箋》，頁 157）京兆掾曹有「功、倉、戶、兵、法、士六曹（部門），參軍事各二人，正七品下階」。不過這裡說「奏署」（向朝廷奏請暫任或充任），當不拘品秩。掾曹猶掾史。漢以後中央及各州縣皆置掾史，多由長官自行辟舉，分曹治事。所謂「假」者，舊時官吏代理政事，真除以前稱「假」。以上的話換成語體文扼要

地說，就是商隱被京兆尹留著代理某一曹的參軍事，並向朝廷奏請暫任或充任這個官職。如是，商隱又暫時得以在長安生活了。從詩的末二句看來，詩應當是在長安作的（詳下）。又因題目中的「流」字有漂泊無定的意思，所以本詩最可能作於 849 年初至二月這兩個月間。這段期間商隱在長安無官無業，又為了常選而顯然需要四處奔波，尋找門路，又恰是黃鶯到處飛翔啼叫的青春妍和季節，所以才會有以「流鶯」自比的事。

接著我從流鶯的角度看看詩裡講了些什麼。詩說：流鶯四處漂泊無定，羽翼不齊。越過道路，飛臨流水，去向都不能自主（不自持）。在牠婉轉的啼叫中，哪會完全沒有想表達的意思呢？只是，儘管在美好的時光裡，也未必會有好的機遇。不管在颱風的清晨，或凝露的夜晚，在陰天或晴天；不管是京華人家的千門萬戶開著或關著的時刻，牠都僕僕風塵，四處飛翔。由於覺得春天的到來並無意義，牠曾痛苦感傷，不忍心再去聽自己的啼囀。因為，整個的繁華京城裡頭，哪裡有牠能安身的花枝呢？

詩末兩句除了上面的申講外，還需要一些討論和說明。「傷春」他本或作「傷心」。如果作「傷心」，詩意就很顯豁，但也會變得很淺露。若作「傷春」，又很容易被解為「傷春悲秋」的「傷春」。而我認為，在本詩的上下文裡，「傷春」照上面申講那樣解釋是比較合適的。再談「鳳城」一詞。杜甫〈夜〉詩「銀漢遙應接鳳城」句仇兆鰲注引趙次公說：「秦穆公女吹簫，鳳降其城，因號丹鳳城。其後言京城曰鳳城。」不管趙次公的話是否完全可信（趙為宋人），《漢語大詞典》除了杜詩外，還引了一首沈佺期詩，兩者中的「鳳城」一語都可由上下文判斷係指京城

而言。由此可確定鳳城指長安；確定這點對本詩的詮釋十分重要。

　　接下來我要探討，從自比為流鶯的詩人這邊看，詩裡寫了什麼。首二句寫詩人為了前途，在長安城內四處奔波，到有關係的豪門貴家請託。形容憔悴，而且連要做什麼、要去哪裡都無法自主。接著的「巧囀」二句是全詩樞紐。四處請託為的是常選有結果，這點較容易想像。那四處請託靠的是什麼呢？以當時社會時尚看，應該是參加權貴家的宴會，呈上詩歌；或是直接作詩投贈。〔參考〈初食筍呈座中〉（002）討論〕詩的內容可能是稱美主人、自炫才華、自嘆困蹇等等。不管內容是什麼，詩都要寫得美妙動人。本詩本身就有可能是一首用來請託的詩。這些美妙的詩歌，或說這些「巧囀」，當然是有用意的。但是，雖然是青春時節（良辰），雖然寫了、呈了美妙的詩歌，也未必有好的機遇。不管遇到什麼樣的天候，也不管那些優裕人家擺出什麼樣的態度來對待，同樣的事情都得一做再做。最後，有那麼一天，詩人突然覺得，一切可能都是徒然。他不忍再聽自己傾訴衷情而卻無人回應的「巧囀」。他感傷京城雖大，但是他「繞樹三匝，何枝可依？」他該怎麼自處呢？詩到「何枝可依」的感慨就結束。（葉葱奇）所以我們不知道詩人究竟如何反應「無枝可依」，或者他所說的「鳳城何處有花枝」的困境。

　　這首詩並不容易解讀，難在「巧囀」、「萬戶千門開閉時」、「傷春」等關鍵字句實際上指什麼事物或事件，都頗不易確定。我希望上述的詮釋能無大謬。最後，我要建議讀者比較杜甫的〈奉贈韋左丞丈二十二韻〉和這首〈流鶯〉。我相信讀者將會意外地發現，表面上似乎完全不同的這兩首詩，在內容和感受上竟

會十足神似。〈流鶯〉的前六句和〈奉贈韋左丞丈……〉的「騎
驢三十載，旅食京華春。朝扣富兒門，暮隨肥馬塵。殘杯與冷炙，
到處潛悲辛」一段同樣寫盡士人求仕過程的辛酸與無奈。而〈流
鶯〉的末兩句與〈奉贈韋左丞丈……〉的「焉能心怏怏，祇是走
踆踆。今欲東入海，即將西去秦」，則同樣都對現實感到失望，
對前途感到徬徨。雖然杜甫和商隱二人相距百年出頭，類似的人
生處境畢竟在二人心中引發了類似的詩歌靈感。兩詩所不同的只
是詩體的差別、敘事的繁簡歧異、以及最重要的風格的殊異而已。

069 哭劉司戶二首 其一

849 年秋

離居星歲易，失望死生分。
酒甕凝餘桂，書籤冷舊芸。
江風吹雁急，山木帶蟬曛。
一叫千迴首，天高不為聞。

　　這是〈哭劉司戶二首〉的第一首。詩中感嘆與劉蕡才分離不久，劉就溘然而逝，回憶起二人在黃陵相會時一些難忘的點滴，對於劉之驟逝有徒然問天，天不聞問的憤慨。

　　首聯寫才剛分離不久，很難想像立即傳來劉蕡辭世的消息。「離居」是分居兩地。「星歲」是歲月。「易」是變易。商隱與劉於大中二（848）年春天在湖北黃陵分別。詩人在另一首悼念劉的詩中有「去年相送地，春雪滿黃陵」的話。大中三年秋，詩人在長安，秋雨傾盆，就傳來劉的死訊（見〈哭劉蕡〉）。所以下句詩說：「失望死生分」。「失望」是預想不到，沒料到的意

305

思。（《漢語大詞典》、《語言詞典》）「死生分」，一死一生，永遠分隔了。

在接下來的第二聯，詩人回憶了與劉蕡在黃陵相會時的一些難忘的事物。此聯上句說：「酒甕凝餘桂」。《楚辭‧九歌‧東皇太一》有「奠（祭也）桂酒兮椒漿」之語。王逸注說：「桂酒，切桂（桂皮）置酒中也。」為什麼切桂皮置酒中呢？因桂皮有香氣，可作香料，尚可入藥。（參《漢語大詞典》）《文選》劉良注即說：「以桂置酒中……取〔其〕芬芳也。」至於入藥，我們稍後再談。商隱詩說，劉蕡酒甕中「凝餘桂」。「凝」是凝滯不散的意思，可能因為是在春日寒峭的天氣裡，所以桂片會凍凝不散。「餘」是殘餘的意思。說有「餘桂」，可見有部分桂被使用了。《集解》按語引王建（約767年至約830年）〈寄劉蕡問疾〉詩說：「年少病多應為酒，誰家將息過今春？……」（《全唐詩》卷三〇一）看來劉蕡年輕時就會病酒。按：劉蕡於826年進士擢第，828年應「賢良方正能直言極諫」科考試，對策嚴厲攻訐宦官干政，為宦官所嫉害，不能錄取。〔見前〈贈劉司戶蕡〉（054）〕或許他在828年之後日漸耽於酒癮也說不定，那時他應該還年輕吧。王建卒於830年左右，而其詩中稱劉蕡為「年少」，詩或許即作於828年至830年之間。劉蕡是否從年輕時一直犯酒癮到848年春與商隱相會時呢？這我們無從知道。我們只知道他在836年至841年七月間曾任過一些官職。至於在這些有官職的歲月裡，他有否心情好轉，戒掉酒癮，我們也不知道。其後他被貶為柳州司戶參軍，大概直到848年前不久才被放還。這段日子裡他的生活又有怎樣的新變化呢？凡此總總，我們都無從知曉。但是，我

們可以合理地懷疑：被貶之後，他可能酒癮又犯，再加上在柳州七年所受的折磨，他與商隱會面時身體想必很虛弱了。而依據《本草綱目》，桂皮是熱補的良藥。因此，劉蕡酒中加桂皮，想必不只圖其芬芳，更意在治療虛弱之病。而這虛弱之病很可能與酒癮多多少少有些關係。商隱在悼念劉蕡的詩裡，特別提及其酒甕有餘桂的事，充分顯示出他對劉蕡的哀矜憐惜。而他提這件事的方式又十分隱微，不至於傷害到劉的美好形象。再者，寫到桂之香氣，又可暗示劉蕡人格的清高。詩人這番細緻體貼的心意是值得讀者再三咀嚼的。

　　第二聯的下句說：「書籤冷舊芸。」所謂書籤，是懸於卷軸一端，或貼於封面的署有書名的竹、牙片、紙或絹條。書籤一語也可指代「書籍」，商隱此句詩中的「書籤」即指書籍而言。以上為《漢語大詞典》說，今暫從之。「芸」指芸香，香草名，多年生草本植物。葉互生，夏季開黃花。花、葉香氣濃鬱，有驅蟲等作用。可以避紙魚蠹（書蟲），所以是祕書省官員必備的物品。〔參〈別薛巖賓〉（022）討論〕「冷」字一如上句的「凝」字，應是指由於天氣寒峭而（芸香葉）變冷。「舊」字指書籍中的芸香葉而言。劉蕡曾授祕書郎。商隱特別強調他書中的芸香葉是「舊芸」，當指這芸香葉是他特地從祕書郎任上保留下來作紀念的。這樣子解釋，「書籤冷舊芸」一句便可以順利與詩的其他部分以及劉蕡的生平相整合。若依上述解釋，這「舊芸」即代表劉蕡一生官歷的頂峰。另外，芸和桂一樣，也是芬芳的，也暗示劉蕡人格的清高。如今它「冷」了，劉蕡世俗的榮光和高尚的人格也消褪了。

　　馮浩說，第三聯係「想其卒於江鄉之景物，所謂『迴首』也」。也就是說，這兩句當是詩人想像劉蕡卒於江州（「湓浦」）時江州景物之情狀。末聯講「一叫千迴首」，就是指詩人不斷想像江州景物，猶如「迴首」望江州一般。《集解》按語則說，此二句「以蕭瑟搖落之景寄情」。按：馮說有理，可惜他沒有進一步闡釋江州景物，即「江風」二句景物的特點。按語指出那特點是「蕭瑟搖落」，但這說法是不中肯的。江上的風強勁急速地吹颺過江的鴻雁，這似乎暗示世間的邪惡力量無情地再三摧折劉蕡，其修辭方式與〈贈劉司戶蕡〉（054）的「已斷燕鴻初起勢」有類似之處。下一句「山木帶蟬嘒」，也就是蔭帶著鳴蟬的山木立在夕陽的餘光中，其中蟬有清高受難之寓意（參駱賓王〈在獄詠蟬〉），全句則意謂這樣受摧折的劉蕡已隕滅於夕陽鳴蟬之中了。（參葉蔥奇）

　　尾聯如前所述，意謂詩人在悲啼中不斷迴首遙望江州，徒然問天，而天意高遠，不聞不問。

　　這是商隱哀悼劉蕡的詩中，既最激動、又最隱晦的一首。其隱晦處正是激動處的依據，所以不能輕易讀過。

070 071 越燕二首 850 年

其一

上國社方見，此鄉秋不歸。
為矜皇后舞，猶著羽人衣。
拂水斜文亂，銜花片影微。
盧家文杏好，試近莫愁飛。

其二

將泥紅蓼岸，得草綠楊村。
命侶添新意，安巢復舊痕。
去應逢阿母，來莫害王孫。
記取丹山鳳，今為百鳥尊。

　　這兩首詩主旨都在吟詠「越燕」，只在每首末尾幾句以詩人口吻向越燕提出建議或告誡。這幾句詩同時也是詩人對自己的建議或告誡。第一首主要寫越燕飛翔的風姿。第二首從越燕築巢安居寫起，後半則告誡牠安居後要留心哪些事情。詩中沒有足夠的

線索可供確切繫年，我們只知道詩作於詩人不在長安時。

「越燕」是燕的一種。《本草綱目》引陶弘景說：「燕有兩種：紫胸輕小者是越燕……」不論越燕最初被命名時是否與「越」地（泛指南方）有關，本詩中的「越燕」一名應該無法作為詩作於南方桂林的佐證，因它只是一種燕子的通名而已。

第一首首聯說，在京師長安，越燕（以下在無混淆之虞的情形下都改稱「燕子」）要到春社時節才現蹤；在這個地方，牠到秋天還不歸去。「上國」原為外藩對帝室、朝廷之美稱，後引申指京師。「社」：古時祭祀土地神，一般在立春、立秋後第五個戊日，稱春社、秋社。這裡的「社」明顯指春社。「秋不歸」：《左傳·昭公十七年》說：「元鳥氏，司分者也。」杜預注：「元鳥，燕也。以春分來而秋分去。」因此，詩人對於燕子秋天不去感到不解。

次聯寫燕子在高空飛翔。字面意思說：為了誇飾、美化自己像趙皇后那樣美妙的舞姿，燕子如同穿上了仙人身上羽毛那樣的外衣。「矜」，文飾、美化。「皇后」：指漢成帝皇后趙飛燕，以善歌舞著稱，體輕腰弱，號曰飛燕。「越燕」體型輕小，以趙飛燕作比，十分合適。「猶」，如同。「羽人」，神話中的飛仙。《楚辭·遠遊》說：「仍（隨、從）羽人於丹丘兮，留不死之舊鄉。」王逸注說：「或曰：『人得道，身生毛羽也。』」宋代洪興祖的補注，可能受到唐代神仙道教興盛的影響，就直截了當說：「羽人，飛仙也。」《漢語大詞典》「羽人」條附有彭縣漢畫像磚拓本羽人圖，其像恰如燕子舒展全身羽、翅飛翔著。見過此圖，方知所謂「猶著羽人衣」是何意思。（讀者可以對照此圖與「燕」

字條所附燕子圖。）不過上面所討論的字面意思乃是比喻，這兩句詩實質上講的是：越燕為了優美地在高空中盤旋飛舞，如同羽人一般地舒展了全身羽、翅翱翔著。

第三聯描寫燕子在地面上戲耍的情形，不用比喻，直接白描。「拂水」是輕輕貼著掠過水面。「文」他本或作「紋」，指水的波紋。燕子掠過水面，水面上原本一致的斜紋為之凌亂。牠又去唧花瓣，花瓣成片，影子細微。

尾聯寫詩人建議燕子尋個好主人家，築巢安居。「杏」指銀杏，其木質堅理密，古時常作樑木。「文」謂木材有文彩。盧家有女字莫愁，是常見的典故。沈佺期〈古意〉有兩句說：「盧家少婦鬱金堂，海燕雙棲玳瑁梁。」意謂盧家的好屋樑是燕子雙棲的好地方。綜而言之，商隱詩意是說：盧家（代表某位好人家）有很好的文杏製的樑木，燕子你可以試著接近他們家的少婦莫愁飛翔，尋個機會在她的屋樑上築巢定居。這話很可能也是在告訴自己，找個好的安頓處，最可能是好幕主，安定下來。至於「盧家」係指何人，詩中實在沒有線索可供推測，我們就不必捕風捉影，強作解人了。

第二首從燕子築巢安居寫起。牠從長滿紅蓼的水岸唧來泥土，從長著綠楊的村莊唧來草葉。「將」是「取」、「拿」的意思。「紅蓼」是蓼的一種，花淡紅，多生水岸邊。燕子呼喚自己的伴侶（燕是雙棲的），來提供新的意見。「命」，呼喚的意思。牠們在樑上營構安置新巢，又恢復了舊日的模樣。「痕」本意是痕跡，這裡引申解釋為「模樣」。

接著詩人藉用古書成句來告訴燕子，安巢擇居後可能遇到的

特殊人事，並做出建議。「阿母」下有商隱原注說：「樂府詩：東飛伯勞西飛燕，黃姑、阿母長相見。」按：這兩句詩見於《玉臺新詠》卷九〈歌詞二首〉其一。原作「東飛伯勞西飛燕，黃姑織女時相見。」吳兆宜注有按語說：「諸家引用多云黃姑阿母。」「黃姑」即牽牛星；「阿母」即西王母。另漢成帝時有童謠云：「燕飛來，啄王孫。」「去應」二句詩所依據的就是上述兩個典故。這兩個典故本身都可說意義不詳。商隱把它們用於詩句後，是否要影射什麼呢？從〈越燕〉二首內部所能提供的資訊，我們實在無從確知。即使加上商隱其他詩作的幫助，我們依然一籌莫展。所以這裡只認定：詩人告訴燕子，也等於提醒自己，安居之後生活中將遭遇各種奇奇怪怪的好的或壞的事情，必須妥善應付。

末聯舉出一件最需妥善應付的事：要記得那鳳凰鳥，牠現在乃是百鳥之尊，造次不得。「丹山鳳」：傳說丹穴之山有鳥名鳳凰。〔參〈驕兒詩〉（067）注釋〕又馮浩引《孔子家語》說：「子夏曰：『羽蟲（鳥類）三百有六十，而鳳為之長。』」「記取」，記得。

詩人要燕子留意百鳥之尊的鳳凰，也就是要自己留心人中的鳳凰。這人中的鳳凰是誰？在令狐綯於大中四（850）年十一月拜相之後，就很有可能是指令狐綯了。（《會箋》，頁167）商隱留心令狐綯所為何事呢？是有所期待於令狐，還是有所忌憚於令狐？詩寫得很曖昧，無法確定，衡之常情，大概兩者都有吧！

在結束二詩的討論前，我要談談詩中碰觸到的幾個藝術效果的問題。唐詩中講某人權勢極盛，對人頤指氣使，令人難以接近，最出名的例子之一是杜甫〈麗人行〉講楊貴妃姊妹的「炙手可熱

勢絕倫，慎莫近前丞相（楊國忠）瞋。」這兩句詩很直白、火氣很大。〈越燕〉末尾的「記取丹山鳳，今為百鳥尊」與杜詩情意有若干近似之處。但這兩句詩和〈越燕〉整體一樣，情感平靜、隱微，筆觸輕淡。我們能不能說，杜甫和商隱詩句比起來，誰的較好呢？我的答案是：不能。因為詩人的個性，寫詩的場合與動機等等都不一樣，無從比起。任何詩句都必須放在這眾多條件中衡量，才能定出好壞、成敗。不過，雖然不能妄論好壞，分辨一下二詩的差異則是讀詩很重要的訓練，讀者不妨對此多費點心。

其次我要指出，〈越燕〉第一首中間兩聯在描寫景物時，如何做到變化有致。此詩中間兩聯都在寫燕子飛翔的風姿，而因此詩是五律，這兩聯照例都用對句，所以詩人若決定四句都用白描的話，他就得連續寫四個像「拂水斜文亂，銜花片影微」那種性質或類似性質的句子。要不流於堆砌或單調是很難的。結果，他一聯用白描，一聯用典故，兩聯雖同寫燕子的風姿，卻各自發揮、互不牽扯，成功地免於堆砌或單調。他的做法是聰明、安全的。

最後，我要指出，這組詩即使在不含託寓的地方，也就是說，即使在純用白描寫燕子活動的地方，有時也展現出詩人很微妙的感情。如第二首的前半，尤其是其中的「紅蓼岸」、「綠楊村」、「添新意」、「復舊痕」等字眼。這些描寫或很浪漫，或很溫馨。這些感覺不只是外在的燕子的，也不只是詩人眼中的燕子的，而是詩人自己也感染到的。這種詠物與只重摹形繪狀的詠物有天壤之別。

072 蟬 850 年

本以高難飽，徒勞恨費聲。
五更疏欲斷，一樹碧無情。
薄宦梗猶泛，故園蕪已平。
煩君最相警，我亦舉家清。

前面說過，商隱在大中三（849）年二月選上盩厔尉後，被京兆尹奏請朝廷讓他暫代某一曹的參軍事，因此又住在長安。〔見〈流鶯〉（068）解說〕但他這個代理官職大概遲遲沒有真除。因此，當大中三年十月盧弘正鎮徐州，辟商隱入幕為判官，並帶侍御史銜（從六品下）時，商隱就接受了。依商隱詩作所敘，他當於四年春間到達徐州。盧弘正於五年春卒於鎮，於是商隱徐州府罷入朝，於暮春返抵長安。商隱妻王氏似於他抵家之前不久不幸過世。仍在暮春，商隱以文章干令狐綯，可能以此得以補太學博士（正六品上）。六月柳仲郢鎮東蜀，辟商隱為節度書記，十月得見。①

〈蟬〉一詩大概作於徐州幕任上。不過這個推斷要等討論完

詩作後才能確定。

　　為了方便起見，下面要先串講全詩，再回頭詳細討論字句和全詩意旨。

白話串講

本以高難飽，徒勞恨費聲。

本來由於清高自潔，牠就難以飽腹。在秋天裡，牠高聲鳴叫，雖然因白費力氣而懷恨，也是徒然。

五更疏欲斷，一樹碧無情。

到了五更時分，牠幾乎力竭氣盡，鳴聲稀疏得快要斷絕，然而整棵樹木葉子仍自綠意盎然，毫無一點同情哀傷之情。

薄宦梗猶泛，故園蕪已平。

我遊宦維生，守個卑職，像木偶一樣，依舊四處漂流。故園已經荒蕪，園中雜草與野地連成一片。

煩君最相警，我亦舉家清。

您是最能警誡我的，煩您多多費心，因為我和您一樣，也是全家清苦度日啊！

　　開頭四句先寫出蟬的清高形象。這個形象是由一些古書的零星記載綜合而得的。《淮南子‧說林訓》說：「蟬飲而不食，三十日而蛻。」又《毛詩陸疏廣要》引徐廣《車服雜注》說：「（蟬）清高飲露而不食。」又，《禮記‧月令》說：「孟秋之

月，寒蟬鳴。」這些記載是否全有科學根據，以及商隱如何接觸到這些資訊，我們不得而知，也無須追根究柢。我們只需知道：商隱心中的蟬是生活於高處，飲露而生，孟秋開始會鳴叫的。再經過詩人依詩意需要而增減、解釋，就形成了前四句所寫的蟬了。

這四句詩表面寫蟬，骨子裡寫詩人自己，這是相當明顯的。人如果能安於濁世，為了財富權位處處巴結逢迎，要活得和這蟬不一樣，並沒有太多困難。偏偏詩人以清高自許，如古人所說，要「渴不飲盜泉水，熱不息惡木陰」（陸機〈猛虎行〉），要「良禽擇木而棲」，生存自然辛苦。這四句詩中最令人動容的是「五更疏欲斷，一樹碧無情」兩句。「五更」顯示已經哀鳴整日整夜。「疏欲斷」顯示氣力已將用盡，堅持下去的力量眼看就要斷絕了。在這麼可悲的情況之下，周遭的事物竟然毫無同情心，仍舊自己過得十分愜意，伸出援手自不用說了。自古以來，眾多詩人都寫過人世間這種自私無情的現實。如蔡邕所謂「入門各自媚，誰肯相為言。」（〈飲馬長城窟行〉）又如杜甫所謂「同學少年多不賤，五陵衣馬自輕肥。」（〈秋興〉其三）但都沒有商隱這兩句詩控訴得這麼激烈憤切卻又脆弱無助。

接著詩人回頭講自己的情況。也許由於憤激之情已經發抒過，他現在反而能較平和地談本身的遭遇。「薄宦」就是做卑微的官。「泛」，漂浮。「梗猶泛」有個典故。《戰國策·齊策》記蘇秦告訴孟嘗君說：

今者臣來，過於淄水，有土偶人與桃梗相與語。桃梗謂土偶人曰：「子西岸之土也，（埏）子以為人，至歲八

月，降雨下，淄水至，則汝殘矣。」土偶曰：「不然。吾
西岸之土也，（吾殘）則復西岸耳。今子東國之桃梗也，
刻削子以為人，降雨下，淄水至，流子而去，則子漂漂者
將何如耳。」

　　據此，「梗」指桃梗削成的木偶。它是不由自主的，大水一
來就漂流不知所之。整句詩指商隱在某個幕府任小官，時常各處
來來往往，不由自主。為了讓我們對商隱生平事跡的了解能連續
不斷，以下我還是要討論一下〈蟬〉究竟作於在哪個幕府任職時。
這個幕府較可能是盧弘正徐州幕。理由有二：一是詩中說「梗猶
泛」，其中「猶」字意為「仍然」，「猶泛」比較像是在說已經
不只一次如此漂流了。而鄭亞桂林幕是商隱初次長期任職幕府，
所以較不合於「梗猶泛」的說法。二是在徐州罷幕後一段日子，
商隱又入柳仲郢東川幕時，其妻王氏已過世，家已不全，此時不
會再講「我亦舉家清」這樣的話。依此，詩人係在徐州幕上對幕
僚生涯感到厭倦，而有下面「不如歸去」的感慨。「故園蕪已平」
出自陶淵明〈歸去來兮辭〉的「歸去來兮，田園將蕪胡不歸？」
「平」字諸家無注，我參考周振甫的說法，把它解釋為園中雜草
與野地連成一片。（《唐詩鑒賞辭典》）就如我們以前所曾讀過
的，商隱在官場上疲憊至極、窮途失路的時候，常常動起退隱的
念頭。這裡應當也是如此。

　　末尾詩人似以蟬為友，以蟬為師，請蟬給自己告誡；然細味
之，實是在自我省思，自我尋求出路。因為蟬與詩人氣質相同，
高而難飽，甚至到五更鳴聲欲斷而無人理睬的地步。這樣的蟬對

於舉家清苦、故園蕪平的詩人能提供什麼建言呢？它只能充作一面鏡子，讓詩人隨時不忘自己清高的氣質。但是詩人期待清高而仍能脫貧，他該怎麼做呢？「多歧路，今安在？」（李白〈行路難〉其一）最終解決這個問題的還是機遇。我們再往後讀，就會知道詩人下面的路是怎麼走的。

附注

① 見《會箋》，頁 157-171，及後面〈房中曲〉（073）討論。干令狐綯的文章可能即〈上時相啟〉和〈上兵部相公啟〉（《校注》，頁 1850-1852）。如果是的話，那我得說，商隱干求的文章與他大部分的詩類似，既委婉又隱晦。

073 房中曲 851 年春

蔷薇泣幽素，翠帶花錢小。
嬌郎癡若雲，抱日西簾曉。
枕是龍宮石，割得秋波色。
玉簟失柔膚，但見蒙羅碧。
憶得前年春，未語含悲辛。 10
歸來已不見，錦瑟長於人。
今日澗底松，明日山頭蘗。
愁到天地翻，相看不相識。

〈房中曲〉是周代所創制的一種樂歌，為「后、夫人之所諷誦，以事其君子」，故稱。後代名稱雖屢有變易，然至唐代尚有〈房中樂〉的遺聲。這裡則是借用其名，寫悼念亡妻之歌。以下為方便起見，先把全詩串講一遍。

白話串講

薔薇泣幽素，翠帶花錢小。

女兒像薔薇在幽寂中帶著露水哭泣。薔薇那像翠葉綴成的細柔枝條上，初生的花錢還很細小。

嬌郎癡若雲，抱日西簾曉。

我們鍾愛的兒子少小不懂事，像雲朵簇擁著日頭一般，到日高簾捲了還抱枕而睡。

枕是龍宮石，割得秋波色。

妳的枕頭是龍宮寶石所製，晶瑩璀璨，我好像能從那裡分得一分妳迷人的眼神。

玉簟失柔膚，但見蒙羅碧。

妳的珍貴的簟子上已經沒有了妳往日柔嫩的肌膚，只見到覆罩床上被褥的碧綠羅罩。

憶得前年春，未語含悲辛。

還記得前年春天，妳沒有講話，只是心中含著無限的悲哀與辛酸。

歸來已不見，錦瑟長於人。

我離開他去，沒想到回來已見不到妳了。妳珍愛的錦瑟，存在得比妳還要長久。

今日澗底松，明日山頭蘗。

今日的我是個沒出息的下僚，如澗底之松，明日的我將是山頭上一株苦心的黃蘗。

愁到天地翻，相看不相識。

我會悲愁到天與地翻轉過來，直到有一天即使兩人面對面相見也不再相識。

這首詩先寫妻子過世後，女兒幽泣、男孩癡睡的情狀。其次寫詩人目睹房間裡亡妻平日珍愛的物件仍在，而亡妻以往美好的姿容已杳然而逝，內心無限哀傷。接著回頭寫死別經過。最後感慨自己無能，導致亡妻早逝，並預想自己此後將哀苦度日，為亡妻悲愁到天地翻轉。詩中有爭議的字句很多，我仍將以「注釋」的名義加以說明或辯證。

注釋

- 薔薇泣幽素，翠帶花錢小：薔薇，花期一般為四到九月（陰曆三到八月），也有早到三、四月（陰曆二、三月）就開花的。（百度百科）翠帶，一般都解釋為薔薇枝條細長柔弱，猶如翠葉綴成的衣帶。帶上「花錢」指枝條上初生的圓而小的花瓣。薔薇花期在陰曆三月開始開花，而枝條上的初生花錢尚小，這是詩中所敘事件在暮春的佐證之一。

  幽素，幽寂、靜寂。指薔薇在幽寂中帶露如哭泣一般。我認為這句詩加上下句的「花錢小」係比喻商隱女兒暗自哭泣，且其時女兒尚小。（後半部分參馮浩注附錄一「房中曲」條所引徐德泓說。）我所以如此認定，依據有二。一、詩緊接著就描敘商隱兒子袞師（當時為虛歲六歲，比女兒小）的情狀。二、商隱在妻子過世後，向人提及兒女時，似多二人並提。如〈王十二兄與畏之員外相訪，見招小飲。時予以悼亡日近，不去，因寄〉云：「嵇氏幼男猶可憫，左家嬌女豈能忘？」

又，〈上河東公（柳仲郢）啟〉云：「眷言息胤，不暇提攜。或小於叔夜（嵇康）之男，或幼於伯喈（蔡邕）之女。」按：嵇康〈與山巨源絕交書〉云：「女年十三，男年八歲，未及成人。況復多病，顧此恨恨，如何可言。」另，左思有〈嬌女詩〉。〔參〈驕兒詩〉（067）討論〕「幼於伯喈之女」不知出自何典。〈上河東公啟〉注 8 提及蔡邕六歲的女兒蔡琰，並主張商隱在袞師之下更有幼女，年小於六歲的說法。（見《校注》，頁 1904）其說不可從。 1 、 2

- 嬌郎癡若雲，抱日西簾曉：有人主張這兩句是寫癡兒擁抱父親而睡，像白雲擁簇著日頭一樣。（徐德泓、劉若愚）也可備一說。第四句的「西簾」一語值得特別說明一下。早上太陽從東邊出來，東邊的簾子會先捲起來。睡到捲西邊的簾子，表示睡到日頭高出。 3 、 4

- 割得秋波色：割，裁、分。「秋波」喻眼神。 6

- 玉簟失柔膚，但見蒙羅碧：「玉簟」喻華美珍貴的簟子。或簟的美稱。簟是竹篾編織的席子。蒙羅碧，蒙，覆蓋。《詩經‧鄘風‧君子偕老》有「蒙彼縐絺」句，《毛傳》：「蒙，覆也。」「蒙羅」指覆罩床上被褥的羅罩。「碧」指羅罩顏色翠綠。 7 、 8

- 憶得前年春，未語含悲辛：前年，《漢語大詞典》舉出三個用法。一、猶往時。《後漢書‧馮衍傳》「上黨（地名）復有前年之禍」句，唐章懷太子李賢注云：「前年，猶往時。」二、去年。引明黃宗羲《明夷待訪錄》語為用例。三、去年的前一年（即今白話的「前年」）。引現代文學作品為用例。對我們而言，後兩個定義顯然是不能援用的。而李賢所謂的「往年」又不知確指何年。所以，我只好請讀者不厭其煩地再來求助於商隱身在長安的日程。前面講過，王氏過世而商隱回到長安是大中五（851）年春暮的事。〔見〈蟬〉（072）討論〕大中三年底商隱赴徐州幕府，於四年春到達徐州。所以四年春商隱不在長安。大中三（849）年春商隱在長安選上盩厔尉後，為京兆尹留假參軍事，逗留長安。849 年春對 851 年春而言正是「前年」。所以此處的「前年」以解為 849 年春為是。黃世中將此「前年」解為「先一年，即去年」。其說不可從。《集解》按語揣測說，849 年春王氏

可能已有疾恙，預感將不久於人世。這說法很合情理。⑨、⑩

- 錦瑟長於人：長於人，比人（壽命）長久。⑫

- 今日澗底松：澗底松，出自左思〈詠史詩〉其二：「鬱鬱澗底松。」原意是山谷底下的松樹長得十分茂盛，比喻英傑俊秀的人才沉淪在下僚。我相信商隱用這個典故還有沉痛自責的意思。他「怪罪」自己無能，一直沉淪使府，沒有好好照顧妻子兒女，以至於妻子早死，連最後一面都沒見著。所以詩下面會緊接「明日山頭蘗」一句。⑬

- 明日山頭蘗：「蘗」即黃蘗，味苦。古樂府〈子夜春歌〉有「黃蘗向春生，苦心隨日長」。又〈古子夜歌〉有「高山種芙蓉（辛夷），復經黃蘗塢」。「明日」句蓋即由此化出，意謂從明日起我將像山頭上的黃蘗樹一般，悲苦無窮無盡。⑭

　　這首詩乍看詩句或者隱晦難解；或者平淡無奇，並無驚人之處。其實此詩極端細緻動人，而且從頭到尾一氣呵成，全無贅詞。開頭寫女兒，比之為初開的薔薇，還小的「花錢」，正見其嬌美而稚嫩。（女兒當時估計十歲左右或更小。）幽寂泣露則呈現剛喪母的小女生靜靜深自悲憐的模樣。其次寫兒子。眾多批評家都指出：兒子之不解悲愁正好反襯出父親之深慟。我還有另一個想法：就是兒子睡到日上三竿，也有可能是因悲傷賭氣而不肯起床。這是小孩常有的現象，詩裡寫得委婉而鮮活。再接著寫亡妻。商隱在祭他岳父王茂元的一篇文章裡曾寫道：「昔公愛女，今愚病妻。」（〈重祭外舅司徒公文〉，會昌四（844）年仲春；見《校注》，頁 958）這可能是王氏隨商隱在永樂躬耕，「前耕後餉」，勞動過度的結果。王氏的身體說不定在那以後就再沒有真正強健過。而這也許正是 849 年春王氏帶病「未語含悲辛」的遠因。王

氏過世後，相信商隱會記起告訴王茂元的那兩句話。而「愛女」與「病妻」的反差是極令人愧疚與悲痛的。寫亡妻的四個句子似乎就環繞著這個反差而寫。所謂的「龍宮石」，所謂的「玉簪」等，未必只是綺麗的修辭而已。它們有可能是王氏當年的嫁妝，是真實的。它們代表「愛女」的一面。而已消失的「秋波色」、「柔膚」則代表「病妻」的一面，它們現在已是空虛的了。接下來，在交代完王氏滿懷辛酸的無言告白後，主角轉到詩人本身。他從徐州罷幕歸朝，妻子已逝，物（錦瑟）在人亡。他的愧疚、遺憾和悲苦就寫在「今日」二句。這兩句的意涵已在〔注釋〕部分詳細闡發過，這裡就從略。最後，詩人以較直白的語言，帶著較澎湃的感情，發了一個誓，給全詩帶來一個慷慨激昂的結尾。雖然這結尾與詩的其他部分在情調上不甚一致，但詩人大概沉痛至極，衝口而出，也不計較讀者的反應了。

附考

王氏究竟卒於春天還是秋天

前面我們談王氏過世，都認定係在暮春。然長久以來，屢有學者主張係在秋天，如馮浩、黃世中。作此主張者的依據，綜合起來有：

（1）〈王十二兄與畏之員外相訪，見招小飲，時予以悼亡日近，不去，因寄〉：「秋霖腹疾俱難遣，萬里西風夜正長。」

（2）　〈赴職梓潼留別畏之員外同年〉：「桂花香處同高第，柿
　　　葉翻時獨悼亡。」

（3）　〈華師〉：「秋日當階柿葉陰。」

（4）　〈屬疾〉：「許靖猶羈宦，安仁復悼亡。茲辰聊屬疾（托
　　　疾告假），何日免殊方。秋蝶無端麗，寒花只暫香。多情
　　　真命薄，容易即迴腸。」

（5）　（〈房中曲〉中）玉簟係涼席，當不在春夏之交鋪床，應
　　　在秋天。（黃世中；2009。）

　　以上證據欲證明：（甲）商隱在秋天悼亡；（乙）悼亡在柿
葉成陰、飛落時，而這時節正是秋天；（丙）玉簟當在夏秋鋪床；
王氏死時鋪玉簟，故應是在秋天。

　　劉學鍇《李商隱傳論》（2002）力闢此說。然而除了〈房中
曲〉是王氏卒於春天的堅實證據外，劉氏的其他論證似難令對手
信服。但這又並不表示卒於秋日說就可以成立。

　　先說，「悼亡」若是指王氏剛卒不久，商隱悼念她的話，上
面的第 (1) 條就有問題。王氏剛死不久，何以商隱夫婦二人的近
親王十二兄（王茂元子，見《集解》注 1）及（韓）畏之（王氏
姊夫，見同上）會招商隱去聚飲呢？這合於情理法嗎？所以，我
懷疑就如馮浩所說，「悼亡」之日「非初亡時」。我們對唐人喪
葬習俗幾全無所知。若借用臺灣民間習俗來看的話，人死後要做
七個「七」，要做「百日」，有生日「忌」、卒日「忌」等等，
悼念亡者之日期與儀式不一而足。會不會唐人在亡者過世之後一
個時期，也有一個重要的悼念活動，而悼念王氏的那個活動恰在

325

秋天呢？商隱有〈悼傷後赴東蜀辟，至散關遇雪〉一詩，稱「悼傷」而不稱「悼亡」。依此，前述 (1)、(2)、(4) 條的「悼亡」似也不是悼念剛死亡妻的「固定的」稱呼。這多少有助於我的揣測的成立。至於「玉簟」的問題，也與習俗有關。通常人死後，家屬會讓他（她）穿著生前最珍愛、體面的衣服入殮，房間也會以類似方式擺飾。

　　最後，我要指出，王氏似也不是晚到暮春才過世。因為商隱暮春趕回到長安時已見不到她。如果可能的話，商隱家人應該不會在他回到家之前，就將王氏入殮、封棺。所以她可能在暮春之前一段時間就已過世。自然，這個論斷也需對唐人喪葬習俗有相當了解才能有定論。

074 詠懷寄祕閣舊僚二十六韻 851 年夏以後

年鬢日堪悲，衡茅益自嗤。
攻文枯若木，處世鈍如鎚。
敢忘垂堂誡，寧將暗室欺？
懸頭曾苦學，折臂反成醫。
僕御嫌夫懦，孩童笑叔癡。[10]
小男方嗜栗，幼女漫憂葵。
遇炙誰先啖？逢齏即更吹。
官銜同畫餅，面貌乏凝脂。
典籍將蠹測，文章若管窺。
圖形翻類狗，入夢肯非羆。[20]
自哂成書簏，終當呪酒巵。
懶霑襟上血，羞鑷鏡中絲。
橐籥言方喻，樗蒱齒詎知？
事神徒惕慮，佞佛愧虛辭。

> 曲藝垂麟角，浮名狀虎皮。 30
> 乘軒寧見寵？巢幕更逢危。
> 禮俗拘嵇喜，侯王欣戴逵。
> 途窮方結舌，靜勝但搘頤。
> 糲食空彈劍，亨衢詎置錐！
> 栢臺成口號，芸閣暫肩隨。 40
> 悔逐遷鶯伴，誰觀擇虱時？
> 甕間眠太率，牀下隱何卑！
> 奮跡登弘閣，摧心對董帷。
> 校讎如有暇，松竹一相思。

　　這首詩聲稱有二十六韻（52句），實際上現存只有二十四韻（48句）。但並不是詩題有誤，我們在仔細讀完全詩之後，就會發現是詩中有脫佚之處。可能脫佚的地方我將在後文指出來。

　　這首詩有雙題，一是「詠懷」，一是「寄祕閣舊僚」。然而誠如前人所已指出，「通篇以詠懷……為主。『寄祕閣舊僚』僅於篇末一點即止」。（《集解》按語）「詠懷」在古詩中是個源遠流長的詩題，稍後會再談到。「祕閣」是古時宮中收藏珍貴圖籍的處所，為祕書省所掌管；商隱釋褐即為祕書省校書郎。「舊僚」謂昔日曾同官共事的人。

　　「詠懷」一語作為詩題，首見於阮籍的《詠懷詩》，意指「吟詠內心的懷抱」，與後來常見的詩題「感遇」、「感興」等類似。（參拙著《李白詩的藝術成就》修訂版，頁163注12。）商隱此

詩以其仕宦生涯為主軸，廣泛及於自己一生的個性、志意、想望、遭遇、處境等，而語言憤懣，諧而不莊，可算是一首帶憤慨與自嘲的自剖詩。用比較現代的說法，特別由於其表現手法之另類，我更傾向於稱它為一首「漫畫式」的自剖詩。這點稍後會再多談。

我們以前講過，商隱於大中五（851）年春徐州罷幕返回長安，妻子王氏又卒於其時，商隱於同年春夏之交以文干宰相令狐綯，似乎因而得以補國子監太學博士（正六品上階）。有人認為這意謂令狐對商隱之心意漸有轉圜。（《會箋》，頁173。）但是除了商隱在本詩中的抱怨之語（37-38句）外，黃世中更引了韓愈任博士時所作〈進學解〉（元和八〔813〕年）裡的「冬暖而兒號寒，年豐而妻啼飢」以及〈送窮文〉（元和六〔811〕年）所說的「太學四年，朝虀暮鹽」、「飢我寒我，興訛造訕」等語，以顯示太學博士這個官職待遇之不堪。黃氏甚至認為令狐是故意給商隱這個惡缺，讓他做不下去。果然同年七月商隱就接受柳仲郢東川之辟，然後等深秋時節王氏悼亡紀念日一過，就往東川赴任去了。

商隱在後來作的〈樊南乙集序〉裡提起這件事時則只說：「明（851）年……選為博士，在國子監太學，始主事講經，申誦古道，教太學生為文章。」（大中七（853）年十一月；見《校注》，頁2177）這裡，值得注意的是：第一，〈序〉中沒有說詩人補太學博士與令狐綯有何關係。第二，〈序〉中也沒有抱怨詩人在太學的處境。其所以如此，比較可能的解釋有三。其一，〈序〉是要與集子一齊公開出版的，有很多話不宜在裡面明白講。其二，令狐綯本與補太學博士事無關，而詩人對自己在太學的處

境也沒有什麼好抱怨的。其三，詩人補太學博士果真係令狐綯所安排，而詩人在太學的處境也真十分不堪，但這些詩人都出於善意，選擇不在〈序〉裡提及。我認為第三點大概最接近事實。這與詩人的一貫作風有關。

　　剛剛提到，商隱在本詩中曾抱怨過太學博士的待遇。這很自然，因為這首詩擺明的就是要「吟詠內心懷抱」的。但是，即使如此，詩人的抱怨還是若有若無，十分隱晦。那兩句詩說：「糲食空彈劍，亨衢詎置錐。」你能看出他是在抱怨太學博士待遇不好嗎？實際上，整首詩抒發詩人懷抱，憤慨自嘲地講他的個性、志意、遭遇等，都是用這麼隱晦的方式講的。綜觀全詩，我們會發現，幾乎所有的意象和典故都變形、扭曲，難以辨識。除了上述兩句外，再舉兩個例子。第九、十句講自己個性謙讓、不好炫學，以至於被視為懦弱、愚笨，說「僕御嫌夫懦，孩童笑叔癡」。第四十三、四十四句講自己要放浪形骸或隱遁山林都有所不宜，說「甕間眠太率，牀下隱何卑」。如是，詩人從不明白、精確地吟詠出他的懷抱。讀者要讀懂一句詩，得先弄清句中用了什麼意象或典故，然後得恰當還原這些往往被變形、扭曲過了的意象或典故，然後再把這些意象、典故放在詩人個性、志意、想望、遭遇、處境等的脈絡裡去咀嚼。

　　還有一個即使在商隱詩中也很特別的寫法。那就是本詩中的意象與典故往往雅俗雜陳。例如，三、四句說「攻文枯若木，處世鈍如鎚」。把人比為枯木是古書常見的頗富深奧哲理的一個比喻。與之相比，把人處世魯鈍說成像錘子一般，就比較俚俗一點。再如，第十三、四句說：「遇炙誰先噉，逢虀即更吹。」前句用

王羲之得以先嚼炙牛心以表示其受尊重，以反襯詩人自己在交際場合之不受重視；下句用「吹齏」這個意象表明自己因曾經無心受懲導致日後過度謹慎。「吹齏」意謂人因大意喝濃湯被燙過，而後即使見到不燙的碎菜也要去吹涼。這雖是出自《楚辭》的典故，但與前句相比，顯得比較俚俗也是事實。

由於有上述表現手法上的特點，所以我稱這首詩為「漫畫式的」。至於稱之為「自剖」，則與其表現的內容情意有關。這要讀完詩本身才能得到定論。為了方便讀者，我勉力在下面列了一個試驗性的略表，希望多少有助於讀者面對詩作本文。

1-2 句：以眼前窘況總起全詩。

3-10 句：寫平生個性、為人、與努力向學的情形。

11-12 句：可能寫家庭現況，但總共六句中亡佚了三分之二。

13-22 句：太學博士生涯之失敗。

23-28 句：當前生活、為人的態度。

29-32 句：反省自己才華之所在，及其在仕宦上之無用。

33-36 句：言將瀟灑靜默以度日。

37-40 句：又寫太學職位之不堪，及自己留在朝廷之無用。

41-42 句：對進入仕途之追悔。

43-44 句：感嘆此後人生無所選擇。

45-46 句：嘆自己不如舊僚。

47-48 句：對舊僚致意，結束全詩。

這首詩與〈獨居有懷〉和〈腸〉等具有自剖性質的詩類似。

詩人在其中都有許多私密的話要說，但因牽涉到敏感的人和事，所以刻意使詩意變得隱晦。三詩感情、意境、和表現手法容有差異，其隱晦則一。

白話串講

年鬢日堪悲，衡茅益自嗤。

年歲老大，鬢髮漸白，令我一天天地感到悲哀。家裡衡木為門，茅草為頂，我更加自我嘲笑。

攻文枯若木，處世鈍如鎚。

我攻讀文章，結果枯槁如木頭一般，呆板不知變通。與人往來相處，愚鈍得像一把笨重的錘子。

敢忘垂堂誡，寧將暗室欺？

古人說，不要靠近堂屋簷下，以防因簷瓦墜落而受傷，這個訓誡我豈敢遺忘？又，即便處於幽暗的內室，我難道會做出昧心的事？

懸頭曾苦學，折臂反成醫。

為了苦學，我曾經把頭髮束好懸到屋樑上，以防打瞌睡。我歷經挫折，結果終於成功了；就像屢屢折斷臂膀，反而成了良醫一樣。

僕御嫌夫懦，孩童笑叔癡。

古代曾有得意自滿的大官車夫被他的妻子責備說不爭氣。又有堂堂大丈夫被僕役、車夫嫌為懦弱，還有一位博學的大叔被無知如孩童的族人譏笑為癡呆：我的經驗就像那樣。

小男方嗜栗，幼女漫憂葵。

我家的小男孩正在貪吃栗子的年齡；小女兒則空為菜蔬被踐踏，怕無菜可吃而憂愁。

遇炙誰先啖？逢齏即更吹。

在聚會時遇到有烤牛心，會請誰先嚐呢？不會是我。因為曾經被沸湯燙過，我就是遇到不燙的碎菜也會急著去吹涼。

官銜同畫餅，面貌乏凝脂。

我雖然有個好像還不錯的官銜，但那官位沒有作為，俸祿又低，就如在地上畫個餅，根本沒有用處。我面容憔悴，一點都沒有人家說的像凝脂一般豐腴的肌膚。

典籍將蠡測，文章若管窺。

談到典籍，我只如同瓠瓢測海，心得甚少。至於文章，我也像管中窺天，淺薄片面。

圖形翻類狗，入夢肯非羆。

我想被畫成圖像，結果畫虎不成反而像狗。我夢見的自己，又豈是文王獲得的非虎非羆的霸王輔佐姜太公？

自哂成書簏，終當呪酒巵。

自笑將成了一個書簍子，裝滿詩書卻不會應用。我終究將和劉伶一樣，向鬼神發誓斷酒，而最終依舊飲酒大醉。

懶霑襟上血，羞鑷鏡中絲。

為求知己，我四處奔走而不遇，於今懶得再做這種泣血求人的事了。我早已到頭髮花白的年紀，實在羞於還天天對著鏡子鑷除白頭髮。

橐籥言方喻，樗蒱齒詎知？

《老子》關於天地如風箱，所以要守虛靜、隨緣任運的說法，我現在才明瞭。至於到名利場上賭博爭勝的事情，我豈知道？

事神徒惕慮，佞佛愧虛辭。

我事奉神明，結果徒然增加戒懼擔憂。我虔信諸佛，但自愧難免說些虛矯的話。

曲藝垂麟角，浮名狀虎皮。

我的詩文技藝流傳遐邇，珍貴猶如鳳毛麟角。但這只像羊隻披著虎皮一般，空有表面，只是浮名。

乘軒寧見寵？巢幕更逢危。

我在朝廷為官，豈見寵於君上？入幕為僚佐，像燕子築巢於幕上，幕隨時可撤走，更處於危險境地。

禮俗拘嵇喜，侯王欣戴逵。

像嵇喜那樣拘於禮俗的人，就會遭曠達之士的白眼。反之，王侯都欣賞不為王者鼓琴、不願出任學官的戴逵。

途窮方結舌，靜勝但搘頤。

我的仕宦生涯已到窮途末路，將要結舌不語，靜默自處。靜默可以致勝，所以我每天只要手托著腮幫子就好了。

糲食空彈劍，亨衢詎置錐！

即使吃著粗惡的飯食，若像馮驩那樣彈劍抱怨，也是徒然。請看，難道那通衢大道，會是我置錐立身之地嗎？

栢臺成口號，芸閣暫肩隨。

宮中可以唱和的地方，成了我與你們共同隨口吟詠賦詩的場所。芸香閣則是我短暫追隨你們校理圖籍的地方。

悔逐遷鶯伴，誰觀擇虱時？

我現在很後悔當時費心去追逐那些往高枝飛的同伴。他們有誰察知，當我趑趄於仕宦之路，像顧和獨自無聊捉虱時，內心的感受有多複雜曲折呢？

甕間眠太率，牀下隱何卑！

如今我若放誕耽酒，醉眠鄰家酒甕間，一如畢卓，則未免太過粗魯。若學公孫鳳，隱居山谷，冬衣單薄，睡於土床上，則又過於卑屈。

奮跡登弘閣，摧心對董帷。

諸公投身奮發，或可登上公孫弘延攬賢才的東閣；我則只能面對著董仲舒講誦授業時放下的帷幕，傷心至極了。

校讎如有暇，松竹一相思。

各位在校讎圖書經籍時，若有空暇，請想念想念我這像松竹般節操堅貞的朋友吧！

注釋

• 年鬢日堪悲，衡茅益自嗤：「年鬢」謂年歲老大，鬢髮漸白。日，一天天。衡茅：衡木為門，編綴茅草為屋頂。指居室簡陋，屋主人貧困。益，更加。自嗤，自我嘲笑。 1 、 2

- 攻文枯若木，處世鈍如鎚：「枯若木」比喻像木頭一般枯槁沒生氣、呆板不靈巧。鎚，錘子。③、④

- 敢忘垂堂誡，寧將暗室欺：垂堂，靠近堂屋簷下。因簷瓦偶或會墜落傷人，故以喻處於危險境地。垂，邊的意思。「垂堂」即堂邊。誡，警告、勸告。「垂堂誡」即莫近堂邊的勸告。下句意即所謂「不欺暗室」。以上二句謂，古聖賢關於處世的教誨我豈敢忘懷？⑤、⑥

- 懸頭曾苦學，折臂反成醫：懸頭，或稱懸樑。懸頭苦學的事古書屢有記載。下句意猶今云「久病成良醫」，出自《楚辭·九章·惜誦》：「九折臂而成醫兮。」喻自己屢經失敗挫折，最後終於成功。此句接在「懸頭曾苦學」後，可能指自己後來終於科場得意，進士擢第，且授祕書省校書郎。⑦、⑧

- 僕御嫌夫懦：程夢星注引《史記·管晏列傳》說：「晏子為齊相，出，其御（車夫）之妻從門間而闚其夫。其夫為相御……意氣洋洋，甚自得也。既而歸，其妻請去。夫問其故，妻曰：『晏子長不滿六尺，身相齊國……今者妾觀其出，志念深矣，常有以自下者。今子長八尺，乃為人僕御，然子之意自以為足，妾是以求去也。』」（見葉蔥奇）依古詩律句作「對」的常態看，這句詩的「嫌夫懦」與下句的「笑叔癡」對。故「夫」當解釋為丈夫的「夫」，其依據的典故即《史記·管晏列傳》。但這典故沒談及「懦」這回事，且與商隱事跡不合（我不相信商隱之妻會「嫌」他不爭氣）。因此，馮浩注另引《新序》說：「（楚）白公之難……楚人有莊善者……將往死之……比至公門，三廢車中，其僕曰：『子懼矣。』曰：『懼。』『既懼，何不返？』莊善曰：『懼者，吾私也；死義，吾公也。聞君子不以私害公。』及公門，刎頸而死。君子曰：『好義乎哉！』」又說：「齊崔杼弒莊公也，有陳不占者，聞君難，將赴之，比去，餐則失匕，上車失軾。御者曰：『怯如是，去有益乎？』不占曰：『死君，義也；無勇，私也。不以私害公。』遂往，聞戰鬥之聲，恐駭而死。人曰：『不占可謂仁者之勇也。』」這兩個故事中的僕人和車夫（御者），只看表面，就嫌他們的主人懦弱，不知他們的主人自有其「義」與「勇」之處。商隱大

概也自認為大丈夫，而也有被人從表面上視為懦弱的經驗，所以用了這兩個典故。這句短短的詩是混用了三個典故的結果。而真正要點似在被誤為懦弱一事上。⑨

- 孩童笑叔癡：葉蔥奇引《晉書・王湛傳》說：湛「初有隱德，人莫能知，兄弟宗族皆以為癡……兄子濟輕之……嘗詣湛，見床頭有《周易》……請言之。湛因破析玄理，微妙有奇趣……濟才氣抗邁，於湛略無子姪之敬。既聞其言，不覺慄然，心形俱肅……武帝亦以湛為癡，每見濟輒調之曰：『卿家癡叔死未……』濟曰：『臣叔殊不癡』，因稱其美。」這個故事講王湛有才學而不張揚，兄弟宗族都誤以為他愚癡，而侮慢之。商隱用這個典故，大概意在表示自己不炫學，無知之輩因而認為他愚癡，不尊重他。「僕御」與此二句寫自己表面懦弱，貌似愚魯，因而受凡夫庸人嫌棄輕慢。⑩

- 小男方嗜栗：「小男」與下句「幼女」俱見〈驕兒詩〉（067）。嗜栗，陶淵明〈責子詩〉有「通子垂九齡，但覓梨與栗」二句。此處只取其貪吃栗子一點，與淵明子的年齡（即將九歲）無關。袞師此時僅六歲。⑪

- 幼女漫憂葵：漫憂葵，漫，空、徒然。「憂葵」出自《列女傳・魯漆室女》的典故：「女倚柱而嘯……其鄰人婦問曰：『子欲嫁耶？』……（曰：）『吾憂魯君老、太子幼也。』婦笑曰：『此乃魯大夫之憂。』……曰：『不然……昔晉客舍吾家，繫馬園中，馬佚馳走踐吾葵，使我終歲不食葵（沒葵吃）……夫魯國有患……禍及眾庶，吾甚憂之。』」

在典故裡，女孩憂心沒葵（蔬菜名）吃，事關國家隆替，十分嚴肅。但她又有心無力，所以可以說她「漫」憂葵。在商隱詩裡，女兒只是憂心家中有沒有菜吃而已。但這可能也不是她能解決的事，所以說她「漫憂葵」。商隱的女兒看來比兒子懂事得多，讀者可從〈驕兒詩〉（067）和〈房中曲〉（073）中的相關描述看出這點。

「小男」這兩句前或後顯然有脫文。導言中說此詩少了兩韻（四句），大概就少在這裡。⑫

- 遇炙誰先噉：遇炙句，炙，烤肉。《晉書‧王羲之傳》說：「年十三，嘗謁周顗，顗察而異之。時重牛心炙，坐客未噉，顗先割啗羲之，於是始知名。」

  在有烤牛心吃的場合裡，先吃的人自然是最受重視的人。詩人問「誰先吃？」答案是：不管是誰，反正不會是詩人自己就了。這委婉地顯示出商隱在交際場合之不受重視。13

- 逢虀即更吹：典出《楚辭‧九章‧惜誦》：「懲於羹者而吹虀兮。」王逸注：「言人有歠羹而中熱，心中懲忿，見虀則恐而吹之。」歠〔音輟（chuò）〕，飲、啜。「羹」〔音耕（gēng）〕，濃湯。懲〔音澄（chéng）〕，戒；忿〔音愛（ài）〕，警戒。「懲忿」合用可指吸取過去教訓，以從前的失誤為戒。虀〔音機（jī）〕，切碎的菜或肉。

  被沸湯所燙，似指年輕時考博學宏詞科，為中書省長者所除名一事。後來在朝局動盪時，商隱曾設法避開，如入鄭亞幕一事。不知這是否即所謂「吹虀」？至於眼前有何吹虀情事，則不得而知。14

- 官銜同畫餅，面貌乏凝脂：「畫餅」典出《三國志‧魏志‧盧毓傳》：「時舉中書郎，詔曰：『得其人與否，在盧生耳。選舉莫取有名，名如畫地作餅，不可啖也。』」詩中並未取典故中所有意涵，只取「畫地作餅，不可啖也」二句。至於被詩人認為如「畫地作餅」的官銜，或許即是眼前所任的「太學博士」。凝脂，凝固之油脂，常以喻人皮膚之潔白柔潤。《詩經‧衛風‧碩人》：「手如柔荑，膚如凝脂。」15、16

- 典籍將蠡測，文章若管窺：「蠡測」、「管窺」：《漢書‧東方朔傳》：「以管窺天，以蠡測海……豈能通其條貫，考其文理……」「將」是「只」的意思。教典籍與文章是商隱在太學的主要工作，導言中已提及。17、18

- 圖形翻類狗：圖形，（動詞）畫像、圖繪形象。《新唐書‧方伎傳》張果條記載：「有詔圖形〔張果於〕集賢院，懇辭還山，詔可。」與下句合看，或許商隱曾想有所成就，得以被畫像於朝廷，但事與願

違。「翻類狗」的「翻」意為「反而」。⑲

• 入夢肯非羆：這句詩合用了兩個典故。《楚辭‧離騷》「呂望之鼓
刀兮，遭周文而得舉」二句下王逸注說：「或言周文王夢天帝立（站
立）令狐（地名）之津，太公立其後。帝曰：『昌（文王名），賜汝
名師。』文王再拜，太公亦再拜。太公夢亦如此。文王出田（畋獵），
見識所夢，載與俱歸，以為太師也。」另外，《史記‧齊太公世家》
說：「西伯（文王）將出獵，卜之，曰：『所獲非龍非彲（同螭），
非虎非羆，所獲霸王之輔。』於是周西伯獵，果遇太公於渭之陽。」

「肯非羆」的「肯」是「豈」的意思。⑳

• 自哂成書簏：哂，譏笑。簏〔音鹿（lù）〕，用竹子、柳條或藤條
等編成的圓形盛器。古書裡有不止一個只會讀死書，因而被譏為「書
簏」或「兩腳書櫥」的例，此處從略。㉑

• 終當呪酒巵：「呪酒巵」用劉伶事。《晉書‧劉伶傳》記載：「〔伶〕
求酒於其妻，妻……諫曰：『君酒太過，非攝生之道，必宜斷之。』
伶曰：『善，吾不能自禁，惟當祝鬼神自誓耳，便可具酒肉。』妻從
之。伶跪祝曰：『天生劉伶，以酒為名，一飲一斛，五斗解酲〔音程
（chéng）；酒醒後所感覺的困憊如病狀態〕，婦兒之言，慎不可聽。』
仍飲酒御（進）肉，塊然復醉。」終當，終將。呪〔音紂（zhòu）〕，
同祝，向鬼神發誓祈求。巵〔音隻（zhī）〕，一種酒器。㉒

• 懶霑襟上血，羞鑷鏡中絲：上句似用卞和獻璞泣血事，已見前面
〈任弘農尉獻州刺史乞假歸京〉（024）說明。《南史‧齊廢帝本紀》：
「高帝笑謂左右曰：『豈有為人作曾祖而拔白髮者乎？』即擲鏡鑷。」
其意蓋謂：年事既高，自然多白髮。何須學年少者鑷白髮？以上二句
似乎是說，自己年紀已大，懶得再為勉力取信別人而受苦；也要服老，
要羞於再為裝點門面，做些辛苦而無意義的事。㉓、㉔

• 橐籥言方喻：橐籥〔音駝岳（tuó yuè）〕，古代冶煉時用來鼓風吹
火的裝置，現在稱為「風箱」。《老子‧第五章》說：「天地之間，
其猶橐籥乎！虛而不屈，動而愈出。多言數窮，不如守中（沖）。」

老子的比喻蓋以為有為則速亡，不如無為而持守虛靜，隨自然而任運。詩人說，這些話我現在才（方，始也。）了解。㉕

- 樗蒱齒詎知：樗蒱〔音出樸（chū pú）〕，古代一種較量勝負的遊戲，後轉以指一種類似擲骰子比勝負的賭博。唐人已廣泛以之指賭博。齒，比勝負用的骰子。詎，豈。商隱蓋謂自己不與人爭勝。㉖

- 曲藝垂麟角：曲藝，小技，古時多指書畫、醫卜之事；此處指詩文技藝。垂，流傳。或曰：將及、幾乎。亦可通。麟角，麒麟之角，喻珍稀之人才或事物。杜甫〈病後遇王倚飲贈歌〉：「麟角鳳觜世莫識，煎膠續絃奇自見。」〔參〈茂陵〉（106）講解〕㉙

- 浮名狀虎皮：虎皮，揚雄《法言・吾子》說：「羊質而虎皮，見草而悅，見豺而戰，忘其皮之虎矣。」意謂虛有光彩的外表，無補於實用。遇到嚴厲的考驗時，連那光彩的外表也一併不管了。狀，類似、好像。㉚

- 乘軒寧見寵？巢幕更逢危：乘軒，借指為官。軒，古大夫所乘的車子。巢幕，《左傳・襄公二十九年》說：「夫子之在此也，猶燕之巢於幕上。」此處一語雙關，同時指商隱之入幕為僚佐。㉛、㉜

- 禮俗拘嵇喜：《晉書・阮籍傳》說：「籍〔……〕能為青白眼，見禮俗之士，以白眼對之。及嵇喜來弔，籍作白眼，喜不懌而退。喜弟康聞之，乃齎酒挾琴造（訪）焉。籍大悅，乃見青眼。」阮籍、嵇康俱為「竹林七賢」之一，是出名的放達之士。㉝

- 侯王欣戴逵：《晉書・戴逵傳》說：「〔逵〕，字安道。少博學……善屬文，能鼓琴……性不樂當世，常以琴書自娛……太宰、武陵王晞聞其善鼓琴，使人召之，逵對使者破琴曰：『戴安道不為王門伶人！』……孝武帝時，以散騎常侍、國子博士累徵，辭父疾不就……後王珣為尚書僕射，上書復請徵為國子祭酒……復不至。」

  「侯王」當指晉孝武帝及王珣等人。然戴逵連國子博士、國子祭酒亦不就任。倒是商隱自己任了太學博士這學官。他是不清楚戴逵的事，還是故作迷糊，還是自己如戴逵徵為學官，一時不知此官缺之不堪，

即欣然接受呢？不管如何，詩接著就開始抱怨太學博士這位置的不堪了。[34]

- 途窮方結舌：途窮，《晉書‧阮籍傳》說：「〔籍〕車跡所窮，輒慟哭而反。」詳見前面〈亂石〉講解。結舌，不敢或不想講話。可能也是暗用阮籍典故：阮籍「口不臧否人物……鍾會數以時事問之，欲因其可否而致之罪，皆以酣醉獲免」。方，將也。[35]

- 靜勝但揰頤：靜勝，以靜取勝。在此蓋謂惟靜默可以避禍。揰〔音支（zhī）〕頤，揰，支撐；頤，腮。「揰頤」即以手托腮。這是形容靜默結舌的樣子。此或本於《晉書‧王徽之傳》所述王徽之故事。徽之為桓沖騎兵參軍，「沖嘗謂徽之曰：『卿在府日久，比當相料理。』徽之初不酬答，直高視，以手版拄頰云：『西山朝來，致有爽氣。』」[36]

- 糲食空彈劍：糲食，粗惡的飯食。空，徒然。「彈劍」用馮驩典故。《史記‧孟嘗君傳》說：

初，馮驩聞孟嘗君好客，躡蹻而見之。孟嘗君曰；「先生遠辱，何以教文也？」馮驩曰：「聞君好士，以貧身歸於君。」孟嘗君置傳舍十日，孟嘗君問傳舍長曰：「客何所為？」答曰：「馮先生甚貧，猶有一劍耳，又蒯緱。彈其劍而歌曰『長鋏歸來乎，食無魚』。」孟嘗君遷之幸舍，食有魚矣。五日，又問傳舍長。答曰：「客復彈劍而歌曰『長鋏歸來乎，出無輿』。」孟嘗君遷之代舍，出入乘輿車矣。五日，孟嘗君復問傳舍長。舍長答曰：「先生又嘗彈劍而歌曰『長鋏歸來乎，無以為家』。」孟嘗君不悅。

馮驩後來幫了孟嘗君很大的忙，其事此處從略。依據這個故事，馮驩彈劍是有結果的，並沒「空」彈。詩人之所以說「糲食空彈劍」，是因為他在講的是他自己。

上面的引文中有些艱深的字句，茲注釋如下。躡蹻〔音聶決（nièjué）〕，腳穿草鞋，指遠行。遠辱，承蒙遠道而來。文，孟嘗君的名字。蒯緱（音 kuǎi gōu），用草繩纏結劍柄。鋏〔音夾（jiá）〕，劍、

劍柄。歸來乎，回去吧！37

- 亨衢詎置錐：亨衢，猶通衢、四通八達的大道。在此蓋喻朝廷之地，詎，豈。置錐，置錐之地的省稱。安放錐子之處，比喻極狹小的地方。「詎置錐」謂豈是我立錐以求安身立命之地呢？置錐，《莊子·盜跖》曰：「堯舜有天下，子孫無置錐之地。」38

- 栢臺成口號：栢臺，栢（柏）梁臺的省稱，漢代臺名。《三輔黃圖》稱：「栢梁臺，武帝元鼎二年春起（建）。」又引《三輔舊事》云：「帝嘗置酒其上，詔群臣和詩，能七言者乃得上。」後柏（梁）臺亦泛指皇宮。如白居易〈德宗皇帝挽歌詞〉其一：「文高柏梁殿，禮薄灞陵原。」又錢起〈送嚴維尉河南〉詩：「欲知別後相思處，願植瓊枝向柏臺。」「口號（hào）」指隨口吟成之詩。全句謂宮中可以唱和之處成了我與你們隨口吟詠賦詩的場所。39

- 芸閣暫肩隨：芸閣，芸香閣之省稱，指祕書省。因祕書省管典藏圖籍，而藏書辟蠹（書蠹蟲）用芸香，故稱。參看〈哭劉司戶二首〉其一（069）講解。肩隨，古時年幼者事年長者之禮，並行時斜出其左右而稍後。後引申用作忝在同列，得以追隨於後。在此引申作追隨、相隨。40

- 悔逐遷鶯伴，誰觀擇蝨時：遷鶯，參見前面〈思歸〉（056）「時節正遷鶯」句講解。擇蝨，典出《晉書·顧和傳》：「王導為揚州，辟從事，月旦當朝（月旦，舊曆每月初一。當朝，執政。）未入，停車門外（門外，指州門外）。周顗遇之，和方擇蝨（捉蝨子），夷然不動。顗既過，顧（回頭）指和心曰：『此中何所有？』和徐應曰：『此中最是難測地。』顗入，謂導曰：『卿州吏中有一令僕才。』導亦以為然。」按：令僕指尚書令與僕射，亦泛指股肱重臣。詩人蓋亦自以為有股肱之才，無奈仕路困塞，有時淪落似顧和「擇蝨」，故內心複雜曲折，不為人知。「觀」，觀察、察知。41、42

- 甕間眠太率：甕間眠，用晉朝畢卓故事。《晉書·畢卓傳》載，卓「為吏部郎……比舍郎釀熟，卓因醉，夜至其甕間盜飲之，為掌酒者所縛。明旦視之，乃畢吏部也。」率，任誕、魯莽。43

- 牀下隱何卑：此句自馮浩起即說「用事未詳」。黃世中引《晉書‧隱逸傳‧公孫鳳傳》說：「公孫鳳……隱於……九城山谷，冬衣單布，寢處土床。夏則並食於器，停令臭敗，然後食之。」謂詩意蓋謂「如此隱居，亦太卑下」。雖然此典亦與詩中「牀下隱」之語不符，由於串講中需要有一個大致講得通的說法提供給讀者，所以此處暫時採用公孫鳳故事。44

- 奮跡登弘閣：奮跡，投身奮發。弘閣，用公孫弘開東閣門事。《漢書‧公孫弘傳》：「弘自見為舉首（被薦舉者中居首位的）。起徒步（平民），數年至宰相封侯，於是起客館，開東閣以延賢人。」注：「閣者，小門也，東向開之，避當庭門而引賓客，以別於掾吏官屬也。」詩意謂眾舊僚若投身奮發，將能如入公孫弘東閣一般，致身顯要。45

- 摧心對董帷：摧心，傷心至極。董帷，授業之處，用董仲舒下帷講誦授業事。在此指太學，當時商隱補太學博士，諸般不順遂，所以說「摧心」。據《漢書‧董仲舒傳》，董仲舒為博士，放下帷幔講誦，弟子轉相授業，都沒見過其面。46

- 校讎如有暇，松竹一相思：校讎，或作「校讐」；謂考訂圖籍，正其訛誤。古代稱一人獨校為校，二人對校為讎。松竹，喻節操堅貞。亦喻節操堅貞之賢人。見《漢語大詞典》引《文選》呂向注。47、48

075 辛未七夕 851 年

恐是仙家好別離,故教迢遞作佳期。
由來碧落銀河畔,可要金風玉露時?
清漏漸移相望久,微雲未接過來遲。
豈能無意酬烏鵲,唯與蜘蛛乞巧絲。

　　辛未年是大中五(851)年,也就是商隱之妻王氏過世的那一年。如果我們前面對商隱生平事跡的推斷都正確無誤的話,這一年的七夕應該就在商隱悼念王氏之死的紀念日之前不久。在這樣的日子寫牛郎、織女相會的詩,詩人的心情會受到怎樣的影響呢?這是讀者讀這首詩時最需要留心的。

　　首聯從表面上看,是說恐怕仙人喜好別離,所以牛郎、織女故意讓他們會面的好日子拖得長長久久的。「迢遞」,時間久長貌。「佳期」,相愛著的男女會合(幽會)的日期。在此指牛郎、織女一年一度的相會。「作」字頗難理解。《漢語大詞典》說此字可「特指舉行節慶等活動」,如「作上元」。準此,我們或可說「作佳期」即「作七夕」,即舉行七夕這節慶。可惜《漢大》

只舉了宋朝蘇軾一個用例，這使我不得不有所保留。此外，「作」
字有「及」的意思。（《漢語大字典》）依此，則「迢遞作佳期」
可解為長長久久地才到了會合的日子。但是「及」這定義很少用。
此處把可能的解釋都暫列出來，至於公認的確解，尚待將來。

　　讓我們回到仙人好別離的問題。依馮浩注，古來有等待織女
渡銀河的說法。馮注又引崔寔《四民月令》說：「見天漢（天河）
中有奕奕正白氣如地河之波，輝輝有光曜五色，以此為徵應。」
據此，則所謂好別離的「仙家」，表面上看是牛、女二人，實際
上或許是特指織女而言，因為渡河相會是由她主動的。如是，次
聯就是說，牛郎、織女向來都有碧落銀河邊這美好的地方相會，
織女豈必得等到金風玉露時才前來呢？「碧落」，青天、天空。
「可要」，豈要、豈必。（參《語言詞典》）「金風」，秋風。
由於西方為秋而主金（這是古代五行配對的說法），故稱。「玉
露」，白露、秋露。

　　頸聯說，漏壺計時的裝置（漏箭）隨著時間的過去逐漸移動，
兩人隔河相望愈來愈久，但因銀河兩岸微薄的雲氣尚未聚合，所
以織女遲遲未能過河來。「清漏」：古代以漏壺滴漏計時，夜間
清晰之滴漏聲曰清漏。「移」：指漏箭上水位的移動。

　　尾聯的意思依一般的講法就是馮浩說的：「〔烏鵲〕填橋之
功最多，豈得反厚於蜘蛛耶？」詳細來說，「烏鵲」就是喜鵲。
依神話傳說，烏鵲每於七夕為牛郎、織女造橋，使其相會。「乞
巧」：民俗以為，七夕之夜婦女在庭院穿針、結綵、陳列瓜果等，
向織女乞求巧智，稱為「乞巧」。據傳若有蜘蛛在瓜上結網，便
是符應。「豈能」二句謂烏鵲有造橋渡引的功勞，豈能無意酬謝，

只給蜘蛛以符應乞巧的絲呢？「與」是「給」的意思。這兩句對傳統的「乞巧」情事提出了新鮮的反面意見，這種手法在傳統文學批評中稱為翻案。趙臣瑗說：「詩貴翻案，翻案始能出奇。」（《集解》引）這兩句的確因為翻案出奇而有其吸引人的地方。

但是，這首詩最值得費心咀嚼的真是尾聯這個「翻案」手法嗎？前六句呢？這六句以整整全詩四分之三的篇幅，只寫了個織女是否好（hào）別離的疑問，以及由之引申出來的牛、女會面的困難。用一般的批評標準來看，這實在不符合詩的平衡原則，甚至有一點嫌累贅。難道這真是詩人原意嗎？我們前面提過，這首詩是在一個很特殊的時間點寫成的：辛未七夕。我們必須把詩放在這個時間點的脈絡裡看才行。《集解》按語有一段很中肯的話說：

> 對「仙家好別離」之疑問不解、不以為然，正緣詩人自身之「怨別離」。義山平生驅馳南北，遠幕依人，與妻長離，頗似牛女之迢遞佳期；今則王氏已逝，值此「辛未七夕」，欲求為牛女之一年一度亦不可復得。此種遭遇處境，正產生上述疑問、不然心理（不以為然的心理）之基礎。要之，透過此種心理，正可見平生長別、而今永別之詩人深刻之悲哀。單純作翻案詩讀，不免有負作者之苦心。

我相信在「辛未七夕」這日子，詩人是沒有心情寫一首一般的牛郎、織女詩的。他之所以會寫本詩，主要當為紓解引文所說

的哀痛。所謂「仙家」（織女）也者，指的當是他所期待會面而不可得的一位人間女性而已。「好別離」則是上蒼讓這位女性加在他身上的悲慘現實。他質疑、不解的對象，也正是這一現實。

從這個角度來揣摩，尾聯實在也是「仙家好別離」這一現實的延伸。詩表面上問說：「豈能無意酬烏鵲？」但這只是修辭性的問句而已。實際上是已然「無意酬烏鵲」。因為織女不來相會，或無法來相會，空只讓蜘蛛滿足世間芸芸眾生乞得巧思的願望而已。全詩八句都在寫織女之不來相會，或無法來相會。為什麼織女不來與牛郎相會呢？這就是詩人的疑惑。詩首聯以「恐是」這疑問詞開頭，末聯以「豈能」這另一個疑問詞結尾，在在都顯現出詩人無窮無盡的疑惑。

織女能否與牛郎相會，乃是天象的問題。詩人何事為之疑惑縈繞整個心魂呢？想當是王氏剛過世不久，詩人在七夕之夜，望著天上的銀河，想起牛、女的相會，心中湧起一股無法抑遏的與王氏會面的渴望。渴望而不得，就化成一而再、再而三的疑惑吧？然後，在激情沉澱過後，便化為一首質疑織女因何不與牛郎會面的詩。上面引文所說的詩人的深刻悲哀於是沒入寫人間牛郎、織女故事的隱晦文字裡。所謂「翻案」的說法是讀本詩時最大的陷阱。它誤導讀者往細枝末節去探索詩人的心境。要說「強作解人」，這可算是一個好例子了。

076 七月二十九日 崇讓宅讌作 851年

露如微霰下前池，風過迴塘萬竹悲。
浮世本來多聚散，紅葉何事亦離披？
悠揚歸夢唯燈見，濩落生涯獨酒知。
豈到白頭長只爾？嵩陽松雪有心期。

　　崇讓宅是商隱岳父王茂元生前在洛陽崇讓坊（類似於「里」）所營建的宅第。對商隱而言，崇讓宅也算是故居。他在（851年）秋天稍深時出發前往東川梓州前，可能到過洛陽一次，處理相關事宜。本詩即作於其時。「讌」同「宴」，在此大概指別宴。

　　首聯先寫周遭悲涼景象，烘托出全詩的感傷情調。夜露好像小雪珠一般下到宅前的池子裡，秋風吹過迴塘，塘邊叢竹發出蕭瑟之聲，引人悲涼。「霰」，雪珠，常於落雪前降下。古人以為露水係由空中降下，所以這裡以小雪珠作比。「迴塘」：在六朝詩文中，「塘」是「堤」的意思。如《文選》謝惠連的〈西陵遇

348

風獻康樂〉：「回塘隱艫栧，遠望絕形音。」呂延濟注：「回（通迴）塘，曲岸（彎曲的堤岸）也。」在唐人詩中，則回塘似指曲折迴繞的池塘。如上官儀〈安德山池宴集〉：「密樹烽煙積，回塘荷芰新。」又如杜牧〈村行〉：「娉娉垂柳風，點點回塘雨。」

　　頷聯字面上雖先寫「浮世」，再寫「紅蕖」，在感情脈絡上則是先見到「紅蕖」如何如何，再想到紅蕖為何如「浮世」一般如何如何。「紅蕖」，紅荷花。「蕖」為芙蕖的省稱，即荷花。「何事」，唐人口語，為什麼。「離披」，散落凋敝。「浮世」：古人以為人生世事虛浮不定，故稱浮世。雖然人生有聚散是一般事實，說它「本來」就「多聚散」（「聚散」是個偏義複詞，重在「散」字），則顯然是商隱個人的不幸體驗。這一點詩人在〈辛未七夕〉（075）裡有很痛苦、沉重的告白，讀者可以參考。七月二十九日後不久，詩人即將離京遠下東川，那時他不僅又要懷抱喪妻之痛，還得承受離子之苦。〔詩人不帶兒女赴任，見〈房中曲〉（073）〔注釋〕（1-2）〕在這種情況下，詩人見到池裡荷花因秋風的吹打也凋敝散落，便體認到荷花與自己有相同的命運，因而油然生起物我同悲之感。

　　頸聯是全詩最難解的一聯。在這兩句裡，詩人的心思漸由當下轉移到未來，然後當下、未來交雜在一起。先說，「悠揚」這個詞原本是時間上久遠、連綿不斷的意思。「悠揚歸夢」是設想詩人前往東川後長久不斷的歸夢。「唯燈見」是當下情景，也是設想中未來在東川的情景。由於王氏過世，詩人即使在崇讓宅過夜，也無人作伴，只有一盞孤燈見到他的寂寞身影。更可悲的是，詩人可以預見，將來到了東川，不知多長久的日子，夜夜也

只有一盞孤燈照他做著歸夢。但由於後接的詞是「歸夢」,歷來注家便多將「悠揚」解釋為「飄忽」,於是對這句詩的解說便與我有了極大的歧異。這歧異有時還導致某些注家對本詩的寫作年代及背景有了異見。(見黃世中)「濩落」一語源自《莊子・逍遙遊》:「惠子謂莊子曰:『魏王貽我大瓠之種,我樹之成而實五石,以盛水漿,其堅不能自舉也。剖之以為瓢,則瓠落無所容。非不呺然大也,吾為其無用而掊之。』莊子曰:『夫子固拙於用大矣。』」(成玄英疏:「剖,分割之也。瓢,勺也。瓠落,平淺也。呺然,虛大也。掊,打破也。」)「瓠落」,後來轉成「廓落」、「濩〔音或(huò)〕落」,都同時具有「大而無當」的原意和失意落拓的引申意。在此,濩落一語可能兼具了《莊子》這寓言所有層面的涵意。一是大而無當;二是被毀損(掊),引申來說,就是沒有被善待;三是失意落拓;最後一個是世人不善於用其大才。這些涵意顯示了詩人的失意、自嘲與自信。「濩落」全句的構思與上句一樣。愛妻死了,沒有共談心事的人。眼前只能把自己一輩子濩落生涯付與一杯杯苦酒。未來在東川幕府,可預知生涯依舊落拓,也依舊只有苦酒陪伴自己。

尾聯把對未來的預想推得更遠,直到詩人生涯的盡頭。在遙遠的他鄉做著歸夢,過著濩落的生活,只有孤燈、苦酒陪伴自己:難道直到白頭永遠只是如此嗎?不是的。一如以前極度失意落拓的時候,詩人這次又想起要退隱山林的事。「嵩陽」在此指嵩山,在今河南登封縣。詩人盼望有一天能隱居嵩岑,日日與松雪為伴。這是他的夙願(心期)。只是,何時去隱居呢?依傳統做法,或依宗教習俗,那應是俗世纏縛終結的時候。為了應付日常生活

所需，為了不在身邊的兒女的教養，詩人能及時擺脫俗世纏縛，退隱嵩陽嗎？

077 昨夜 851 年秋

不辭鶗鴃妒年芳，但惜流塵暗燭房。
昨夜西池涼露滿，桂花吹斷月中香。

　　這首詩的大意，就如何焯所說，是說「失意之中不堪加以悼
亡。」（《集解》引）「不辭」是不推辭、甘願之意（《語言辭典》），
在此或可引申為「不計較」。鶗鴃〔音提決（tí jué）〕，鳥名，
一名子規。《楚辭・離騷》說：「恐鵜鴃之先鳴兮，使夫百草為
之不芳。」「鵜（音第〔dì〕）鴃」即鶗鴃。呂向注說：「鶗鴃……
秋分前鳴，鳴則草木彫落。言我常恐此鳥之鳴，使草木不芳香也。
喻讒臣為言以害忠良矣。」另外，《文選・張衡・〈思玄賦〉》
說：「恃己知而華予兮，鶗鴃鳴而不芳。」注也說：「鶗鴃……
以秋分鳴。」綜合上述的引文和注，鶗鴃鳥在秋分前鳴叫，一鳴
叫就草木彫落，不再芳香。這比喻讒臣會在他們認為合適的時候，
發出謗言，陷害忠良。商隱詩說「鶗鴃妒年芳」就是這個意思。
（「年芳」謂春芳、春光；這裡蓋指一年中有香花美草的好時光。）
詩人又說「不辭」鶗鴃妒年芳。這表示他有更大的不幸與悲哀，

相形之下，他認為受人讒謗、落魄失意反而是不值得去計較的了。這更大的不幸與悲哀是什麼呢？詩人就接著在第二句講。

　　商隱所感到更難承受的是愛妻王氏的過世。「流塵」是飄游的塵埃。「燭房」一般指燈燭明亮的廳房，在此借指蠟燭照明的臥室。「暗」燭房大概不是指灰塵使得點蠟燭的臥房變得昏暗，而是指僅靠孤燈照明，原本就已昏暗的臥室，因飄游的塵埃太多，顯得更加黯淡。臥房充滿塵埃，表示很久沒人用過、整理過。加上詩下面的「西池」一語，顯示這臥房應該是詩人在洛陽崇讓宅過夜的房間，而不是他長安家中的臥房。〔參看〈七月二十九日崇讓宅讌作〉（076）講解〕詩人在這裡過夜的心情也可從〈七月二十九日……〉探知。二詩詩裡雖都沒有明講，詩人這時哀痛失落的主因無疑是王氏的過世。這是詩人可以放開所有其他不如意事，心中僅存的感到惋惜的隱痛。有人說，此詩「上二句說蹭蹬失意還罷了，乃更喪耦。」（見葉蔥奇）確是言簡意賅。

　　末二句「只描繪夜來景色的淒涼，而感愴之情悽然自見。」（葉蔥奇）「西池」，應是崇讓宅西邊的池塘。末句比較難解。桂花秋季開花，其花極清香。「吹斷」者，「斷，猶盡也；煞也……『昨夜西池涼露滿，桂花吹斷月中香。』吹斷，猶云吹盡，即飄盡也。」（張相）所謂「桂花吹斷」，在實際上應是秋風吹盡桂花的清香。但是，加上下面的「月中香」三字，「吹斷」二字指的又似乎不僅是人間的桂花香，而且是月中桂樹的香氣。月中桂樹的香氣是傳說之物，怎麼可能被「吹斷」呢？所以全句寫的實際上是香盡月落。被「吹斷」的是桂花香氣與沉落的月亮。景色如此，則人之徹夜不眠也就自然可知了。

078 杜工部蜀中離席

人生何處不離羣？世路干戈惜暫分。
雪嶺未歸天外使，松州猶駐殿前軍。
座中醉客延醒客，江上晴雲雜雨雲。
美酒成都堪送老，當壚仍是卓文君。

　　商隱於大中五（851）年七月接受了東川節度使柳仲郢的辟召，為掌書記，帶侍御銜。秋冬之際，他由長安出發前往東川治所梓州（今四川三臺），十月在東川見到柳仲郢。後改聘為節度判官（在掌書記之上），仍帶侍御銜。十二月十八日他被派往西川節度使治所成都「推獄」（推劾刑獄案件）。隔年初事畢返回梓州。本詩就是推獄事畢後在成都的離別宴寫的。商隱往成都推獄一事的原委多少關係到本詩的解讀，但因其事細節較為複雜，我乃決定將它移往附注裡。①杜工部指杜甫。杜甫晚年在成都時，曾由嚴武奏為節度參謀、檢校尚書工部員外郎、賜緋魚袋，

所以世稱杜工部。「蜀中離席」是這首詩的真正題目，上加「杜
工部」三字表示詩是「以杜工部的風格」寫的。

　　首句用白話文說，就是：人生走到哪裡會沒有與親友離散的
事呢？就如此前諸詩〔〈辛未七夕〉（075）等〕講解所論述，
這句話與其說是人世間普遍狀況的寫照，無寧說是商隱本人切身
的感傷經驗。「離羣」出自《禮記・檀弓》：「吾離羣而索居，
亦已久矣！」本是小鳥失羣的意思，比喻人與親友離散。

　　第二句說：當世間的狀況艱危不安定時，更加連短暫的分別
也捨不得了。這是指當時蜀中局勢嚴峻，戰亂較多，所以對聚會
特別珍視。「世路」在此猶謂世道，指社會上的狀況。「干戈」：
兵器的通稱，因干和戈是古代比較常用的兵器。在此蓋謂常有戰
亂。

　　頷聯二句接著就講蜀地的戰亂。上句說：在雪嶺那域外極邊
之地，還有朝廷派去的使臣未得歸來。「雪嶺」：朱鶴齡引《元
和郡縣志》說：「雪山在松州嘉城縣東八十里，春夏常有積雪，
故名。」另，馮浩說：「詳檢史志諸書，雪山綿互遼遠，以界華、
戎（以為漢人與少數民族的邊界）。」（俱《集解》引）此處蓋
以指松州、維州等州的雪嶺。（諸州均在今四川西北。松州在今
阿壩藏族自治州松潘縣，維州在今理縣。）「天外」，天之外，
此處指域外極邊之地。

　　頷聯下句說：邊地的松州尚且駐守著「神策行營」。「殿前
軍」本指神策軍（皇帝的禁衛軍）。唐中葉以來，塞上各地將領
為了得到優厚的給養，往往奏請遙屬神策軍，稱神策行營。這裡
所謂殿前軍當即指神策行營。（馮浩纂栝自《新唐書・兵志》）

大致如馮浩所說，松州、維州一帶自唐中葉以後常受吐蕃及党項羌騷擾甚至吞併。但從宣宗大中元年起到大中五年，史籍倒沒特別記載那裡有動亂發生。話說回來，這並不表示商隱詩中所寫是想像的事。較可能是書缺有間，當時實際情況今天已難詳考了。

頸聯用象徵手法寫成都局勢之詭譎多變及別宴賓客之清醒、渾噩不一。「座中」句的「延」是延請、勸飲的意思。「醉客」指不清醒、渾渾噩噩的客人。「醒客」則指看得清現實的客人。其用法源自《楚辭‧漁父》的「屈原曰：『舉世皆濁我獨清，眾人皆醉我獨醒。』」當然，「醒客」必包含詩人自己。「江」當指錦江。「晴雲雜雨雲」指自然界與人事界一樣變幻無常。人事界少數民族時叛時服，自然界則江上的雲晴雨交雜。

到了尾聯，詩人說成都適合做養老的地方，因為有名酒，又有美女當壚的酒肆。據唐朝李肇《國史補》，劍南有稱為「燒春」的名酒。（唐人稱酒為「春」；又，成都在劍南道。）「當壚」：古代酒肆中累土砌臺用以安放酒缸，叫酒壚；賣酒的人坐在壚邊，叫當壚。漢代司馬相如娶妻卓文君，二人在成都開酒肆。文君才貌出眾，而親自當壚賣酒。詩說「當壚仍是卓文君」，意謂現今成都酒肆仍有像卓文君那樣的美女在當壚。或說，「仍」有「且」、「更」的意思，所以詩意是除了有名酒之外，更有文君一般的美女在當壚。成都既有名酒，又有美女當壚的酒肆，自然是人們終老的好地方。這乍看就是尾聯的旨意，但如果真地如此解讀，那麼此聯與前面三聯擔憂時局、深自惕厲的詩情就會互相矛盾。因此，或許應將這兩句讀為反話、諷刺話；或者只是離席上相勸的應酬話；或者是商隱覺得，可惜戰亂不能平息，不然

成都不失為養老的好地方；或者後兩者兼而有之。如此解讀，全詩意旨較能一貫。

最後，我要附帶談談商隱學杜的問題。或以為本詩「座中醉客延醒客，江上晴雲雜雨雲」一聯與杜甫〈聞官軍收河南、河北〉的「即從巴峽穿巫峽，便下襄陽向洛陽」句法完全一致，是商隱模仿杜甫的好例子。（黃世中）但我認為，這種相似只是枝節、表面的相似。杜甫這聯明白曉暢、直賦心情；而商隱那聯則用了象徵手法寫人情、世局。兩者差異點不下於相似點。況且，借用管世銘的話說，商隱律詩之近似於杜律，「在神骨之間，不在形貌」。（《集解》引）這種近似之處單靠舉出幾個相似字句是無法傳達的。讀者只能多讀二人律詩，在心中揣摩、融貫，才能真正領略。還有，商隱近似於杜甫的詩作不限於律詩，絕句、古體和長篇排律也不少。所有這些詩都得用相同的方法與態度才能體會。

附注

① 此事記述於商隱〈為河東公上西川相國京兆公書〉中。馮浩在其《樊南文集詳注》中述其要旨說：「因阿安人（一支少數民族？）控（訴於）御史臺，故牒下東川，令遣官赴西川會讞〔音宴（yàn）；審判定案〕也。」馮氏接著引史書說明為何會派遣商隱去西川。因其刪削太多，我直接引了史文。《舊唐書·宣宗紀》：「（大中四年八月）魏謩〔音模（mó）〕奏：『諸道州府百姓詣（御史）臺訴事，多差御史推劾。臣恐煩勞州縣……今諸道觀察使幕中判官，少不下五六人，請於其中帶憲銜者，委令推劾。如累推有（功）勞，能雪冤滯，

御史臺闕官,便令奏用。』(帝)從之。」所謂「憲銜」,宋·程大昌《演繁露續集》說:「唐世節度、觀察等使辟置官屬,許理年轉入(御史)臺官,至侍御史止……已上皆名憲銜。」按:依魏謩奏言,「憲銜」似不包括「轉入臺官」者,僅指節度、觀察等使官屬在正職外所加的侍御之類屬御史臺的虛銜。御史臺是掌理司法、風紀的。恰好商隱是節度判官,又帶侍御銜,所以派了他去。另前面已提過,他的任務是處理阿安人間的爭訟,故與程夢星、葉蔥奇所提的蓬州、果州亂賊寇掠三川的事不相干。

西溪（悵望西溪水） 852 年春

> 悵望西溪水，潺湲奈爾何！
> 不驚春物少，只覺夕陽多。
> 色染妖韶柳，光含窈窕蘿。
> 人間從到海，天上莫為河。
> 鳳女彈瑤瑟，龍孫撼玉珂。
> 京華他夜夢，好好寄雲波。

這首詩當作於大中六（852）年春。（《會箋》，頁 183）那時商隱剛從成都推獄完畢回到梓州。他利用旬休假日，外出到梓州城西的景點西溪，流連美景，心中有種種感觸，便寫下了這首詩。據商隱〈謝河東公和詩啟〉，柳仲郢還親自和了這首詩。謝啟中有一段話，頗有助於了解本詩，茲抄錄於後：「某前因假日，出次（至）西溪，既惜斜陽，聊裁短什。蓋以徘徊勝境，顧慕（眷戀思慕）佳辰，為芳草以怨王孫，借美人以喻君子……」（《校注》，頁 1961-62）。

詩首兩句說：望著西溪水潺湲流去，內心無限悵然。為什麼

呢？西溪就是這麼地流去，人生就是這麼地流逝，大自然就是這麼地運轉。商隱剛喪偶不久，就得離開幼小的子女，遠離長安來到東川，又匆匆忙忙前往成都推獄，現在終於回到陌生僻遠的梓州。這一切一切，背後都有命運在掌控，人能奈其何？所以面對靜默無語，潺潺而流的溪水，彷彿面對運轉著的大自然一般，會說出「奈爾何（能拿你怎麼樣）！」的話。這兩句是全詩總起，包含但不僅只在表達對時光易逝的無奈。

次聯寫春已將殘，所以沒有看到多少「春物」，詩人也不覺得驚詫；但是因為是黃昏時分，所以夕照景物特別多，這就觸動了詩人心思。「春物」就是春日特有的景物，常指春花、春樹。春物和夕照景物都寫在下一聯。在此，夕陽除了講一日的黃昏外，也暗示人的暮年歲月。所以，「只覺夕陽多」傳達了無限的遲暮之感。

「色染妖韶柳」的「色」指夕陽時分的緋紅色彩。「妖韶」是妖嬈美好。整句是說夕陽的色彩染紅了妖嬈的柳樹。次句的「光」指水光。「含」猶言「涵」。全句說夕陽照射的水光涵映著美麗的藤蘿。「妖韶柳」和「窈窕蘿」也算是春天景物了，但是沒有到處盛開的繽紛多彩的花，和枝頭綴滿花朵的樹，所以說「春物少」。而夕陽染照各種事物，加上心理上的增益（從遲暮的人眼中看去，夕陽特別突出），就覺得「夕陽多」了。

「色染」一聯當就是謝柳仲郢的啟文中「顧慕佳辰，為芳草以怨王孫」所指的內容了。「芳草」句出自《楚辭・招隱士》的「王孫遊兮不歸，春草生兮萋萋」。意思是說，當春草長得茂盛的時節，也該是王孫結束四處遊歷，「歸去」的時候了。詩中的

「妖韶柳」、「窈窕蘿」就相當於〈招隱士〉所講的「萋萋」的「春草」。在此，詩人的心情就是見春景而思歸了。所以下接「人間」一聯。這一聯說，在人間可以聽憑（從）西溪你隨順心意，自由馳騁，直流到大海。（按：西溪注入嘉陵江，故可往南入長江，東入大海。）但是，你切勿（莫）在天上也變成一條河，因為那會阻撓我歸鄉的整個過程。為什麼這麼講呢？因為詩人人在梓州東川幕府，根本不可能隨時歸鄉。他只能在夢中歸鄉，所謂「京華他夜夢」是也。「他日」同時可指過去的某一天，或將來的某一天。「他夜」用法與此相同；在此指過去的某一夜。詩人在過去的某一夜做了光彩回到京華（長安）的美夢，他不希望這個夢受到干擾。

　　詩人夢見什麼呢？第一，他要與剛過世不久的愛妻會面。所謂「莫為河」就是不要形成一條阻礙牛郎、織女相會的天河。詩人大概由於覥腆，所以沒有明講要與亡妻會面，而只說要西溪「天上莫為河」。接著詩人夢見兒女光鮮亮麗地在京城生活著。「鳳女」比詩人女兒；「瑤瑟」是用玉裝飾的瑟。「龍孫」用來指袞師；「玉珂」是裝飾馬籠頭的玉或貝殼一類物品，震動馬勒時會發出聲響。這兩句是我判定「天上莫為河」以下所寫為夢境的依據。因為瑤瑟是極珍貴的樂器，玉珂是富貴人家所騎馬匹才能裝飾的物件，商隱一窮二白，兒女如何能享用此等奢華物品？稍後我們會講到〈楊本勝說於長安見小男阿袞〉（085）一詩。其中提到商隱子女在長安的情形，就說：「漸大啼應數，長貧學恐遲。寄人龍種瘦，失母鳳雛癡。」這是詩人與楊本勝談話之後，想見其子女狼狽狀況之辭。這才是實際生活中的詩人子女。

詩人很想把充滿幸福感的「京華他夜夢」與家人分享。所
以他說要把夢的內容「好好寄雲波」。「雲波」一語《漢語大詞
典》定義為「雲狀的波紋；水波」。「雲狀的波紋」實不知何所
指。至於「水波」，則中國文學中早就有託水波傳達信息的說法。
如出名的曹植〈洛神賦〉就曾說：「無良媒以接歡兮，托微波而
通辭。」所以今人葉蔥奇就解「好好」句說：「想憑藉溪水把夢
傳到京中。」我懷疑詩人意思也是如此。他最終之所以不說「水
波」，而說「雲波」，大概是由於「水」字不合平仄吧？（這個
位置適用平聲字。）然而，藉西溪水波把夢境傳達給長安家人，
從現實面看也只是自我安慰之辭罷了。馮浩說，商隱「昔年客中
憶在京妻子，尚得好好一寄消息，今則妻亡子幼，夢亦多愁矣」。
他認為詩人「言外含悲，隱而不露」。《集解》按語也說此詩「語
極悲涼，令人悽然」。都是有得之見。

080 – 082

李夫人三首　852 年秋

其一

一帶不結心，兩股方安鬌。
慚愧白茅人，月沒教星替。

其二

剩結茱萸枝，多擘秋蓮的。
獨自有波光，彩囊盛不得。

其三

蠻絲繫條脫，妍眼和香屑。
壽宮不惜鑄南人，柔腸早被秋眸割。
清澄有餘幽素香，鰥魚渴鳳真珠房。
不知瘦骨類冰井，更許夜簾通曉霜。
土花漠漠雲茫茫，黃河欲盡天蒼蒼。

在正式講詩之前，我們須先知道兩個故事。一是關於李夫人的。據《漢書‧外戚傳》，漢武帝李夫人是樂工李延年的妹妹，得到寵幸，生了一個男孩。李夫人早卒，武帝對她思念不已。那時有個叫少翁的方士，自稱能引來李夫人的神靈。於是在夜間陳設燈燭，設帷帳，陳列酒肉，而令武帝待在另外的帷帳裡。武帝遠遠見到一位和李夫人一般相貌的好女人。夫人的神靈坐於帷帳中，又出來緩步行走。武帝又不能趨近去看，愈加相思悲戚，於是為之作詩說：「是邪？非邪？立而望之，偏何姍姍其來遲！」

商隱這三首詩是寫思念亡妻的，與上述故事情境有近似之處，所以以〈李夫人三首〉為題。

第二個故事是，商隱來到東川梓州後，大約在大中六年秋天，幕主柳仲郢欲賜一位樂妓張懿仙給詩人為妾，說是可以應付縫紉補衣之需。詩人以「悼傷以來，光陰未幾」，沒有心情娶妾等理由婉拒了。事見詩人〈上河東公啟〉。這是觸動詩人寫〈李夫人三首〉的緣由。（按：《校注》繫〈啟〉於大中五年冬。然商隱五年十月才到梓州，十一月即被派赴成都推獄，到隔年春才回梓州〔見〈杜工部蜀中離席〉（078）講解〕。且〈李夫人詩〉明顯作於秋日〔見下面討論詩作部分〕。故〈啟〉當作於大中六年秋，賜張懿仙事即在其時。）

以下就來討論詩本身。

白話串講

其一

一帶不結心，兩股方安髻。

單——條錦帶縮不成同心結。要兩股簪子才能固定髮髻。

慚愧白茅人，月沒教星替。

不過我還是很感謝那位「白茅人」，他在我的月亮沉沒的時候安排讓星星來替代。

其二

剩結茱萸枝，多擘秋蓮的。

我紮束了很多很多辛烈的茱萸枝。我擘開了很多很多秋日苦心的蓮子。

獨自有波光，彩囊盛不得。

但我尚且有昔日快樂生活如波光般閃耀的點點回憶。可惜這不是彩囊盛得住的。

其三

蠻絲繫條脫，妍眼和香屑。

妳手上的腕釧繫著南方的絲線。妳美麗的眼睛和著百合香屑。

壽宮不惜鑄南人，柔腸早被秋眸割。

我不惜在妳的壽宮裡用南金鑄了妳的像。我的柔腸早被妳秋水般的明眸所割斷。

清澄有餘幽素香，鰥魚渴鳳真珠房。

我獨處室中，香氣清幽素淨，還沒散去。我猶如鰥魚、渴鳳，在真珠裝飾的房間裡。

不知瘦骨纇冰井，更許夜簾通曉霜。

不知瘦骨像在冰窖一般寒凍，還讓自己徹夜守候，任憑曉霜透簾而不覺。

土花漠漠雲茫茫，黃河欲盡天蒼蒼。

妳所在的地方一整片墳場苔蘚漠漠，秋雲茫茫。而我的恨如將入海的黃河，浩渺無極，河上蒼天無語。

注釋

其一

- 一帶不結心：古代以絲線或錦帶綰成連環迴文式的結子，以寄寓堅貞的愛情，美稱為「同心結」。本句的「心」指此。全句意謂要男女雙方都有意才可能產生愛情，就像同心結應是兩股線才能綰結而成。

- 兩股方安髻：髻〔音寄（jì）〕，挽束在頭頂的頭髮。古人用一種長針來插定髮髻，或把帽冠連於髮髻，稱作笄〔音機（jī）〕，現在稱為簪子。要把髻冠固定好，就需要兩根簪子。或說，古代有稱為「同心髻」的髮型，需要兩股簪子才能固定。這句寓意與上句相同。

- 慚愧白茅人：慚愧，感謝、多虧。白茅人，方士；借指柳仲郢。程夢星注引《易林》說：「白茅醴酒，靈巫拜禱。」因而主張「白茅以供祭祀，降神所必須」。白茅人不必定指一般所說，漢武帝時穿著羽衣、夜立白茅上受「天道將軍」玉印的術士欒大，而只是指一般的方

士。（《集解》引）而商隱之所以稱柳仲郢為白茅人，蓋因方士在李夫人故事中有為漢武帝引致李夫人神靈之事，而如前所述，柳仲郢有欲為商隱媒合樂妓張懿仙之舉。

- 月沒教星替：「月」借指商隱亡妻王氏。「星」指樂妓張懿仙。《詩經・召南・小星》有「嘒彼小星，三五在東」語，〈序〉說：「小星，惠及下也。夫人無妬忌之行，惠及賤妾。」後來便以「小星」為妾的代稱。此處的「星」大概也有「小星」之意。馮浩注引樂府歌曲〈讀曲歌〉說：「月沒星不亮，持底（什麼）明儂緒（心思）？」「月」、「星」二字用法頗合本詩情意。

其二

- 剩結茱萸枝：剩，多也。結，綑、束。茱萸，植物名，味辛烈。古人習俗在重陽節作彩囊，盛茱萸繫在手臂上，以為可以消除災禍。

- 多擘秋蓮的：「的」通「菂」，蓮子也。肉色乳白，中間有綠色的蓮心，味甚苦。因在蓮子中間，所以要擘開蓮子，才能嚐到其苦味。這組詩大概作於秋天，接近重陽，所以詩中提及「秋蓮的」、「茱萸」、「秋眸」（其三）、「曉霜」（其三）。本首的前二句除了指出時節、場合外，並取義茱萸的「辛」和蓮子心的「苦」，喻王氏過世後，詩人生活、心情都辛苦無比，而自己也甘於這辛苦。

- 獨自有波光：這句很難解。「獨自」的「獨」通「猶」，依然、尚且的意思。（黃世中及《漢語大字典》）謂王氏雖已歿，詩人尚且自有「波光」。「波光」一語至少可找到四種說法。(1)水波反射出來的光（《漢語大詞典》）。(2)（王氏）目光如水波（朱鶴齡、馮浩、黃世中；其根據可見《集解》與黃世中，此處不贅引）。(3)王氏猶如波光瑩瑩的露珠（《集解》按語）。(4)旖旎的風光（葉蔥奇；其意蓋指美好的生活經驗）。其中以(2)項依據最堅強，主張的人最多。但是，這個說法有兩個破綻。第一，依據我們上面的解說，「獨」意謂「尚且」。王氏已歿，如何「尚且」有如同水波的目光呢？第二，下

一首提及王氏的銅像時，又講到「秋眸」。如是，二、三兩首接連寫到王氏目光，似有重複之嫌。有鑒於此，我乃參考葉氏說法，提出了〔串講〕裡的解釋。

- 彩囊盛不得：「綵囊」這個意象應是由重陽節和茱萸的傳說連類而及。

其三

- 蠻絲繫條脫：蠻絲，一種南方出產的絲線。「蠻」指蠻方，古代對南方地區的泛稱。條脫，古代稱臂釧、腕釧為條脫。猶現在所稱的手鐲。王氏的鑄像似乎不會同時帶著腕釧與臂釧。〔串講〕裡就選擇只提腕釧。腕釧上繫蠻絲，應是作為裝飾用。

- 妍眼和香屑：妍眼，美麗的眼睛。和〔音或（huò）〕。「和」本義為混合，在此可能作「附著」解。香屑，香粉。古時宮廷、貴家時興和合多種香料，研成粉屑，稱「百合香」，在香爐中焚燒以熏衣物。

- 壽宮不惜鑄南人：壽宮，供神以及死者的神座、神牌、遺像的地方。「鑄南人」似指詩人為王氏鑄造銅（金）像以祀之。朱鶴齡指出：「『鑄南人』，無解，或『南金』之訛，言不惜以金鑄其像也。」馮浩注從其說。黃世中在其按語中說：「朱、馮說近之。『南金』亦稱『雙南金』，古南方產銅故稱。後亦借指黃金或貴重物品。」

- 柔腸早被秋眸割：秋眸，如秋水之明眸。馮浩說：「蓋婦人之美，莫先於目，義山妻以此擅秀。」此所以商隱一寫「妍眼」，又寫「秋眸」。此說大為張采田所訕笑。（《會箋·李義山詩辨正》）其實，商隱在〈房中曲〉（073）中也寫到其妻眼波之美。說：「枕是龍宮石，割得秋波色。」《集解》按語說：「秋波：以秋水之明淨狀眼波。」馮說自有其依據。

- 清澄有餘幽素香：清澄有餘，蓋謂室內所焚之香極其清澄，尚未散去。

- 鰥魚渴鳳真珠房：鰥魚、渴鳳，此句言自己深切思念過世的妻子王氏。《集解》按語說：「鰥魚、渴鳳均〔詩人〕自況。」「鰥魚」：不寐的魚。朱鶴齡注引《釋名》說：「愁悒不能寐，目常鰥鰥然。字從魚，魚目恆不寐。」「渴鳳」者，思念至極，猶如極渴，所以用「渴」字來形容。真珠房，除「串講」所說外，我想不出更好的解釋。
- 不知瘦骨類冰井：冰井，藏冰的地窖。即《詩經·豳風·七月》「三之日納于凌陰」的「凌陰」。
- 土花漠漠雲茫茫，黃河欲盡天蒼蒼：土花，苔蘚、地苔。「漠漠」原作「漠碧」，他本或作「漠漠」。「漠漠」與「茫茫」對舉，似較佳。9、10 二句似皆想像之詞。9 句想像王氏墳墓之荒涼。10 句想像自己積恨之如黃河浩淼。

　　黃世中說：「三首總觀之，似義山攜王氏圖形之遺像至東川，並倩人鑄製王氏金銅塑像，以供壽宮神廚。詩寫夤夜掀簾入幄，於神像前燒香憑悼，至次日侵晨始出，故云『更許夜簾通曉霜』也。」我認為一、二首似尚未敘及面對神像之事。不過，黃氏的話對讀第三首頗有啟發。另外，馮浩引潘岳〈悼亡詩〉詩句「獨無李氏（李夫人）靈，髣髴覩爾容。」認為詩題「李夫人」即取此意。我以為第三首的內容才真有此意。

083 二月二日　853年

　　二月二日江上行，東風日暖聞吹笙。
　　花鬚柳眼各無賴，紫蝶黃蜂俱有情。
　　萬里憶歸元亮井，三年從事亞夫營。
　　新灘莫悟遊人意，更作風簷夜雨聲。

　　由詩中「三年」句可以推算出，本詩當作於大中七（853）年。馮浩依據一部叫《全蜀藝文志》的書，指出成都以二月二日為踏青節，並揣測梓州應該也一樣，今從其說。詩先寫江邊踏青的樂趣，後轉而想起已在梓州東川幕多年，動起思鄉之情，最後以抱怨眼前會勾起鄉愁的景物作結。

　　首聯說二月二日隨人到江邊踏青，此時東風已一日一日變暖，遊客中聽得到吹笙作樂的聲音。頷聯接著講踏青所見的自然美景。「花鬚」是花的雄蕊。在此借指春花。「柳眼」指早春時初生的柳葉，因為像人初展的睡眼，所以稱柳眼。「無賴」在唐詩中常是「可喜」、「可愛」的意思。如杜甫〈奉陪鄭駙馬韋曲二首〉其一說：「韋曲花無賴，家家惱殺人。」又如徐凝〈憶揚州〉

說：「天下三分明月夜，二分無賴是揚州。」有時與「有心」、「有意」對舉，意謂「無意」、「無心」。如羅隱〈渚宮秋思〉說：「襄王臺下水無賴，神女廟前雲有心。」更多的用例可見《語言詞典》與黃世中。在此，「無賴」似以解為「可喜」、「可愛」較佳。「紫蝶」、「黃蜂」春日忙於採蜜傳粉，會沾惹花朵，或許因此說牠們「有情」。

頸聯就轉到懷鄉了。「元亮」，陶淵明字元亮。「井」，蓋「井竈」之省稱，亦作「井灶」，井與灶，借指家園、故里。「三年」，指由大中五（851）年底入東川至七（853）年初作此詩時。「從事」，唐節度使自辟僚屬皆曰「從事」〔見〈韓碑〉（043）注釋20〕，這裡作動詞用。「亞夫」指漢文帝時名將周亞夫，其屯兵處在長安附近萬年縣的細柳。馮浩說，「細柳」隱寓柳仲郢的姓，可備一說。二句說，自己離家萬里入柳仲郢幕做從事，一下子就三年之久了，心中真想像陶淵明那樣毅然辭官回歸故里。姚培謙曾講了一段話，可以解釋商隱從踏青的喜樂一下子跳到思歸的惆悵去的心理背景。他說：

大凡人生境界無常，只心頭不樂，好境都成惡境。此詩前四句，乍讀之豈不是春遊佳況？〔然〕細玩一「各」字、一「俱」字，始覺無賴者自無賴，有情者自有情，於我總無與（不相干）也。蓋萬里憶歸、三年從事，誠非花柳蜂蝶所能與知……（《集解》引）

這種心情末聯又以不同的語言再強調了一次。「灘」是河道

水淺流急、多沙石的地方。「新灘」疑是江上某一有「灘」之處
的名稱。「莫悟」，不理解。「遊人」，離家在外或久居外鄉的
人，義同「遊子」。「風簷夜雨聲」，夜裡簷間風雨之聲。詩人
是個遊子，在春光明媚之日，暫時藉「花鬚柳眼」、「紫蝶黃蜂」
這些雖然美好，卻不能與自己感情互通的外物排遣心情。沒想到
「新灘」不能了解詩人這番心意，更發出窸窣嘩啦這種彷彿夜間
風雨打在簷間的聲響。這種聲響不正是詩人在風雨之夜，聞之鄉
愁綿綿難以入眠的聲響嗎？踏青觀賞花柳蜂蝶，而卻遇到新灘發
出這種風雨淒然的聲響，真令人「驅愁無地」了。（以上參《集解》
引馮浩語）

　　「新灘莫悟遊人意」的「悟」字他本或作「誤」、作「訝」。
馮浩認為，「『悟』字入微」，「誤」或「訝」都嫌淺直。讀者
以為如何？又，《集解》按語說：此詩「以春色襯羈愁，以樂境
寫哀思，以輕快跳動之筆調表現抑鬱不舒之情懷，相反相成，益
見淒其（淒然）寂寥。」讀者以為然否？

084 初起 853 年

想像咸池日欲光，五更鐘後更迴腸。
三年苦霧巴江水，不為離人照屋樑。

　　這首詩當於大中七（853）年作於梓州。詩題「初起」頗為難解，若純依詩句內容推測，大概意謂清晨起床。詩中寫梓州地方山高水深，地多濃霧，清晨一大早起來，苦苦等待，始終等不到日光照射。自己已連續過了三年這樣的日子。詩除了直敘此事外，還以之託寓己身之困塞運乖、苦悶抑鬱。

　　首句講說，詩人凌晨起來，又和平日一樣見不到日光，不禁想像起傳說中太陽沐浴的地方「咸池」。關於咸池，注家多半會引兩個出處。其一，《淮南子‧天文訓》說：「日出於暘谷，浴於咸池，拂於扶桑，是為晨明。」這段話把太陽初出到黎明時節整個活動的過程，簡單扼要敘述了一遍。「晨明」，猶黎明（《漢語大詞典》）。「扶桑」，神話中樹名。傳說日出於扶桑之下，拂（掠過）其杪（梢）而升。（《漢語大詞典》）「咸池」則是日初出於暘谷後「（沐）浴」之處。另外，《楚辭‧

離騷》說:「路曼曼(漫漫)其脩(長)遠兮,吾將上下而求索。飲余馬於咸池兮,總(結)余轡乎扶桑。」王逸注:「咸池,日浴處也……扶桑,日所拂木也。」王逸注沒有比《淮南子》多出什麼新資訊。但是〈離騷〉本文把咸池當作屈原在其漫長追尋中「飲馬」的地點,這是一個很浪漫的想像,把咸池與人類的距離拉近了許多。雖然如此,本詩所提的咸池,可能與〈離騷〉關係不大。所謂日浴於咸池,應該是指太陽一半浸於水中,一半露出水面,半隱半出。這是日初出後半現半隱現象的神話化的說法。詩人說「想像咸池日欲光」,是從苦霧籠罩,見不到日光的梓州,想像他「初起」後的那個時間點,世間的某個地方已經太陽半出半隱,放出光芒了。「欲」字是表示太陽將光未光。詩人會想像及此,可見他對咸池的極度嚮往,換句話說,也就是對日光的極度嚮往。

詩人由想像中太陽在地平線上剛出不久的時刻就開始等待日出,而日遲遲不出,使他等得內心焦急憂傷,好像腸子在肚裡迴環旋轉(迴腸)一般。一直到敲了五更鐘(大約三點到五點)後,本應是黎明時分,應該起床準備工作了,而太陽依舊不出來,因此,詩人的焦急憂傷也更為強烈了。「更」字意謂本已如此,現在更為強烈。

「三年」指由大中五年抵東川到大中七年這三年。「苦霧」:這個字眼最早似乎出現於鮑照的〈舞鶴賦〉:「涼沙振野,箕風動天。嚴嚴苦霧,皎皎悲泉。」其後詩人用之者頗不少(黃世中)。但除了《文選》李周翰注〈舞鶴賦〉時說「寒霧殺物,故云苦也。」之外,未見有注之者。至《漢語大詞典》,則把它定

義為「濃霧」。不管是「寒霧」還是「濃霧」，似乎都無法單獨說明商隱詩中所寫的那種霧。商隱寫的霧應該是既「寒」（因為在高山上）、且「濃」（因為日光無法穿透）、且持續不散的。「巴江」本來泛指巴地江流，因當時詩人在東川梓州幕，所以當特指梓州所在的涪江。《集解》按語曾引了商隱〈為崔從事寄尚書彭城公啟〉（大中七年，梓州；見《校注》，頁 2005）中一段話，以供參證此詩所寫的山高水深、苦霧瀰漫的地理環境：「潼水千波，巴山萬嶂。接漏天之霧雨，隔蠻冢之煙霜。」蠻冢是山名，在唐代山南道，為漢水之源。「漏天」者，「凡山水毒瘴蒸為霧雨，皆可曰『漏天』也。」（馮浩，《樊南文集詳注》）商隱就在這種環境中熬，難怪他要訴苦。

末句反用了宋玉〈神女賦〉的話來總結詩人處境之可哀。宋玉賦中說：「其始來也，耀乎如白日初出照屋樑。」旭日初升，斜照屋樑，那是它最光耀奪目的時刻，也是它最和煦清新的時刻。宋玉把這種時刻的陽光的魅力聚焦於照屋樑這個情境上，用來描繪神女。商隱這裡反用其語，告訴讀者，他所最期待、最嚮往的那如神女始來一般光耀奪目的初出白日，始終不降臨到他的世界，不為他「照屋樑」。他作為一個遠離家鄉的「離人」，作為一個最需要光照來撫慰的「離人」，內心的苦悶、抑鬱、絕望豈足以為常人道！

這首詩在直賦現實情景之際微寓象徵意義，既見包圍詩人之昏暗苦霧，又透出詩人意緒的苦悶無聊，以及心境的壓抑窒息。而不論在寫實面還是在象徵面，企盼霧開日出、復見光明的感情都溢於言表。（參《集解》按語）

085 楊本勝說於長安 見小男阿袞 853年10月

聞君來日下，見我最嬌兒。
漸大啼應數，長貧學恐遲。
寄人龍種瘦，失母鳳雛癡。
語罷休邊角，青燈兩鬢絲。

　　商隱〈樊南乙集序〉說：大中七（853）年十月，有一位弘
農人楊本勝剛從長安來到梓州軍中。本勝極喜收聚文稿，因此懇
切向商隱索取所有四六文。據此，本詩當作於十月楊本勝來軍中
後不久。另據詩題，楊本勝顯然在離長安前造訪了商隱子女寄居
（詳下）的處所，見到了袞師。詩即寫了詩人向楊本勝探問袞師
現況的經過。

　　首聯說：聽說您從長安來，見到我最鍾愛的兒子。「來」，
來自。「日下」，指京城長安。古代以帝王比日，故以皇帝所在
之地為日下。從首句的「聞君」和尾聯的「語罷」看來，詩人與

楊本勝是有一番談話的。但詩中只敘述了詩人探問的話，顯示詩人迫不及待想知道嬌兒的情況，而且似乎只關心嬌兒的情況。

詩人首先問，兒子漸漸大了，應該常常哭吧？「數〔音朔（shuò）〕」是頻頻、屢屢的意思。有人認為，年紀大了，就應該不會常常哭才對。這裡顯然有錯字。（《集解》引朱彝尊）馮浩反駁說：「漸大則知思父遠遊，傷母早背，故『啼應數。』或疑之者，非也。」馮說可從。會想到兒子因思念父親、哀傷亡母而常常啼哭，這應是詩人殷切思子之情的投射吧！接著詩人問：家中始終貧困，兒子恐怕遲遲沒機會求學吧？詩人家中困窘如此，讀者不知有沒有意識到？

頸聯的「寄人」顯示袞師大概寄住在親友家中，由人代為照顧。「龍種」是皇室後裔的意思。商隱年輕時就自稱「我系本王孫」〔〈哭遂州蕭侍郎二十四韻〉（008）〕。他死時詩人崔珏〈哭李義山〉又說「成紀星郎字義山」。可見商隱自稱出自隴西成紀一系。而唐皇室也宣稱出自隴西成紀。是以商隱在此稱袞師為「龍種」。身為龍種而因寄人籬下，缺乏父母呵護，導致身體瘦弱，益見其可哀。「失母鳳雛癡」是詮釋比較紛雜的一句詩。「鳳雛」本來比喻門庭高貴者的子孫，或用來稱譽他人子弟。《晉書‧陸雲傳》曾說：陸雲幼時，「閔鴻見而奇之，曰：『此兒若非龍駒，當是鳳雛。』」可能由於有這個典故，再加上詩題只提袞師，注家多順理成章地認為「龍種」、「鳳雛」均指袞師。但是，傳統上，教導女兒常被認為是母親的職責。商隱擔心會由於失去母親而變得癡傻的孩子，比較可能是女兒而不是兒子袞師。而且，我們在前面提過，商隱在喪妻之後，凡講到子女都是兒子、女兒並

提。〔見〈房中曲〉（073）注釋 1-2〕最近的一個例子是〈西溪〉（悵望西溪水）（079）的「鳳女彈瑤瑟，龍孫撼玉珂。」（注意：這個例子也是稱子為龍，稱女為鳳）所以，這裡的「鳳雛」實在有可能是指商隱女兒而言的。黃世中說：「『鳳雛』，當指嬌女，因言阿袞，兼而及之。」雖然沒附佐證，說法本身自有道理。當然，或許有人會認為頷頸兩聯三句寫袞師，一句寫女兒，結構的平衡會出現問題。這也有道理。看來，第六句寫誰，對詩人、對詮釋者都是個困難的抉擇。

屈復指出說，三、四句的「應」、「恐」二字是「想當然耳」之詞，五、六二句則是「定然之詞」，情意有「深淺之別。」（《集解》引）的確，從三、四到五、六句，詩人意緒有愈來愈消極、愈來愈沮喪的傾向，最終則歸於末二句的悽然而悲。

「語罷」指詩人與楊本勝的談話結束。雖然詩中寫得很少，他們真正的談話可能很長。談話結束時夜已深了，邊地梓州軍幕的號角聲恰好也停（休）了。四處一片闃寂，而「冷冷的青燈照出詩人『兩鬢絲』的面影」，在此情境下，「詩人的種種不幸無須深說，而淒涼之意自然溢於言外。」（劉學錯、余恕誠，《詩選》）

086 寓興 853 或 854 年

薄宦仍多病，從知竟遠遊。
談諧叨客禮，休澣接冥搜。
樹好頻移榻，雲奇不下樓。
豈關無景物？自是有鄉愁。

商隱於大中五（851）年底到梓州東川幕府，九年府罷，九年冬隨柳仲郢歸朝。他剛到梓州的時候，內心就有強烈的懷鄉之情，並形諸詩作，這點我們前面已經提過。時日一久，加上回朝的希望十分渺茫，他思鄉之情雖然仍在，日子卻也就在規律的辦公、休假、幕中飲宴、玩賞風物、作詩，或與長官（柳仲郢）談天中流逝。商隱也寫了不少詩記錄下這些生活點滴。這些詩情意閒適，文字平淡。以下我們就選這首〈寓興〉做例子。詩大約作於大中七、八年左右。詩題「寓興」就是寄寓內心感興的意思。

詩開頭說，此行只是做個卑微的官（薄宦），且又（仍）加上身體多病，本來不該接受的。但因追隨（從）知己（知，指柳仲郢），不得已竟然又遠離家鄉、親人，從事遠遊了。「遠遊」

原指離家至遠方游歷、游學。這裡指離家到東川梓州做小官。語中似乎有些許懊悔、無奈之意。

下面接著說，還好長官待己如賓，自己生活也滿閒適。「談諧」是談笑的意思。叨〔音滔（tāo）〕是個謙詞，辱承的意思。「叨客禮」就是辱承長官以對待賓客的禮數對待我。（所以與我談笑。）在身分上，商隱是柳仲郢的屬下，不是賓客。遇到假日，我就洗沐休息，接著作作詩。「沐瀚」，即休沐。唐代官員每十日放假一日，供洗沐休閒之用，稱休沐，也稱休瀚。「冥搜」原義是盡力尋找、搜集，或者深思苦想。後來常用以指搜尋材料，構思詩作。有的注家把「休瀚」句簡單解釋為「假日賦詩。」（《集解》補語）這基本上雖說得過去，但卻漏掉「接」字沒說明。「接」是「繼」、「接續」的意思。所以我認為把這句詩解說如上文，比較完滿。

「樹好」二句寫詩人適意欣賞風景。「移榻」二字葉葱奇說是湊近樹蔭以避陽光的灼炙。這裡就採用他的說法。「不下樓」當指在樓上觀看奇雲，要看到盡興，所以都不下樓來。

雖然長官這麼好，自己的生活又這麼適意，但詩人心情還是不好。難道心情不好與沒有好景物相關嗎？不是的。是心中本自有綿綿鄉愁。「自」是個語氣副詞，可解為「本來」的「本」。依葉葱奇的說法，末二句可能直承「談諧叨客禮」句，有「並非主人相待不夠優厚……主要是自己多病、多愁」的意味。若詩人之意果真如此，那他真能照顧到柳仲郢的立場與心情。這是為人、作詩應有的委婉、周到的地方。

這首詩裡面沒有奇崛動人的情意、絢麗的修辭或自在超曠

的境界。它正好作於詩人暫時沒有了前二者而還達不到後者的階段。然讀者若對詩人有充分而深刻的了解與同情，自也能欣賞這樣的詩。

087 柳（柳映江潭） 851-855 年

柳映江潭底有情，望中頻遣客心驚。
巴雷隱隱千山外，更作章臺走馬聲。

這首詩雖然只有短短四句，卻並不容易講解。為了方便起見，我將先把全詩串講一遍，再回頭說明串講的依據，以及字句的弦外之音。

白話串講

柳映江潭底有情，望中頻遣客心驚。

柳樹倒映在江中水潭裡，它們是多麼地充滿感情啊！在我望著它們看的時候，它們頻頻令我這個遠客內心驚惶。

巴雷隱隱千山外，更作章臺走馬聲。

這巴地從千山萬嶺外傳來隱隱的雷聲，那聲音更猶如長安章臺大街上人家跑馬的聲響。

　　「潭」是水深的地方。「底有情」猶云「何其有情」（張相、
《語言詞典》）。換成白話，就是「多麼地充滿感情」。為什麼
說映在江潭的柳樹很有感情呢？首先，這有個典故。南朝梁、陳
時期的名士庾信，因戰亂羈留在北方，無法南歸，曾感懷身世，
寫了一篇〈枯樹賦〉，末尾說：「昔年移柳，依依漢南；今看搖
落，淒愴江潭。樹猶如此，人何以堪！」意思是說，「當年栽種
的柳樹，在漢水南邊，依依裊裊。現在看到它們在江潭邊搖落枯
敗，如何能不淒愴。隨著時光的飛逝，樹都衰老枯槁，人又怎能
經受得了時光的催迫！」有不少注家都認為商隱此詩用了〈枯樹
賦〉那段話的語意。誠然，商隱詩有〈枯樹賦〉的影子。不過，
就整體而言，商隱詩自有它的有機結構。因此，我們還是得直接
詳細檢視詩本身。

　　映在江潭的柳樹為何會使詩人覺得有情呢？這要從詩整個前
半，甚至從整首詩來琢磨才能解答。詩第二句說，詩人在看江柳
的過程中，江柳頻頻令（遣）詩人覺得驚惶。詩人為何會覺得驚
惶呢？因為時光流逝，柳樹由依依而搖落，隨季節而變化，而自
己則一直困滯在東川梓州這個偏遠異鄉；柳樹的四季變化彷彿刻
意在提醒自己這個遠「客」時光流逝的迅速，所以會頻頻使自己
心裡驚惶。詩開端「柳映江潭」的時節當在陽春二、三月左右，
因為詩稍後提到「巴雷隱隱千山外」，而春雷以聲音震響出名
（參《漢語大詞典》），能夠從千山外傳到詩人耳際的雷聲該是
春雷吧！如是，映在江潭裡的柳便是冬去春來，新的一年萬物萌
發時的依依柳樹，它們是最能警醒詩人、感動詩人的，所以詩人
會說它們「底有情」。

　　接著我們來講下半首詩。「巴」在此指東川梓州，應無疑問。「隱隱」亦作「殷殷」，是個擬聲詞，象雷聲。（黃世中）雷聲隱隱也有個典故。據傳漢武帝時，陳皇后失寵，被貶至長門宮，終日以淚洗面。司馬相如為作〈長門賦〉，寫陳后深居長門的哀怨。中有兩句說：「雷殷殷而響起兮，聲象君之車音。」所以商隱詩句隱喻巴地的雷聲從千山之外傳來一種呼喚，引發詩人對東川群山之外的想望，尤其是對京城朝廷的想望。所以他會覺得這雷聲猶如長安章臺大街的跑馬之聲。「章臺」是戰國時秦渭南離宮的臺名，後來成為漢長安章臺下的街名。《漢書‧張敞傳》說張敞為京兆尹，「無威儀，時罷朝會，過走馬章臺街，使御史驅，自以便面（類似扇子）拊馬。」由此可見章臺街是一條寬闊可以「走馬」（跑馬）、「驅」馬的大街。所以黃世中認為「章臺」指代長安；馮浩認為「走馬章臺，乃官於京師……」都是有道理的。末句中的「作」字是「如」、「似」的意思。（《語言詞典》、黃世中）「更」是「更加」。「更作」句意謂：聽到隱隱雷聲，已動起對京城、朝廷的想望；這雷聲更猶如章臺走馬之聲，遂令那種想望變得尤為殷切。這首詩，不管是前半還是後半，簡單地說，都是在表達詩人長期困滯東川、心念京城、而歸期遙遠的感情。全詩是一體的。

088 柳（曾逐東風）　853 年左右

曾逐東風拂舞筵，樂遊春苑斷腸天。
如何肯到清秋日，已帶斜陽又帶蟬。

　　這首絕句寫詩人看著眼前秋風夕陽中的柳樹，回想起往昔在春日長安樂遊苑見到的柳，覺得兩者處境落差極大，因而興起「繁華有憔悴」的感慨。

　　詩句說：從前，在令人快樂銷魂的春天裡，在遊覽勝地樂遊苑裡，柳條曾隨著東風輕拂富貴人家的歌舞筵席。那時，它們占盡繁華、極度風流。如何會到了清秋時節，就落得在斜陽日暮中滿樹蟬隻，鳴叫淒切呢？「逐」是追隨、跟隨的意思。「拂」，輕輕碰觸。「樂遊苑」也稱樂遊原、樂遊園，原是秦時的宜春苑，漢宣帝時改建為樂遊苑，是唐代長安士女遊賞的勝地。「斷腸」猶言銷魂。（張相）在此形容極度的快樂。「如何肯」即如何會、如何至於。（張相、《語言詞典》）「帶斜陽」的「帶」有「映照」義。如元稹〈遭風二十韻〉「暝色已籠秋竹樹，夕陽猶帶舊樓臺。」（見《漢語大詞典》）「帶斜陽」意謂在夕陽映照中。「帶

蟬」的「帶」是帶有、帶著的意思。「斜陽」常會引起沒落、遲暮的聯想。「蟬」則令人想起淒切、無助的蟬鳴。〔參前面〈蟬〉（072）的講解〕

榮悴無常是古詩中常見的主題。如阮籍《詠懷詩・嘉樹下成蹊》前半說：「嘉樹下成蹊，東園桃與李。秋風吹飛藿，零落從此始。繁華有憔悴，堂上生荊杞。」用白話文串講，就是說：

> 像東邊園子裡的桃與李那樣美好的樹林，以其花朵、果實引人喜愛，樹下自然會有人走出小路來。但是，一旦秋風一起，吹起落葉，那美好的桃樹、李樹也就開始凋落了。同樣地，世間所有繁盛榮華的事物，有朝一日都難逃憔悴敗落的命運。正如富貴人家富麗堂皇的廳堂，往往主人一朝失勢，就荒廢到長滿荊杞雜樹的地步。（見拙著《深淺讀古詩》）

這段詩看起來與商隱這首〈柳〉似乎大不同，其實兩者主題幾乎一模一樣。不管在自然界或人事界，「繁華有憔悴」都是逃不過的定數。在人事界裡，在這條定律中，有一種尤其令人感嘆唏噓的狀況，那就是「先榮後悴」。有人早早輝煌騰達，而後沉淪衰竭，一蹶不振，那是極難忍受的。由於這首〈柳〉詩先寫春日的繁華，後寫秋日的憔悴，遂有人認為此詩「形容先榮後悴」。（《集解》引楊慎）此說廣為注家所接受，讀者可以參考。

由於此詩無從確切繫年，詩究竟是否自喻或喻人，我們難以考察。因此，我認為，我們與其費力去探究這點，不如好好琢磨

體會此詩如何表達「繁華有憔悴」的普遍意義。舉個例來說，上
引阮籍詩在寫事物的憔悴面（「秋風」以下四句）時，用的意象
都衰敗枯槁。相形之下，商隱此詩的「已帶斜陽又帶蟬」在寫憔
悴之中就有一股淒美的情調。意象、語言都充滿一個「美」字。
這是商隱很多詩的一個共同特色。

089 夜雨寄北 852-855 年

君問歸期未有期，巴山夜雨漲秋池。
何當共剪西窗燭，却話巴山夜雨時？

白話串講

君問歸期未有期，巴山夜雨漲秋池。

您問我何日是歸期，可惜我尚未有歸期。現在巴地山中已是晚上，正下著不小的雨，雨水漲滿秋天的池塘。

何當共剪西窗燭，却話巴山夜雨時？

什麼時候（何當，何日）我們能聚在一起，共同在西窗邊一面剪燭花一面閒聊，回頭談談今天在巴地山中夜雨漲滿池塘的事呢？

這首絕句沒有典故，沒有艱澀的字句，用簡潔的文字寫出纏綿迴環、幽雅恬靜的情韻，頗宜讓讀者直接拿來欣賞吟誦，不需要多餘的討論。所以，讀者如果決定看到這裡就好，我也並無異

議。不過，作為講詩者，我深知考究一下詩中的人、地、時、事將能幫助讀者更進一層了解詩的情意。因此，下面我將扼要討論這些問題。

先談，詩究竟要寄給誰。有些版本詩題作「夜雨寄內」而非「夜雨寄北」。「內」通常指妻子。因此，黃世中認為，這詩是寫給妻子的。他更進一步主張，商隱詩中的「窗」字多指臥室之窗，而非客廳之窗；而深夜一起剪燭西窗，只會發生於夫婦之間，不大可能發生於朋友之間。然而，黃氏關於「窗」的論點佐證並不夠堅強。更重要的是，考察商隱一生，只有大中五（851）年至九（855）年間在東川梓州幕時，在可能稱為「巴」的地方滯留無歸期。而其時其妻王氏已過世。又有人主張，商隱在桂林罷幕北上歸鄉途中，曾逗留夔州，時令也正是秋季，而夔州也可稱「巴」地。那時商隱妻子王氏尚在。〔參前面〈搖落〉（060）詩講解〕然而，商隱逗留夔州的時間極為短促，可能不過數日。而細味「夜雨寄北（內？）」一詩，「顯係長期留滯，歸期無日之況，與客途稍作羈留者有別」。所以，整個看來，此詩當是在梓州思歸酬寄友人之作。題目就是「夜雨寄北」。「北」當是指京城長安。寫作「確年不可考，約在梓幕後期」。（參《集解》按語）

商隱在他的詩文裡頭告訴我們，梓州這個地方山高水深，又常常苦霧籠罩，地理環境本來就十分惡劣。再加上商隱是在妻子過世那（851）年來梓州的，他兩個幼小的子女留在長安，寄居在別人家裡，無人呵護，他內心的懸念遠甚於往昔。因此，他在梓州一開始就十分想家，比起以前入鄭亞桂林幕、入盧弘正徐州

幕時都要殷切得多。我們前面講過的他在梓州作的詩,從〈西溪〉（悵望西溪水）以下,沒有一首不顯示出他強烈的思鄉情懷。

詩開頭的「君問歸期」給人以一種錯覺:關心詩人「歸期」的是寄詩的對象。實際上,從「未有期」以下都是詩人本人關心歸期的表現。其他句子比較顯而易見,我們就不必多談。「巴山夜雨漲秋池」一句表面上看起來好像與思歸懷鄉沒有直接關係。但當我們記起詩人身處的是個山高水深、角聲蕭殺的環境,而且寫詩時可能青燈獨照、闃寂無伴時,「巴山夜雨漲秋池」這幅幽靜而充滿詩意的畫面,就免不了帶上偏鄉離人寂寥落寞的色彩了。

讀者或許會覺得這樣講詩太煞風景了。其實,讀者在知道這些關於詩中人、地、時、事的實情之後,再回頭看詩,才能真正發現詩人的鬼斧神工。他知道該寫些什麼,略去些什麼,才能把眼前實際上的寂寥落寞化入想望中未來的喜悅溫馨,使詩變得幽雅而溫暖。

090 憶梅 854-855 年

定定住天涯，依依向物華。
寒梅最堪恨，長作去年花。

　　商隱在梓州從大中五年底直待到九年底才離開。這首詩大約作於他在梓州末期的一個春日。那時他以為自己要離開梓州已遙遙無期了，於是暫時歡心玩賞眼前春日美景。但有一件事情讓他深感無奈，那就是早梅前一年年底即已開過，現在只能存在於他記憶中了，所以詩題稱為「憶梅」。詩雖短小，情意卻相當豐富動人，讀者可細細品嚐。

　　首句「定定住天涯」。屈復指出，「定定」是以「俚語入詩」（《集解》引）。《集解》補語更說：「定定，唐時俗語，猶今云『牢牢』、『不動』。」我無法查出這個說法的依據。不過「定」字有「固定」、「不變」的意思。所以，全句說詩人一直困滯「天涯」，無法回京，應無疑問。「天涯」猶天邊，指極遠的地方。梓州位於現今的四川三臺，對長安而言，還算不上天邊極遠之地。稱之為「天涯」，在很大程度上只是詩人的主觀感受。（參劉學

鍇、余恕誠，《詩選》）

次句「依依向物華」。「物華」是美好的春天景物。「依依」是依戀不捨的樣子。「向」是面對著。詩人之所以面對著春天的美好景物依戀不捨，第一層原因自然是春日物華是一年中事物的精華，春日物華一盡，剩餘的就無足觀了。第二層原因則是捨不得春天時光很快溜過，自己留滯天涯又要多一年了。

「寒梅」當特指早梅，也就是在嚴冬中就冒寒開花的梅。例如唐人張謂〈早梅〉詩說：「一樹寒梅白玉條。」另外，商隱本人的〈酬崔八早梅有贈……〉也說：「知訪寒梅過野塘。」都是稱早梅為「寒梅」。「堪恨」就是可恨。為什麼說寒梅可恨呢？因為寒梅在嚴冬就開花，每年春天到來時，它們總是（長）在前一年年底花事就了了（作去年花）。也就是說，當春天的芬芳花草一齊燦爛開放時，人們已見不到梅花的蹤跡了。

《集解》按語和補語都指出，早梅（寒梅）「不待作年芳」。這句詩出自我們以前選講過的〈十一月中旬至扶風界見梅花〉（033）。那一首詩描寫扶風地界十一月中旬就開花的早梅，說它們「早秀」以致不遇（太早開花以至於未能獲得應有的賞愛。比喻人很早拔尖出眾，但後來卻一直沉淪無成）。詩中又說這些早梅「不得作年芳」，也就是無法參與一年最燦爛美好的春日芳華。由此，詩人對自己早秀不遇的深沉感慨不言而喻。〈憶梅〉的「長作去年花」也有早秀不遇的意涵，所以詩中說寒梅堪恨，表面上怪罪寒梅（早梅），骨子裡其實是在怨嘆自己的早秀不遇。我們只要簡略回顧一下商隱的生平，就可了解早秀不遇為何成為他一生中這麼大的傷痛。他二十七歲就進士擢第，不久後就授祕

書省校書郎這個舉子人人稱羨的清要之職，應該算「早秀」了。但其後不久他就被貶為弘農尉，然後一直沉淪下僚，且大半時間都奔走於幕府做僚佐。現在他滯居梓州，住到自己都以為沒有機會離開了。在春暖花開之際，想起「長作去年花」的寒梅，再回頭想想早秀不遇的自己，他的心情會是如何呢？單單一句「寒梅最堪恨」應該無法傳達其萬一吧！

091 天涯 854 或 855 年

春日在天涯，天涯日又斜。
鶯啼如有淚，為濕最高花。

　　這首詩大概與〈憶梅〉作於同時，詩中情意也有相關聯的地方。

　　首句說「春日在天涯」。「天涯」的意思可以看〈憶梅〉裡的解說。全句說：在這春暖花開的日子裡，我無法在自己的家鄉長安與親人共同玩賞風景，而只能在梓州這天涯僻遠之地獨自黯然面對陽春。接下來說：「天涯日又斜」，意謂詩人不僅得在天涯之地獨自將就度過春日，更又到了白日西斜的時刻。在中國古詩裡，夕陽西斜有一連串互相關聯的具體和象徵的意義。具體地說，它就是指太陽西下了，一天又要結束了。象徵地說，它意指事物（尤其是美好事物）沒落了，或是個人晚年遲暮了等等。在此，它可能兼指上述諸點。而所有這些點都是會令一位敏感的詩人極度感傷的。所以，這兩句詩顯得相當委屈哀怨。

　　而詩人之所以會淪落到此等境地，全因〈寓興〉（086）裡

所講的「薄宦仍多病，從知竟遠遊」。因此，他在委屈哀怨之際，想必十分期待有有力人士能同情他的處境，能幫助、汲引他，讓他早日離東川回京。詩的後面兩句講的基本上理當不出這層心意。但是，由於「最高花」這個意象歷來學者解釋十分分歧，下面我們還得花頗多篇幅來討論這兩句。我首先把幾個較出名的注羅列出來。讀者若能費心把這些注仔細爬梳一番，不僅於讀通本詩有益，應當還能意外地發現，注家在面對晦澀的商隱詩時，有時有多麼地無助，以及我們平常所讀到的大部分李商隱詩注有多麼令人難以安心接受。

馮浩：最高花所指顯然。

張采田：「最高花」指子直。（《會箋‧〈李義山詩辨正〉》，頁 387；子直為令狐綯字）

姚培謙：最高花，花之絕頂枝也。花開至此盡矣。

劉若愚：(A) 引姚說，並引申說：「This suggests that the poet feels he has reached the end of his life, and the last ray of hope is fading……」(B) 指出馮浩與張采田以「最高花」為指令狐綯。

劉學鍇、余恕誠，《李商隱詩選》（1978）：「最高花」亦花亦人，正有著才而早秀的詩人的影子。（注意「早秀」二字。又，在《集解》（1988）中，二人已不提「早秀」之說。）

黃世中（2009）：最高花，樹花之絕頂高者，日照最先，花開最早，亦凋落最快，此義山自比，亦自嘆早秀早謝之意。

以上六個說法中，馮浩沒有提出什麼具體意見，所以也就沒有對錯可言。張采田依他一貫地把商隱詩作與當時政治人事相牽合的做法，把「最高花」理解為令狐綯，並無任何佐證，只能聊

備一說。劉若愚無原創之說，又對前人說法有不察之處，也可不必多費心討論。黃世中的說法實際上是劉學鍇、余恕誠說的引申，二者可一併檢視。姚培謙的觀點立基於「最高花」之為樹上最後開的花。劉、俞、黃的觀點則立基於它之為樹上最早開的花。究竟哪個說法對呢？依據《百度百科》關於「不同部位枝條花序開放先後」問題的介紹，不同的花樹花朵開放的先後並不一致。有的花樹（如蘋果）頂花先開；有的花樹（如梨）則基部邊花先開。據此，上述的姚培謙說及劉、俞、黃說便都沒有堅實的基礎。

因此，我認為「最高花」只是在樹上長得最高的花。若拿來比喻人，便是最拔尖、最出眾的人；在此，它大概是詩人自指。至於「鶯」，《詩經・小雅・伐木》有「伐木丁丁，鳥鳴嚶嚶。出自幽谷，遷於喬木」的話，後來便有了鶯鳥飛上高枝，也就是所謂「遷鶯」的說法。所以「鶯」可能比喻地位崇高，能上高枝的人。「鶯啼」二句就是期待能有這樣的人為自己這懷才不遇的人，一灑同情之淚，幫助自己、汲引自己，讓自己早日結束困滯東川的日子。我們仔細揣摩，詩後面這兩句和前兩句一樣，也顯得委屈與哀怨。

092 籌筆驛 855-856 年

> 猿鳥猶疑畏簡書，風雲長為護儲胥。
> 徒令上將揮神筆，終見降王走傳車。
> 管樂有才真不忝，關張無命欲何如？
> 他年錦里經祠廟，梁甫吟成恨有餘。

　　柳仲郢的東川幕府在大中九（855）年罷府，商隱曾寫了一首題為〈梓州罷，吟寄同舍〉的詩記錄了這件事。但他到九年底才隨柳仲郢奉召入朝，大概於隔年春天回到長安。一路上，他經過了一些有紀念價值的地方，為之吟詠賦詩。較出名的是這首〈籌筆驛〉和下一首〈重過聖女祠〉。

　　籌筆驛在今四川廣元市。三國時，諸葛亮出兵攻魏，曾在此駐紮部隊，籌畫軍事，因而得此名稱。

　　詩首聯寫籌筆驛地勢的高峻，以及諸葛亮軍令的森嚴、軍事設施的牢固。首句說，猿、鳥要經過這裡都會感到猶豫不決（猶疑），因為牠們畏懼諸葛亮森嚴的軍令文書。這句詩表面上雖似只在強調軍令的森嚴，實際上也在寫該地的高峻。因為既然有

猿、鳥前來，這地方地勢顯然是很高峻的。「簡書」本是用於告誡、策命、盟誓、徵召等的文書，這裡指諸葛亮的軍令文書。猿、鳥會畏懼這些軍令文書，意謂軍令很嚴，不准任何閒雜人等靠近或穿越。次句說，籌筆驛上風吹雲聚，彷彿長久地在為世人護衛著諸葛亮當時的藩籬、柵欄一般。「儲胥」是軍隊駐紮時設來防護用的藩籬、木柵之類。

第二聯說：雖然有諸葛亮在籌筆驛籌謀畫策，但是空讓他這個統帥揮動他的神妙之筆，最後世人還是不免看到蜀國投降的國主乘上傳車被急遣洛陽的場面。「揮神筆」，指諸葛亮揮筆籌畫，料事如神。「降王」，指蜀後主劉禪。「走」，奔跑，這裡蓋謂乘上「傳車」被緊急遣送。「傳」，驛站。傳車〔音賺居（zhuàn jū）〕是驛站專用的車輛。「走傳車」者，諸葛亮死（234 年）後，司馬昭於 263 年派鄧艾、鍾會伐蜀。鄧艾兵至成都城北，劉禪出降，全家被遣送洛陽。

第三聯首句說：諸葛亮真不愧為足以自比管仲、樂毅的大政治家、軍事家。「管」，指管仲，春秋時齊相，曾輔佐齊桓公稱霸諸侯。「樂」，指樂毅，戰國時燕國大將，曾大破齊國軍隊。「有才」，指諸葛亮自稱有管、樂之才。《三國志·諸葛亮傳》說：「亮躬耕隴畝，好為〈梁父吟〉……每自比於管仲、樂毅，時人莫之許也。惟博陵崔州平、穎川徐庶元直與亮友善，謂為信然。」「忝」，辱、有愧於。次句說：但是關羽、張飛這兩名蜀漢驍勇的大將，都命運不濟、死於非命，要叫諸葛亮怎麼樣呢？按：關羽守荊州，被孫權遣將偷襲，兵敗被斬。張飛隨劉備伐吳，臨發閬中（今四川閬中），被部將所殺。所以說他們「無命」，也就

是命運不濟或死於非命。「何如」即如何、怎麼樣，或怎麼辦。接連失去有力部將，諸葛亮還能有什麼作為呢？

末聯先回想起自己往年曾在成都參謁諸葛亮祠廟的事，其次指出自己寫完這首哀悼他的詩後，內心猶有無窮遺恨。「他年」意謂往年、從前的某一年。這裡當指大中五年冬。當時詩人從梓州被派往成都推獄，擇便參謁了武侯祠（即諸葛亮祠廟），作有〈武侯廟古柏〉一詩。「錦里」指成都。「梁甫吟」為樂府詩題，原意今已隱晦不明，有多種說法；商隱之前稱為「梁甫吟」的詩作也不只一首。（見本書作者《李白詩的藝術成就》修訂版，頁20）這裡詩人所指的最可能是一首託名諸葛亮，敘寫春秋時齊相晏子「二桃殺三士」故事的〈梁甫吟〉。①後世或以之為諸葛亮抒寫政治感慨之作。然在本詩中又借指商隱自己所作的這首吟詠諸葛亮成敗史事的〈籌筆驛〉。（一般都說是指謁武侯祠時作的〈武侯廟古柏〉詩；我不採取這個說法。）

此詩吟詠諸葛亮之成敗，嘆其「有才」、「無命」。黃世中說，有才無命實乃「義山一生沉淪之慨嘆」。並認為商隱此詩「借孔明之遺恨，…… 融入身世之感，故末句雙綰（兩相鉤聯），亦古亦今，亦人亦己。」最後又說：「紀曉嵐（紀昀）曰：『結句隱然自喻。』甚是。」這是有得之見。

附注

① 據《晏子春秋·諫下》，春秋時齊景公手下的大將公孫接、田開疆、古冶子恃功而驕。齊相晏子設計賞賜他們兩顆珍貴的桃子。三人無

法平分兩顆桃子。晏子就要他們互比功勞，功勞大的即可得桃子。結果三人或因自覺功勞不如人，羞愧自盡；或因自炫功勞而害他人犧牲，也拔劍自刎。三人因此為兩顆桃子而死。這個故事在秦漢時期就已廣為流傳。

聖女祠二首、重過聖女祠

聖女祠（836 年）

松篁臺殿蕙香幃，龍護瑤窗鳳掩扉。
無質易迷三里霧，不寒長著五銖衣。
人間定有崔羅什，天上應無劉武威。
寄問釵頭雙白燕，每朝珠館幾時歸？

聖女祠（837 年）

杳藹逢仙跡，蒼茫滯客途。
何年歸碧落？此路向皇都。
消息期青雀，逢迎異紫姑。
腸迴楚國夢，心斷漢宮巫。
從騎裁寒竹，行車蔭白榆。 10
星娥一去後，月姊更來無？

寡鵠迷蒼壑，羈凰怨翠梧。
惟應碧桃下，方朔是狂夫。

重過聖女祠（856 年）

白石巖扉碧蘚滋，上清淪謫得歸遲。
一春夢雨常飄瓦，盡日靈風不滿旗。
萼綠華來無定所，杜蘭香去未移時。
玉郎會此通仙籍，憶向天階問紫芝。

在商隱集中，共有三首寫到聖女祠的詩，題目和內容分別如上面引文所示。這三首詩並非一時之作，意旨也不盡相同。但因三詩都相當隱晦，分別開來極難索解；而合在一起則意象、詞語可以互相參照，互相發明，所以我將三詩放在這裡一起探討。

要讀懂這三首詩，首先得仔細考察聖女祠究竟在哪裡，是怎樣的一個祠，以及詩人何時參訪聖女祠等問題。聖女祠的確切地點現已無從考察。依馮浩的考證，它是從興元（今陝西漢中市）至鳳縣（今陝西鳳縣），再南下出大散關（在今陝西寶雞西南）達陳倉縣（今陝西寶雞市）這條路線上經過的一個地方。（以上據譚其驤《中國歷史地圖集》對馮說稍作整理。）而這個所謂祠，依馮浩引《水經注》的描敘，是「懸崖之側，列壁之上，有神像若圖，指狀婦人之容，其形上赤下白，世名之曰聖女神。至於福應愆違，方俗是祈」。很多學者不接受馮浩的考證結果，而以聖女祠為女冠所居，把這幾首詩講成在寫商隱與女冠邂逅，或刺女

冠放蕩等。（詳見《集解》、黃世中、劉若愚）然〈重過聖女祠〉首句說：「白石巖扉碧蘚滋」；又第一首〈聖女祠〉前二句說：「松篁臺殿蕙香幃，龍護瑤窗鳳掩扉。」所以胡以梅說：「必祠在山巖間，故其臺殿皆松篁……龍鳳〔係〕由〔岩石〕雕鏤……」（《集解》引）這與《水經注》的描述實相吻合，比女冠之說要令人信服得多。

　　商隱何時參訪聖女祠的問題也頗複雜。我們最主要的線索是興元這個地名。史載開成元年四月令狐楚為興元尹，充山南西道節度使。令狐楚延請商隱入興元幕，商隱當曾赴興元。（〈上令狐相公狀四〉及《校注》，頁106注1。）只是不知他何時前往，也不確知他何時離開興元回長安赴考。（商隱於開成二年正月參加進士考試及第。）開成二年商隱進士及第、又過關試之後，遲遲未獲授官。該年中秋他又前往興元。（〈上令狐相公狀六〉，《校注》，頁118）第一首〈聖女祠〉看來較像「初見面」之作，可能寫於開成元年。第二首因有等待消息之類的話，大概寫於開成二年。〈重過聖女祠〉內容多困滯外地多時、終能回京的暗示，則當是離東川回京，路過興元這段路時所作。在我們討論完詩作本身後，當更可看出上述的推測是合理的。

白話串講

聖女祠（836 年）

松篁臺殿蕙香幃，龍護瑤窗鳳掩扉。

她的祠廟高臺殿堂長著松竹，芬芳的蘭蕙交織成帷幔。岩石雕鏤的龍鳳護著瑤窗，掩著門扉。

無質易迷三里霧，不寒長著五銖衣。

由於沒有形體，她很容易消失在三里霧中。由於不會覺得寒冷，她長年穿著輕薄的五銖衣。

人間定有崔羅什，天上應無劉武威。

人間想必有著能解風情的崔羅什這種人。而天上則定然沒有善解風情的劉武威。

寄問釵頭雙白燕，每朝珠館幾時歸？

我要問問她玉釵頭上的雙白燕，她每次到上天仙館去朝見，究竟多久會回來呢？

聖女祠（837 年）

杳藹逢仙跡，蒼茫滯客途。

在雲氣縹緲中我遇見了仙女的蹤跡。我暫時從匆忙的旅途逗留了下來。

何年歸碧落？此路向皇都。

哪一年才能回到皇宮朝廷之中呢？這條路就是通往皇家都城的啊！

消息期青雀，逢迎異紫姑。

好消息要待到西王母的信使青鳥來通報。一旦來報，回去時受到的迎接就不會像紫姑那麼寒傖。

腸迴楚國夢，心斷漢宮巫。

我體內腸氣糾結，因為楚王夢見神女的事並未能導致真正的遇合。漢武帝延請巫者作法以見李夫人，結果空令武帝傷心欲斷。

從騎裁寒竹，行車蔭白榆。

她的隨從騎著寒竹裁成的馬。她的車駕上面遮蔭著繁星。

星娥一去後，月姊更來無？

自從織女一離去之後，嫦娥又來過她這裡沒有？

寡鵠迷蒼壑，羈凰怨翠梧。

她像迷失於青蒼山壑裡的孤寡的鵠，又像在所棲息的翠梧上哀怨的失偶的凰。

惟應碧桃下，方朔是狂夫。

應該只有那碧桃樹下偷桃的奇人，東方朔算是她的伴吧。

注釋

聖女祠（836 年）

- 松篁臺殿蕙香幢，龍護瑤窗鳳掩扉：這兩句寫聖女祠的形狀樣貌。因為大概係在崖壁下鑿山壁而為祠，所以會有此種樣貌。參見上

引胡以梅語。

- 無質易迷三里霧：無質，沒有形質或沒有形體。（黃世中）因聖女是仙女，所以不像凡人有形體。「三里霧」：《後漢書・張楷傳》說：「〔楷〕隱居弘農山中……性好道術，能作五里霧。時關西人裴優亦能為三里霧。」「迷」：在此作「消失於」解。「三里霧」借指雲霧縹緲的境地。

- 不寒長著五銖衣：五銖衣，銖，古重量單位，為一兩的二十四分之一。五銖衣傳說是上清仙界神仙所穿著。著五銖衣，言聖女所著衣服至輕至薄。（黃世中）

- 人間定有崔羅什：據《酉陽雜俎・冥迹》，長白山西有夫人墓，魏孝昭之世（？），搜揚天下才俊，清河崔羅什被徵召，夜過此地。忽見朱門粉壁，樓臺相望。頃刻間，有一侍女出來說：「女郎等待著要見崔郎。」崔羅什恍惚下馬，入兩重門……就牀坐，女郎在門戶東邊站立，與崔寒暄，說：「剛剛看到崔郎在門庭樹下停車休息，很欣賞您的吟嘯，所以想要與您談談天。」崔一向有才華，頗善作詩吟詠。雖然懷疑女郎不是人，還是很高興、很喜歡她。從這個故事看來，崔羅什乃是一個能解風情的人。（黃世中）本句蓋意謂，聖女之所以下凡，是因為相信人間定有像崔羅什這樣有才華、解風情的人。

- 天上應無劉武威：道源注引《神仙感應錄》（黃世中引作《神仙感應傳》，二者文字大致一樣）說：漢武威太守劉子南從道士尹公得一種螢火丸，佩之能隱形並能辟（避）疫鬼及五兵、白刃、盜賊、凶害等。這故事表面上與聖女祠似不相干。然唐人劉禹錫〈和樂天誚失婢榜者〉詩有「不逐張公子，應隨劉武威」語。又吳融〈上巳日〉有「本學多情劉武威，尋花傍水看春暉」語。是則劉武威應與崔羅什相似，為一「情種」。（黃世中）天上應該沒有劉武威，這是詩人推想聖女之所以下凡的一個原因。

- 寄問釵頭雙白燕，每朝珠館幾時歸：寄問，傳語借問。釵，聖女所插頭釵。雙白燕，釵頭燕子形的裝飾物。這裡擬人化了。珠館，神仙居所。這裡雖然用了問句，詩人的意思應該是肯定的：即聖女到

上天仙館去朝見，都很快就又回到凡間，原因就如五、六句所述。

聖女祠（837 年）

- 杳藹逢仙跡，蒼茫滯客途：杳藹，山林間雲氣縹緲狀。仙跡，仙人的蹤跡；在此指聖女祠。（黃世中）蒼茫，匆促。（《漢語大詞典》）滯，留滯、逗留。1、2

- 何年歸碧落，此路向皇都：碧落，天宮。這樣解釋需先預定本句詩講的是聖女。而從第四句看來，本句又像是在講商隱自己，所以我在〔串講〕中將「碧落」借指人間的宮廷。本詩基本上都是以聖女暗喻詩人自己，只是有時喻意較明顯，有時較隱晦而已。3、4

- 消息期青雀：「青雀」即青鳥，傳說中西王母的信使。詳見〈無題〉（相見時難）（110）或〈東南〉（032）講解。這句說聖女能回「碧落」的消息，或商隱授官回京的消息，要期待信使來通報。5

- 逢迎異紫姑：紫姑，傳說為廁神。劉敬叔《異苑》卷五說：「世有紫姑神。古來相傳云是人家妾，為大婦所嫉，每以穢事相次役。正月十五日感激（感憤）而死，故世人以其日作其形，夜於廁間或豬欄邊迎之，祝曰：『子胥（其夫婿名）不在，曹姑（其大婦名）亦歸，小姑可出戲。』」（黃世中）這句不論就聖女言，或就詩人言，都指不會被當低賤人物對待。我覺得這句詩尤其適用於詩人。6

- 腸迴楚國夢，心斷漢宮巫：「腸迴」即迴腸，喻愁苦、悲傷鬱於五內，百結不解。（黃世中）「楚國夢」：用楚王遊陽臺遇巫山神女事。這兩句極度隱晦。第七句我勉強如此解說：詩人因為始終未能有遇合，未能有回朝廷的機會而感憤。聖女亦同。第八句或許指漢武帝延請巫者作法以見李夫人，結果空自傷心斷腸一事，以喻安排與追求之徒勞無功。（參見〈李夫人〉（080-082）導言）此說蒙友人江建俊教授提示，謹此致謝。7、8

- 從騎裁寒竹，行車蔭白榆：寒竹，竹歲寒不凋，故稱。此指竹杖；

騎寒竹，喻指仙家、道者出行。典出《後漢書·方術傳·費長房傳》：
費長房從仙人壺公入深山學道，後「長房辭歸，翁與一竹杖曰：『騎
此任所之，則自至矣。既至，可以竹杖投葛陂中也』……長房乘杖，
須臾來歸，自謂去家適經旬日，而已十餘年矣。即以杖投陂，顧視則
龍也。」（黃世中）「白榆」指星星。榆莢色白成串，故古人以白榆
形容繁星。《玉臺新咏·古樂府·隴西行》：「天上何所有，歷歷種
白榆。」後世或以星與榆合稱「星榆」，亦指繁星。（黃世中）九、
十兩句大概是詩人想像聖女一旦「歸碧落」時，隨從、車駕之富盛。
自然也有自況的意味。 9 、 10

- 星娥一去後，月姊更來無。寡鵠迷蒼壑，羈凰怨翠梧：「星娥」
  謂織女。「月姊」謂嫦娥。這兩句謂仙伴不常來。寡鵠，失偶的鴻鵠，
  以比失偶的寡婦，或不能婚嫁的女子。羈凰，雄的叫鳳，雌的叫凰。
  羈凰指失偶的凰，來自「羈雌」（失偶的雌鳥）一語。以上四句寫聖
  女的孤獨無偶，也隱喻詩人的孤寒無助。 11 、 12 、 13 、 14

- 惟應碧桃下，方朔是狂夫：東方朔偷西王母仙桃的故事詳見後面
  〈茂陵〉（106）詩講解。「碧桃下」當指長著碧桃的樹下。東方朔
  因被西王母指稱說數次偷其仙桃，便有了不老實、不莊重的形象。這
  裡說想必只有偷桃的東方朔會成為聖女的夫君，等於說聖女在仙界得
  不到佳耦。這一點可參看第一首「劉武威」句。「狂夫」是古時婦人
  自稱其夫的謙詞。這個字眼很適合被認為不老實、不莊重的東方朔。
  就詩人方面而言，這兩句大概只能寬泛理解為詩人感嘆自己想必不會
  有什麼好的出路，不能得到好職位。 15 、 16

　　〈重過聖女祠〉是三首聖女祠詩中最成功的作品。誠如導言中所推測，這首詩當是商隱自東川回京路經聖女祠時所作，詩中多詩人身世之感。下面我將在討論詩作過程中一併證實這個推測。

　　首先，詩人見到巖壁上白石鑿成的聖女祠門扉滋生了青綠的苔蘚。這種荒涼景象與第一首第二句所寫的「龍護瑤窗鳳掩扉」形成了強烈的對比。為何如今的聖女祠會如此荒涼呢？是因為聖女被從上清仙界貶謫沉淪到凡間後，遲遲不能歸去；不僅不能回去，連靈力似乎也衰退了。詩說：整個春天，綿綿不絕、迷濛如夢的細雨時時隨風飄灑於祠瓦上。仙風吹拂一整天都無法使祠前的靈幡滿旗飄颺。「旗」指道觀平日或齋醮中使用的靈幡，也稱靈旗。唐時道觀都用長竿把幡懸在庭中。（黃世中）「一春夢雨」二句是商隱詩著名的佳句。它們形象地描繪出了聖女貶滯凡間，迷惘寂寥，困頓無所作為的窘境。而這應該也是苦處東川多年的商隱心境的寫照。

　　接下來的「萼綠華來無定所，杜蘭香去未移時」兩句，我從前讀時一直無法理解。首先是萼綠華和杜蘭香這兩個仙女的故事異說紛紜，讓人無所適從。（參黃世中，冊 1，頁 26、376-377）其次是，寫這兩個仙女來往聖女祠，在本詩的語境中有何作用，也頗難確定。此番再讀本詩，尤其是將它與另兩首聖女祠詩仔細參照後，我才恍然大悟。其實，我們並不需要費心於這兩個仙女的出身和她們在仙界的地位。詩人可能只是舉了兩個符合此處平仄、對仗要求（本詩是一首七律）並具有異境情調的仙女名字而已。而兩句在全詩語境中的作用，就和第二首中的「星娥一去後，

月姊更來無」相似，表面上顯示有仙伴前來聖女祠，骨子裡則點明雖有仙伴來往，卻都只是隨興而已，並不久留，更不用說認真、嚴肅地來陪伴、協助聖女了。這一點可由「無定所」、「未移時」兩個短語看出。「移時」是經歷一段時間的意思，「未移時」就是沒經過多少時間就又離去。「無定所」與「未移時」分別由空間和時間的角度顯示，萼綠華和杜蘭香兩個仙女之未嘗專注於聖女祠。她們彷彿由天上到人間一遊，順道到聖女祠轉悠一下而已，聖女依舊是孤獨寂寥的。

　　末聯在情意上有了很大的轉折。在此我還是先解釋聯中的艱澀字詞，再來討論情意問題。「玉郎」是道教傳說裡天宮中專管「仙籍」的小官。《太平御覽‧道‧簡章》：「《金根經》：『青宮之內，北殿上有仙格；格上有學仙簿錄及玄名，年月深淺，金簡玉札有十萬篇，領仙玉郎之典也。』」（黃世中引）「仙籍」亦言仙錄，道教傳說登仙者皆有名錄，即是所謂「仙籍」。「會此」：「會」有「應當」、「總會」、「將」的意思。（《漢語大詞典》、《語言詞典》）「此」可解為「此地」（《漢語大詞典》）所以「玉郎」句是說，天上管仙人名錄的玉郎總將為聖女傳達仙籍，讓聖女得以通過天門，重返天界。〔關於「通」字，詳見前面〈哭遂州蕭侍郎二十四韻〉（008）注釋37-38〕末句的「憶」字是「想望」的意思，猶杜甫〈喜達行在所〉「西憶岐陽信」的「憶」字。「天階」：有二意，一是天宮的殿階；二是宮殿的臺階，多借指朝廷。「問」，尋訪。「紫芝」，靈芝，傳為瑞草，仙人所食。全句是說，聖女想望著要到天宮去訪求紫芝，也就是想回天上去過神仙生活。就詩人一面講，則是詩人想望回到朝廷尋得一官半

職。這最後一聯無論就聖女講，還是就商隱講，都是從淪謫困頓中陡然興起升遷得意的期待來。商隱之所以會有這種心情，並不是沒有根據的。因為史載柳仲郢在東川幕府，「美績流聞」，奉召入京時官位是高升的。回朝後，商隱藉著主官的提攜，在朝廷謀得個一官半職，並非空想。（《會箋》頁，187，191）而在詩裡，商隱就把這種心情投射到聖女身上。

趙臣瑗評本詩說：「此借題以發抒己意也。從來才人失志，其一種無聊不平之思必有所託。或託諸美人，或託諸香草，或託諸神仙鬼怪之事。如屈子之〈離騷〉是也……」（黃世中引）實際上，在商隱詩集中，有許多作品都可以，或者必須從這個角度去看。

096 097 856年

韓冬郎即席為詩相送，一座盡驚。他日余方追吟「連宵侍坐徘徊久」之句，有老成之風。因成二絕寄酬，兼呈畏之員外

其一

十歲裁詩走馬成，冷灰殘燭動離情。
桐花萬里丹山路，雛鳳清於老鳳聲。

其二

劍棧風檣各苦辛，別時冰雪到時春。
為憑何遜休聯句，瘦盡東陽姓沈人。

　　先講詩題。「冬郎」是韓偓的小名。偓父瞻，字畏之，是商隱同年進士，又是商隱連襟，二人交情甚深。「即席為詩相送」：大中五（851）年深秋，商隱赴東川梓州幕時，韓偓在別席上寫詩相送。商隱在〈留贈畏之〉中曾稱贊說：「郎君下筆驚鸚鵡。」大中十（856）年春，商隱由梓州回到長安，追憶此事。「他日」猶言「日前」、「前些日子」。「連宵侍坐徘徊久」當是韓偓送別詩中的句子，今已不見於韓偓詩集。商隱追吟此句，認為有「老成之風」，非常難得，於是寫了兩首絕句相酬和，同時向韓畏之致意。

　　第一首說韓偓詩思敏捷，感情真摯，如同一隻幼小的鳳鳥，詩作比父親更為清麗。「十歲」是韓偓贈詩時的年齡。「裁詩」：作詩。古人以為詩句當需剪裁，故稱作詩為裁詩。「走馬成」：比喻詩思敏捷，像跑馬一樣迅速。第二句「冷灰」指燭芯的灰燼。全句意謂，夜深人靜時，面對殘燭冷灰，眾人觸動了離情別緒，韓偓於是寫出了感情真摯的詩篇來。我個人認為，全部兩首詩中，這句算是比較弱的。因為「冷灰」、「殘燭」有重複之嫌。在一首理應精簡扼要的絕句中，花了四個字只寫了個蠟燭，似乎有些浪費。末兩句從對韓偓的詩的稱贊進一步加以想像發揮。由於把韓偓比成一隻幼小的鳳鳥（雛鳳），而相傳鳳凰非梧桐不棲，所以想像在前往鳳凰聚生地丹山的一萬里路上，梧桐花開得十分繁盛。「桐花」：指梧桐花。「丹山」：指丹穴山。《山海經・南山經》：「丹穴之山……有鳥焉，其狀如雞，五彩而文，名曰鳳凰。」詩人又說，韓偓詩青出於藍，勝過其父，所以用比喻說：丹山路上的鳳鳥鳴叫聲，「雛鳳清於老鳳」。「清」字就禽類鳴

聲而言，可以解釋為「清亮」；就詩歌的特色而言，則可以解釋為「清麗」。至於詩歌怎樣叫「清麗」，那是一個很曖昧的文學批評術語，較難講清楚。這裡也沒有必要糾纏到這個問題。

第二首先寫詩人由東川回長安，水陸旅程均極辛苦。接著想起當年離別長安時是冰雪季節，現今回到長安則是春花迎人，其對比恰與何遜與范雲一首聯句所敘相類。因而想到自己不僅才不如韓偓，身體又已衰老，恐怕再無法勝任「聯句」（代表詩歌酬唱）的事了。

首句「劍棧」指今四川劍閣一帶的山路，因危險處築有棧道，故稱「劍棧」。「風檣」指風帆、帆船。「檣」本是船上桅杆，亦可引申為帆或帆船。自梓州歸京應當也有經歷江水的旅程。不管是經過危險的山路還是艱難的水路，各有各的辛苦。次句講離別時在（大中五年）深秋，已滿地冰雪；回到長安時則在（大中十年）春天。

回到長安後，或許韓偓有敦請商隱酬唱之舉，商隱作成兩首七言絕句「寄酬」之後，便要韓畏之為他煩請（憑）韓偓停止（休）再酬唱了。按：《何遜集‧范廣州（雲）宅聯句》范雲詩云：「洛陽城東西，卻作經年別。昔去雪如花，今來花似雪。」何遜聯云：「濛濛夕煙起，奄奄殘暉滅。非君愛滿堂，寧我安車轍。」（黃世中引）可能由於其中范雲所作的四句（商隱誤為何遜作？）與商隱本人經驗偶合，所以商隱特別提到這個聯句。但他也希望不要再有這種酬唱，因為他身體吃不消了。他在詩末句加了自注說：「沈東陽約（沈約曾為東陽太守）嘗謂何遜曰：『吾每讀卿詩，一日三復，終未能到。』余雖無東陽之才，而有東陽之瘦矣。」

按:《南史‧沈約傳》載,約〈與徐勉書〉說:「百日數旬,革
帶常應移孔;以手握臂,率計月小半分。」由此看來,商隱自比
沈約,而以韓偓比何遜;自稱佩服韓偓詩才,但因身體瘦弱,所
以不再和詩了。對一位詩人而言,這不能不說是一件憾事。還好,
它並不意謂詩人此後再不能執筆。到他於大中十二年過世為止,
詩人還能寫出〈井泥四十韻〉那樣的長詩,以及〈錦瑟〉那樣震
爍古今的名詩等。顯然,他的才思尚未枯竭。

⬡098 正月崇讓宅 ~858年~

> 密鎖重關掩綠苔，廊深閣迴此徘徊。
> 先知風起月含暈，尚自露寒花未開。
> 蝙拂簾旌終展轉，鼠翻窗網小驚猜。
> 背燈獨共餘香語，不覺猶歌起夜來。

　　這首詩由內容可確定係作於大中十（856）年商隱自東川回京之後，其詩題又指明了寫作月分與地點，是我們所選的商隱詩中，最後一首有比較明確的線索可供繫年的作品。因此，我在為本詩繫年，探討其寫作背景的同時，要一併考察商隱的卒年和死前的行蹤。

　　「崇讓宅」是商隱岳父王茂元生前在洛陽居住的宅第，商隱大中五（851）年往東川之前曾去那裡小住，其詳可見〈七月二十九日崇讓宅讌作〉（076）講解。此番再住崇讓宅，不在大中十一年，就在大中十二年，而以十二年（正月）較可能。理由如下：大中十（856）年春商隱隨柳仲郢還朝，仲郢授兵部侍郎。十月，仲郢以本官兼御史大夫充諸道鹽鐵轉運使。仲郢奏以商隱

充鹽鐵推官。（《會箋》，頁 191-192）其後，大中十二（858）年二月，柳仲郢罷鹽鐵轉運使（《會箋》，頁 194），商隱當亦罷鹽鐵推官。而據裴庭裕《東觀奏記》，「義山以鹽鐵推官死」。《會箋》（頁 195-196）依裴氏行文脈絡，配合《舊唐書》記載推算，商隱即卒於大中十二年。又依唐人崔珏〈哭李商隱〉詩所敘看來，該年春末商隱已卒。（葉蔥奇，頁 487）由於大中十一年正月商隱剛任鹽鐵推官不久，他大概不會在大中十一年正月去住在洛陽崇讓宅。所以〈正月崇讓宅〉應作於大中十二年正月。

大中十二年正月商隱尚在鹽鐵推官任上，為何會跑到洛陽呢？我懷疑商隱在大中十二年二月前不久就因病辭掉官職，或請假暫離工作。其後就前往洛陽生活。本詩和〈井泥四十韻〉都作於其時。（參下篇〈井泥四十韻〉講解）

至於商隱又自洛陽歸鄭州，最後卒於鄭州的說法，是十分可疑的。按：《新唐書》商隱本傳：商隱「〔東川〕府罷，客滎陽（近鄭州），卒。」這實在脫略得離譜，不值一駁。《舊唐書》本傳說：「大中末，仲郢坐專殺左遷，商隱廢罷，還鄭州，未幾病卒。」其中「還鄭州」一點，除去上述不可置信的《新唐書》之外，史傳別無記載。後人多舉〈正月十五夜聞京有燈，恨不得觀〉和〈幽居冬暮〉二詩為證，主張商隱死前不久在故鄉鄭州。（見馮浩，頁 538-539；《會箋》，頁 195-196；葉蔥奇，頁 497）然要把此二詩繫於商隱臨死，其難度有過於把〈井泥〉明確繫於商隱末年。這一點恐怕馮浩等人也會有同感吧！（參上引諸處及《集解》，頁 490、474 二詩按語）

接著我們來看詩作本身。清人陸崑曾曾經分析本詩結構說：

「宅無人居，故重關密鎖……三四〔句〕從室外寫。仰以望月，月既含暈；俯而看花，花又未開，總是一派淒涼景況，五六〔句〕從室內寫，蝙拂簾旌是所見，鼠翻窗網是所聞……」（黃世中引）大致上點出了崇讓宅的蕭條淒清景象。「關」是門閂。「重關密鎖」是重重門戶都用門閂閂緊，又密密地上了鎖。既寫出往昔幾乎千門萬戶之堂皇，更寫出今日宅無人居之闃寂。「廊深閣迴」也一樣，因宅子廣大而今空曠無人，故走在裡面覺得走廊特別深，閣子特別遠。

出到室外，見到的是月亮含暈，花寒不開。月暈〔音運（yùn）〕：用現代的話說，是月光通過雲層中的冰晶時，經折射而成的光的現象。在月亮周圍形成彩色光環，內紅外紫。月暈常被看作是天氣變化的預兆。在此詩裡，詩人是因看到月暈，而率先預知要起風了。至於花，則因為還在正月，露水還寒冷，所以花都沒開。如此一來，月明花好，詩人全然無份，真是「一派淒涼」。

進到臥室內，情景更是不堪。蝙蝠頻頻拂掠簾旌，老鼠偶然還會翻動窗網，使人展轉猜疑，難以安靜下來。「簾旌」是簾端所綴的布帛，也泛指簾幕。「窗網」是設在窗上以防鳥雀的金屬網，或一般防護、防塵的窗紗。這兩者都是比較講究的屋內設施。而蝙蝠、老鼠都是看起來猥瑣的小動物。兩兩相舉，有很強的對比效果。「終展轉」的「終」是自始至終的意思，「小驚猜」的「小」可解釋為稍、略微。這兩個字一定是詩人極力錘鍊出來的字眼，有助於烘托氣氛，讀者不可隨意看過。蝙蝠拂掠簾旌的動作可能較大、較頻繁，所以詩人被打擾得始終展轉難眠。老鼠

則只偶爾翻動窗網，且鼠性謹慎，大概不至於弄出太大聲響，所以詩人只略微「驚猜」。「驚猜」：驚異猜疑，以為難道會是有人來嗎？

末聯寫詩人終於在對亡妻的懷想中就寢。「背燈」：簡單說，就是掩燈就寢。至於其詳，可見前面〈燈〉（058）詩注釋 3-4。「獨共餘香語」：獨獨只與亡妻昔日留下的香氣談心。末句的「猶」是「尚且」的意思，與上句合起來，意謂不僅與餘香談心，不知不覺間更加唱起〈起夜來〉這首歌來。〈起夜來〉是古樂府詩。馮浩注引《樂府解題》說：「〈起夜來〉，其辭意猶念疇昔，思君之來也。」按：商隱夫婦早年，尤其是躬耕永樂生病時，當就在崇讓宅住過。大中五（851）年王氏過世後，商隱在出發往東川前，又於七月二十九日夜宿崇讓宅。那個時候，崇讓宅還沒有破敗的跡象。到了大中十二（858）年正月這一次宿崇讓宅，則整個宅第「密鎖重關掩綠苔」，已儼然廢墟一座。王茂元子弟的淪落自然令人思之鼻酸，但對癡情的詩人而言，最不能忍受的當是夫妻二人一份溫馨回憶的永久失落吧！難怪詩人在一片荒寂之中，尚以妻子的「餘香」與象徵不忘疇昔情意的歌曲〈起夜來〉自我慰藉。

⬡099 井泥四十韻 858年

皇都依仁里，西北有高齋。

昨日主人氏，治井堂西陲。

工人三五輩，輦出土與泥。

到水不數尺，積共庭樹齊。

他日井甃畢，用土益作堤。 [10]

曲隨林掩映，繚以池周迴。

下去冥寞穴，上承雨露滋。

寄辭別地脈，因言謝泉扉。

升騰不自意，疇昔忽已乖。

伊余掉行鞅，行行來自西。 [20]

一日下馬到，此時芳草萋。

四面多好樹，旦暮雲霞姿。

晚落花滿地，幽鳥鳴何枝？

蘿幄既已薦，山尊亦可開。

待得孤月上，如與佳人來。 [30]

因之感物理，惻愴平生懷。

茫茫此羣品，不定輪與蹄。

喜得舜可禪，不以瞽瞍疑。
禹竟代舜立，其父吁咈哉。
嬴氏并六合，所來因不韋。 [40]
漢祖把左契，自言一布衣。
當塗佩國璽，本乃黃門攜。
長戟亂中原，何妨起戎氏。
不獨帝王爾，臣下亦如斯。
伊尹佐興王，不藉漢父資。 [50]
磻溪老釣叟，坐為周之師。
屠狗與販繒，突起定傾危。
長沙啟封土，豈是出程姬？
帝問主人翁，有自賣珠兒。
武昌昔男子，老苦為人妻。 [60]
蜀王有遺魄，今在林中啼。
淮南雞舐藥，翻向雲中飛。
大鈞運羣有，難以一理推。
顧於冥冥內，為問秉者誰？
我恐更萬世，此事愈云為。 [70]
猛虎與雙翅，更以角副之。
鳳凰不五色，聯翼上雞棲。
我欲秉鈞者，朅來與我偕。
浮雲不相顧，寥泬誰為梯？
悒怏夜參半，但歌井中泥。 [80]

　　這首詩很長，共有八十句。但內容饒有趣味，而且這些有趣的內容雖然出自很多典故，這些典故並不艱澀，要讀懂並不辛苦。所以讀者可以放鬆心情，好好享讀它。

　　全詩分四大段。第一段（1-32句）前半（1-18句）寫詩人聽到洛陽人家治井挖井泥的事。井泥由井底挖出後，堆積作池堤，於是離開井底而升至地面，處境與前大異。後半（19-32句）寫詩人某日來到堤上，見到堤上花、草、樹、鳥、雲、霞等等美不勝收。他因此深感世間「物理」（事物之所以如是的道理）難測，又想起自己不知為何一生困塞，感慨傷懷。第二段（33-46句）舉例顯示「物理」之難測：自古以來，做到帝王的人，出身多半寒微、低賤或者甚至可以說荒謬。如說秦始皇是呂不韋的私生子等。第三段（47-66句）指出，不只帝王本身，他們手下的大臣也一樣不堪。最有趣的例子是：漢武帝時的董偃，母親是個賣珠的，他因為常隨母親出入武帝姑媽館陶公主的府邸，後來竟然以不到二十的年紀，成為已經五十多歲而守寡的館陶公主的情夫，大受尊崇，連武帝都對他相當客氣。在這一段的末尾（59-64句），詩人更由人事之荒唐講到幾件宇宙間不公不義、荒誕不經、光怪陸離的類似「現象」，然後總結說：大自然運轉萬事萬物，其詳難以用單一的「理」去推求了解。末段（65-80句）詩人困惑冥冥世間究竟誰在掌握。又恐萬世之後，怪異難解之事更加運行變化，然後凶猛如虎者變得更加凶猛，美好如鳳者淪落如同家雞。他想望掌握世界者能與他相偕一起。但是天上的浮雲不理睬他，寥廓的天空又無梯可上，他的願望不能達成。這時已經夜半，他獨自愁悶，只能藉著吟詠井泥來排遣內心的鬱結。

讀者應可看出，詩人剛開始時仍因井泥命運之沉淪、升騰而感慨自身之困蹇。但他的眼光逐漸由個人而推向世間，由眼前而推向歷史，最後並超越對這個世間的關懷，而擔憂整個宇宙會往壞處發展。他先超越小我的升沉，但最後似又以另一種方式回歸到自我這個中心，希望自己能與造物者遊，拯救這個世間。但是要實現這個希望，機會何其渺茫！一想到這裡，他又鬱抑愁悶。詩最終又以深夜獨自吟詠「命運」之難測作結。

白話串講

第一段（1-32 句）

皇都依仁里，西北有高齋。

都城依仁里這地方，西北邊有一棟高高的屋舍。

昨日主人氏，治井堂西陲。

前些日子它的主人家，在堂屋的西邊治理水井。

工人三五輩，輦出土與泥。

工人三、五個，載運出乾的、濕的泥土。

到水不數尺，積共庭樹齊。

挖到才有水沒幾尺的地方，所積的泥土就與庭院中的樹木一樣高了。

他日井甃畢，用土益作堤。

到了某一天整個修井的工事完畢，就把井泥堆積做成土堤。

曲隨林掩映，繚以池周迴。

這堤曲曲折折隨著掩映的樹林伸展，又依著池四周的迴轉而繚繞。

下去冥寞穴，上承雨露滋。

它下離幽深的地穴，上承雨露的滋潤。

寄辭別地脈，因言謝泉扉。

於是它寄語給地下的流水，又傳言給了泉眼，表明自己即將辭別它們。

升騰不自意，疇昔忽已乖。

它說自己沒意想到就這麼升騰到地面，昔日的一切忽然間都變不同了。

伊余掉行鞅，行行來自西。

我整理了馬鞅，從容悠閒地緩馬自西邊而來。

一日下馬到，此時芳草萋。

有一天，我下馬來到堤上，這時候正值芳草茂盛。

四面多好樹，旦暮雲霞姿。

四面長了很多美好的樹木，晨昏都能看到天上的雲霞。

晚落花滿地，幽鳥鳴何枝？

晚落的花掉滿了一地，幽鳥不知在哪枝樹枝裡鳴叫？

蘿幄既已薦，山尊亦可開。

堤上松蘿藤蔓交錯，好像設了帷幄，我也就可以打開山樽飲酒了。

待得孤月上，如與佳人來。

然後，待到孤月升上天空，真如同美人前來一般。

因之感物理，惻愴平生懷。

我看到井泥如此變成悠美的堤岸，深感世間的「物理」真是難測，
又想起自己平生的一切，不禁感慨傷懷。

第二段（33-46 句）

茫茫此羣品，不定輪與蹄。

大千世界裡茫茫萬事萬物，就如車輪與馬蹄一般運轉不停。

喜得舜可禪，不以瞽瞍疑。

堯得到舜這樣的賢才可以放心禪位給他，不因舜的父親不明是非而
有所遲疑。

禹竟代舜立，其父吁咈哉。

禹終於代舜而立，他的父親鯀卻真是哼！唉呀！

嬴氏并六合，所來因不韋。

秦始皇嬴政併吞了整個天下，他的出身實在是因呂不韋送妾給子
楚。

漢祖把左契，自言一布衣。

漢高祖在楚漢相爭中操了勝券，他自稱原本只是一個布衣。

當塗佩國璽，本乃黃門攜。

「當塗高」的曹魏佩戴著傳國玉璽和綬帶，代漢而立，論其祖上，
本來卻是個宦官的養子。

長戟亂中原，何妨起戎氏。

後來五胡亂華，憑著武力，侵擾中原，他們成為帝王，即使出自西方來的戎氏外族，又何妨呢？

第三段（47-64 句）

不獨帝王爾，臣下亦如斯。

不單單帝王如此，他們下面的大臣也是這個樣子。

伊尹佐興王，不藉漢父資。

伊尹曾輔佐勵精圖治、勤於王業的君主，卻並不依靠有個賤男人來生下他。

磻溪老釣叟，坐為周之師。

在磻溪邊釣魚的那個老釣翁，突然之間就成了周的國師。

屠狗與販繒，突起定傾危。

屠狗的、賣繒的，忽然間就起而平定危亂，成為功臣。

長沙啟封土，豈是出程姬？

還有那個長沙定王，封爵為王、開疆裂土，難道是靠著出自皇帝的寵妃程姬？

帝問主人翁，有自賣珠兒。

漢武帝尊敬地問候「主人翁」，此人竟然是一個賣珠婦之子。

武昌昔男子，老苦為人妻。

武昌昔日有個男人，老了突然變為婦人，苦於為人妻子。

蜀王有遺魄，今在林中啼。

蜀王杜宇死了，遺魄化為杜鵑鳥，至今天天在林子裡啼叫。

淮南雞舐藥，翻向雲中飛。

而淮南王的雞舐了他的神仙藥，反而得勢飛向空中。

第四段（65-80 句）

大鈞運羣有，難以一理推。

大自然運轉眾生萬物，難以用單一一個「理」去推求解釋。

顧於冥冥內，為問秉者誰？

但是在高遠渺茫的宇宙之內，請問掌握主宰一切的究竟是誰呢？

我恐更萬世，此事愈云為。

我怕經歷萬世之後，這種運轉變化會愈演愈烈。

猛虎與雙翅，更以角副之。

給猛虎長出了雙翅，更助之以雙角。

鳳凰不五色，聯翼上雞棲。

鳳凰將不再有五彩的羽毛，牠們翅膀相併，一齊上雞窩去住宿。

我欲秉鈞者，褐來與我偕。

我想要請主宰掌握萬物者，來與我相偕共遊。

浮雲不相顧，寥汔誰為梯？

無奈浮雲不理睬我，而又有誰能提供我梯子，讓我上寥廓寂靜的天空去呢？

> 悒怏夜參半，但歌井中泥。

此時已經夜半，我抑鬱愁悶，只有靠著吟詠井泥以排遣心情。

注釋

- 皇都依仁里：皇都，洛陽為唐的東都。依仁里，在洛陽，靠近崇讓坊。（黃世中引清・徐松《唐兩京城坊考》）[1]

- 昨日主人氏，治井堂西陲：昨日，過去、以前。「氏」謂家族。如唐白行簡〈李娃傳〉：「訪其誰氏之第（宅第）。」治，治理。陲，邊。[3]、[4]

- 工人三五輩，輦出土與泥：輩，量詞，猶「個」。輦，載運。土與泥，朱鶴齡注：「乾曰土，濕曰泥。」（《集解》引）[5]、[6]

- 他日井甃畢：井甃〔音晝（zhòu）〕，修井，即以磚、石砌井壁，在此並指挖出井泥。語出《周易・井卦》。[9]

- 下去冥寞穴：去，離開也。冥寞穴，幽深的地穴。指井底。[13]

- 寄辭別地脈，因言謝泉扉：寄辭，寄語。地脈，地底流動的水，因為如同人體內血脈的流布，所以稱地脈。猶今所謂地下水。因，藉著。「因言」義同上句的「寄辭」。謝，辭別。泉扉，在此可能意指「泉眼」（流出泉水的洞穴）。「寄辭」二句似是「一意互言」。（參葉蔥奇）[15]、[16]

- 伊余掉行鞅，行行來自西：伊，發語詞。掉，正、整理。鞅〔音央（yāng）〕，套在馬頸上的皮帶。「掉鞅」顯示閒暇不迫。語見《左傳・宣公十二年》正文及注。商隱當自崇讓坊前來，崇讓坊在依仁里西邊。（黃世中據徐松《唐兩京城坊考》及平岡武夫《長安與洛陽》）[19]、[20]

- 蘿幄既已薦，山尊亦可開：薦，陳設。山尊，「尊」同「樽」。「山

樽」指粗陋簡易的飲具，多以竹根、葫蘆等製成。（黃世中）27、28

- 如與佳人來：如與，「與」最常見的意思是「共」，也就是口語的「和（hàn）」。但這裡從上下文句看，不應解為「共」。另「與」也可作語助詞用，無義。（張相）依此，「如與」就可解為「如」，意同口語的「如同」、「好像」。30

- 因之感物理：「之」指井泥轉變成漂亮堤岸的事。31

- 茫茫此羣品，不定輪與蹄：羣品，眾生、萬物；萬事、萬象。輪與蹄，車輪與馬蹄。33、34

- 喜得舜可禪，不以瞽瞍疑：喜，諸古本均作「喜」。程夢星以為當作「堯」。馮浩從之，並以為蓋形近致訛。（見《集解》）瞽瞍，傳說舜的父親雖有眼睛，但不能分辨好壞，所以當時人稱他「瞽瞍」（瞎子）。「瞍」也作「叟」。35、36

- 禹竟代舜立，其父吁咈哉：據《尚書·堯典》記載，堯在有人向他推薦鯀〔音滾（gǔn）〕的時候，回答說：「吁！咈哉！」吁、咈係嘆聲，有不同意、不以為然的意味。以上二句說：禹終於代舜而立，然而他的父親鯀則為堯所不喜，不是什麼賢能的人。37、38

- 嬴氏并六合，所來因不韋：「嬴氏」指秦始皇嬴政。并六合，併吞天下。「六合」指上下和東西南北四方。據《史記·呂不韋列傳》，呂不韋將自己已經懷了孕的美妾送給看上她的子楚。子楚即後來的秦莊襄王。妾隱瞞有孕的事，到後來生下了嬴政。這句說，秦始皇其實是由商人呂不韋送妾給子楚所生。39、40

- 漢祖把左契，自言一布衣：「漢祖」指漢高祖。「左契」又稱左券。最早的時候，中國人以右為尊；後來轉以左為尊（參黃世中）。因此，契約分左右二半，左半稱左券，由債權人收執，以為索償的憑證。「把左契」謂有把握，穩操勝券。「布衣」借指平民。古時平民不可衣錦繡，故稱為布衣。41、42

- 當塗佩國璽，本乃黃門攜：當塗，「當塗高」的省語。當塗高是漢末讖書中的隱語，指代三國魏。《魏志》：「白馬令李雲上書曰：

『許昌氣見於當塗高，當塗高者當昌於許。』當塗高者，魏也；象魏者，兩觀闕也。（當道而高大者「魏」，魏當代漢。）」國璽，傳國玉璽。「黃門」謂宦官。黃門、中黃門、中常侍都是漢朝宦官的官名，通稱宦官。攜，攜養、養大。曹操的父親曹嵩原是漢桓帝時宦官曹騰的養子。**43**、**44**

- 長戟亂中原，何妨起戎氏：長戟，古代一種兵器。此處借指軍士、武力。起戎氏，中國古代泛稱西北少數民族為「戎」。「氏」亦西北少數民族，居秦隴之西。西晉後期，氏、羌、羯、匈奴、鮮卑侵擾中原，建立政權，史稱「五胡亂華」。此處舉一「氏」以總括五胡，「戎氏」以統言諸胡。「起戎氏」謂出身發跡於胡人。**45**、**46**

- 伊尹佐興王，不藉漢父資：伊尹，商湯宰相，曾輔佐湯滅夏，後又輔佐湯子太甲，所以說他「佐興王」。（「興王」義已見串講。）漢，對男子的賤稱。以「漢」稱「賤丈夫」（丈夫意為成年男子），源於北朝胡人對漢人的蔑稱。（《語言詞典》）全句謂不憑藉什麼男人當父親來生下他。有多種古書傳說謂，伊尹生於「空桑」之中。所謂空桑，當指空心的桑樹，係大桑的根幹，以年久而有空朽的穴。傳說又謂，大洪水時伊尹母化為空桑，實情蓋指洪水滔滔，其母臨當溺水時，把嬰兒藏於空桑之中。（以上關於空桑一段係採黃世中說。）藉，憑藉。資，依賴。《周易·乾卦·象傳》：「大哉乾元，萬物資始，乃統天。」陳鼓應注：「資」，依賴。**49**、**50**

- 磻溪老釣叟，坐為周之師：「磻溪」句謂呂尚（姜太公）釣於渭水濱的磻溪。呂尚遇文王時，年已七十有餘，所以稱他為「老釣叟」。坐，遽也、頓也。（張相）「周之師」：為周文王國師。詳見〈詠懷寄祕閣舊僚……〉（073）注釋20。**51**、**52**

- 屠狗與販繒，突起定傾危：「屠狗」句謂屠狗出身的樊噲與販繒出身的灌嬰。販繒〔音增（zēng）〕，賣絲織品的小商人。繒，古代絲織品的總稱。突起，迅速動身出發。傾危，傾側危殆。**53**、**54**

- 長沙啟封土，豈是出程姬：依《漢書·長沙定王發傳》，劉發的母親唐姬本是景帝寵妃程姬的侍者。有一天，景帝召程姬陪侍。程姬

因月經來，不願意去，就打扮侍者唐兒（唐姬），讓她夜裡陪侍景帝。景帝酒醉，不知其事，以為是程姬，唐兒於是有了身孕。事畢之後，才發覺不是程姬。後來唐姬生子，名為發。發後來立為王，由於母親微賤無寵，故讓他在卑濕貧困的長沙為王。

劉發自己也認為係侍者唐兒所生，不為景帝所喜，才讓他為長沙王。後來便藉機請求擴大封國，景帝應允了，便以武陵、零陵、桂陽三郡增益他的封國。[55]、[56]

• 帝問主人翁，有自賣珠兒：據《漢書・東方朔傳》，竇太主（即館陶公主，為武帝姑母）寡居，年已五十多，與董偃愛戀。剛開始時，偃與母親以賣珠營生。偃十三歲時，隨母親出入公主宅第，公主左右的人都說他長得姣好。公主召見了他，就說：「讓我為他母親來照養他。」偃十八歲後，出入公主家都受寵幸，在城中非常出名。有一次，武帝前往館陶公主處，想見董偃。因偃受尊寵，武帝不直呼其名，而說：「願謁主人翁。」公主引偃叩頭拜謝，一起飲酒大樂。[57]、[58]

• 武昌昔男子，老苦為人妻：這個傳說諸注家所引出處各不相同，而故事發生的地點則大致都認為是豫章，而非武昌。或以為武昌恐為南昌之訛，因豫章郡首府為南昌。（馮浩）[59]、[60]

• 蜀王有遺魄，今在林中啼：依《蜀記》，從前有人姓杜名宇，稱王於蜀，號曰望帝。宇死，俗說宇化為子規。子規是鳥名。蜀人聽到子規鳴叫，都說是望帝。（《文選・蜀都賦》李善注引）又，《成都記》說，望帝死，其魂魄化為鳥，名叫杜鵑，又叫子規。（葛立方《韻語陽秋》卷十六引）又，《蜀王本紀》說：杜宇為望帝，奸淫其大臣鱉靈的妻子，於是讓位逃亡而去。其時剛好是子規鳥鳴叫的時候，所以蜀人見到杜鵑鳴叫會悲思望帝。（《本草綱目・禽部・杜鵑》條引）以上諸資料出處均依黃世中。[61]、[62]

• 淮南雞舐藥，翻向雲中飛：據《神仙傳・劉安》條，「八公與（淮南王劉）安，白日升天。餘藥器置在中庭，雞犬舐啄之，盡得升天，故雞鳴天上，犬吠雲中也。」[63]、[64]

- 大鈞運羣有，難以一理推：「大鈞」指大自然。《文選‧賈誼‧鵩鳥賦》「大鈞播物兮，塊圠無垠。」李善注：「如淳曰：『陶者（製陶的人）作器於鈞（製陶器所用的轉輪）上，此以造化為大鈞。』應劭曰：『陰陽造化，如鈞之造器也。』」「羣有」：佛家語，猶萬物、眾生。 65、66

- 顧於冥冥內，為問秉者誰：顧，但是（《漢語大字典》）。 67、68

- 我恐更萬世，此事愈云為：云為，猶言行，即言辭與行為。亦專指所為之事。此處指事物之運轉變化。《周易‧繫辭下》：「變化云為，吉事有祥。」孔穎達疏：「或口之所云，或身之所為也。」《漢語大詞典》直接將商隱此語定義為「變化」。 69、70

- 猛虎與雙翅，更以角副之：猛虎，蓋比惡人。給與雙翅和角，助其更加凶猛。副，輔助。 71、72

- 鳳凰不五色，聯翼上雞棲：傳鳳凰羽毛具有五彩之色。見《山海經‧南山經》。鳳凰若失去五彩之色，人們就把牠們視同家雞，讓牠們與家雞並翼同棲。 73、74

- 我欲秉鈞者，揭來與我偕：秉鈞，主宰、掌握萬物，也比喻掌權統治。揭〔音妾（qiè）〕來，「揭」為發語辭，「揭來」猶云「來」。（張相、《語言詞典》）偕，一起。 75、76

- 寥泬誰為梯：寥泬〔音穴（xuè）〕，亦作泬寥。《楚辭‧九辯》：「泬寥兮天高而氣清。」王逸注曰：「泬寥，曠蕩而虛靜也。」在此指代高空、靜寂的天宇。 78

　　我們若回顧一下導言、串講、和注釋，當可記得，詩人係由見到沉於地底的井泥轉變為地上漂亮的池堤，而想到命運之難測。然後他由命運難測轉想到歷來帝王、權貴出身之不甚光彩或甚至荒謬絕倫。這一轉折與其說要印證命運之難測，無寧說要數落、甚至蔑視歷來的帝王權貴。而在數落、蔑視中似又帶點複雜的羨慕之情。到了第 59 至 64 句，詩人突然又由數落帝王、權貴轉而從神話傳說中舉出了三個超越世間常理的類似例子，而骨子裡針對的似乎仍是世間事象之令人不解。再後面的關於猛虎與鳳凰的想像，則是對現世現象演變的擔憂。所有這些事例加強了詩人對命運、對造化之「理」的困惑與好奇。

　　這首詩當是詩人晚年居洛陽時所作。我們知道，除了眼前的重大政治事件外，商隱年輕時最關心的事是應試、及第、任官、愛情與婚姻。其後則是仕途的困蹇挫折與常年離家四處入幕的辛酸。他似乎很少有機會跳開個人的悲喜榮辱，看看、想想世間普遍的現象和道理，甚至更進一步企圖超越現實世間，一窺宇宙、造化的奧妙，並探探自己能否在其間扮演什麼有意義的角色。雖然他的大志沒能成就，最後仍以慨歎命運難測了結，我們仍有理由相信，這首詩是商隱晚年比較沒有個人世俗罣礙時的作品。參看上首詩導論部分。

(100) 錦瑟 晚年

錦瑟無端五十絃，一絃一柱思華年。
莊生曉夢迷蝴蝶，望帝春心託杜鵑。
滄海月明珠有淚，藍田日暖玉生煙。
此情可待成追憶，只是當時已惘然。

〈錦瑟〉是商隱最晚期的詩作之一，雖然不能確切繫年，但把它放在編年詩末尾來討論，應該雖不中亦不遠才是。本詩感情真摯動人，文字珠圓玉潤，情調迷離惝悅，歷來往往被視為商隱詩集的壓卷之作，而實也當之無愧。

然而，伴隨著本詩傲人的成就而來的，是學者間對詩意的繁雜的、無止無休的爭論。黃世中歸納歷來所提出的全詩「旨義」，就有十四種之多。個別字句和典故的異說，更可說是多如牛毛了。雖然如此，我講解這首詩的方式，將和講其他詩時大同小異，也是先咀嚼、消化各種前人的說法，然後提出個人最終的見解，而這見解往往只有一種。理由不是我主張詩應有達詁，一首詩或詩中的字句，只限有一種或少數幾種詮釋，而是怕治絲益棼，甚

至歧路亡羊。

為了方便起見，我一開始就要標出我所認為的本詩要旨。這詩是商隱暮年憶舊感懷之作。但因在商隱此時心中，他的舊日、他的往事，不單是他一個人的舊日、往事，而是他與亡妻王氏共同的舊日、往事，所以詩中有很多篇幅都用在寫他對自己與王氏共同生活的追憶，甚至單寫他記憶或想像中的王氏。這使得本詩常常被認定為悼亡之作。但我要強調，這詩真的不宜理解為悼亡詩。

詩題「錦瑟」為首句開頭，可以理解為等於「無題」，這種例子商隱詩集中很多。這可以看作從《詩經》流傳下來的一個現象。但若理解為詩題與首句的「錦瑟」共同起興，或許更好。因為錦瑟確為全詩發想的引子。錦瑟是王氏至愛的樂器，商隱詩集中，除去本詩外，還有三首寫到這個樂器。其中，〈回中牡丹為雨所敗〉（027、028）的「錦瑟驚絃破夢頻」應該與王氏無關。〈寓目〉的「新知他日好，錦瑟傍朱櫳」寫於在鄭亞桂林幕期間，詩人回憶從前剛結婚時，夫婦二人相傍在朱紅色的窗邊，王氏彈瑟而詩人靜聽，一派甜蜜溫馨情境。〈房中曲〉的「歸來已不見，錦瑟長於人」則作於王氏過世時，詩人睹物思人，哀毀無限。當詩人暮年回想一生往事時，面對著王氏遺留下來的錦瑟，想必不免一開始就回憶起上述這類或樂或悲的情境來。所以詩一開頭就提錦瑟。（參黃世中，頁 233-234）

首聯「錦瑟無端五十絃，一絃一柱思華年」意謂詩人回憶往事，想起王氏與錦瑟，而看看眼前的錦瑟，又沒來由地恰是一張五十絃瑟，不禁驚覺五十之年倏忽將至，於是手撫一絃一柱，想

起自己與王氏的青春年華。自然，要維持以上的解讀於不墜，還需要澄清或補充不少問題。

先說「無端」。《漢語大詞典》和《語言詞典》都解「無端」為「無心」、「無意」。似乎可以引申為「無意間」。劉學鍇、余恕誠則解為「沒來由地」、「平白無故」（《詩選》），兩解也許可以並用。

其次，「五十絃」也需一番澄清。關於瑟的絃數，前人所引最出名的說法之一是《史記‧封禪書》的「或曰：『太帝使素女鼓（彈奏）五十絃瑟。悲，帝禁不止，故破其瑟為二十五絃……於是……益召歌兒，作二十五絃（即瑟）。』」由此，便有了瑟為二十五絃，而五十絃為斷絃的臆說。對於這一臆說，馮浩反駁說，依《史記‧封禪書》所述，素女所鼓本來就是五十絃的瑟。再者，商隱〈七月二十八日夜與王、鄭二秀才聽雨後夢作〉又有「逡巡又過瀟湘雨，雨打湘靈五十絃」的話。（按：《楚辭‧遠遊》有「使湘靈鼓瑟兮」一句，故「湘靈五十絃」即瑟。）可見瑟應為五十絃。然黃世中引近年考古成果，謂出土古瑟（大部分為春秋、戰國時器物）多半是二十五絃或少於二十五絃，甚至只有十餘絃的。元朝馬端臨《文獻通考‧〈琴瑟中〉》說：「五絃、十五絃，小瑟也；二十五絃，中瑟也；五十絃，大瑟也。」看來應該也符合商隱時代的情況。由於王氏的瑟是五十絃瑟，而別的瑟絃數未必與此相同，我前面才會說：「眼前的錦瑟，又沒來由地恰是一張五十絃瑟。」

「一絃一柱思華年」的「柱」指絃柱，是絃樂器上縮住絃絲用以調音的小木柱。「華年」指青春年華。馮浩解此句說：「有

絃必有柱，今者撫其絃柱，而嘆年華之倏過……」關於「嘆年華之倏過」，徐夔有類似而更貼近詩意的說法：「『無端』是驚訝之詞，孔融所謂『五十之年，忽焉已至』也。」按：東漢孔融〈與曹公論盛孝章書〉說：「歲月不居，時節如流。五十之年，忽焉已至。」另外，韓愈〈祭十二郎文〉說：「吾年未四十，而視茫茫，而髮蒼蒼，而齒牙動搖……如吾之衰者，其能久存乎？」如果四十歲就可能如此衰朽，五十歲更可能是人生在生理上、心理上一個重大而無奈的轉捩點。詩人特別在五十歲將至的時候想他的青春年華，心理與孔融應當是一致的。而觸動引發他在這關頭想的，是他眼前錦瑟的一絃一柱，因為它們沒來由地恰好是五十條、五十根。

講到他和王氏的青春年華，詩人全都用了極其迷離隱微的典故。首先他說：「莊生曉夢迷蝴蝶。」這句詩濃縮轉化自《莊子・齊物論》：

　　昔者莊周夢為胡蝶，栩栩然胡蝶也，自喻適志與，不知周也。俄然覺，則蘧蘧然周也。不知周之夢為胡蝶與，胡蝶之夢為周與，周與胡蝶，則必有分矣。此之謂物化。

在商隱的時代，要理解《莊子》的哲理，依據大體上不出郭象注與成玄英疏。但是我查檢的結果，這兩部著作裡，除了對個別字詞的解釋外，只有成《疏》一小段話看來與詩意較有關聯。字詞解釋方面，依成《疏》，「栩栩然」是忻暢的樣子；「喻」是知曉；「俄然」是俄頃之間；「蘧蘧然」是驚動的樣子（指莊

周醒來感到驚動）。此外，《疏》的那小段有關詩意的話是：「夫新新變化，物物遷流……是以周、蝶覺夢，俄頃之間，後不知前，此不知彼。」（引自郭慶藩《莊子集釋》）意謂一切事物無時無刻不更新變化，互相遷移流轉……所以莊周、蝴蝶之由夢中覺醒，只是片刻之間的事。片刻之後即不知片刻前的情況，莊周與蝴蝶也互不知道對方的情況。這段話有多少被詩人吸收入詩，如何被吸收入詩，我們自然不知道。在此，我們只能參考《莊子》本文和成《疏》，配合「莊生」這句詩的語境，勉力做出如下的結論。「曉夢」喻夢之短暫。（見劉學鍇、余恕誠《詩選》）在人生中一段如曉夢一般短暫的日子裡，詩人與王氏結合為一。〔按：商隱夫妻約成婚於 840 年，王氏卒於 851 年初，扣去商隱在鄭亞桂林幕的兩年左右（847-848 年）以及在盧弘正徐州幕的一年（850 年初-851 年初），兩人相處時間只有八年。〕二人不辨彼此，適志快意地相處生活，似真似幻、若有若無。然不久即如夢醒一樣，生離死別，陰陽相隔。

雖然適志快意的日子如夢似幻，而且很快消逝，詩人熱愛世間美好事物，熱愛王氏的心情依然真切。他說：「望帝春心託杜鵑。」望帝化為杜鵑（子規）鳥的故事出處很多。其中一大部分都包含了望帝姦淫其大臣鱉令（或作泠、靈）之妻的情節，這與本詩似乎無干。再者，本句與下面第五句各用了《文選》左思〈蜀都賦〉與〈吳都賦〉劉逵（字淵林）注文，而《文選》又為唐代進士科舉子必須熟讀的書，因此，這裡主要引《文選》注作為這個典故的出處。另引《成都記》稍作補充。《文選·左思·蜀都賦》「碧出萇弘之血，鳥生杜宇之魄」下劉逵注引《蜀記》說：

昔有人姓杜名宇，王蜀（在蜀為王），號曰望帝。宇死，俗說云宇化為子規。子規，鳥名也。蜀人聞子規鳴，皆曰望帝也。

又，《成都記》說：「望帝死，其魂化為鳥，名曰杜鵑，亦曰子規。」望帝為什麼死了還要化為杜鵑呢？在詩人心中，那是因為他「春心」未滅，要找個能夠寄託他的「春心」，發揮他的「春心」的生命。

「春心」這個字眼，《漢語大詞典》給了兩個定義。第一個是「春景所引發的意興或情懷」。這是依據《楚辭‧招魂》的「目極千里兮傷春心，魂兮歸來哀江南」所作的定義。第二個是「指男女之間相思愛慕的情懷」。舉了一首梁元帝詩為例，看來是較晚出的意義。商隱有一首講愛情的〈無題〉詩（颯颯東風）（020），其中有「春心莫共花爭發，一寸相思一寸灰」二句。那裡的「春心」無疑是講男女愛情的。（詳見該詩講解）本詩的「春心」主要當也是講男女愛情，雖然也可擴大解釋到指一切美好的事物。

詩人春心不滅，帶著春心想像往事，就想起王氏昔日迷人的「明眸」與「容色」。馮浩是第一個主張五、六兩句在寫王氏的「明眸」與「容色」的。但是他並沒有進一步說明細節、提供佐證。再者，這兩句詩寫的是「想像中」的明眸與容色，用的又是極度縹緲迷離的意象，所以下面還得費很多篇幅來說明。

「滄海月明珠有淚」的「滄海」指大海。「月明」指月光

皎潔。「珠有淚」者，《文選・左思・吳都賦》「泉室潛織而卷
綃，淵客慷慨而泣珠」下劉逵注說：「鮫人，水底居也。俗傳鮫
人從水中出，曾寄寓人家，積日賣綃。綃者，竹孚俞也。鮫人臨
去，從主人索器，泣而出珠滿盤，以與主人。」〔按：綃，音
蕭（xiāo），輕紗；竹孚俞，竹中的白色薄膜。〕張華《博物志》
卷九有近似的記載，我出於前面講過的理由，不再引述。

　　我認為，「滄海月明」與下句的「藍田日暖」類似，是用
以營造、襯托、呈現後面的「珠」與「玉」的性質的修飾語的
一部分（連「有淚」、「生煙」也分別是修飾「珠」與「玉」
用的），而「珠」與「玉」就是上面說的明眸與容色。依此理
解，我們可以把「滄海」句串講為：她的眼睛猶如廣闊大海裡、
皎潔月光下，清涼如波，像帶著鮫人淚水一般的明珠。

　　我無法從其他書籍或商隱其他詩作裡找到例子來佐證說，
眼睛可以這樣子來形容。但是商隱曾在其他兩首詩裡試圖形容
王氏的美眼。一是〈房中曲〉（073）的「枕是龍宮石，割得秋
波色。」（妳的枕頭是龍宮寶石所製，晶瑩璀璨，我好像能從
那裡分得一分妳迷人的眼神。）二是〈李夫人〉（080-082）其
三的「柔腸早被秋眸割。」（我的柔腸早被妳秋水般的明眸所
割斷。）至於其詳，讀者可由二詩講解裡得知。焉知「滄海月
明珠有淚」不是詩人更前衛、更富想像力的一次嘗試呢？

　　「藍田日暖玉生煙」中的「藍田」，據《元和郡縣圖志》
卷一說：「藍田縣……本秦孝公置。按，《周禮》：『玉之美
者曰球，其次為藍』蓋以縣出美玉，故曰藍田。」又說：「藍田
山，一名玉山……在縣東二十八里。」另外，朱鶴齡注引《長安

志》說：「藍田山在長安縣東南三十里，其山產玉，亦名玉山。」
由此看來，藍田山就在長安東南近郊。然而我們不知商隱此處只
是用典，還是身臨其境。幸而我們兩者都有相關資料，可幫我們
了解這另一個前衛而富想像力的比喻。

《宋書·謝莊傳》有一段記載說：「謝莊……年七歲，能屬
文，通《論語》。及長，詔令（聰慧，美好）美容儀。太祖（宋
文帝）見而異之，謂……殷景仁……、劉湛曰：『藍田出玉，豈
虛也哉！』」《宋書》為沈約所修。上引這段話顯示，「玉」，
尤其是「藍田玉」，在商隱之前就曾被用來比喻人的「美容儀」
（優美的容貌儀態）。（黃世中，頁238，引章燮《唐詩三百首
注疏》；我略做了些修正。）這就可以支撐馮浩「〔第〕六句美
其容色」的說法。至於用來營造、襯托、顯現「玉」的殊勝特質
的字眼，則如前所說，是「藍田日暖」和「生煙」。黃世中又引
了紀昀一首〈良玉生煙〉詩，讓我們對「藍田日暖」與「生煙」
的情境可以稍作一點想像。詩說：

> 欲識詩家景，宜游產玉鄉。煙痕蒸縹緲，吟興入蒼
> 茫。淡白浮虹氣，微紅映日光。有、無都不著，空、色兩
> 相忘……〈錦瑟〉深情託，藍田舊跡荒……（《紀文達公
> 集·詩》卷十六）

綜上所述，「藍田」句是說：她美好的容貌和儀態，彷彿藍
田山裡和暖的陽光下煙虹蒸浮中的溫潤的美玉。

對王氏的「明眸」與「容色」的想像是整個追憶的結束，也

是頂峰。迷離惝悅、片刻即逝的一生，即使身死依舊不滅的春心，到了對王氏那令人如醉如癡的眼睛與面貌儀態的想像，一切都無以復加。接下去詩人就說：「此情可待成追憶？」「此情」就是詩人「思華年」所追憶想像到的那些情境、感懷，也就是三、四、五、六句所寫的內容。「可待」是「豈待」、「哪待」（張相）的意思。全句說：這些情境、感懷哪裡能成為追憶的對象？末句「只是當時已惘然」的「只」是「即」、「就」的意思。「只是」謂「就在」、「就是」。全句說：這些情境、感懷就在發生那時當下就已令人迷惘、困惑了。最後要回答讀者可能有的一個疑問：既說所思的情境、感懷不可能成為追憶的對象，那麼詩中所寫的是什麼？我一路下來一直強調一點，就是詩人不只在追憶，更在想像。詩中所寫，尤其是「滄海」一聯，直可說是三分追憶，七分想像。讀者試比較「滄海」句與詩人在〈房中曲〉、〈李夫人〉中對王氏眼睛的描寫，當知我所言不虛。

　　商隱一生大半輩子在落拓困頓中度過。除了仕途多塞外，與至愛的女性王氏又「結愛」（商隱語，意謂結合相愛）傷晚，且婚後夫妻聚少離多，生計窘迫，導致王氏早逝，商隱本人也年未五十就與世長辭。或許由於補償心理吧，當他暮年作詩追憶自己一生往事時，最先浮上腦海的就是昔日與王氏在一起的幸福生活。那些日子真如「莊生曉夢」一般，適志快意然而如夢似幻、轉瞬即逝。但他對王氏的情愫纏綿真切，地老天荒，雖死不渝。這就是所謂的「望帝春心」了。雖然在一起的日子很短暫，他始終懷念著王氏的一切，特別是王氏的姿容、王氏的眼神。這些懷念也許是他晚年最主要的慰藉吧！所以他用了最美妙、最具想像

力的意象來寫它們。那就是「藍田日暖玉生煙」與「滄海月明珠有淚」。讀者若能充分體會詩中所有意象對商隱的深刻意義，商隱在九泉之下亦當莞爾吧！

⬡101 夢澤

夢澤悲風動白茅，楚王葬盡滿城嬌。
未知歌舞能多少，虛減宮廚為細腰！

　　本詩係就「楚王好細腰，宮中多餓死」一事發表議論。夢澤，即雲夢澤，古籍中或稱「雲夢」，或單稱「雲」或「夢」，是古代一個藪澤的名稱。其範圍歷代所指不同，然大約在今湖北的公安以東、武漢以西、安陸以南、長江以北一帶，上古時代屬楚國。唐人李頻〈湘口送友人〉詩有「去雁遠衝雲夢雪，離人獨上洞庭船」二句，可見其時所指的雲夢，南沿已到洞庭之北一帶。但即使如此，本詩也不太可能是商隱初過洞庭湖時所作，因其時他在前往桂林途中，公務在身，應該無暇四處遊覽古蹟。至於作於什麼時候，現已無法考知。

　　楚王（或說靈王，或說莊王）好細腰的事，先秦諸子多有記載，並說朝臣、國人因之多節食、有飢色。至《後漢書・馬援傳》說「楚王好細腰，宮中多餓死」。宮女多餓死的說法才成為主流。本詩說「葬盡滿城嬌」，說「虛減宮廚」，也係就宮女而言。不

過這說法並不掩蓋好細腰一事在楚國朝臣與國人中風靡一時的事實。（參看《集解》注3。）

夢澤上淒厲的寒風吹動著白茫茫的一整片茅草。身在澤中，看到這景致，詩人眼前彷彿展現出一千多年前發生在這裡的悲慘景象：整個楚國宮城中的嬌美宮女一個一個地因餓死而被埋葬在這藪澤上。有人認為詩人可能親見了「夢澤宮娃之墳」才想起上述的景象。（《集解》引屈復）這所謂「宮娃之墳」有點含混，不知是指所有宮女合葬一處之墳，還是零星或單一宮女之墳。這兩者的文學效果是很不一樣的。不過，不管是哪一個，在經過了一千多年的風吹雨打、天災人禍之後，是否還能留存下來，是個問題。所以我相信，假如詩人真的親見墳墓，那可能只是後人所立的所謂楚國宮女之墳而已。不管如何，可以確定的是，詩人在夢澤中想起了「楚王好細腰，宮中多餓死」的事。

詩後半首寫的是詩人針對此事所發的議論。楚王何以好細腰？詩人的理解似乎是：細腰能使宮女「歌舞」比較曼妙，比較符合楚王的興味。雖然細腰與宮女歌舞有因果關係在，詩人卻並不認為楚王是宮女餓死的直接原因。楚王只不過好細腰，是宮女們自己為了取悅楚王，節食以至於餓死的。詩人感到不解的是：這些宮女一生為楚王歌舞，究竟能歌舞多少、歌舞多久，為何要為了細腰，白白地（虛）減省宮中廚房提供的伙食，直到餓死呢？宮女餓死的悲劇，受害者無疑是宮女，但加害者是誰呢？詩意似乎以為，直接加害者也是宮女自身。她們為了迎合上意，獲得恩寵，不惜戕害自己，以致餓死。簡單說，是貪與愚招致了她們的悲劇。（以上參《集解》按語）那麼，楚王就完全沒有過錯嗎？

詩中只是沒有明白議論這點,骨子裡卻並沒有放過楚王。《論語·顏淵》說:「草上之風,必偃。」在上位的人的一言一行都會導致下面的人的效法或迎合。上文說過,楚王好細腰,朝臣、國人都節食有飢色。楚國宮女因好細腰而餓死,楚王難道沒有責任嗎?當然有。這是不需詩人明講,讀者自可推想出來的道理。所以,整個悲劇是在上位者任性大意,在下位者貪而愚所造成的。前人多從末二句諷刺、憐憫宮女的角度出發論此詩,而忽略了詩人譴責楚王的微辭,似有不足之處。

末了,我要談談清人屈復一句很有見地的話。他說:「制藝取士,何以異此!可嘆。」(《集解》引)制藝取士指的是明清兩代以八股文取士的制度。屈復從「楚王好細腰,宮中多餓死」一事旁通到制藝取士制度的風靡與弊端,實有卓識。我們若隨屈氏的理路推而廣之,則當今天下類似於細腰餓死的事還不知有多少。這點就留給讀者自己去推想吧。

⬡102 華嶽下題西王母廟

神仙有分豈關情？八馬虛追落日行。
莫恨名姬中夜沒，君王猶自不長生。

這首詩講的是：人能否遇見神仙、成為神仙，是要靠緣分、際遇的，與情分無關。沒有緣分，像周穆王那樣乘著八匹駿馬，空追到日落之處找尋西王母，情分算是夠了，卻也沒有結果。而且，是人就終歸一死，所以君王您也不要由於心愛的名姬夜半離世而去而感到悵恨，因為連君王您本人尚且不能長生不死啊！

首句「有分」的分〔音憤（fèn）〕應該就是緣分的「分」，不管商隱是否熟悉「緣分」這個具有佛教意蘊的字眼。「關情」就是「與人與人間的情分相關」。有人理解為「牽戀美色」。（《集解》按語）我覺得不可取。次句的「八馬」，指周穆王的八匹駿馬。造父駕馭八馬，穆王乘車。（《穆天子傳》）「虛」，「空」的意思，表示下文做的事情沒有結果。什麼事呢？「追落日〔而〕行」就是追著西下的太陽，直往極西之地，尋找西王母。結果西王母是找到了，但是穆王並沒成仙。所以說「虛」。

447

　　詩後半退一步講穆王在求仙不得後的命運、處境。這兩句詩
牽涉到《穆天子傳》中關於盛姬的部分。原文脫略、重複太多，
難以卒讀，所以這裡糅合原文及馮浩、葉蔥奇的引述，用白話重
講一個大致可讀的盛姬故事：「穆王西北行，遇見盛姬。盛姬是
盛柏的女兒。天子為她築臺，叫做重璧之臺。天子往東，在草澤
之中迷途，遭遇酷寒。盛姬得了疾病。於是天子往西回到重璧之
臺。盛姬病重，過世了。天子在轂丘的宗廟為盛姬入殮，把她葬
於樂池之南。天子懷念傷心，思念溫和善良的盛姬，不禁淚下。」
詩中的「名姬」指的就是盛姬。「中夜」，半夜。「沒」，死亡、
過世。「猶自」，尚且、仍然。（《語言詞典》）

　　這首詩題為〈華嶽下題西王母廟〉，但主人翁其實是周穆
王。這種情形在商隱詩中算是特例，讀者可以留心一下。還有，
本詩無法繫年，姑置於此討論。

103 瑤池

瑤池阿母綺窗開，黃竹歌聲動地哀。
八駿日行三萬里，穆王何事不重來？

這首詩的意思，簡單說就是：西王母所居住的瑤池，殿堂的華麗窗子打開著。她聽到哀慟的〈黃竹〉歌聲撼天動地傳來。她心裡想著：周穆王的八駿一天能奔馳三萬里，應該可以很快來到瑤池，為什麼他不像先前約定的那樣，再度來到我這個地方呢？

要充分了解上述的詩意，我們必須對西王母與周穆王的故事有比較全面的認知。西王母是中國古代神話中的女仙人，住在崑崙山上的瑤池。據《穆天子傳》，周穆王乘坐八匹駿馬所拉的車子，從中土到了西王母的地方。西王母設宴款待天子（《傳》中稱穆王為「天子」）。天子在瑤池之上向西王母敬酒。西王母為天子唱歌說：「白雲在天，山陵自出。道里悠遠，山川間之。將（表祈使的字眼）子無死，尚能復來。」天子答說：「予歸東土，和治諸夏（華夏之人）……比及（及至、等到）三年，將復（回到）而野（妳的地方）。」天子離開西王母後，在回

程路上，四處遊歷。一日，來到黃竹地方，「日中大寒，北風雨雪，有凍人。天子作詩三章以哀民，曰：『我徂黃竹，□員閟寒，帝收九行。嗟我公侯，百辟冢卿，皇我萬民，旦夕勿忘。我徂黃竹，□員閟寒，帝收九行。嗟我公侯，百辟冢卿，皇我萬民，旦夕勿窮。有皎者鷺，翩翩其飛。嗟我公侯，□勿則遷。居樂甚寡，不如遷土，禮樂其民。』天子曰：『余一人則淫，不皇萬民。』□登，乃宿于黃竹。」（《穆天子傳》卷五）由於這段文字關係到全詩最關鍵、也最難解的「黃竹」一句，我把它全文錄在此地。我們很難逐字、逐句讀通這段文字，但可大致看出，它寫的是：穆王在黃竹遇到大雪酷寒，見到路上受凍的人，於是作了一首包含三章的「哀民」之詩，詩中期勉自己和屬下公卿好好治理（皇）受苦受難的百姓。這首詩就是商隱詩中所稱的〈黃竹〉之歌。那麼，在商隱詩中，〈黃竹〉之歌是誰唱的呢？穆王嗎？應該又不是，因為單獨穆王一人的歌聲不可能「動地哀」。〈黃竹〉歌聲應是中土眾百姓唱的。他們在苦難之中，唱出期盼穆王及其屬下好好治理國家的哀慟之歌，這歌聲就是西王母開了綺窗後聽到的撼天動地傳來的聲音。

有學者主張說「次句借〈黃竹〉歌聲動地，暗示穆王已死。」（《集解》按語）我覺得這是「想當然耳」的說法。穆王與西王母的約定是三年之後重來其地，何以見得穆王三年內就已死亡？《穆天子傳》中並未敘述到穆王死亡的事。至於正史，馮浩引《史記·周本紀》說：「穆王即位，春秋已五十矣……穆王立五十五年，崩。」可見不管正史、野史，都沒有穆王見西王母後三年已死的說法。

　　末了，我要談談〈瑤池〉中某些與詩旨或多或少有關，但很容易被忽略過去的細節。稱西王母為「阿母」，本於《漢武內傳》。這個稱呼感覺上比較親切，與世間之人的距離比較沒那麼大。「綺窗開」暗示西王母有所待，也就是在等待周穆王如期來赴三年之約。「日行三萬里」之語不見於今傳《穆天子傳》，不知係出自別本或為後人附和。在〈瑤池〉中，其意在強調穆王行動之速，赴約之易，以反襯其不赴約之必事出有因。「何事不重來」，如前所述，係指穆王體認到自己對百姓責任重大，不再西遊求仙。商隱會想到這點，顯示他具有人文的高度。

⑽104 海上

石橋東望海連天，徐福空來不得仙。
直遣麻姑與搔背，可能留命待桑田！

　　這首詩我們無法先簡略介紹詩意，而必須順著字句把詩中提到的各個故事講清楚，講清了故事內容，詩意自然顯豁。

　　首先：「石橋」者，《三齊略記》說：「秦始皇作石橋於海上，欲過海看日出處。有神人驅石下海，石去不速，神人輒鞭之，石皆流血。」（引自《太平御覽》天部四，日下）

　　「徐福空來」者，《史記·秦始皇本紀》說：「齊人徐市（他書或作『福』，『市』通『福』）等上書，言海中有三神山，名曰蓬萊、方丈、瀛洲，仙人居之。請得齋戒，與童男女求之。于是遣徐市發童男女數千人，入海求仙人……方士徐市等入海求神藥，數歲不得，費多，恐譴，乃詐曰：『蓬萊藥可得，然常為大鮫魚所苦，故不得至，願請善射與俱，見則以連弩射之。』」

　　所以，首兩句詩是說，始皇在石橋上東望海上，等待徐福的消息，但是只見到大海連天。徐福求不到神藥，空手而回，始皇

根本無法成仙。

　「麻姑搔背」與「桑田」的故事同出自《神仙傳》中的王遠（字方平）傳，而順序相反，現為方便起見，依其在《傳》中原來的順序引錄。（各種版本文字略有參差，以無關宏旨，不另說明。）

　　麻姑至，蔡經亦舉家見之。是好女子，年十八九許……麻姑自說：「接待以來，已見東海三為桑田，向到蓬萊，水又淺於往者會時略半也，豈將復還為陵陸乎。」方平笑曰：「聖人皆言，海中行復揚塵也。」又麻姑手爪似鳥，經見之，心中念曰：「背大癢時，得此爪以爬背，當佳也。」方平已知經心中所言，即使人牽經鞭之，曰：「麻姑，神人也，汝何忽謂其爪可爬背耶？」便見鞭著經背，亦不見有人持鞭者。方平告經曰：「吾鞭不可妄得也。」

　讓年十八、九的神仙女子如麻姑者長爪搔背，自是令人艷羨的事。只可惜這種事不可能發生。詩人更進一步講，縱然（直；見《語言詞典》）能夠使（遣）麻姑為（與）你搔背，你又豈能（可能；見《語言詞典》）長命萬年，活著等待到世間又由滄海變為桑田的日子呢？（按：學仙者通常相信，仙界的一年相當於人間的千、萬年。因此，麻姑見東海變為桑田看似很快的事，在人間則不如此。）詩人的著眼點大概只在學仙求長生之不可能，故世人無須於此多費心思。不知詩人曾否從另一個角度想過，人

生短暫如鳥之過目，世人尚且爭權奪利，無所不用其極；若讓世人能夠長生，則世間將不知會是如何一番面目？

　　上來我們連續談了三首關於求仙的，主題近似但意象、情調不一的絕句，讀者方便的時候可比較、評判一下它們的同異、優劣，看看自己較喜歡哪一首或哪幾首？為什麼？這三首詩都無法看出係作於何時、何地。前人往往喜歡把它們與還算有才略的唐武宗好道服藥，以至於短命而死的史實牽繫在一起。我則認為，武宗之死對商隱心理一時多少有些衝擊可能不假，但要說商隱會因之一而再、再而三寫詩哀悼，或惋惜，或諷刺，就未免過當了。

⬡105 小桃園

竟日小桃園，休寒亦未暄。
坐鶯當酒重，送客出牆繁。
啼久艷粉薄，舞多香雪翻。
猶憐未圓月，先出照黃昏。

　　這首詩不知作於何時何地，連作詩的場合都隱晦不明，所以非常難解。以下我先把詩句所可能述說的情節，以及詩句所透露的背景訊息，整合申講一遍，然後再來討論細節。

　　一整天在小桃園裡讌飲，園裡寒意已去（休，停止），但還沒（亦，尚、且）和暖起來。園裡坐著陪酒的鶯鶯燕燕，正對（當）著美酒，酒味相當濃厚（重）。她們頻繁地送客人出牆離開。歌女唱（啼）久了，臉上艷麗的濃粉褪薄了。舞女舞多了，身上芬芳的、如雪花般的白色舞衣不停翻飛著。到了黃昏時刻，她們尚不休息，仍然眷愛（憐）著那初生未圓的月亮，因為它早早就出來，映照著黃昏時刻的小桃園。如果不是它，黃昏一到，天色一暗，一天的歡樂讌飲就要結束了。

在細節方面，我首先要講的是「小桃園」不是小小的桃園，而是「小桃」的園子。小桃是桃的一個別種，上元（正月十五）前後即開花，狀如垂絲海棠，與三月始開花的桃花不同。（見《漢語大詞典》及吳慧）所以詩第二句會說「休寒亦未暄」。如果是三月開花，天氣就已暖和（暄）了。再來，「坐（鷰）」的鷰應即歌筵酒席上的陪酒女子。「重」字是全詩最難解的一個字。《呂氏春秋・盡數》有一段話說：「凡食，無彊厚味無以烈味重酒，是以謂之疾首。」（《漢語大字典》「重」字條）依其上下文判斷，「重酒」是使酒味濃厚的意思。本詩的「重」大概就是（酒味）濃厚。最後，「先出照黃昏」句，我以全詩作為詮釋的導引，做出上段的解釋，希望不至於大謬。

本詩的解釋，最容易令人迷惘的點是，全詩重點究竟是在寫「小桃園」還是「小桃花」。我先前選擇從寫「小桃花」切入，結果得到了似是而非的結論。後來再回頭細味「竟日小桃園」一句，才體會到詩要寫的是在小桃園中一整天（「竟日」）的讌飲。其次，全詩中間四句究竟是在寫人還是寫花，也頗費思量。「坐」字依《語言詞典》，有「鳥類棲息於樹」的意思。「出牆」又像在寫小桃樹枝條長出牆外。如此一來，這兩句乍看就是在寫小桃花。而五、六句自然就是借人寫花了。然而，如果中間這四句這樣理解，第三句「當酒重」的「重」字就無法解釋了。或說：「重」是指花十分繁茂（《集解》補語），這說法並無依據。所以，我選擇解「重」為酒味濃厚，而「坐」指座上坐有陪酒女子。整個中間四句意思就如串講所述。最後，還有一個難解的謎，那就是末句「先出照黃昏」，究竟在「照」什麼東西？《集解》按

語認為是在照滿地的小桃花。楊文惠教授提示我說，這句詩未必與小桃花有關，而可能比較接近串講所說的月色映照小桃園，使讌飲不至於立刻結束。衡諸我對本詩其他部分的理解，我覺得她說得有理，就採取了她的說法。

這是一首很短但很晦澀的詩，頗有商隱詩的形式特色。所以雖然內容情意不怎麼樣，我仍舊把它選在這裡。

⬡106 茂陵

漢家天馬出蒲梢，苜蓿榴花徧近郊。
內苑只知含鳳觜，屬車無復插雞翹。
玉桃偷得憐方朔，金屋修成貯阿嬌。
誰料蘇卿老歸國，茂陵松柏雨蕭蕭！

　　茂陵是漢武帝的陵墓，位於長安西北八十里。這首詩有可能是詩人身在茂陵，想起漢武帝的種種而寫的。漢武帝（西元前156-87年）於西元前140-87年在位，是一位具有雄才大略的君主，文治武功均極彪炳。但是這首詩幾乎完全不關心他的文治武功。詩中從各種稗官野史中挑出漢武帝種種浮誇的、放蕩的、虛誕的、香艷的「事跡」，運用陌生的、奇異的、甚至荒謬的意象，表達了對漢武帝的嘲諷。我們可以借用一個當代術語說：商隱「顛覆」了整個傳統正史中的漢武帝形象。我們從商隱集中眾多嚴肅處理歷史問題的詩作，如〈行次西郊作一百韻〉（018），可以看出，商隱是位深懂歷史的詩人。何以他在〈茂陵〉中要寫出一個完全不合史實的漢武帝呢？他刻意要嘲諷、顛覆歷史嗎？這是讀者在

看完下面的講解之後要深深去思考的。

為了詳明呈現詩中意象的「荒謬」特質，我在注釋典故時盡可能力求翔實，希望讀者不要誤以為行文拉雜而忽略過去。

白話串講

漢家天馬出蒲梢，苜蓿榴花徧近郊。

大宛千里馬蒲梢為漢朝傳下了許多天馬後代。同時傳來的苜蓿和石榴花現在長徧都城近郊。

內苑只知含鳳觜，屬車無復插雞翹。

皇帝手下只知在內苑口濡鳳嘴膠，他外出不再需要跟著一大隊插著雞翹的侍從車。

玉桃偷得憐方朔，金屋修成貯阿嬌。

因偷得王母玉桃，皇上特別愛惜東方朔。修建成金屋後，就用它來藏置阿嬌。

誰料蘇卿老歸國，茂陵松柏雨蕭蕭！

誰料到蘇武因被匈奴留置晚歸，回國竟就見不到武帝了。安葬武帝的茂陵，陵前松柏佇立在蕭蕭的雨中。

注釋

- 漢家天馬出蒲梢：漢家，猶言漢朝。天馬，《史記‧樂書》說：「〔張騫〕伐大宛得千里馬，馬名蒲梢，次（編次，指編為歌曲）

作以為歌。歌詩曰：『天馬來兮從西極……』」。出，出自、傳自。詩意蓋謂「漢家之天馬乃大宛千里馬蒲梢之後代」。（《集解》按語）

- 苜蓿榴花徧近郊：苜蓿，《史記‧大宛列傳》說：「宛左右（大宛周圍那些國家）以蒲陶（葡萄）為酒……俗嗜酒，馬嗜苜蓿。漢使取其實來，于是天子始種苜蓿、蒲陶肥饒地（在肥沃土地上）。及天馬多，外國使來眾，則離宮（皇帝正宮以外臨時居住的宮室）、別觀（離宮大門外的臺榭）旁盡種蒲陶、苜蓿極望（盡眼所望）。」榴花，依《初學記‧石榴》，「《博物志》曰：『張騫使西域還，得安石榴、胡桃、蒲桃。』」安石榴即石榴，因產自西域古安息國，故稱。按：大宛於漢武帝太初三（前 102）年降漢，以汗血馬著名，盛產葡萄、苜蓿。所謂的「天馬」，指的就是汗血馬。伐大宛引進汗血馬，在軍事上當然是很有意義的事。但是我們仔細一讀首兩句詩，發現詩人對汗血馬本身的興趣似乎還不及隨汗血馬引進的苜蓿，以及張騫另外引進的石榴。1999 年版《辭海》在〈漢武帝〉條曾說：武帝「派張騫兩次至西域，加強了對西域的統治，並發展了經濟文化交流。」這與「天馬出蒲梢」以及「苜蓿榴花徧近郊」的關懷點差異實在太大了。

- 內苑只知含鳳嘴：內苑，皇宮內的庭園。含鳳嘴，據《海內十洲記》，「鳳麟洲在西海之中央……洲上多鳳麟，數萬各為群……亦多仙家。煮鳳喙及麟角，合煎作膏，名之為續弦膠，或名連金泥。此膠能續弓弩已斷之弦、刀劍斷折之金，更以膠連續之，使力士掣之，他處乃斷，所續之際終無斷也。武帝天漢三年，帝幸北海，祠恆山。四月，西國王使至，獻此膠四兩……武帝受以付外庫，不知……妙用也。以為西國雖遠，而上貢者不奇，稽留使者未遣。又，時武帝幸華林園射虎，而弩弦斷。使者時從駕，又上膠一分，使口濡以續弩弦。帝驚曰：『異物也！』乃使武士數人，共對掣引之，終日不脫，如未續時也……帝於是乃悟，厚謝使者而遣去，賜以牝桂乾薑等諸物，是西方國之所無者。」「鳳嘴」即「鳳喙」，在此指由鳳喙及麟角合煎做成的「續弦膠」。「含」謂以口濡膠。（《集解》引胡震亨）「華林園」：《十洲記》誤記。漢武帝時無華林園。（參 1999 年版《辭海》及《漢語大詞典》）這句詩我把它讀為「只知內苑含鳳嘴」，隱然有

諷刺武帝沉迷於異域神物，又只知在宮苑之中游獵，不知外出拓展真正武功之意。

- 屬車無復插雞翹：屬車，漢朝皇帝乘輿（天子所乘坐的車子）的侍從之車，數目隨儀仗的次第規模之不同而有異（最多可到八十一乘），接連跟在乘輿之後成為三行。插雞翹，屬車上拴縛的「幢」（作為儀仗用的一種旗幟）旁列有羽毛編綴的旗子，叫「鸞旗」。老百姓有的就稱呼它為「雞翹」。「雞翹」者，或說即雞尾長毛。（葉葱奇）帝王出行，侍從之車上插鸞旗以為標誌。（《集解》按語）因此，歷來多認為「屬車」不插「雞翹」（鸞旗），是為了方便皇帝「微行」出遊。問題是：如果皇帝的乘輿依舊金碧輝煌，那麼即使屬車不插鸞旗，也無法達成微行的目的。所以我把這句詩讀成「無復屬車插雞翹」，意為：（皇帝車子從簡，也）不再需要有插著雞翹的一大隊侍從車子。

漢武帝微行出遊的事不見於正史記載，稗官野史，如《幽明錄》、《漢武故事》則記載甚多。現附錄兩段，以供讀者了解這種記載所呈現的漢武帝形象：

一、《太平廣記》卷一六一

漢武帝嘗微行造主人家，家有婢國色，帝悅之，仍留宿。夜與主婢臥。有一書生，亦寄宿。善天文，忽見客星將掩帝座，甚逼，書生大驚懼，連呼咄咄，不覺聲高。仍又見一男子，操刀將入戶。聞書生聲急，謂為己故，遂縮走，客星應時而退。如此者數過。帝聞其聲，異而問之。書生具說所見。帝乃悟曰，必此人婿也，將欲肆兇惡於朕。仍召集期門羽林，語主人曰：「朕天子也。」于是擒奴，問而款服，乃誅之。帝嘆曰：「斯蓋天啟書生之心，以扶祐朕躬。」乃厚賜書生焉。（出《幽明錄》）

二、《漢武故事》

上微行至於柏谷，夜投亭長宿，亭長不內，乃宿於逆旅。逆旅翁謂上曰：「汝長大多力，當勤稼穡；何忽帶劍群聚，夜行動眾，此不欲為盜則淫耳。」上默然不應，因乞漿飲，翁答曰：「吾止有溺，無漿也。」

有頃，還內。上使人覘之，見翁方要少年十餘人，皆持弓矢刀劍，令主人嫗出安過客。嫗歸，謂其翁曰：「吾觀此丈夫，乃非常人也；且亦有備，不可圖也。不如因禮之。」其夫曰：「此易與耳！鳴鼓會眾，討此群盜，何憂不克。」嫗曰：「且安之，令其眠，乃可圖也。」翁從之。時上從者十餘人，既聞其謀，皆懼，勸上夜去。上曰：「去必致禍，不如且止以安之。」有頃，嫗出，謂上曰：「諸公子不聞主人翁言乎？此翁好飲酒，狂悖不足計也。今日具令公子安眠無他。」嫗自還內。時天寒，嫗酌酒多與其夫及諸少年，皆醉。嫗自縛其夫，諸少年皆走。嫗出謝客，殺雞作食。平明，上去。是日還宮，乃召逆旅夫妻見之，賜姬金千斤，擢其夫為羽林郎。自是懲戒，希復微行。

- 玉桃偷得憐方朔：玉桃，出自東方朔偷西王母仙桃的故事。這故事來源不只一個，以下引述較詳細的一種。《博物志‧史補》：「漢武帝好仙道……王母乘紫雲車而至，於殿西南面東向……帝東面西向。王母索七桃，大如彈丸，以五枚與帝，母食二枚……帝曰：『此桃甘美，欲種之。』母笑曰：『此桃三千年生一實。』……時東方朔竊從殿南廂朱鳥牖（朝南的窗戶）中窺母。母顧之謂帝曰：『此窺牖小兒嘗三來盜吾此桃。』帝乃大怪之，由此世人謂方朔神仙也。」桃稱「玉桃」又源自《抱朴子‧內篇》等書。（參《集解》）歷來學者多已指出，此句在講武帝好神仙的事。武帝之好神仙乃眾所周知的事。但同樣寫此事，正史如《史記‧武帝本紀》就板著臉孔，甚至充滿鄙夷之意。而《博物志》則在浪漫逗趣的故事裡，寄寓了帝王求仙的荒誕不經的本質。這樣寫才契合全詩一貫的情調和意旨。

- 金屋修成貯阿嬌：「金屋」句講的就是出名的「金屋藏嬌」的故事。《漢武故事》說：「帝為膠東王，年數歲，長公主（皇帝的妹妹）抱置膝上，問曰：『兒欲得婦否？』指左右長御（漢代皇后宮內女官）百餘人，皆云不用。指其女阿嬌〔問〕『好否？』，笑對曰：『好。若得阿嬌作婦，當作金屋貯之。』」阿嬌即後來漢武帝的陳皇后。有人說，這句詩寫的是漢武帝的「重色」。（《集解》引沈德潛）漢武帝重色也是不爭的事，這點可由《漢書‧外戚傳》證實。但是，整個〈外戚傳〉，包括陳皇后本人的傳，哪裡見得到金屋藏嬌故事裡那種

香艷中充滿浪漫、純真的情調？所以，金屋藏嬌與方朔偷桃類似，它用了一個浪漫純真的故事來包裝漢武帝重色的事實。

- 誰料蘇卿老歸國：蘇卿，蘇武，字子卿。武帝天漢元年使匈奴，被匈奴留置，不得歸漢。至昭帝始元六年始得返國。返國後奉詔奉一太牢謁武帝園廟。

- 茂陵松柏雨蕭蕭：歷史上所寫的雄才大略、文治武功盛極一時的漢武帝，在詩人筆下，雖有「仙桃」，仍然等不到蘇武歸國就溘然長逝了。留下來的只有蕭蕭雨聲中佇立於陵園前的松柏而已。

末句所寫不知是否詩人眼前實景。「苜蓿榴花徧近郊」也一樣。如果是的話，則「苜蓿」句寫武帝事功之光彩燦爛，「茂陵」句寫其死後之蕭條寂寥，是很好的開頭與結尾。

有不少學者認為這首詩意在諷刺唐武宗，並因此把它繫於武宗薨逝的年代：會昌六（846）年。我不能苟同這個主張。誠然，唐武宗有些武功，但那些武功與天馬、與苜蓿榴花實在很難沾上邊。而且，武宗並未有微行出遊的傳聞。再者，商隱於武宗崩逝後曾以朝官的身分作了〈昭肅皇帝（武宗諡號）挽歌辭三首〉，詩中明白指摘了武宗耽於神仙方術，以至於年壽短促的事，而全不及於畋獵、聲色等問題。可見詩人所注重者在神仙方術之誤國，而不在畋獵、聲色。（況且，細味《新唐書·后妃傳下》之武宗王賢妃〔本為「才人」〕傳，武宗是否好聲色實大有疑問。）因此，我對本詩做了全新的詮釋，而暫且置於此處討論。

107 海上謠

桂水寒於江，玉兔秋冷咽。
海底覓仙人，香桃如瘦骨。
紫鸞不肯舞，滿翅蓬山雪。
借得龍堂寬，曉出撲雲髮。
劉郎舊香炷，立見茂陵樹。 10
雲孫帖帖臥秋烟，上元細字如蠶眠。

　　這首詩的主旨大概在諷刺帝王沉迷於神仙方術、妄求長生。詩題中的「海上」二字與集中〈海上〉詩命意相同，都是指方士受命於海上尋覓神仙。

　　這是一首仿「長吉體」的作品，也就是仿效李賀（字長吉）詩特殊風格的作品。其特點是詞采新奇、想像豐富，但主題隱晦、意象迷離、怪誕，令人難以卒讀。商隱集中尚有〈燕臺〉、〈河內〉、〈河陽〉等詩，都有類似風格。

白話串講

桂水寒於江，玉兔秋冷咽。

月中桂樹下的水比人間的江水還要寒冷，月中的玉兔在這秋天裡凍得寒慄噤咽。

海底覓仙人，香桃如瘦骨。

那些方士沉到海底去尋覓仙人蹤跡。海底神山上的仙桃樹枯瘦如骨，毫無果實。

紫鸞不肯舞，滿翅蓬山雪。

在那裡，紫鸞鳥不肯鳴舞，因為整個翅膀積滿了蓬萊山的雪。

借得龍堂寬，曉出揲雲髮。

那些方士借得像龍宮一般華麗寬敞的廳堂居住，到早上就出來條梳頭髮。

劉郎舊香炷，立見茂陵樹。

而昔日燔香敬候仙駕的劉郎，則很快就死了，葬在茂陵，陵上還長了樹。

雲孫帖帖臥秋烟，上元細字如蠶眠。

他一代代的遠孫靜悄悄地臥於秋日的煙霧之中，上元夫人傳授的細字神書如僵眠的蠶一般，還有誰在拜讀呢？

注釋

- 桂水寒於江：馮浩注引《通典》說：「桂州有離水，一名桂江。」並認為「桂水」即指桂江，本詩作於桂林。然而，若依此說，則桂林地暖，桂水如何會寒於（長）江呢？葉葱奇引《酉陽雜俎‧禮異》說：「或言，月中蟾桂，地影也；空處，水影也。」而主張「桂水」指月中桂樹下的溪水，所以說比人間的江水還要寒冷。今從其說而略作修改（改「溪水」為「水」）。 ①

- 玉兔秋冷咽：相傳月中有一玉兔在搗藥。海上天寒，所以月中玉兔也為之寒慄噤咽。 ②

- 海底覓仙人：據《史記‧封禪書》，蓬萊、方丈、瀛洲三神山相傳在渤海中，諸仙人及不死藥也都在。未到時望之如雲，及到到達時，三神山反在水下。詩句原無主詞。此處主詞「那些方士」是我依據上下文加上的。 ③

- 香桃如瘦骨：相傳漢武帝吃了西王母給與的仙桃後，保留桃核，想自種仙桃樹。〔詳見〈茂陵〉（106）注釋5〕這裡說仙桃樹瘦如枯骨，而不見生出果實。 ④

- 紫鸞不肯舞，滿翅蓬山雪：傳說鸞鳥喜則鳴舞。不肯舞，因為不喜。不喜的原因是，牠整個翅膀都積滿了蓬萊山的雪。 ⑤、⑥

- 借得龍堂寬，曉出撲雲髮：七、八兩句是全詩最令人困惑的句子。這裡勉力作解。按：「龍堂」者，畫有蛟龍之堂。《楚辭‧九歌‧河伯》說：「魚鱗屋兮龍堂，紫貝闕兮朱宮。」王逸注說：「言河伯所居，以魚鱗蓋屋，堂畫蛟龍之文（花紋），……形容（形狀）異制，甚鮮好也。」後用以指龍宮。或說晚唐帝王好神仙，道士甚至就有居住於禁中者。（參《集解》引程夢星、陳貽焮語）此句即指方士居住於禁中華屋。撲〔音蛇（shé）〕，原指古代用蓍草占卦時，數蓍草的數目，把草分成幾份。這裡蓋指梳理頭髮（「雲髮」：烏黑的頭髮；泛指頭髮），把一定數量的頭髮梳成條狀。 ⑦、⑧

- 劉郎舊香炷，立見茂陵樹：「劉郎」指漢武帝劉徹。李賀〈金銅仙人辭漢歌〉已有「茂陵劉郎秋風客」語。依《漢武內傳》，漢武帝曾爇〔音凡（fán），焚燒〕香以待西王母仙駕。漢武帝死後葬於茂陵。立，即刻、馬上。 9 、 10

- 雲孫帖帖臥秋烟，上元細字如蠶眠：雲孫，從本身算起的第九代孫；亦泛指遠孫。帖帖，安靜貌。（依《語言詞典》）此指武帝後人均已死臥於秋野之中。《漢武內傳》說：「上元夫人即命女侍紀離容……出六甲、左右靈飛、致神之方十二事，當以授劉徹。」「細字」謂上述仙書均以細小字體書寫。「如蠶眠」謂那些「細字」看起來就像休眠僵黑的幼蠶一般。 11 、 12

　　這首詩以漢武帝為例，諷刺帝王之好神仙、求長生，而終不免一死。詩中以秋天為背景，把世人所嚮往的神仙世界營造成一片淒涼苦寒、了無生機的荒原。方士們養尊處優，而帝王及其子孫則無不淒然就死。仙經、神書荒廢無用。上文說過，晚唐帝王多好神仙。商隱詩極有可能因此而發。不過我們若必欲鎖定係為某一皇帝而作，則反容易膠柱鼓瑟，於解詩並無裨益。

⬡108 碧城三首 其一

碧城十二曲闌干，犀辟塵埃玉辟寒。
閬苑有書多附鶴，女牀無樹不棲鸞。
星沉海底當窗見，雨過河源隔座看。
若是曉珠明又定，一生長對水精盤。

　　本詩從各種相對生僻駁雜的古書，如《上清經》（道教仙經）、《山海經》（遠古神話書，《四庫全書》歸入子部小說類）、《荊楚歲時記》（地方歲時風物故事書，《四庫全書》歸入史部地理類）等等裡面，引用中土人士比較罕見罕聞的山水、生物、器物、天象等意象，營造了一個浪漫的、具有濃厚異域情調的虛擬情境。其中所述事件、景象多半似真似假，讀者似可不必執著當真。例如：詩中將天界視作處於一浩瀚大海之中，日、月、星辰都在海中昇沉出沒，若以世間的實際天象去理解，一定處處扞格不入。我懷疑這首詩不是具有嚴肅切身感情的作品。雖然如此，由於它的風格特色使它變得非常出名，我還是把它選在這裡，作為商隱這類詩的代表之一。〔參〈海上謠〉（107）講解〕

至於常見的〈碧城〉三首均詠與女冠之戀情的說法，我將在後面討論。

「碧城」，也稱碧霞城。道教傳為元始天尊所居。《太平御覽》卷六七四引《上清經》說：「元始〔天尊〕居紫雲之闕，碧霞為城。」「十二曲闌干」：泛指曲折的欄杆；「十二」言其曲折之多。樂府〈雜曲歌辭‧西洲曲〉云：「樓高望不見，盡日欄干頭。欄干十二曲，垂手明如玉。」「犀」，指犀角。「辟」，同「避」，避除。《述異記》說：「卻塵犀，海獸也。其角辟塵，置之於座，塵埃不入。」「玉辟寒」，玉特性溫潤，所以可以避寒（驅除寒氣）。或說，據傳說，有寶玉能發光熱。（詳黃世中）以上講碧城的高大堂皇以及潔淨溫暖。

接著介紹碧城的兩個「鄰居」：閬苑與女牀山。「閬苑」即崑崙山閬風巔上的宮苑，也是仙人居所。「書」，「書信」。「附」，託付的意思。《集韻》：「附，托也。」《廣韻》：「附，寄附。」（葉葱奇）這句是說，閬苑裡若有書信要傳送到碧城，多託付仙鶴寄送。「女牀」：傳說中山名。《山海經‧西山經》：「女牀之山……有鳥焉，其狀如翟（野雞）而五彩文（花紋），名曰鸞鳥。」

第三聯寫由碧城窗邊所能見到的外面景象。「星沉海底」是日曉時星星沉落的情景。因為詩人把天宇想像成位於一浩瀚大海之上，所以日曉時星星沉落，從碧城室內看，會像星沉海底一般。商隱〈嫦娥〉（109）詩的「長河漸落曉星沉」及「碧海青天夜夜心」可與上說相互參證。「河源」，即黃河源頭。依《史記‧大宛列傳》，于闐以東，水皆東流，注入鹽澤（今新疆羅布泊）。

鹽澤潛行地下，其南則河源出焉。另據《荊楚歲時記》，漢武帝令張騫出使大夏，尋找河源。張騫乘槎（木筏）經一整個月而到一個地方，見到城郭如同中土的州府……。不管詩人依據的是嚴肅的正史，還是隨興的地方風土記，「河源」都是指一個中土人士罕至的遙遠異域。碧城由於位於高峻仙境，所以在裡面隔座便可見到河源飄過雨。

尾聯說，如果太陽能夠又明亮、又穩定的話，那麼在碧城裡將可一生面對著晶瑩的圓月。「曉珠」：指日。唐皇甫湜〈出世篇〉有「西摩月鏡，東弄日珠」語。（葉蔥奇引；另參馮浩注）「水精盤」指月。（見《集解》引姚培謙；黃世中）姚培謙說：「（在碧城，）所慮者，日光之映射不均，以致月體之圓缺有異，斯實盼望者所無可如何。否則一生常對團團之月，豈不快耶！」可謂善解尾聯之旨。

〈碧城〉三首自馮浩以來就被許多學者定調為描寫與女冠偷情歡會的詩。例如，馮浩說：「入道為辟塵，尋歡為辟寒也……。書憑鶴附，樹許鸞棲，密約幽期，情狀已揭……。」劉學鍇、余恕誠（《詩選》）也有一樣牽強、露骨的說法，茲不繁舉。我認為，後兩首裡面容或有些曖昧的意象，可以理解為男女歡會之詞，第一首作為碧城「物語」的開場白，單寫碧城的奇幻美妙，是很合乎常理的。讀者大可不必捕風捉影，一定要在詩中處處尋找幽會歡愛的證據。

再者，即使〈碧城〉三首裡寫到與女冠歡會的事跡，這些事跡與商隱本人有否關聯也是一個問題。下面我要討論一下商隱學仙的經過，以便澄清這個問題。依據劉學鍇的研究，商隱學仙玉

陽山的年代大致在敬宗寶曆（825-826）年間與文宗大和初（827）
年之間。（《李商隱傳論》上，頁49-51；劉氏的定年相當合理，
不過他似乎認為商隱這幾年都在學仙，我則認為只是求仙年代落
在這幾年間而已，因為商隱那時家中經濟十分艱困，似乎無法長
時間離家求仙。）這時商隱的年齡虛歲只有十五至十七歲。這個
年齡的小孩跑去與女冠幽會歡愛，可能性有多大？這是我的第一
個疑惑。商隱集中現存一首（唯一一首）寄給昔日相熟的女冠的
詩，題為〈月夜重寄宋華陽姊妹〉。詩說：

> 偷桃竊藥事難兼，十二城中鎖彩蟾。
> 應共三英同夜賞，玉樓仍是水精簾。

馮浩注說：「『偷桃』（按：用東方朔偷西王母仙桃故事）
是男，『竊藥』（用嫦娥偷后羿不死藥故事）是女。昔同賞月，
今則相離。」馮浩的注雖簡略，卻已夠我們掌握詩的重點：我（商
隱，一個男生）因故已難以與你們三姊妹（三英蓋指宋華陽三姊
妹）一起學仙求道。像今晚這種月夜，本應與妳們一起賞月，可
惜妳們留在觀中出不來（葉蔥奇說，「彩蟾」係借月中的蟾來指
月下的人），賞月的事就無緣了。馮浩說的「昔同賞月」給了我
很大的啟發，即商隱在山中與女冠一起，主要大概就做些「〔一〕
同賞月」之類的事吧？這才是適合於十五歲左右的男生做的事，
不是嗎？

再者，商隱後來曾在〈送從翁從東川弘農尚書幕〉（朱彝尊
注：從翁，叔祖也）中回憶他去玉陽山學仙的事說：

　　早忝諸孫末，俱從小隱招。心懸紫雲閣，夢斷赤城
標。素女悲清瑟，秦娥弄碧簫。山連玄圃近，水接絳河遙。
豈意聞周鐸，翻然慕舜韶。皆辭喬木去，遠逐斷蓬飄。

　　可見商隱去學仙，是與同輩親族多人跟隨他們的叔祖一齊去
的。而且，當時的出名道觀往往是富麗堂皇且人文薈萃的地方。
商隱他們會由族中長輩引領前往，去見世面的用意居多。在這種
情況下，還跑去幽會歡愛，我懷疑即使唐代兩性之防再鬆，也難
以容許這等行徑。

　　最後，如果商隱早就行為放縱，花名在外，令狐楚可能於商
隱十九歲時就延請他入幕為賓客，並讓他與兒子共遊嗎？還有崔
戎、蕭澣這些地方大員會待之如賓嗎？

　　假設商隱在玉陽山學仙，沒有與女冠幽會歡愛之事，而且大
概也沒有幽會歡愛之辭，那麼像〈碧城〉其二、其三這種詩是什
麼時候寫的呢？我多年來一直有個假想，即在商隱一生的某一段
時候，他特別熱中於寫作像〈碧城〉、〈燕臺〉、〈河內〉和〈河
陽〉等這種朦朧、迷離，往往充斥虛擬感情與情境的詩。這些詩
中的〈燕臺〉可確定作於商隱與柳枝戀愛前不久〔即 836 年商隱
二十六歲時，見〈柳枝五首〉序（009-013）〕。據此推斷，上述
諸詩大概作於商隱成年而尚未及第（二十七歲及第）這段期間。
此時，商隱以成年人的性心理，融進由先前生活經驗虛擬出的種
種情境，而成了這些詩。誠然，這是個難以證明為假但也難以證
明為真的假想。我不敢期待能在此解決這個問題。我只想指出，
在沒有明確證據的情況下，不能隨意由（1）商隱寫過女冠情愛

的詩，推而說（2）商隱寫了不少女冠情愛的詩，然後到說（3）商隱有在學仙時與女冠幽會歡愛的事。否則萬一眾口鑠金，當也不是讀者所樂見的事。

附：碧城後二首

其二

對影聞聲已可憐，玉池荷葉正田田。
不逢蕭史休迴首，莫見洪崖又拍肩。
紫鳳放嬌銜楚珮，赤鱗狂舞撥湘絃。
鄂君悵望舟中夜，繡被焚香獨自眠。

其三

七夕來時先有期，洞房簾箔至今垂。
玉輪顧兔初生魄，鐵網珊瑚未有枝。
檢與神方教駐景，收將鳳紙寫相思。
武皇內傳分明在，莫道人間總不知。

⬡109 嫦娥

雲母屏風燭影深，長河漸落曉星沉。
嫦娥應悔偷靈藥，碧海青天夜夜心。

　　要講〈嫦娥〉詩，首先須簡要講講嫦娥奔月的傳說。據《淮南子・覽冥訓》高誘注，「姮娥（即嫦娥），羿妻。羿請不死之藥於西王母，未及服之，姮娥盜食之，得仙，奔入月中……。」

　　那麼嫦娥在月中的生活處境如何呢？詩的上半就在寫這點。首句由室內寫，次句由室外寫。「雲母屏風燭影深」：「雲母」是一種礦石，有玻璃光澤，半透明，有黑、白、綠、褐等顏色，古時用作門屏、屏風等的裝飾品。「燭影深」是說漸燒漸短的蠟燭愈來愈黝黑的光影，深深地映在雲母屏風上。室內有雲母屏風，暗示陳設華麗高貴。然而，雖然華麗高貴，卻難免已透露出全詩給人的一貫的寒涼的感覺。「燭影深」暗示嫦娥守著屏風、守著蠟燭，獨自捱到夜深。這層孤獨情境到後面的詩句將會更加明顯。

　　第二句的「長河」就是銀河。它是晴天夜晚天空呈現的銀白色光帶，係由大量恆星構成。至於長河「漸落」究竟指什麼現象，

劉學鍇、余恕誠（《詩選》）有一說：「秋天的夜晚，銀河隨著夜深逐漸西移，至破曉前落近地平線以至消失。」由於沒有能力作確切判斷，又無法查到其他資料，我謹將劉、余之說迻錄於上，以供讀者參考，並就教於方家。「曉星沉」：我懷疑就是〈碧城〉其一（108）說的「星沉海底」。這與詩末的「碧海青天」出自相同的想像，即天宇處於一浩大瀚海之上，上面為青天，破曉時星星會沉沒於海底。（參〈碧城〉其一講解）長河落與曉星沉這兩個室外景象顯示夜已漸漸過去，清晨即將到來，嫦娥又在月宮中度過一個漫長孤獨的夜。

嫦娥在月宮中的處境如此不堪，因此詩人設身處地，想像嫦娥「應」該會後「悔」當初「偷」吃了長生「靈藥」，導致今天身處月宮，「夜夜」在「碧海」之上、「青天」之下，帶著悔恨的心情孤獨地受著煎熬。

有學者指出，嫦娥的處境「與詩人之蔑棄庸俗，嚮往高潔而陷於身心孤寂之境〔……〕極相似」。（《集解》按語）所以詩人寫嫦娥有自況之意。按：杜甫〈月〉（四更山吐月）詩裡有兩句說：「斟酌嫦娥寡，天寒耐九秋。」（料想我將像嫦娥那樣孤寡，在月宮之中忍耐秋天漫長的寒夜。）實在已有以嫦娥處境自況之意（參《集解》引敖英）商隱詩句不知是否果如敖英所說，係由杜詩變化而來。或許應說是人同此心，心同此理吧。

講到這裡，我要更擴大詮釋說：世間有些追求大學問、大事業、大地位等等的人，愈是努力追求、努力往上爬，愈發現自己與周遭的人離得很遠，甚至完全不能互相溝通。他們的寂寞、孤獨與長生奔月的嫦娥也是類似的。

⬡ 110 無題（相見時難）

相見時難別亦難，東風無力百花殘。
春蠶到死絲方盡，蠟炬成灰淚始乾。
曉鏡但愁雲鬢改，夜吟應覺月光寒。
蓬山此去無多路，青鳥殷勤為探看。

　　這首詩描寫一位女性，好不容易才與心上人相見，沒想到不久又分別開來。她辛苦地等待著再度相聚。她堅貞不渝，一心掛懷著心上人，最後還找來一位信使，請求他務必為她去探探看心上人情況如何。

　　首聯寫說，相見既不易，離別也一樣辛苦艱難。分別時正值暮春，東風已無能為力，只能聽憑百花凋殘。「無力」是無能為力的意思。如宋・秦觀〈春日〉詩說：「雪霜便覺都無力，只見桃花次第開。」（《漢語大詞典》）商隱說東風無力使百花不凋，秦觀說雪霜無力使桃花不開。都是說時節既至，該發生的自會發生，自然力想阻止也力有未逮。至於商隱這句詩是否別有象徵意義，我們留待後面再談。

　　雖然外在的環境令人沮喪，但是女主角愛情堅貞。她說自己像春蠶一樣，要直到死才不再吐絲；又像蠟燭一樣，要到燒成灰燼燭淚才會乾枯。這兩個比喻是她愛的誓言。簡單說，就是她要存著深深的愛，一直等待到天荒地老。

　　第三聯寫女主角漫長等待的辛苦，以及她設身處地，為心上人的辛苦設想的情形。「曉鏡」的「鏡」，《廣雅・釋詁》說：「鏡，照也。」例如《墨子・非攻中》的「鏡於水，見面之容」。（見《漢語大字典》）「但愁」的「但」是個副詞，用來表示動作、行為沒有達到預期的效果和目的，可以理解為「白白地」。（見《古漢語虛詞詞典》）「雲鬢」：形容女性濃黑而柔美的鬢髮。「曉鏡」全句是說，每天早起照鏡子梳理鬢髮，本期待鬢髮更美麗，沒想到鬢髮一天天變（改）了，變得沒那麼濃黑柔美了，煩惱（愁）也沒用（但，白白地）。這句詩末尾的「改」字顯示，女主角等待很長久了，長久到「雲鬢」都變得不再濃黑柔美的程度。雖然等得這麼漫長、辛苦，她並沒改變心意。她堅貞的愛使得她設身處地，想到自己的心上人夜裡獨自起來吟唱詩歌，「應」該會覺得月光很寒冷。這一聯的「鏡」、「吟」兩個動詞對，「但」、「應」兩個副詞對。四個字都用得很警闢，讀者可用心揣摩。

　　到了末聯，女主角找來了一位信使，告訴他說自己的心上人所在的地方並不遠，請他務必幫忙去探望看看。「蓬山」即蓬萊仙山，在此借指女主角心上人所在的地方。可能因為在女主角心目中，那地方可望而不可即，所以借用了一個仙山之名。「此去無多路」，謂由此前去並不很遠。這極可能不是事實的陳述，而只是女主角主觀的願望。「青鳥」也作「青雀」，是傳說中西王

母的信使。在此即指女主角的信使。「殷勤」在唐人口語中是「煩請」、「務必」的意思，是個叮囑之辭。（《語言詞典》）句末的「看」字是「嘗試之辭，如云試試看」。（張相）「為探看」意思是為我去探望一下看看。

這首詩從字面上看，無疑是一首男女戀情詩，而且是很動人的戀情詩。但是《唐詩三百首》的編者蘅塘退士孫洙評此詩說：「一息尚存，志不稍懈，可以言情，可以喻道。」（黃世中引）又，姚培謙也說：「此等詩，似寄情男女，而世間君臣朋友之間，若無此意，便泛泛然與陌路相似，此非粗心人所知。」（黃世中引）也就是說，孫、姚二位詩評家都看到，此詩中那種堅貞不渝、至死方休的情意，不僅見於男女戀人間，也可見於朋友、君臣間，甚至可見於人對「道」的固執上。推而廣之，舉凡世間人對其他人，還有對道義、理想等的堅忍不拔的情志，都可以在這女主角身上看到。至於我們前面講到的「東風無力」，則可理解為雖有主觀的情志，然而客觀運勢已失，所以諸事難擋頹運。像上述這種「言」在甲，而「意」可通乙、丙、丁的文學現象，我們可以稱之為「旁通」。它與刻意寫甲以託寓乙的情況（例如左思〈詠史詩〉以「鬱鬱澗底松」託寓才士出身貧寒家族，無法出頭）同中有異。（參《集解》按語）相信讀者不難分辨。

111 112
無題二首（鳳尾香羅）、（重幃深下）

其一（鳳尾香羅）

鳳尾香羅薄幾重？碧文圓頂夜深縫。

扇裁月魄羞難掩，車走雷聲語未通。

曾是寂寥金燼暗，斷無消息石榴紅。

斑騅只繫垂楊岸，何處西南待好風？

　　這首詩寫的是一場似乎波折很多的愛情。至於是什麼波折，詩裡並沒寫得很明確。待會兒我們再來琢磨琢磨。

　　開頭先敘寫詩中女主角夜裡趕著縫製漂亮的新帳子。那帳子是用一種織有鳳尾花紋的芬芳薄羅做的。因為是多層的複帳，所以首句末尾有「薄幾重」的提問。「幾重」就是幾層。（劉學鍇、余恕誠，《詩選》）帳子的頂部是有著青碧花紋的圓頂。由全詩推想，這帳子應該是準備新婚用的。

　　第二聯所敘較不明確，可能是一次失敗的定情約會。「扇裁

月魄」指女方帶在身邊的扇子是裁成圓月形的團扇。「月魄」本指月亮初生或圓而始缺時陰暗不明的部分，也泛指月亮。這裡指圓月形。這句從女方著眼，謂兩人碰面時，自己即使帶著團扇，都不足以遮掩住害羞泛紅的臉。

第四句改從男方角度來寫那次碰面。「車走雷聲」四字一般都解釋為：他坐著車，車子跑過（走）的聲響隆隆如雷鳴一般。為了切合下面我對整個碰面過程的理解，我把它略微修改為：他趕起車，車子跑起來的聲響隆隆如雷鳴一般。司馬相如曾為失寵的漢武帝陳皇后作〈長門賦〉，內有「雷殷殷而響起兮，聲象君之車音」兩句，把雷鳴比擬為皇帝的車聲，以暗寓對皇帝臨幸的期待。這是個很出名的故事。〔參〈柳〉（柳映江潭）（087）〕這裡稱男主角的車聲為「雷聲」，可能暗用了這個典故，表示女主角對男方的來臨是有期待、有準備的。但結果實際發生的狀況是，在如雷的車聲中，男女雙方竟然想講的話都沒出口（語未通）就分開了。

這個男女碰面的場面對了解全詩旨意十分重要。但是詩人在寫女方舉止時很遮掩，寫男方舉止時又很跳脫，結果詩句固然有良好的藝術效果，詩旨卻游移不明。所以讀者要純靠自己的想像力去解釋的地方就很多，而又往往無法與全詩邏輯一貫。例如：或以為三、四兩句寫的是女主角對昔日初邂逅情景的追憶。但是，從初邂逅到鄭重製作婚帳，中間距離實在太大了。哪些詩句能填補這個距離呢？因此，我推想三、四句所敘很可能是事先已作安排，讓男女雙方見面晤談，甚至是定情約會的場合。（當然，我得承認這主要也是靠想像力推想的。）只是不知出了什麼差錯，

才導致雙方似乎不歡而散，感情不進反退，男方驅車離去。這才會有第三聯所敘，女方委屈無助的情況。

「曾是」和「斷無」兩句要通順地用白話串講很不容易，所以這裡只作解釋。「曾」字，用作副詞，表示動作、行為已經進行，相當於「嘗」、「已經」。用例如「曾經」、「曾是」。與下句的「斷」字形成對仗。「斷」也是副詞，表示情態，相當於「絕對」、「一定」。用例如「斷無此理」、「斷不可行」。（見《漢語大字典》）「燼」本義是物體燃燒後剩下的東西，但在唐宋詩詞中常用以指燈燭的灰燼，前面加個「金」字乃是美稱。「暗」指燈燭燒殘，餘燼已暗。這個「暗」字與〈無題（相見時難）〉中「曉鏡但愁雲鬢改」的「改」字用法類似，都是指事物經長時間的進行後有了這樣的結果。「金燼暗」顯示女主角孤單寂寥，經過漫漫長夜的等待，直到燈燭燒殘，餘燼暗了。「石榴紅」的「紅」字與「暗」字形成對仗，意謂石榴樹變紅了，也就是開出紅色的花了。通常石榴大約在初夏開紅花，所以「石榴紅」指女主角等待「消息」，等過了整個大好春天，直到春去夏來，石榴花開了，還沒有消息。這與上句一樣，都意味著女主角被迫虛度青春。

末聯的「斑騅（音追〔zhuī〕）」，底本原作「班騅」，意義相同，但比較少用；指毛色青白相雜的馬，這裡即指男主角的坐騎。「只」是「僅僅」的意思。「只繫垂楊岸」應是從女方角度說的話，但她如何知道心上人的馬僅僅繫在附近的垂楊岸邊呢？這是這一聯較難解釋的一個地方。不過，如果前三聯都照我們的理路來理解的話，我們或許可以說，垂楊岸是男女二人從前

常約會的地方，所以女方知道可以在那裡找到他。末句化用曹植詩句作結。曹植〈七哀〉詩裡有幾句說：「君若清路塵，妾若濁水泥。浮沉各異勢，會合何時諧？願為西南風，長逝入君懷。」本詩末句意即何處能等待到「西南」好風呢？這是商隱用了曹植詩意，即西南風將把自己送往心上人懷中。女主角知道心上人並不遠，只在垂楊岸邊而已。要相見，唯一欠缺的是時機（好風）。時機一到，將直如乘著西南風前往心上人懷中一般，相會就是水到渠成的事了。

　　這首詩從字面寫男女愛情的角度看，有些地方不很容易講通。但若從託寓官場遇合的角度看，則一切相當順暢。首二句寫努力為遇合創造條件。次二句寫難得有機會遇到貴人，沒想到事不湊巧，又臨場表現失誤，終致未有結局。五、六句寫事後苦苦期待再有佳音，然遲遲沒有下文。末了盼望貴人相去不遠，只要時機成熟，遇合終將實現。依據上面的疏釋，本詩幾乎像是本來就為託寓官場遇合而寫。你會不會這麼覺得呢？還有，你覺得應該將本詩看成單純男女愛情之作，還是看成官場遇合之作，還是看成兩者都有呢？為什麼？

其二（重幃深下）

重幃深下莫愁堂，臥後清宵細細長。
神女生涯元是夢，小姑居處本無郎。
風波不信菱枝弱，月露誰教桂葉香。
直道相思了無益，未妨惆悵是清狂。

　　這首詩敘寫女性愛情心理，但是又有明確跡象顯示它寓託了個人身世和仕途的感慨。因此，為方便起見，以下我將先分別從上述兩個角度討論此詩大要，然後再回頭補充說明詞、句等細節的問題。

　　詩中的女主角是位好人家的女孩。這夜，她深垂下幃幔以便就寢。就寢之後，她在漫漫長夜中輾轉不眠，細細想起自己辛酸的往事。首先，她曾經與異性有過浪漫的遇合，但那遇合短暫如夢，轉眼一切成空。所以她把它比為巫山神女與楚王的遇合，說「神女生涯元是夢」。接著，她說自己後來就是一個單純的年輕未婚女子，生活起居都沒有依傍男人。「小姑居處（chǔ）本無郎」就是這個意思。詩句中的「本」字顯示她本來確實是獨自居處，卻平白遭到猜疑。像她這樣一個女子，不但單身沒有依傍，世間又對她百般欺凌，就像風濤不管菱枝脆弱，對它們橫加摧殘一樣。而身邊的親故友朋也不對她伸出援手，猶如月下的露水也故意不助桂葉飄香，讓它引人喜愛。想到這種種辛酸事，她最後講了兩句決絕的話：「直道相思了無益，未妨惆悵是清狂。」意思是說：即使說相思一點用處都沒有，也不妨乾脆癡情一番，落得惆悵懊恨也罷了。至於她相思的對象是什麼人，或什麼樣的人，則詩中沒提，我們也就存而不論。

　　若從託寓個人身世和仕途的角度看，「神女生涯」有兩個要點。一是與君王遇合，這可理解為在朝廷任官，自認為獲得皇帝的恩寵。要點之二是那遇合的榮耀與幸福感到頭來只是一場夢幻。這可理解為在朝任官的時間極為短促，短到只如一場春夢。「小姑居處本無郎」則似意謂自己出身孤寒，在官場上沒有有力

人士可以攀援，卻又被猜疑為詭薄無行，試圖依附權貴。「風波」二句與商隱〈深宮〉詩的「狂飆不惜蘿陰薄，清露偏知桂葉濃」上句句意略同，下句句意相反，但「取譬則同」（用的比喻是一樣的）。（見《集解》補語）兩者一互相參照之後，便可知「風波」二句是在描寫官場險惡，弱小者橫遭摧殘，不得出頭，縱有長才也無從發揮。末聯句意與上段略同，不過「相思」可改指對明君的思念。「清狂」本有「癡顛」與「放逸不羈」二義。上段講女子愛情心理，所以一般都將「癡顛」引申為「癡情」以解詩句。這裡我覺得可以改解為「放逸不羈」。

《集解》按語裡有一段話，大略是說，本詩若從寫女性愛情心理的角度去理解，則有些詩句所指實在隱晦不明；若改從託寓詩人仕宦歷程的角度去理解，則整首詩讀起來都可豁然貫通。這段話的確符合實情。熟悉商隱生平的人，幾乎一眼就可看出，此詩在講詩人仕途的孤寒崎嶇。有不少學者更進一步認定詩係為與令狐綯的恩怨而寫。如是，「相思」就是思念令狐綯；「小姑居處本無郎」就是除令狐綯外未曾投靠依附其他任何人等等。關於這種說法，我的立場是：以我們對商隱仕途的了解而言，商隱一生絕大部分時候都可能發出本詩所發的感嘆。從他釋褐授祕書省校書郎，不久後卻被外放為弘農尉開始，他仕途的模式就與本詩所敘幾乎完全一致了。這其中，他與令狐綯的恩怨自然不會完全沒有影響。但若把他官場起伏的緣由全然歸諸令狐綯一人，就未免有違實情了。

以往我們讀商隱的有寓託的無題詩，往往發現其寓意被生動有致的字面描敘所掩蓋，不為讀者所重視。這一首則非常不一

樣。何焯說：「義山無題數詩，不過自傷不逢，無聊怨題（？），此篇乃直露本意。」（《集解》引）他所說的「直露本意」應該還沒到直接敘寫寓意的程度，但顯然已經強烈露出託寓的用心。這確是本詩的一大特點。談到這個特點，我要順便指出一個與此相關聯的對於商隱無題詩的誤解。有很多人都把商隱的無題詩與其〈燕臺〉、〈碧城〉等詩一樣，看成純粹談情的詩，甚至到了認定商隱專擅談情的程度。讀者在讀完本書之後，想必自然會獲得一個比較合理的結論，即愛情詩（不論有無託寓）固為商隱重大成就之一，但實在算不上是他一生的主要成就。

　　接著我把本詩中一些需要補充解說或討論的詞、句逐條說明如下：

- 「重幃」：多層幃幔。
- 「深下」：深垂。
- 「莫愁堂」：莫愁是古代樂府詩中傳說的女子，善歌謠。「莫愁堂」猶言好人家女子的房間，見〈越燕〉其二（071）講解。
- 「清宵」：清靜的夜晚。
- 「細細長」：一方面指長夜漫漫，時間細細地流逝；一方面指思緒細細不絕。
- 「小姑」句：後有商隱原注：「古詩有『小姑無郎』之句。」葉葱奇懷疑此注並非出自商隱本人。不過這點並不重要，因為現存南朝樂府〈神絃歌・清溪小姑曲〉有「小姑所居，獨處無郎」的話，可以讓我們明確了解商隱詩意。
- 「風波」：風浪、風濤。
- 「菱枝弱」：菱是一年生草本植物，生在池沼中，根生在泥裡。在

唐詩中常被列舉為脆弱的植物。如杜甫〈曲江三章章五句〉其一說：
「曲江蕭條秋氣高，菱荷枯折隨風濤。」

- 「桂葉香」：桂葉似不像桂花那樣有明顯的香氣。商隱在前面提到的〈深宮〉詩中也只說「桂葉濃」，未說「桂葉香」。這裡不知是否因為要押韻而用了「香」字。
- 「直道」：即使說。「直」與「就使」、「即使」之「就」字、「即」字相當，是假定之辭。（張相）
- 「了」：全然。

末聯大意前文已提過。然而，末句語法我至今無法解釋清楚，尚待方家不吝指教。

⬡113 ⬡114 北齊二首

其一

一笑相傾國便亡，何勞荊棘始堪傷。

小憐玉體橫陳夜，已報周師入晉陽。

其二

巧笑知堪敵萬幾，傾城最在著戎衣。

晉陽已陷休迴顧，更請君王獵一圍。

　　要講這兩首詩，可先由介紹詩中牽涉到的歷史人物與事件開始。先說小憐。北齊後主的寵妃馮淑妃，名叫小憐。本是大穆后的侍婢，穆后寵衰後，於五月五日把她進獻給皇帝，稱之為「續命」。她聰明精靈，能彈琵琶，又擅長歌舞。後主迷戀她，願意與她生死在一起。

　　其次介紹周師入晉陽一事。公元 576 年，北周軍隊攻破晉陽（今山西太原市，為北齊軍事中心），向北齊都城鄴城（今河北臨漳西）推進，次年，北周軍隊抵鄴城下，朝官紛紛出降，齊後

主出逃被俘,齊亡。

最後講「晉陽已陷」淑妃尚請更「獵一圍」。依相關史書的記載,「晉陽」應作「平陽」(晉州平陽郡)。之所以出此錯誤,葉蔥奇主張說:「或係作者偶誤,或係宋初抄輯時涉前一首而訛。」可供參考。「平陽已陷」一事,《北齊書》與《北史》均未詳及。可能有鑒於此,《集解》又引《通鑑》說:「晉州(注意:非晉陽)告急,自旦至午三至,至暮更至,曰:『平陽已陷。』乃奏之。齊主將還,淑妃請更殺一圍,從之。」雖然李商隱的時代尚無《通鑑》,但《通鑑》應自有其早於商隱的依據。因此,這裡依《集解》以《通鑑》證詩句。

接著來看第一首詩。「一笑相傾」的「傾」是傾心、傾倒的意思。「荊棘」謂國家被滅亡,宮殿生荊棘。「玉體」指美女的肉體。「橫陳」,橫躺。詩的前半是一個很警策的論斷,它說:淑妃被齊後主所「幸御」(叫去與君主睡覺歡愛),得到後主傾心的那一晚,北齊亡國的命運便決定了。不用等到敗亡的事真正到來才知道。(參馮浩說)後半就舉實際的事例來證成前面的論斷。它說:淑妃「玉體橫陳」於後主身邊的夜晚,北周軍隊攻進了晉陽。而晉陽一陷落,緊接著就是北齊的敗亡了。

這首詩裡面有個意象值得我們特別討論一下,那就是「玉體橫陳」。我們以前講過,李商隱雖然常寫艷情詩,基本上卻不寫艷色詩。但是「玉體橫陳」似乎算得上是艷色了。「橫陳」一語單用,而實際上即指女性身體橫躺於男性之前,大概源自宋玉〈諷賦〉。其後六朝詩,甚至佛經中也有這個用法。(見《漢語大詞典》及《集解》注3)至於「玉體」、「橫陳」合用,則就

我所知，商隱似是第一人。合用之後，變得比較大膽、比較露骨。自然，諷刺齊後主好色亡國的力道也變得比較強勁。看來，商隱在此為了獲致好的文學效果，不惜自破其例了。

第二首的「巧笑」出自《詩經・衛風・碩人》的「巧笑倩兮，美目盼兮。」本是用來描寫春秋時代的大美人莊姜的。「萬幾」出自《尚書・皋陶謨》的「一日二日萬幾」。「幾」，微的意思；「萬幾」指帝王日常處理的紛繁政務。全句說馮淑妃的美好的笑容比得過齊後主整個的國家。「傾城」，即傾國傾城，謂一城一國之人都傾心愛悅之。這句說：馮淑妃最令人傾心愛悅的時刻就在她穿著「戎衣」（軍裝）的時候。正因如此，於是她身著戎衣隨齊後主去獵場打獵（打獵在當時是軍事行動的一種）。打到平陽告急陷落了，她還捨不得結束。平陽既已陷落，就不用再去管它；請君王再獵一圍（圍是打獵的圍場）再回去吧！這是她的央求，齊後主答應了。

有人指出這首詩，尤其是後二句，「但述其事，不溢一詞，而諷諭蘊藉，格律極高」。（《集解》引林昌彝說）這講的是本詩文學技巧的特色，頗有道理。但本詩之所以能「但述其事」而達到「諷諭蘊藉」的效果，是因為其「諷諭」已在第一首開頭寫出了。因此，這兩首詩要合在一起讀比較適當；在文學技巧上如此，在主題意識上也如此。說到主題，讀者應該很容易看出，這組詩要表達的基本上是傳統上女色禍國的老調。這種論調在女權抬頭的今日，是有必要重加評估的。

最後來談談這組詩的繫年問題。有不少學者認為唐武宗也好畋獵，所以這組詩是作來諷戒武宗的，應作於武宗在位年間〔會

昌元年至六〔841-846〕年〕。我認為詩中針對現實事件而發的跡
象並不明顯,所以並不積極肯定上述的看法。這裡不加繫年,而
暫且把二詩放在此處講解。

115 賈生

宣室求賢訪逐臣，賈生才調更無倫。
可憐夜半虛前席，不問蒼生問鬼神。

「賈生」指西漢初期著名政治家賈誼。他的傳記與屈原並列
於《史記》裡的〈屈原賈生列傳〉，二人都是忠誠才大而卻不為
君王所重用，最後以悲劇終其一生，因而歷來都被視為士人懷才
不遇的代表。

賈誼在漢文帝時被舉為官，曾被文帝越級拔擢為太中大夫。
他年輕志大，頗思改革，但卻為朝中重臣所輕蔑排擠。後來連文
帝也疏遠他，不用他的意見，並把他貶為長沙王太傅。商隱在年
輕時作的〈安定城樓〉（026）一詩裡就曾以賈誼自況，慨嘆說：
「賈生年少虛垂涕。」接著我把該詩講解中寫到賈誼受輕蔑排擠
的部分迻錄於下，以省讀者翻檢之勞：

《史記·屈原賈生列傳》曾說，「賈生年少，頗通曉諸子百
家之書。」又說：「絳（絳侯周勃）、灌（潁陰侯灌嬰）、東陽
侯（張相如）、馮敬（時為御史大夫）之屬皆盡害之，乃短賈生曰：

『雒（洛）陽之人，年少初學，專欲擅權，紛亂諸事。』」

　　另外，綜合《史記》和《漢書》賈誼傳所敘，誼為長沙王太傅三年，以為壽不得長，作〈鵩鳥賦〉以自寬解。「後歲餘，文帝思誼，徵之（徵召他）。至，入見。」（《漢書》）其時，「孝文帝方受釐，坐宣室。上（指文帝）因感鬼神事，而問鬼神之本。賈生因具道所以然之狀。至夜半，文帝前席。既罷，曰：『吾久不見賈生，自以為過之，今不及也。』」（《史記》）釐〔音西（xī）〕，通「禧」，福也。祭祀之後，虔誠地接受神的降福，叫做「受釐」。「宣室」：未央宮的正室。「前席」：古時席地而坐，文帝傾聽賈誼的陳述，不知不覺地漸漸前移靠攏，所以說「文帝前席」。

　　上來所述就是〈賈生〉一詩由遠到近的歷史背景。有了這些背景知識，我們就比較容易讀出詩中蘊藏的微言大義。首句說，漢文帝在宣室又「求賢」，又「訪逐臣」。「求賢」當然是指徵召賈誼。「訪」是「詢問」的意思。「逐臣」指賈誼曾被放逐為長沙王太傅。把曾為逐臣的人徵召回朝，又親自在宣室向他詢問國家大事，這表面上真是寫盡漢文帝作為一個皇帝的英明賢哲與求才若渴了。

　　第一句從文帝一面寫，第二句換從賈誼一面寫。是什麼樣的人讓文帝對他如此禮遇備至呢？是「才調〔……〕無倫」的賈誼。「才調」猶言才氣。「無倫」就是無與倫比。「更」字通常解釋為「更加」、「更為」。但是「更加」、「更為」是表示「比較」的副詞，而在這裡前後文並無任何「比較」的情事。因此，我決定改而採用「更」字一個較為少見的意義「絕」（完完全全地）。

「更」作為程度副詞，意為「絕」的例子還有商隱本人〈王十二兄與畏之員外相訪……〉詩的「更無人處簾垂地，欲拂塵時簟竟牀」等。（張相、《語言詞典》）若依此解，則詩句意謂：賈生才氣完全無人可以相比。這就寫盡賈誼作為臣下的才華出眾了。

這樣的一對君臣，在宣室深談到半夜，理應談出什麼福國利民的大道理吧？結果是：沒有！那麼能歸咎於誰嗎？詩人不加掩飾地指出：要歸咎於漢文帝。詩說：「可憐夜半虛前席，不問蒼生問鬼神。」「可憐」是可嘆的意思。（《語言詞典》）「虛」用文言解釋就是「徒然」，用白話文解釋就是「白白」，表示動作、行為沒有意義。漢文帝傾聽賈誼陳述，到了不知不覺「前席」的程度。如果他問的、賈誼答的，是有關天下老百姓的大問題，那麼，這一「前席」將可能會有多重大的成果啊。可惜他問的是關於鬼神的虛誕的問題，與老百姓無關，這又是何其可嘆！《史記》在敘述文帝問鬼神的事時，特地指出文帝那時剛好「受釐」，因而對鬼神之事感到興趣，彷彿整個事件是個巧合。這是不是有一點為文帝遮掩開脫的意思呢？不管如何，詩人大筆一揮，直指整個文帝訪賈誼問鬼神的事為可嘆，而文帝夜半「前席」的事為徒然。我們平心細想，賈誼老遠從長沙被徵召回朝問事，問的竟是鬼神的事。他在文帝眼中究竟算什麼呢？這種事不更可嘆嗎？李商隱的詠史絕句多半見解深刻而語言辛辣。〈賈生〉算是一例。

⑯ 樂遊原（向晚意不適）

向晚意不適，驅車登古原。
夕陽無限好，只是近黃昏。

這是一首十分出名的小詩。我們首先透過白話串講來看看它
寫些什麼：

白話串講

向晚意不適，驅車登古原。

傍晚的時候，我覺得內心不舒坦，於是我趕了車子，登上了樂遊古
原。

夕陽無限好，只是近黃昏。

夕陽斜照著原上的亭臺樓閣、花草樹木，景色真是無限地美好。只
是已接近黃昏，不久天就要黑了。

　　「樂遊原」也稱樂遊苑、樂遊園，原是秦時的宜春苑，漢宣帝時改建為樂遊苑，是唐代長安士女遊賞的勝地。因為是秦漢以來的古苑囿，所以詩中稱之為「古原」。又，由於樂遊原是長安城內東南角的一塊高地，是當時長安城內的制高點，所以詩說「登」古原。（維基百科）「黃昏」是日已落而天色尚未黑的時候。（《漢語大詞典》）

　　除了上段所舉的幾條注解外，本詩還有一個值得讀者費心琢磨的問題，那就是末二句所蘊含的哲理。這兩句乍看起來，只是老生常談而已。其實其中大有深意。下面我要用兩個典故來呈現這層意蘊。首先，阮籍《詠懷詩·嘉樹下成蹊》開頭一段詩句說：

　　　嘉樹下成蹊，東園桃與李。秋風吹飛藿，
　　　零落從此始。繁華有憔悴，堂上生荊棘。

　　意思是世間事物，榮悴無常。不管在自然界或人事界，繽紛璀璨的景象後面總跟隨著凋落與殘敗。〔詩句白話串講及詳細旨意可見〈柳〉（曾逐東風）（088）講解〕其次是《易·坤卦·初六》的爻辭「履霜，堅冰至。」這句話是說，腳踏到秋霜，就知道冬天的堅冰將順次而至。換句話說，就是面對某一自然現象，就知道次一個可能較艱困或較令人不如意的自然現象隨著會來。

　　商隱的「夕陽無限好，只是近黃昏」因為用語溫和平淡，讀者可能不易從中看到阮籍和《周易》中那種比較顯露，甚至有點聳動的用意。但是，我們若能融合阮籍、《周易》的意旨，並將它溫和平淡化，相信就能窺見商隱內心深處的思想和感受。

495

考證

　　李商隱年譜的考證經馮浩、張采田、劉學鍇等學者的努力之後,大部分年代都已漸漸有了定案。然而,有兩個關係重大,又並非沒有資料可供考訂的年代,卻反而眾說紛紜。這兩個年代一是李商隱的生年;二是李商隱何時授祕書省校書郎,以及與此相關的商隱婚於王氏、辭弘農尉等事件的年代。下面的兩篇考證,即分別試圖解答這兩個問題。

李商隱的生年

　　為方便起見,我把我的結論先舉出來。商隱生於唐憲宗元和六(811)年或七年,但後者較不可能。在本書中,我一貫採取元和六(811)年這個結論,以免行文橫生枝節。在推算商隱年齡時一律計算虛歲。

　　推算李商隱生年最確切的證據有兩段如下:

(一)李商隱〈請盧尚書撰李氏仲姊河東裴氏夫人誌文狀〉

> 　　至會昌二年,商隱受選天官,正書祕閣,將謀龜兆,用釋永恨。會允元同謁,又出宰獲嘉,距仲姊之殂,已三十一年矣。神符鳳志,卜有遠期。而罪釁貫盈,再丁艱故,且兼疾瘵,遂改日時。明年冬,以潞寇憑陵,擾我河內,懼罹焚發,載胗肝心。遂泣血告靈,攝緣裏事,卜以

明年正月日歸我祖考之次，滎陽之壇山。（《樊南文集補
編》卷十一。「會昌二年」原作「會昌三年」，「懼罹」
原作「懼惟」，據錢箋改）

（二）李商隱〈祭裴氏姊文〉

　　嗚呼哀哉！靈有行於元和之年，返葬於會昌之歲，光
陰迭代，三十餘秋。……靈沈綿之際，俎背之時，某初解
扶牀，猶能記面。長成之後，豈忘遷移？（《樊南文集詳
注》卷六）

　　頭一段的前半說，會昌二（842）年時商隱經吏部（天官）
銓選，授祕書省正字，將卜吉遷葬仲姊，其時距仲姊之卒已
三十一年了。後因故又改變時日。

　　後半段說，明年（會昌三〔843〕年）冬潞州劉稹反叛作亂，
擾亂懷州（河內）一帶，商隱深怕姊墳被焚發（仲姊原葬於懷
州），便又卜吉定於「明年」〔會昌四（844）年〕正月某日遷
葬。這半段本與推定商隱生年沒有直接關係，但因為劉稹叛亂在
會昌三年，是史書明載的事（見《舊唐書‧武宗紀》），可以用
來佐證前半段的「會昌二年」確實沒有校改錯（此文錄自《全唐
文》，前半段的「會昌二年」原作「會昌三年」，依錢箋校改為
「二年」），所以必須連帶討論。

　　據前半段所說，會昌二（842）年距商隱仲姊之卒已三十一
年看來，商隱仲姊應卒於元和七年（中國算法），也就是812年。

而第二段證據說，仲姊死時商隱已「初解扶牀，猶能記〔仲姊之〕面」。我考察了有關嬰兒成長過程的研究成果，得知「初解扶牀，猶能記面」乃是嬰兒接近周歲時的情況。依此，元和七（812）年仲姊卒時，商隱大約周歲。所以，整個看來，商隱最可能生於元和六（811）年。也有可能生於元和七年，關鍵在姊卒三十一年要解釋為近三十一年或三十一年多。

至於商隱詩文中某些看似與上述結論相牴牾的說法，其證據力往往沒有表面上看起來那麼強。例如，前人常引〈上崔華州書〉作為商隱生於元和八（813）年的證據。今將該〈書〉全文附於後：

中丞閣下：愚生二十五年矣。五年誦經書，七年弄筆硯。始聞長老言，學道必求古，為文必有師法，常悒悒不快。退自思曰：夫所謂道，豈古所謂周公、孔子者獨能邪？蓋愚與周、孔俱身之耳。以是有行道不繫今古，直揮筆為文，不愛攘取經史，諱忌時世。百經萬書，異品殊流，又豈能意分出其下哉！

凡為進士者五年。始為故賈相國所憎；明年，病不試；又明年，復為今崔宣州所不取。居五年間，未曾衣袖文章，謁人求知。必待其恐不得識其面，恐不得讀其書，然後乃出。嗚呼！愚之道可謂強矣，可謂窮矣，寧濟其魂魄，安養其氣志，成其強，拂其窮，惟閣下可望。輒盡以舊所為發露左右。恐其意猶未宣洩，故復有是說。某再拜。（《樊南文集詳注》卷八）

前人很努力地考察「故賈相國」指誰,「崔宣州」指誰,還有「崔華州」指誰。然後又考察〈上崔華州書〉可能上於何時。結果有人得到這樣的結論:「崔龜從(崔華州)為華州防禦使,據《舊唐書・文宗本紀》在開成元(836)年十二月,他抵華州任所當在二(837)年春間……此書應為二年春所上。從開成二年回溯二十五年,為元和八(813)年。」(見葉蔥奇,頁 794)

這個說法看來很有說服力。但基於下述兩個理由,我還是要予以駁斥。第一,該說法中,對於「故賈相國」、「崔宣州」、「崔華州」三人的身分,以及崔龜從抵華州任所的日期的認定,只要有一個出錯,整個說法就站不住腳。所以其說立基甚為脆弱。第二,也是更強有力的一個理由,商隱於開成二年正月二十四日進士及第(見《校注》,頁 115〈上令狐相公狀五〉注 1 按語),何需於差不多同時再跑到華州向一個地方官干進?(參考《會箋》,頁 10。岑仲勉〈平質〉頁 224-225 對張的質疑並不可信。)所以由〈上崔華州書〉所推出的論點是不足採信的。至於今人文中所提的其他商隱詩文,證據力多半更為脆弱,讀者檢核其說,不難得此結論,這裡就不再一一論列。

李商隱授祕書省校書郎、就婚王氏及辭弘農尉等事件的過程

商隱釋褐授官的年代學者間也一直爭辯不決。《舊唐書・文苑傳》說:「開成二(837)年方登進士第,釋褐祕書省校書郎,調補弘農尉。」由於進士登第並未能即釋褐為官,所以自來都對商隱在開成二年就擔任祕書省校書郎一說存疑。但是經由下面的

詳細考察，可得知此說其實是正確的。

其一，商隱〈祭外舅贈司徒公文〉〔按：外舅即岳父。商隱岳父王茂元卒於會昌三（843）年，贈司徒。〕有一段話敘述商隱婚於王氏，與茂元相過從的事說：

> 某早辱徽音，凤當採異。晉霸可託，齊大寧畏？持匡衡乙科之選，雜梁竦徒勞之地。雖餉田以甚恭，念販舂而增愧。京西昔日，輦下當時。中堂評賦，後榭言詩。品流曲借，富貴虛期。誠非國寶之傾險，終無衛玠之風姿。公在東藩，愚當再調。賫帛資費，銜書見召。水檻幾醉，風亭一笑。日換中晨，月移胸脫。改潁水之辭違，成洛陽之赴弔。嗚呼哀哉！（《樊南文集補編》卷十二。「日換」原作「日檄」，「潁水」原作「頓水」，據錢箋改。）

自「某早辱」至「增愧」一段，除去不可解的字句外，大意是：在下很早就聽到府上的好名聲，像晉國那樣強的家庭正好讓人託付一生，像齊國那麼大的家庭難道就畏懼不敢與之交結嗎？我像漢朝匡衡那樣不才，只得個乙科之選；我做過後漢梁竦認為徒勞無益的州縣小官。雖然您女兒嫁給我後，曾謙恭地為我餉田，我想起自己做過販舂的貧賤營生，更增內心慚愧。（按：販舂指買進穀物舂成米出售。）

所謂「持匡衡乙科之選」是說漢代「匡衡才下，數射策不中，至九乃中丙科」（見《史記·張丞相列傳》），自己才如匡衡之低下，只得個「乙科之選」，沒有考中甲科。按，商隱在他處自

稱「會昌二（842）年由進士第判入等，授祕書省正字」（〈請盧尚書撰曾祖妣誌文狀〉）。《舊唐書》說他會昌中是「以書判拔萃」，未提授何官職。據此，商隱之釋褐授祕書省校書郎，與書判拔萃無關，應是以不甚理想的「乙科」通過某種考試的結果。

再來，所謂「雜梁竦徒勞之地」者，《後漢書·梁竦傳》說：「竦嘗曰：『大丈夫居世，生當封侯，死當廟食。如其不然，閑居可以養志，詩書足以自娛。州郡之職，徒勞人耳。』」這個梁竦口中徒然勞人的州郡小官，是不是應該指商隱的弘農尉職位呢？

「雖餉田以甚恭」可能指商隱永樂躬耕時，與王氏前耕後餉的事。（參〈房中曲〉講解）

再者，「念販春而增愧」應是指商隱年少時在家鄉鄭州「傭書販春」的事。

以上所敘是商隱在王茂元涇原幕（京西昔日）及陪王茂元奉召返朝（在開成五〔840〕年，由「輦下當時」推知）時商隱自覺先前不甚光彩的經歷。接下來的「中堂評賦，後榭言詩。」講的是商隱、茂元在一起時的親密、愉快相處。

我們拿上面的話與〈重祭外舅司徒公文〉的這段話對比推敲看看：

　　嗚呼！往在涇川（按：指涇原幕），始受殊遇，綢繆之迹，豈無他人。樽空花朝，燈盡夜室，忘名器於貴賤，去形迹於尊卑。語皇王致理之文，考聖哲行藏之旨，每有論次，必蒙褒稱。及移秩農卿，分憂舊許，羈牽少暇，陪

奉多違。跡疏意通，期賒道密。紵衣縞帶，雅貺或比於
僑、吳；荊釵布裙，高義每符於梁、孟。今則已矣，安可
贖乎！嗚呼哀哉！（《樊南文集詳注》卷六）

　　這段話講的是商隱往涇原幕（未必入幕受辟），受知於王茂
元，王以女妻之；以及商隱、茂元後來過從行止；以及商隱、王
氏「荊釵布裙」，互相扶持的事情。

　　我們對照推敲兩段引文，應該可以推斷：商隱在就婚王氏之
前，已經做過祕書省校書郎和弘農尉。這裡較難解答和說明的問
題是：商隱究竟何時為祕書省校書郎和弘農尉？按：商隱開成二
（837）年〈上令狐相公狀五〉說「今月二十四日，禮部放榜，
某徼倖成名。」《校注》指出，所謂「今月」當指「正月」。接
著，〈上令狐相公狀六〉說：「前月七日，過關試訖……即以今
月二十七日東下。」《校注》指出，「今月二十七日東下」之「今
月」指三月。是則商隱在開成二（837）年二月七日即已通過關
試。關試即吏部試，通過此試，即屬吏部守選，也就是等待選授
官職。也就是說，商隱在開成二年二月七日雖未立刻釋褐為官，
但已具備隨時授官的資格。

　　那麼，商隱究竟何時授官（祕書省校書郎）呢？商隱〈奠相
國令狐公文〉中說：「愚調京下，公病梁山」。按：《舊唐書·
令狐楚傳》載，楚於開成二年十一月卒於鎮（興元），則生病商
隱趕往探視當在秋冬之間。而在其前商隱已「調京下」。我推測
這「調京下」即是入為祕書省校書郎。商隱詩〈行次西郊作一百
韻〉又說：「蛇年建丑月，我自梁還秦。」即開成二年十二月由

興元（梁州漢中郡）返回長安。其所以返長安者，人在長安為官也。證據在詩末尾這幾句：「我願為此事，君前剖心肝。叩頭出鮮血，滂沱汙紫宸。九重黯已隔，涕泗空沾脣。」這六句明白顯示，商隱作詩時已為官，有資格上朝。

商隱任職祕書省後，大概很快就開始與王氏交往，不久並陷入熱戀。商隱有眾多無題詩，其中有一首說：

> 昨夜星辰昨夜風，畫樓西畔桂堂東。
> 身無彩鳳雙飛翼，心有靈犀一點通。
> 隔座送鈎春酒暖，分曹射覆蠟燈紅。
> 嗟余聽鼓應官去，走馬蘭臺類轉蓬。

這首詩寫主角夜間與心愛的人約會遊戲，直到清晨聽到鼓聲才急急忙忙走馬去上班，而上班的地方是祕書省（「蘭臺」）。這基本內容應無疑義。（我要把商隱任祕書省正字的那一次從這裡的討論撇開去，這點讀者由緊接的論點當可看出理由。）從詩的內容看來，商隱在祕書省校書郎的位子上，由於分心戀愛，是沒有盡職的。商隱〈與陶進士書〉說，他有一年〔當是開成三（838）年〕應博學宏詞科考試，名字已被吏部上於中書省，結果「有中書長者曰：『此人不堪』，抹去之。」所謂「此人不堪」者，原因想必不只一端，但就〈書〉中所敘看來，至少部分是指他行為不被接受吧。〈與陶進士書〉稍後又說，隔（839）年商隱「復啟與曹主，求尉於虢（弘農為虢州治）。實以太夫人年高，樂近地有山水者；而又其家窮，弟妹細累，喜得賤薪菜處相養活

耳」。馮浩已明白指出，這些話「乃矯語耳。觀所編諸詩，憤鬱可見」。按：祕書省校書郎（正九品上階）為清要之職，乃文士起家之良選，係公認的美職。弘農為上縣，其尉係從九品上階。不僅品階不如祕書省校書郎，且為州郡雜官。商隱如何可能自請由中央清要之職外調呢？疑與名字為中書長者抹去一事一樣，是行為不容於主司之故。什麼行為？我在〈李商隱傳略〉中提了幾個可能，其中如前所述，有部分就是陷於熱戀，無心正職。這件事後來可能被認為是一件醜聞，所以連商隱本人，能不提的時候他也就不提。會昌三（843）年商隱有〈請盧尚書撰曾祖妣誌文狀〉，內說：「曾孫商隱，以會昌二年由進士第判入等，授祕書省正字。」（商隱後來又通過制舉，授祕書省正字。此事與他任祕書省校書郎無關，不可混淆。）又有〈請盧尚書撰李氏仲姊河東裴氏夫人誌文狀〉，內說：「至會昌二年，商隱受選天官（指吏部），正書祕閣，將謀龜兆……距仲姊之殂已三十一年矣。」都略去開成二年進士及第及授祕書省校書郎事不提。

　　商隱另有一首〈無題〉詩說：

> 來是空言去絕蹤，月斜樓上五更鐘。
> 夢為遠別啼難喚，書被催成墨未濃。
> 蠟照半籠金翡翠，麝熏微度繡芙蓉。
> 劉郎已恨蓬山遠，更隔蓬山一萬重！

寫的則是女方要遠別，那有可能是女方家要移住涇原了。

　　到此，是我們回過頭整理商隱與王氏交往過程的時候了。

《唐摭言》說：「（進士宴曲江日），公卿家傾城縱觀於此，有若中東牀之選者，十八九。鈿車珠鞍，櫛比而至。」與商隱同年及第的韓瞻（字畏之），在商隱及第後尚未離開長安時（商隱在暮春離開長安東歸，見〈及第東歸次灞上卻寄同年〉詩），就已經在京成婚。（見〈寄惱韓同年二首〉）而我們從另一首詩知道，商隱與畏之不僅同年登第，還先後就婚王氏，都是王茂元的女婿。（見〈赴職梓潼留別畏之員外同年〉）可推知當年進士放榜後，在曲江舉行宴會時，茂元家也是在那邊物色東牀快婿的公卿家之一。先前，大和九（835）年十月以前，王茂元原本任廣州刺史、嶺南節度使，十月才以茂元為涇原節度使。廣州離京城很遠，茂元大概沒有攜眷赴任。涇原節度使治涇州，即今甘肅省涇川縣，在長安西北，比起廣州，離長安算是滿近的。開成二（837）年春進士放榜時茂元家究竟是剛好在長安，還是特地由涇州來長安物色女婿，已不得而知。我們只知道韓畏之與茂元女兒結婚後不知多久，茂元為畏之在長安建構新居完成，畏之往西（前往涇州）迎接家室前來長安。（見〈韓同年新居餞韓西迎家室戲贈〉）依據以上的陳述，以及前文關於商隱任祕書省校書郎日期的推定，我們可以推測，商隱認識並心儀王氏的可能日期也是開成二（837）年曲江宴上，而與王氏交往則是在韓畏之迎接王氏姊姊至長安新居之後。

　　先論第一點。從商隱寫給韓畏之的詩的口吻判斷，兩人相當熟稔。二人在曲江宴前當已認識。既然如此，畏之有機會在曲江宴上與王茂元的一個女兒結緣，商隱也該有機會與他心儀的另一個女兒結緣。〈寄惱韓同年二首（時韓住蕭洞）〉其二說：「我

為傷春心自醉，不勞君勸石榴花！」似乎意謂商隱已自為王氏心動，不勞畏之勸他追求。如果確實如此的話，為何畏之迅速、順利地與王氏的姊姊成婚，而商隱卻與王氏情路曲折呢？我懷疑最大的原因一是畏之宦途比商隱順利得多。〈韓同年新居餞韓西迎家室戲贈〉有兩句說：「一名我漫居先甲，千騎君翻在上頭。」馮浩注指出後句出處說：「《樂府‧陌上桑》：東方千餘騎，夫婿在上頭。」這顯示當時韓畏之已官運亨通。前句似借用了《周易‧蠱卦》的「先甲三日」一語（本義為計日系統中的「甲」前三日，即辛）中的「先甲」字面，說商隱自己先空考了「甲第」第一名，卻無官可做，不如畏之。若果如此，當時情況可能是：商隱進士考上甲第第一名，在畏之之前；但吏部試沒考好，或因其他因素，所以尚未授官。前文引商隱〈祭外舅贈司徒公文〉，曾說商隱「持匡衡乙科之選」，會不會就是吏部試不理想呢？另一個宦途不順的大原因，如前所說，可能是商隱出身寒微，少年時還做過被認為下賤的工作。

　　如果商隱在曲江宴後只能單戀王氏，他在韓畏之與王氏姊姊結婚後，應有可能透過畏之與王氏開始交往。但這種交往因商隱離京歸家而終止一陣，到商隱於同年秋天「調京下」入為祕書省校書郎後才有機會熱絡起來，而開成三（838）年春天二人終於陷入熱戀。前述商隱寫愛情的無題詩，也許就作於此時。當然，上面的假說要成立還繫於一點，那就是王茂元是否到開成三年春才把家眷完全接到涇州。由於資料不足，我們也只能暫時把它留為懸案了。

　　至於商隱往涇州議親的事，大約如下：依〈與陶進士書〉，

商隱於開成四（839）年左右調為弘農尉。他還沒做滿任期就放棄弘農尉職（這在唐代是很常見的事）。他於開成五年九月離尉職，其前曾乞假歸京（〈任弘農尉獻州刺史乞假歸京〉），有可能即轉往涇州。他往涇州大概只是暫時去求婚，未必如一般所說是入幕為僚佐。前引〈重祭外舅司徒公文〉說：「往在涇川，始受殊遇，綢繆之跡，豈無他人。」「綢繆」句典出《詩經·唐風·綢繆》，謂婚媾也。「豈無」句可能出自《詩經·唐風·杕杜》：「豈無他人，不如我同父。」蓋謂有意於王氏者不只商隱一人。商隱婚後暫就住在涇州。開成五（840）年，大概在文宗皇帝正式下葬，朝廷高層人事安排基本完成（八月）之後，茂元自涇州入朝任司農卿。後又轉鎮陳許（841年）。商隱於是「陪奉多違」，遂較少有與茂元一起的機會。這裡有一件事情必須澄清一下。〈重祭外舅司徒公文〉中談及商隱與王氏之感情時說：「荊釵布裙，高義每符於梁、孟（按：梁鴻、孟光）。」顯示二人生活貧賤而相敬相愛。馮浩說：「茂元家甚饒，而為此言者，明己之非艷其財也。」（頁850）其實，《舊唐書·王茂元傳》云：「南中多異貨（茂元曾為廣州刺史、嶺南節度使），茂元積聚家財鉅萬計。李訓之敗，中官利其財，掎摭其事，言茂元因王涯、鄭注見用。茂元懼，罄家財以賂兩軍，以是授忠武軍節度、陳許觀察使。」可見其家產是在甘露事變後被宦官訛詐勒索光了。那是武宗會昌元（841）年的事。茂元卒於會昌三年。商隱所敘應是會昌元年後的情形。不過，即使王家家產早散盡，要說商隱就不會心儀王氏，大概也不至於吧。

最後要討論的問題是：商隱與王氏結婚，是否真如一些人

說的,使他牽扯進晚唐的朋黨之爭呢?基本上,我是不這麼認為的。首先我們來介紹一下王茂元這個人。茂元本「將家子」,雖讀書為儒,一生基本上是個武將,幾乎沒有在朝廷裡扮演過任何關鍵出眾的角色(司農卿只是閒差,其職掌在政治上都無關緊要;可參看《新唐書·百官志三》司農寺條)。如果說他與黨爭有關,那大概只有下列兩件事。一件就是前面說過的,甘露事變後,宦官指茂元係因王涯、鄭注而被任用,迫使茂元心生恐懼,散盡家財以賂兩軍,以是授忠武軍節度、陳許觀察使的事(841 年)。(見《舊唐書·王栖曜傳附茂元傳》及葉蔥奇)另一件是「李德裕素厚(一本無「厚」字)遇之。時德裕秉政,用為河陽帥(指河陽節度使;事在 843 年四月前不知何時)。」茂元因而被怨恨德裕的人所記仇。(見《舊唐書·文苑傳下商隱傳》)若說茂元以此算是朋黨中人,那茂元真是禍從天降了,不是嗎?〈與陶進士書〉說商隱自己能進士及第,是友人令狐綯在主考官高鍇之前美言的結果。他又說後來考博學宏詞科,名字被中書長者抹去。馮浩說:「中書長者,必令狐綯輩相厚之人。」這或許不無可能,但原因不在商隱「婚於王氏,致觸朋黨之忌」。(《會箋》語)那時還在開成三(838)年左右,茂元尚未被李德裕用為河陽帥,商隱也尚未「婚於王氏」。難道商隱僅和王氏談戀愛,而王氏之父又恰好素受李德裕厚遇,商隱就會被排擠嗎?我很懷疑這點。所以我前面主張說,商隱為有司所不容,原因可能不少,其中或許多少與陷於熱戀、不務祕書省正業有關。至於就婚王氏,且茂元為德裕所重用以後,那已是會昌以來的事。史籍也不復記載商隱受排擠的事,如果商隱真因此受到排擠,他應該也求仁得仁,

無可奈何吧。

馮浩在其李商隱年譜末尾按語中說：

> 夫李、牛之黨，實繁有徒，然豈人人必入黨中，不此
> 即彼，無可解免者哉？既同時矣，同仕矣，勢不能不與之
> 欵接，要惟為黨魁者，方足以持局而樹幟，下此小臣文士，
> 絕無與於輕重之數者也。……義山少為令狐楚所賞（令狐
> 楚屬牛黨），此適然之遇，原非為入黨局而然。……夫義
> 山之歷就諸幕（指鄭亞、盧弘正、柳仲郢，三人皆屬李德
> 裕所賞識），皆聊謀祿仕，既並非黨李之黨，更烏得以補
> 太學博士之一節，而謂終於黨牛之黨也哉？

入鄭亞等人幕府及補太學博士均如馮氏所說，與黨局無關。
前面講解相關諸詩時已論及，此處不再辭費。

總之，商隱與王氏的愛情影響了他一生的命運。其過程如
何，是非曲直如何，無論如何是讀者應該詳察的。

經常引用書目

◆ 除有版本混淆之虞者外，一律不附出版資料。

李商隱詩歌全集或選集的注釋或翻譯

1. 《李商隱詩歌集解》（簡稱《集解》），劉學鍇、余恕誠著，1988。
   在校正方面，此書以明、清以來主要李商隱詩專集校正李詩本文，
   又以唐、宋、元三代主要詩歌總集及選本進行校勘。在注釋箋評方
   面，匯集選錄了明代以來十餘家主要李詩專著以及李詩選注之說
   法，必要時並加上著者的按語或補語。是現今研究李商隱詩必備的
   一部書。本選集的詩歌本文，除另有說明者外，即以此書為依據。
2. 《類纂李商隱詩箋注疏解》，黃世中著，2009。此書詩作編排不像
   《集解》那樣大致上依時代先後，而採取了一套自創的編排方式，
   閱讀、查考比較費時。注釋、箋評方面，內容大致與《集解》相似，
   但有時有《集解》所無的詞語出處或箋釋，亦頗有參考價值。
3. 《李商隱詩集疏注》，葉蔥奇著，1985。
4. 《玉谿生詩集箋注》，清・馮浩著，1782。
5. 《增訂補注全唐詩》，陳貽焮主編，2001。
6. 《李商隱詩要注新箋》，吳慧著，2010。
7. 《李商隱詩選》（簡稱《詩選》），劉學鍇、余恕誠著，1978。
8. 《The Poetry of Li Shang-yin.》，James J. Y. Liu（劉若愚）著，1969。

李商隱文集校注

1. 《李商隱文集編年校注》（簡稱《校注》），劉學鍇、余恕誠著，2002。

2. 《樊南文集》（包括詳注及補編），唐‧李商隱著；清‧馮浩詳注；錢振倫、錢振常（補編）箋注，上海古籍出版社，2015版。

李商隱生平相關資料

1. 《玉谿生年譜》（附於玉谿生詩集箋注末），馮浩著，1782。

2. 《玉谿生年譜會箋（外一種）》（簡稱《會箋》），張采田著，上海古籍出版社，1983新一版。

3. 《（李商隱）年譜》（附於李商隱詩集疏注末），葉葱奇著，1985。

4. 《李商隱傳論》，劉學鍇著，2002。

5. 《舊唐書》，北京中華書局鉛字新排本。

6. 《新唐書》，北京中華書局鉛字新排本。

7. 《資治通鑑》，北京古籍出版社鉛字新排本。

工具書

◆ 引書時，凡有簡稱者，一律引簡稱；沒有簡稱者，一般引著者姓名；其餘則引著者姓名兼著作名稱。

1. 《中國歷史地圖集第五冊》，隋、唐、五代十國時期，譚其驤主編。

2. 《中華人民共和國分省地圖集》。

3. 《漢語大詞典》。

4. 《漢語大字典》。

5. 《詩詞曲語辭匯釋》，張相編。

6. 《唐五代語言詞典》（簡稱《語言詞典》），江藍生、曹廣順編。

7. 《古漢語虛詞詞典》，白玉林、遲鐸主編。

細說李商隱：他浪漫淒美的生涯和詩歌

2021年8月初版　　　　　　　　　　　　　　　　　定價：新臺幣540元
2022年7月初版第三刷
有著作權・翻印必究
Printed in Taiwan.

著　　　者	施	逢	雨	
叢書主編	黃	淑	真	
特約編輯	陳	益	郎	
校　　對	馬	文	穎	
內文排版	李	偉	涵	
封面設計	兒		日	

出　版　者	聯經出版事業股份有限公司	副總編輯	陳	逸	華
地　　址	新北市汐止區大同路一段369號1樓	總編輯	涂	豐	恩
叢書編輯電話	(02)86925588轉5322	總經理	陳	芝	宇
台北聯經書房	台北市新生南路三段94號	社　長	羅	國	俊
電　　話	(02)23620308	發行人	林	載	爵
台中辦事處電話	(04)22312023				
台中電子信箱	e-mail:linking2@ms42.hinet.net				
郵政劃撥帳戶	第0100559-3號				
郵撥電話	(02)23620308				
印　刷　者	文聯彩色製版印刷有限公司				
總　經　銷	聯合發行股份有限公司				
發　行　所	新北市新店區寶橋路235巷6弄6號2樓				
電　　話	(02)29178022				

行政院新聞局出版事業登記證局版臺業字第0130號

本書如有缺頁，破損，倒裝請寄回台北聯經書房更換。　ISBN 978-957-08-5892-1 (平裝)
聯經網址：www.linkingbooks.com.tw
電子信箱：linking@udngroup.com

國家圖書館出版品預行編目資料

細說李商隱：他浪漫淒美的生涯和詩歌/施逢雨著 . 初版 .
新北市 . 聯經 . 2021年8月 . 512面 . 14.8×21公分
ISBN 978-957-08-5892-1（平裝）
[2022年7月初版第三刷]

1.(唐)李商隱 2.唐詩 3.詩評

851.4418　　　　　　　　　　　　　　　　110008994